La Loi du Sanctuaire

Direction des publications : Stéphanie Baronchelli, Jérôme Bernez-Binder
Suivi éditorial et maquette : Alice Darondeau
Relecture éditoriale : Caroline Merceron
Correction : Maud Bataille

Conception graphique de la collection : Jeanne Mutrel, Tiphaine Rautureau
Conception de la couverture : Tiphaine Rautureau
Couverture : O'lee Graphiste
Typographies : Goudy Bookletter 1911 – Barry Schwartz ;
Grusskarten Gotisch – Dieter Steffmann ; Gondola SD – Steve Deffeyes

WWW.GULFSTREAM.FR

ISBN : 978-2-35488-986-9

Gulf stream éditeur

Élodie Bouchet

La Loi du Sanctuaire

ÉLECTROGÈNE
FANTAISIE

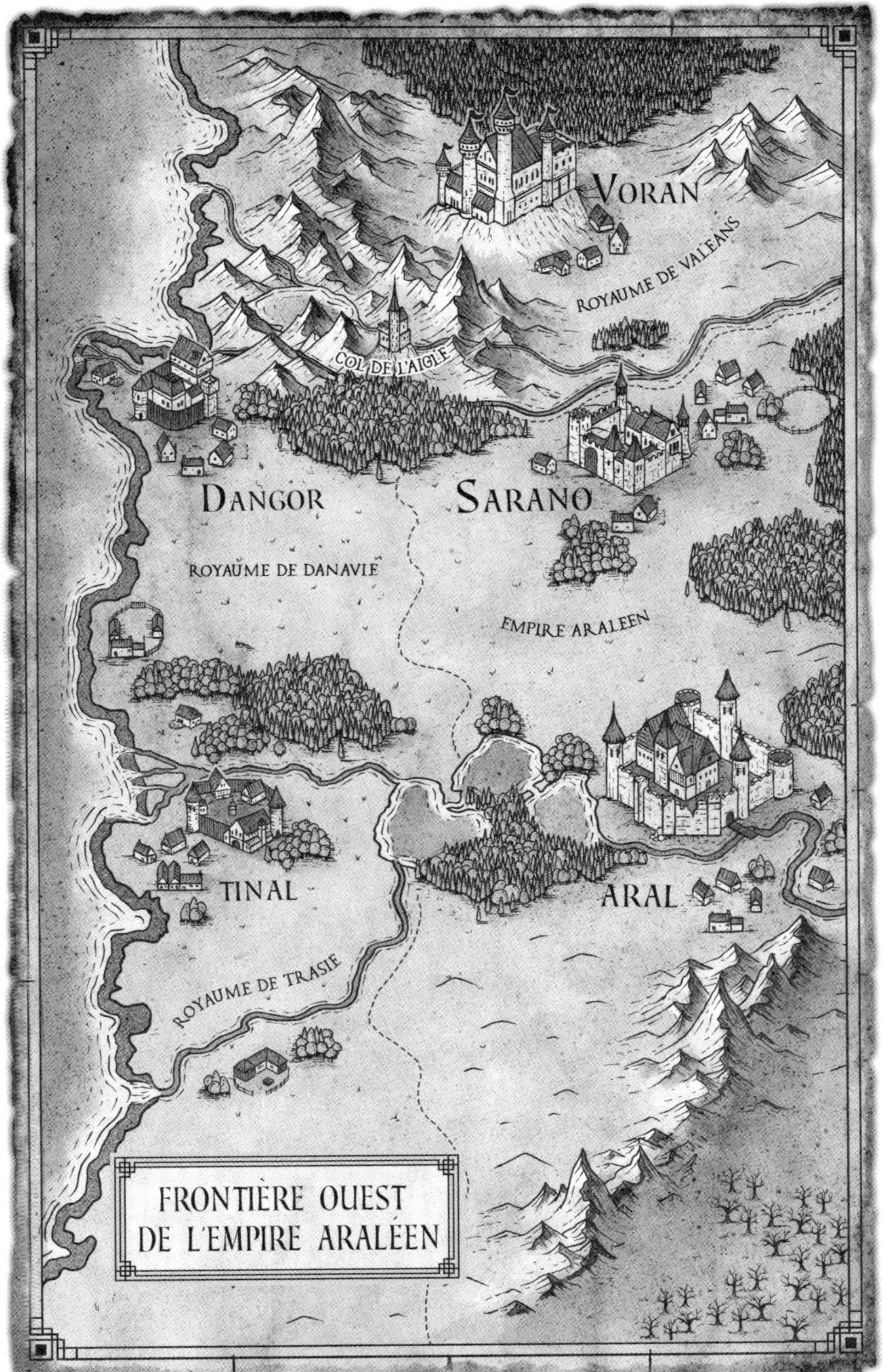
VORAN
ROYAUME DE VALEANS
COL DE L'AIGLE
DANGOR
SARANO
ROYAUME DE DANAVIE
EMPIRE ARALEEN
TINAL
ARAL
ROYAUME DE TRASIE
FRONTIÈRE OUEST
DE L'EMPIRE ARALÉEN

Automne

Chapitre 1
Sarano

Un couple de dragons traversa le ciel à quelques collines de distance, leurs vols s'entremêlèrent dans une danse complexe au-dessus des étendues herbeuses. Chacun tentait de prendre le dessus sur l'autre sans y parvenir, l'un des reptiles enflamma même ses écailles plusieurs secondes. Jeu, combat ou parade amoureuse ? Difficile à dire sans se rapprocher, ce dont Darel n'avait pas la moindre intention. Il retint quand même son cheval un instant pour admirer le spectacle.

— Ils nous ouvrent le chemin ! s'exclama Dana en se portant à son niveau pendant que le reste de la troupe les dépassait. C'est un bon présage, lieutenant, la déesse Solya veille sur nous.

Les dragons provenaient en effet de l'ouest – où l'astre solaire descendait vers les montagnes – pour se diriger vers la ville de Sarano. Fallait-il y lire un signe de faveur divine ? Ils en auraient bien besoin, avec cette campagne militaire qui s'enlisait…

— Nous verrons, sergente. Avec un peu de chance, les dieux auront même réservé une chambre à votre nom ! la taquina Darel.

La petite brune leva les yeux au ciel.

— Estimons-nous déjà contents s'ils trouvent de la place pour vingt personnes ! Je rêve d'un vrai lit.

Le groupe avait passé les dernières nuits sous la tente, à l'écart des routes et des habitations pour plus de discrétion. La rocaille s'était muée en herbe au fil de leur trajet et les montagnes ne représentaient plus qu'un lointain souvenir, mais le confort de leurs campements restait sommaire.

Une fois en ville, les choses seraient plus simples. Darel trouverait sûrement un dortoir pour sa troupe à Sarano, les aubergistes avaient l'habitude des larges escortes que l'usage imposait aux clients du Sanctuaire.

— Un lit, se moqua-t-il, rien que ça. Vous en exigez beaucoup, sergente. Bientôt, vous allez me demander un repas chaud pour l'accompagner !

— Vous n'oseriez pas m'en priver ? s'insurgea-t-elle avec une expression faussement horrifiée.

Darel éclata de rire. Ses voyages étaient moins monotones depuis la promotion de Dana Riadan, aucun doute là-dessus ! Il savourerait sa bonne humeur tant qu'il le pouvait. Une fois en ville, elle redeviendrait la subordonnée froide et efficace du lieutenant Voklan. Tous deux savaient très bien qu'ils ne pouvaient pas se montrer familiers en public. Les détracteurs de Darel se tenaient à l'affût et sauteraient sur la moindre occasion de le décrédibiliser à la cour. Ou pire, de se plaindre à son père. Le général Voklan prenait l'honneur de la famille très au sérieux.

— Nous devrions accélérer, suggéra Dana. Si nous traînons trop, nous arriverons après la fermeture des portes.

Il ne restait en effet qu'une poignée d'heures avant la tombée de la nuit, un vent frais se levait déjà. Darel acquiesça et mit son cheval au trot pour rattraper les autres. La route principale ne devait plus se trouver très loin.

Ils rejoignirent le large chemin une trentaine de minutes plus tard. Des chariots de marchands se pressaient encore sur les pavés, la troupe en dépassa plusieurs avant de découvrir les murailles. Gigantesques parois de pierres taillées, leur architecture impressionnait tout autant que les décors géométriques gravés sur les créneaux. Cette ville était mieux protégée que la plupart des forteresses. Non qu'elle en ait besoin : personne n'oserait s'attaquer au siège du Sanctuaire, par peur des représailles.

Ils arrivèrent en vue de la porte principale au détour d'une colline, juste avant le coucher du soleil. Darel ordonna d'un geste à sa troupe de se mettre en formation puis trotta jusqu'aux larges battants de bois.

Un garde en uniforme vert et jaune s'avança à leur rencontre, le sourire aux lèvres. Darel descendit de cheval pour se porter à son niveau et ses subordonnés l'imitèrent dans un parfait ensemble.

— Bienvenue à Sarano, les salua l'homme en araléen. Est-ce votre première visite ?

— En effet, confirma Darel dans la même langue. Je suis le lieutenant Voklan, de Danavie. Nous sommes venus consulter les oracles.

Il n'avait pas pratiqué son araléen depuis plusieurs années et sa prononciation s'en ressentait. Son interlocuteur bascula heureusement sur le danavien pour sa question suivante.

— Connaissez-vous les règles ?

— On m'a prévenu de restrictions sur l'usage de la magie.

— Vous devez conserver votre énergie magique dans les strictes limites de votre corps tant que vous serez en ville, précisa le garde. Ne laissez surtout rien échapper en présence des initiés du Sanctuaire, que vous reconnaîtrez à leurs étoles blanches. Tirer l'épée est également interdit, sauf en légitime défense.

Darel acquiesça. Jusqu'ici, leurs exigences restaient raisonnables.

— Quand vous dites « initiés », vous voulez parler des oracles ?

Son interlocuteur secoua la tête.

— Les oracles ne représentent qu'une infime partie des initiés et la supérieure tient leurs identités secrètes. Partez du principe que tout porteur d'étole blanche pourrait en être un, ce sera plus simple pour vous.

— Très bien, c'est noté.

Il resterait donc sur le qui-vive en permanence. Pourquoi avait-il accepté cette mission, déjà ? Il aurait dû refuser, en dépit de l'insistance du roi Keral. Avec un peu de chance, il y gagnerait quand même une affectation hors de la capitale pour les prochains mois.

— Votre troupe comporte-t-elle des mages à fort potentiel ? poursuivit le garde.

— Nous ne sommes que deux.

Darel avait pris ses précautions. Il s'était choisi des compagnons dépourvus de magie – ou du moins aux potentiels magiques aussi faibles que possible – pour limiter les risques d'accident.

— On vous demandera à tous les deux d'éviter les contacts physiques avec les initiés, même quand vous n'utilisez pas de magie. Cette règle vaut également pour vos familiers, si vous en avez. Ils sont d'ailleurs interdits dans l'enceinte du Sanctuaire.

Sarano

L'homme coula un regard en coin au faucon pèlerin qui se prélassait sur la selle du sergent Tamos Karin. L'oiseau permettrait d'informer rapidement le roi au retour, mais comment le faire tenir en place d'ici là ? Le laisser libre de voler dans les environs serait déraisonnable avec tous ces oracles potentiels en ville… Darel espérait trouver une auberge qui accepterait de l'héberger en intérieur. Sa Sara lui poserait heureusement moins de problèmes. Le serpent piquait un somme quelque part dans ses fontes, à l'abri des curieux.

— Nous nous montrerons vigilants. Auriez-vous une adresse à nous recommander pour le logement ?

— Essayez *Le Chaudron ébréché*, ils ont des dortoirs. Troisième rue à droite, puis cinquième à gauche.

Darel le remercia, remonta en selle et s'engagea au pas dans la direction indiquée. Maintenant qu'il se savait arrivé à destination, la fatigue du voyage le rattrapait : il retint *in extremis* le flot de magie qu'il s'apprêtait à envoyer dans ses membres pour la dissiper. Ce type d'usage n'était théoriquement pas concerné par les restrictions listées par le garde, puisque l'énergie resterait en lui. Mieux valait quand même procéder avec lenteur pour être sûr d'éviter toute fuite.

Il laissa donc filtrer la magie emmagasinée dans son torse tout doucement. Une agréable chaleur se répandit en lui tandis que les douleurs s'estompaient. Satisfait, Darel se concentra de nouveau sur les alentours.

La richesse de la ville se ressentait à travers chacun de ses bâtiments. Les maisons de pierres s'élevaient sur plusieurs étages et des fresques colorées finement ouvragées ornaient les murs. La chevelure solaire de la déesse Solya s'étalait sur l'enseigne d'une boulangerie, telle une bannière resplendissante. Quelques mètres plus loin, les jumeaux lunaires Lovan et Lydan saluaient les promeneurs depuis les devantures d'une forge et d'une herboristerie.

La troupe atteignit l'auberge quelques minutes plus tard. Des peintures de dragons recouvraient la plus grande partie de ses façades : un petit brun posé au-dessus d'une fenêtre paraissait sur le point de s'envoler pendant que deux reptiles bleu et vert jouaient près de l'entrée. Le plus majestueux restait néanmoins celui aux écailles immaculées qui se dressait derrière la lanterne, ailes déployées. Cette décoration tape-à-l'œil annonçait la couleur : le propriétaire cherchait à attirer les clients du Sanctuaire en arborant son symbole.

Darel sauta à bas de son cheval, confia les rênes à sa sergente et poussa la porte de l'établissement. Une agréable odeur de viande grillée flottait dans l'air, le cuisinier semblait talentueux. La salle commune n'était cependant que peu remplie. Les voyageurs devaient hésiter à prendre la route en cette fin d'automne froide et humide.

L'aubergiste l'accueillit d'un mouvement de tête fatigué. Son regard s'éclaira quand il reconnut l'uniforme de Darel.

— Toutes mes salutations lieutenant, articula-t-il dans un danavien approximatif. En quoi puis-je vous aider ?

— Je cherche un logement pour ma troupe et moi. Nous sommes vingt et autant de chevaux. Comptez aussi un familier faucon, mais son propriétaire le surveillera.

L'homme hocha la tête avec empressement.

— Pour combien de nuits ?

— Quelques-unes, le temps de régler des affaires.

— Je peux vous proposer une chambre individuelle et deux dortoirs.

Darel acquiesça à contrecœur. Il aurait préféré loger avec sa troupe, mais ses faits et gestes étaient susceptibles de remonter aux oreilles du roi. Autant rester irréprochable.

— Nous aurons également besoin d'un repas pour ce soir.

Il sortit sa bourse et glissa une poignée de pièces de cuivre sur le comptoir. L'aubergiste s'en saisit avec enthousiasme et lui tendit trois clés en retour.

— Mes fils vont s'occuper de vos chevaux, promit-il en s'éclipsant.

Une fois les montures prises en charge, les Danaviens s'installèrent dans la salle commune autour d'un copieux dîner.

Darel rejoignit sa chambre dès le repas terminé. Tout était prêt pour le lendemain, il appréhendait néanmoins son passage au Sanctuaire. Il lui faudrait se montrer à la hauteur de son rang, de sa famille et de son pays.

Jouer ? s'enquit Sara dans le fond de son esprit.

La question lui tira un sourire amusé. Son familier venait de se réveiller et avait visiblement perçu son humeur maussade. La tentative de lui changer les idées était aussi transparente qu'attendrissante.

Pas ce soir, répondit-il mentalement, *mais je peux te gratter le dos si tu veux.*

Sara ne se le fit pas dire deux fois et pointa aussitôt sa petite tête ovale hors du sac. Darel tendit le bras pour la laisser s'enrouler par-dessus sa tunique.

Il caressa du bout des doigts ses douces écailles grises aux reflets verts, tout en envoyant une touche d'énergie magique par leur lien mental.

Magie ! s'enthousiasma Sara en absorbant le cadeau, qu'elle utilisa pour réchauffer son corps longiligne dans un frisson satisfait.

Son ravissement faisait plaisir à voir, si bien que Darel faillit lui en offrir davantage avant de se raviser. Laisser Sara se constituer des réserves magiques à Sarano serait la porte ouverte à une multitude d'ennuis... Il se contenta donc de poursuivre ses caresses jusqu'à ce que son familier remonte le long de son bras pour se lover dans le creux de son cou.

Tu peux rester là si tu veux, mais je vais bientôt aller dormir, la prévint Darel en retirant son uniforme.

Rester, confirma-t-elle d'une pensée chargée d'amour.

Il se glissa sous les couvertures quelques minutes plus tard, après avoir éteint la dernière chandelle. La présence continue de Sara dans le fond de sa tête l'aida à sombrer dans un sommeil sans rêves.

Les premiers rayons de Solya l'éveillèrent après quelques heures. Darel délogea doucement Sara de son cou, sortit le message du roi Keral de ses fontes et revêtit son uniforme d'apparat bleu sombre. Le col le grattait et les décorations argentées qui couraient le long des épaules gênaient les mouvements des bras, mais il avait connu bien pire dans son enfance. Entrer dans l'armée six ans plus tôt l'avait au moins préservé des tenues de cour ridicules et colorées que sa mère avait pris l'habitude de lui faire tailler.

Il intercepta Sara juste avant qu'elle se glisse dans sa manche.

Cette veste est trop serrée pour toi, se justifia-t-il, *tu risquerais d'y rester coincée.*

Il l'aida à s'installer dans une de ses poches, vérifia la présence du courrier royal dans l'autre puis rejoignit la salle commune.

— Bonjour lieutenant, le salua Dana, attablée près du comptoir avec deux de ses camarades.

Sarano

Ils semblaient encore à moitié endormis, le regard dans le vague, mais ça n'empêchait pas leurs uniformes d'être impeccables et leurs bottes de briller. Un frisson de fierté courut le long de l'échine de Darel. Ses subordonnés savaient qu'ils étaient venus pour le décorum, ils le soutenaient de leur mieux.

— Bonjour sergente. La nuit a été bonne ?

Elle acquiesça.

— Rien à signaler. Faut-il prévenir les autres de se tenir prêts ?

— Ce ne sera pas nécessaire, vous avez quartier libre pour la journée. Ne vous éloignez pas trop quand même, que je puisse vous trouver en cas de besoin. Je peux vous confier Sara ?

Il s'inquiétait rarement des déplacements de son familier, mais les règles anti-magie en vigueur imposaient une surveillance. Dana écarquilla ses grands yeux sombres avant de se reprendre.

— Bien sûr, en quoi est-ce que ça consiste ?

Il haussa les épaules.

— Installez-la au soleil ou gardez-la sur vous, elle sait s'occuper. Assurez-vous juste qu'elle ne disparaisse pas.

Sara adorait se dissimuler dans les recoins les plus inattendus. Darel l'avait déjà surprise dans des trous du plancher, divers ustensiles de cuisine et tant d'autres abris insolites…

Rester ! protesta Sara quand il la tira doucement de sa poche.

Ça n'est pas possible, s'excusa-t-il, *je n'ai pas le droit de t'emmener au Sanctuaire. Dana s'occupera bien de toi d'ici mon retour, ne t'en fais pas.*

Cacher ? tenta-t-elle alors.

Non plus, j'aurais trop d'ennuis si on te découvrait. J'essaierai de me dépêcher, c'est promis.

Sara siffla de déplaisir.

Je n'y peux rien, c'est la règle.

Seul un silence vexé lui répondit. Sara se montrerait probablement raisonnable, pour la journée tout du moins. Darel la déposa sur la table avec précaution et Dana tendit une main dans sa direction.

Après quelques secondes d'hésitation, le petit serpent lui effleura les doigts du bout de la langue, avant de se laisser glisser sur ses genoux et de s'enrouler sur elle-même. La sergente tressaillit, mais ne la délogea pas.

— Merci beaucoup, souffla Darel. Je reviendrai aussi vite que possible.

Elle acquiesça sans un mot et il se mit en route. Le Sanctuaire se trouvait deux rues plus loin, il s'y rendrait à pied, en tentant de calmer sa nervosité sur le chemin – tout en surveillant Sara du coin de l'esprit.

La foule qui se pressait dans les allées s'avéra bien plus dense que la veille au soir. Personne ne prêta attention à Darel dans la bruyante cacophonie, ce qui lui convenait très bien.

Les passants s'écartèrent en revanche devant un couple d'une cinquantaine d'années qui bavardait gaiement. Leurs longues étoles blanches brodées de dragons trahissaient leur statut d'initiés et Darel recula d'un pas pour ne pas risquer de les effleurer. Il les surveilla pendant quelques secondes avant de poursuivre son observation des environs.

Le Sanctuaire se dressait au bout de la rue, derrière une allée bordée d'arbres. Une dizaine de bâtiments s'entassaient de manière désordonnée, enchevêtrement étrange de toitures, murs et tourelles. La peinture immaculée des façades contrastait avec les décorations extravagantes du reste de la ville, Darel se serait attendu à quelque chose de plus ostentatoire.

Il prit une grande inspiration et s'avança en direction des édifices. Un mouvement du côté des toits l'arrêta cependant. Une forme sombre de la taille d'un gros chien se redressait et déploya ses ailes avant de voleter quelques mètres plus loin. Ce dragon était bien plus menu que les deux de la veille, mais sa proximité le rendait plus réel.

— Vous cherchez quelque chose ? demanda une voix dans son dos.

Un homme vêtu de noir se tenait derrière lui, la main sur la garde de son épée. Probablement l'un des protecteurs responsables de la sécurité, son écusson doré marquait son appartenance au Sanctuaire.

— J'admirais le dragon, répondit poliment Darel. Dans les montagnes, on ne les voit jamais d'aussi près.

Son interlocuteur le gratifia d'un sourire froid.

— Si vous cherchez l'entrée principale, c'est juste derrière.

Pas très accueillant, mais il avait peut-être ses raisons d'agir de la sorte. Des oracles se trouvaient-ils dans les parages ? Dans le doute, Darel vérifia l'état de ses réserves magiques. Tout était bien confiné au plus profond de son torse, là où rien ne filtrerait par inadvertance. Parfait. Après un dernier coup d'œil mental du côté de Sara – qui s'était postée en embuscade dans le dortoir de sa troupe pour surprendre Dana –, il s'avança vers le bâtiment.

Les gonds impeccablement huilés de la lourde porte pivotèrent sans un bruit, révélant une salle pavée de marbre dont les murs étaient couverts de tentures aux couleurs des différents royaumes. Quelques mètres plus loin, deux marchands vêtus de fourrures – des clients du Sanctuaire ? – discutaient autour d'une table avec un groupe d'initiés à l'étole blanche. La robe turquoise de la femme la plus proche faisait ressortir sa chevelure dorée et Darel réprima un sourire : les nobles de la cour n'étaient pas les seules à se montrer coquettes.

La jeune femme tourna la tête en entendant le bruit de ses pas, ses yeux bleus s'arrondirent de surprise. Elle se reprit très vite et se leva pour s'adresser à lui, dans un danavien impeccable.

— Vous êtes le lieutenant Darel Voklan, n'est-ce pas ?

Darel en resta bouche bée. L'uniforme révélait son grade et sa nationalité, rien de plus. Les gardes en faction la veille avaient-ils averti le Sanctuaire de son identité ?

Il s'efforça de dissimuler son étonnement derrière son sourire de cour le plus charmeur.

— C'est bien moi. Je suis porteur d'un message du roi Keral, adressé à votre supérieure.

Il tira le rouleau scellé de sa poche, sans trop savoir s'il devait le lui confier ou le remettre à sa destinataire en mains propres.

— Je vais vous mener à son bureau, proposa l'initiée avec enthousiasme. Bienvenue au Sanctuaire de Sarano, lieutenant.

Elle entraîna Darel dans un labyrinthe de couloirs plus ornementés les uns que les autres, où de gigantesques tableaux côtoyaient de délicates sculptures. Il renonça très vite à s'orienter, se contentant de suivre sa guide, quelques pas en arrière pour ne pas risquer de la toucher.

Ils s'arrêtèrent devant une porte munie d'une grosse serrure métallique, gardée par un protecteur en uniforme sombre.

Sarano

— Le lieutenant Darel Voklan de Danavie voudrait s'entretenir avec la supérieure, annonça la jeune femme.

Le garde acquiesça et se glissa dans le bureau sans un bruit. Il réapparut après quelques secondes pour les inviter à l'intérieur. L'initiée s'engouffra dans la pièce aux murs tapissés de livres. Darel l'imita.

La supérieure Tinavia se porta aussitôt à leur rencontre. Âgée d'une soixantaine d'années et de petite stature, elle respirait l'autorité. Ses cheveux grisonnants étaient coiffés en un chignon aussi impeccable que sa robe blanche et un lourd médaillon en forme de dragon reposait dans le creux de sa gorge.

Darel s'inclina, elle le salua de la tête en retour.

— Lieutenant Voklan, l'accueillit-elle d'une voix grave et chaude. Vous rencontrer est un honneur.

Darel retint un ricanement. Elle le flattait de manière éhontée, son statut de noble ne justifiait en aucun cas de telles simagrées.

— Tout le plaisir est pour moi.

— Asseyez-vous, je vous en prie, suggéra-t-elle en désignant les fauteuils rembourrés derrière elle. Merci Lyvia, poursuivit-elle à l'adresse de l'initiée, vous pouvez disposer.

Un éclair de déception traversa le regard de cette dernière, mais elle s'éclipsa sans un mot. La supérieure reporta toute son attention sur Darel.

— Que puis-je pour vous, lieutenant ?

— Le roi Keral m'a chargé de vous remettre ce message.

Il sortit le courrier de sa poche et le lui tendit. Elle s'en saisit du bout des doigts, en prenant soin de ne pas frôler sa main, et s'installa derrière son bureau pour le décacheter.

Darel se composa un masque impassible pendant qu'elle consultait le document, il n'en connaissait que trop bien le contenu. Le roi désirait savoir s'il devait ou non attendre le printemps avant de lancer son assaut sur le col de l'Aigle. Encore ce fichu col de l'Aigle…

— Nos oracles se chargeront de cette demande sans difficulté, décréta Tinavia après avoir terminé sa lecture. Quand êtes-vous disponible pour les entretiens préliminaires ?

— Dès que vous le souhaiterez et aussi longtemps que nécessaire.

Comme s'il avait le choix en la matière.

— Très bien. Il me faudra quelques heures pour tout mettre en place, mais je vais vous planifier une séance dans l'après-midi. Les initiés concernés décideront ensuite de l'intérêt ou non d'en organiser de nouvelles.

Darel hocha la tête. L'idée d'être questionné durant des heures ne l'enchantait guère, mais plus vite ces réunions seraient terminées, plus vite il obtiendrait sa prophétie et pourrait repartir. En espérant que les oracles pencheraient en défaveur de l'attaque.

Chapitre 2

Entretiens

La politique économique araléenne était un sujet aride. Élyne tentait depuis deux heures de lister les différents types de réglementations commerciales, avec un succès très relatif. Elle referma d'un geste le volume poussiéreux qu'elle venait de feuilleter. Un ramassis de conseils inintéressants, consignés par un marchand imbu de lui-même. La bibliothèque du Sanctuaire s'enorgueillissait cependant de ses milliers d'ouvrages, Élyne finirait bien par dénicher celui qui répondrait à ses questions.

Son brusque mouvement attira l'attention de Sevan. Le jeune homme aux cheveux sombres s'était installé de l'autre côté de la table pour réviser son vocabulaire danavien.

— Tu as trouvé quelque chose ?

— Rien du tout, déplora Élyne. Madena sera déçue.

Elle avait rendez-vous avec l'oracle après le déjeuner pour lui exposer le résultat de ses recherches. Tel que c'était parti, ce serait vite expédié. Son compagnon haussa les épaules.

— Si cela ne va pas assez rapidement à son goût, elle peut toujours établir cette liste elle-même.

— Si les oracles devaient dénicher eux-mêmes toutes les informations dont ils ont besoin, il leur resterait peu de temps pour prophétiser, s'amusa Élyne.

Le claquement d'une porte les interrompit, une nuée de regards irrités convergea vers l'entrée de la bibliothèque. Élyne esquissa un sourire en reconnaissant la tornade blonde qui fonçait droit vers eux. Son amie Lyvia n'avait jamais appris à se montrer discrète.

— C'est ta permanence à l'accueil qui t'a fait fuir de la sorte ? la taquina Sevan à mi-voix.

— Vous ne devinerez jamais qui vient de se présenter à la porte principale ! annonça Lyvia.

— Un vendeur de carottes ? suggéra-t-il, hilare.

Le dernier client dont Lyvia s'était chargée vendait des navets : l'homme voulait savoir sur quels marchés envoyer sa cargaison pour maximiser ses bénéfices. Elle avait dû prendre en note les détails de sa demande – quantité de légumes, dates de récolte, tarifs consentis les années précédentes… – pendant plus d'une heure. Tout le Sanctuaire l'avait entendue s'en plaindre au repas suivant.

Lyvia foudroya Sevan du regard avant de chercher un soutien du côté d'Élyne.

— L'impératrice Theresa d'Aral ? proposa cette dernière, sans trop y croire.

La souveraine ne s'était rendue au Sanctuaire que deux fois depuis son couronnement. Elle laissait toute latitude à la supérieure pour administrer l'établissement et se contentait d'assurer la sécurité des voyageurs en quête de prophéties.

— Mieux encore. J'ai accueilli le lieutenant Voklan de Danavie !

Sevan ricana.

Entretiens

— Et c'est pour nous annoncer ça que tu viens de déranger tout le bâtiment ?

— Moque-toi, mais tout le monde ici n'a pas eu le privilège de rencontrer un futur roi !

— J'ignorais que la princesse de Danavie s'était fiancée.

— C'est une question de mois, j'en suis certaine. À dix-huit ans, elle n'a déjà que trop tardé. Et qui d'autre pourrait-elle épouser ?

— Tu veux la liste exhaustive de ses prétendants ? intervint Élyne. Aux dernières nouvelles, ils étaient une bonne dizaine.

Lyvia leva les yeux au plafond.

— Tu ne m'aides pas, là, tu sais ? De toute façon, si j'étais la princesse héritière, je n'hésiterais pas. C'est un mage puissant et il est encore plus séduisant que sur ses portraits.

— Ça te dirait qu'on cherche l'auberge où il s'est arrêté ? suggéra Élyne avec un sourire en coin. S'il te plaît autant, on pourrait y faire un passage dans l'après-midi, en espérant qu'il soit du genre à s'attarder dans la salle commune.

Une lueur d'enthousiasme traversa le regard de son amie.

— Ça se tente…

— Vous oubliez que vous avez été recrutées ici pour votre absence de potentiel magique, les interrompit Sevan avec un froncement de sourcils réprobateur. Restez-en à des rapports strictement professionnels avec les mages. À bonne distance et dans l'enceinte du Sanctuaire.

— Tu dis ça parce que tu es jaloux, rétorqua Lyvia. On compte jeter un coup d'œil, pas lui demander des câlins. De toute façon, mes derniers tests annoncent noir sur blanc que je ne développerai jamais de pouvoirs d'oracle. Quel mal pourrait me faire un peu de magie ?

— Tu verras ça avec la supérieure quand elle t'exclura pour violation du règlement.

Lyvia roula des yeux exaspérés.

— Quel manque d'humour ! Heureusement qu'Élyne est plus drôle que toi.

— Quand tu auras fini de me critiquer, tu pourras peut-être nous expliquer ce que le lieutenant vient faire à Sarano ? répliqua Sevan.

Lyvia haussa les épaules avec une moue dépitée.

— Tinavia a refusé de me laisser assister à leur entrevue. Tout ce que je sais, c'est qu'il était porteur d'un message de son roi.

— Ça sent les heures supplémentaires, tout ça, commenta Élyne, il faudra peut-être patienter jusqu'à demain pour les excursions à l'auberge. En attendant, tu aurais une idée de là où trouver des informations sur les législations commerciales araléennes ?

— Tu as regardé du côté des décrets impériaux ?

— Pas encore, ça se tente.

— Bon courage dans ce cas. Je vous abandonne, je dois y retourner. On se retrouve ce midi ?

Elle quitta la bibliothèque aussi peu discrètement qu'elle y était arrivée, abandonnant Élyne à ses rayonnages.

Une heure plus tard, sa liste de réglementations s'était bien étoffée, à défaut de la satisfaire. La cloche du déjeuner l'arracha cependant à ses recherches. Sevan et elle rassemblèrent leurs affaires et rejoignirent le réfectoire, d'où s'échappait un délicieux fumet de légumes grillés.

Élyne s'était à peine installée à table qu'un domestique vint l'informer de modifications de son emploi du temps. Madena la convoquait pour un entretien avec le lieutenant danavien, en milieu d'après-midi. La journée risquait de s'éterniser. Élyne avait cependant travaillé dur pour intégrer le groupe d'experts de l'oracle, pas question de se défiler.

Elle engloutit son repas au plus vite pour retourner à la bibliothèque. Une fois sur place, elle exhuma la fiche biographique de Darel Voklan et en profita pour se rafraîchir les idées sur la situation à Dangor, la capitale danavienne. Elle ressortit deux heures plus tard, la tête pleine d'accords commerciaux, de portraits de responsables officiels, de stratégies militaires et de projets d'alliance. Quel que soit le sujet de cette prophétie, elle se sentait prête à l'affronter.

Il ne lui restait plus qu'à se rendre présentable. Pour cela, elle aurait besoin de Lyvia.

Son amie avait heureusement anticipé sa demande. Elle l'attendait dans la chambre qu'Élyne partageait avec Sevan, plongée jusqu'au cou dans la penderie.

— Je t'ai vue t'affairer à la bibliothèque, je me suis douté qu'ils t'avaient encore collée de corvée réunion, annonça-t-elle en apercevant Élyne. Sevan n'était pas là, mais je me suis quand même permis de rentrer pour préparer tes vêtements. J'ai sorti ta robe grise, elle mettra parfaitement en valeur tes yeux.

— Tout ce que tu voudras si tu m'aides à l'enfiler.

De son point de vue, ses tenues d'apparat se ressemblaient toutes : trop serrées, trop longues et pourvues de bien trop nombreux lacets. Elle se glissa dans l'habit et laissa Lyvia ajuster les attaches en babillant :

— Tu me raconteras l'entrevue, n'est-ce pas ? Je suis sûre que le lieutenant est venu demander une prophétie pour son mariage. Tu crois qu'il est amoureux de la princesse ?

Elle paraît rustre sur ses portraits, mais elle est peut-être plus séduisante en vrai…

Élyne retint un éclat de rire. L'héritière danavienne s'était coupé les cheveux très court quatre ans plus tôt et Lyvia ne l'avait jamais compris. Elle tenait à ses longues boucles blondes comme à la prunelle de ses yeux.

— Je te raconterai tout ce que tu voudras après le repas, promit-elle. L'entretien risque de s'éterniser, c'est toujours le cas avec les nobles.

— Sinon, tu as vu, le ciel est dégagé ! On pourra observer les étoiles ce soir.

Excellente nouvelle. Après plusieurs journées de dur labeur, une séance d'astronomie leur offrirait une pause bienvenue. Lovan approchant de la pleine lune, le spectacle en vaudrait la peine.

— Ça me donnera le courage d'affronter la réunion, plaisanta-t-elle. Tant que tu me laisses un peu d'espace pour respirer dans cette robe.

— Arrête de râler, j'ai presque fini. Je termine de fixer ton étole et je m'occuperai de ta coiffure. Tu m'as trouvé quelques épingles à cheveux en bon état, cette fois-ci ?

— Si la qualité de mon matériel ne te convient pas, tu n'auras qu'à m'en racheter comme cadeau de solstice.

Élyne avait certes cassé quelques épingles pendant leurs explorations du bâtiment nord – certaines serrures de salles désaffectées s'étaient vraiment trop grippées –, mais il lui en restait beaucoup d'autres. Plusieurs étaient déformées, mais Lyvia s'en accommoderait très bien.

Une poignée de minutes plus tard, Élyne était fin prête, ses cheveux châtains tirés vers l'arrière dans un élégant chignon.

Entretiens

— Ça fera l'affaire, décida Lyvia en reculant pour contempler son œuvre. Maintenant, il faut que je file ou je serai en retard à mes cours de langue. À ce soir !

Elle se glissa hors de la pièce, sans se préoccuper de refermer la porte, puis s'engouffra dans le passage dissimulé derrière une tapisserie. Le coin regorgeait de raccourcis à travers les murs, quand on savait où les chercher. Élyne en avait repéré une dizaine à proximité de sa chambre. Elle emprunta cependant un chemin plus conventionnel pour rejoindre sa salle de réunion. Après tout le temps passé à se préparer, elle ne voulait pas risquer de s'empêtrer dans des toiles d'araignée ni de tacher sa robe.

L'architecture alambiquée du Sanctuaire visait à égarer les visiteurs. C'était du moins la seule explication que les initiés avaient trouvée à l'étrangeté de ces bâtiments, où monter un escalier et en redescendre deux autres était parfois nécessaire pour traverser un simple mur. Avec les années, on s'y accoutumait.

Lorsqu'Élyne parvint enfin à destination, cinq de ses collègues s'étaient déjà assis autour de la grande table de bois ciré. Elle se glissa à sa place habituelle, quelques sièges à gauche du fauteuil réservé aux clients, puis sortit ses notes pour les installer devant elle. Madena les rejoignit un instant plus tard, vêtue d'une robe verte qui soulignait ses formes généreuses et coiffée d'un chignon élaboré. Aucun signe extérieur ne distinguait la trentenaire de ses camarades, pour garantir sa sécurité : seuls les initiés du Sanctuaire connaissaient les identités des cinq oracles.

L'heure tournait. La salle continua de se remplir, jusqu'à l'arrivée du vingtième et dernier membre de leur groupe. Ils guettèrent les bruits en provenance du couloir et se composèrent des expressions impassibles quand des claquements de bottes retentirent. Deux protecteurs poussèrent la porte, se positionnant de part et d'autre de l'ouverture. La supérieure Tinavia entra alors, suivie du lieutenant. Tous se levèrent en un bloc pour les accueillir.

Le Danavien se démarquait des clients habituels par sa carrure athlétique, ses cheveux bruns coupés court et ses yeux d'un bleu très pâle. Son regard vous transperçait de part en part. Élyne réprima un sourire. Le Sanctuaire recevait peu d'émissaires à la fois jeunes et mignons, elle comprenait mieux l'enthousiasme de Lyvia.

— Bonjour à tous, les salua Tinavia en danavien. Le lieutenant Darel Voklan est venu vous présenter une requête de son roi.

Elle établissait ainsi publiquement la langue dans laquelle les débats se poursuivraient. Non que ce soit une surprise. Les initiés se rassirent en silence, dans une synchronisation parfaite, et Tinavia désigna le fauteuil vacant au Danavien.

— Installez-vous, je vous en prie. Je vous laisse entre les mains expertes de mes initiés, les protecteurs vous raccompagneront quand vous en aurez terminé. Nous vous tiendrons bien sûr au courant de l'avancée de votre demande dans les jours à venir.

Elle quitta la salle, refermant la porte derrière elle. Le lieutenant la regarda sortir, adressa un sourire figé à son auditoire et s'assit.

— Si je suis ici aujourd'hui, c'est pour une question d'ordre militaire, annonça-t-il. Notre armée est enlisée dans une position délicate à la frontière valeansienne et l'hiver approche.

Pas de mariage, donc, Lyvia serait déçue. Élyne jeta un rapide coup d'œil à ses notes. Le conflit larvé entre les royaumes de Danavie et de Valeans durait depuis près de vingt ans, ponctué par des offensives régulières des deux camps. Ni le roi Keral ni la reine Almia ne semblaient vouloir y mettre un terme. Les économies des deux pays s'étaient effondrées dans un premier temps, mais des modifications des routes commerciales avaient ensuite redressé la situation.

— Que souhaitez-vous savoir exactement ? demanda Vadyan.

L'initié à la barbe poivre et sel se dévouait donc pour entamer les hostilités. Logique au vu de son expertise dans le domaine militaire.

— Deux bataillons danaviens retranchés dans la forteresse Ardakan tiennent en ce moment le col du Trident, détailla le lieutenant. Le troisième bataillon avance dans la vallée de la Malva.

Tous les regards se portèrent sur la gigantesque carte du monde qui ornait un pan du mur. La Danavie s'étendait à l'ouest de l'empire et de hautes montagnes bordaient sa frontière nord.

— Le roi Keral aimerait pousser notre avantage jusqu'au col de l'Aigle, pour protéger la vallée des raids hivernaux. Mais la saison militaire touche à sa fin, il ne veut pas s'engager dans une offensive à l'issue trop incertaine.

— Vous êtes conscient de notre incapacité à prédire les phénomènes météorologiques ? lui demanda la voisine d'Élyne. Les prophéties ne sont fiables que lorsqu'on s'intéresse à des comportements humains.

— On m'en a averti. Ma question porterait plutôt sur l'état des défenses valeansiennes. Est-il envisageable d'en venir à bout en moins d'un mois ?

L'entretien devenait trop technique pour Élyne, qui s'était spécialisée en stratégies commerciales. Elle laissa son regard dériver en direction de la fenêtre. Un petit dragon blanc se dorait au soleil sur le toit d'en face. Elle aurait bien aimé s'accorder une sieste, elle aussi.

Un coup de coude de son voisin la ramena au moment présent. Élyne s'efforça de reprendre le fil de la discussion, sans grand succès. Les échanges s'enlisaient dans des considérations toujours plus éloignées de son domaine d'expertise. Elle ne pouvait même pas se distraire en déchiffrant les expressions du lieutenant, qui conservait un visage impassible.

Les débats s'éternisèrent durant plus de deux heures, pendant lesquelles les initiés explorèrent minutieusement tous les aspects militaires et diplomatiques de l'offensive. Ils mentionnèrent des risques d'éboulements déclenchés par les mages valeansiens, listèrent les avantages comparatifs des attaques de jour et de nuit, étudièrent les préférences du roi Keral de Danavie… Élyne n'eut à intervenir qu'une seule fois, pour demander une précision ponctuelle sur les approvisionnements en nourriture. Elle avait hâte de retrouver des prophéties moins politiques. Les entretiens avec des marchands ou artisans nécessitaient en général moins d'endurance.

Une vague de soulagement la parcourut quand Vadyan annonça enfin qu'ils en avaient terminé. Darel Voklan se leva de son siège et quitta la pièce, escorté par les deux protecteurs. Le bruit de leurs pas décrut progressivement.

— Heureusement que toutes les séances ne sont pas aussi techniques que celle-là ! clama alors Madena.

— Pour une fois qu'un client maîtrise les détails, tu ne vas pas te plaindre ? la taquina Vadyan. C'était passionnant.

— Certains d'entre nous sont moins intéressés par les stratégies militaires que toi, rétorqua l'oracle d'un ton sec.

— C'est pour ça que tu as une armée d'initiés à tes ordres, prêts à décrypter à ta place les désirs de tes clients, renchérit Vadyan en ponctuant sa phrase d'une courbette moqueuse.

— Moi, j'ai surtout trouvé cocasse que le roi Keral nous envoie ce lieutenant-là pour une prophétie sur le col de l'Aigle, releva le voisin d'Élyne.

Une lueur espiègle traversa le regard de Vadyan.

— En effet. J'imagine que Darel Voklan n'a que trop entendu parler des spécificités de l'endroit. Il a toutefois réagi de manière très professionnelle et n'a rien laissé paraître.

— Qu'est-ce que ce col a de si particulier ? s'étonna Élyne.

La fiche du lieutenant le mentionnait sûrement, mais elle avait lu en diagonale les détails de sa carrière militaire. Ses titres, possessions et implications dans divers commerces l'avaient déjà bien assez occupée.

— Les Danaviens y ont mené une offensive importante il y a quatre ans. Darel Voklan était sergent à l'époque et a ordonné une retraite prématurée de ses troupes. Son supérieur lui avait fourni des informations incomplètes, quelque chose comme ça. Toujours est-il que sa décision a désynchronisé une partie de l'armée et retardé la victoire danavienne de plusieurs jours. Ça aurait même été pire si la princesse Aklune n'avait pas déployé sa magie pour stopper l'avancée ennemie. Une cour martiale l'a blanchi, mais il a quand même écopé d'une série de réprimandes.

— Pourquoi l'avoir nommé émissaire dans ce cas ?

Vadyan haussa les épaules.

— En dépit de cette erreur de jeunesse, il maîtrisait la situation. Et puis, n'oubliez pas qu'il est noble, des considérations politiques se sont sûrement ajoutées à la décision de l'envoyer. Il s'agissait peut-être d'un test pour établir ses capacités à représenter son pays. À moins que les autres militaires plus gradés aient été occupés ailleurs.

Élyne se désintéressa de la suite de la discussion, mais elle retint l'anecdote sur le col de l'Aigle. Lyvia adorerait voir le lieutenant comme une victime persécutée. Elle patienta sagement pendant le bilan de Madena puis se glissa hors de la salle dès que l'oracle se déclara satisfaite.

Sevan l'attendait dans leur chambre avec une pleine théière d'infusion aux herbes. L'odeur parfumée qui s'en échappait allégea aussitôt l'humeur d'Élyne.

— Tu es parfait, lui lança-t-elle en attrapant une tasse.

— Je me doutais que ta réunion s'éterniserait.

— Ils ont passé des heures à débattre de points techniques. Mais au moins, c'est terminé.

Elle s'affala sur leur canapé et Sevan s'approcha pour lui masser les épaules. Ses muscles se détendirent les uns après les autres et elle ferma les yeux pour profiter de l'instant.

— Tu as des plans pour la soirée ? reprit-il en déposant un baiser au creux de son cou.

— Je monte voir les étoiles avec Lyvia.

Une lueur de déception traversa le regard de son compagnon.

— Tu peux toujours nous accompagner si tu veux, le taquina-t-elle.

— Sans façon. Les charmes du froid et de l'obscurité me laissent insensible.

Le contraire l'aurait étonnée.

— Et toi, tu as des projets ?

— J'en profiterai peut-être pour rendre visite à mes parents.

De nombreux initiés sortaient en ville le soir, mais Sevan se joignait rarement à eux. Il économisait pour subvenir aux besoins de sa mère, dont la maladie exigeait de coûteux remèdes.

— Passe-leur le bonjour de ma part !

— Je n'y manquerai pas. Ils seront contents d'avoir de tes nouvelles.

Les trois coups de cloche du dîner retentirent dans le bâtiment voisin. Élyne quitta le canapé à regret. Elle déposa un baiser sur les lèvres de Sevan et ils prirent le chemin du réfectoire, main dans la main.

Ils s'installèrent au bout d'une table et se lancèrent rapidement dans de grands débats sur la pertinence de l'orthographe danavienne, ce qui leur attira des regards exaspérés de leurs camarades les plus proches. Lyvia débarqua quelques instants plus tard, mais fronça le nez en les entendant argumenter. Elle leva les yeux au ciel avant de se diriger vers un groupe moins studieux.

— Avoue tout, lâcha Élyne à voix basse. Tu as délibérément choisi ce thème de discussion pour faire fuir Lyvia, n'est-ce pas ?

Sevan partit d'un rire franc tout en découpant sa part de rôti.

— Tu m'as percé à jour. Me le pardonneras-tu ? Elle va te monopoliser ce soir, j'ai bien le droit de profiter de toi pour le dîner.

Élyne lui répondit d'un regard faussement exaspéré. Sevan et Lyvia passaient leur temps à se chamailler, elle avait renoncé des années plus tôt à les en empêcher. Ils l'aimaient tous les deux, chacun à leur façon, et ça lui suffisait. Elle continua donc de débattre linguistique avec son compagnon, puis rejoignit son amie quand le repas fut terminé.

Après un rapide crochet pour récupérer des châles et leurs capes de laine, elles prirent la direction du bâtiment nord. Comme prévu, Lyvia profita du trajet pour extorquer à Élyne les informations glanées sur le lieutenant.

Elles s'engagèrent dans un escalier excentré, dont l'apparence étroite et sinueuse décourageait la plupart des initiés. Il menait pourtant à un poste d'observation parfait : une salle désaffectée, juste sous les toits. Élyne l'avait découverte des années plus tôt, au gré de ses explorations du Sanctuaire.

La vue valait au centuple l'effort fourni pour monter jusque-là : deux rangées de vitres dévoilaient un superbe panorama sur la ville ainsi qu'un horizon complètement dégagé. Lyvia ouvrit la fenêtre la plus proche, devant laquelle elles avaient tiré des fauteuils récupérés à l'étage du dessous. Elles s'y lovèrent en silence et profitèrent du spectacle de la nuit.

Les Jumeaux resplendissaient ce soir-là. Lydan s'élevait très haut dans le ciel en un fin croissant blanc, mais pour une fois, son frère de plus petite taille l'éclipsait. Lovan s'approchait en effet de la pleine lune et scintillait au-dessus de l'horizon, dans des tons flamboyants.

Plusieurs étoiles émergèrent du néant tandis que la vision d'Élyne s'adaptait à l'obscurité. La Gardienne étincelait au zénith, fidèle à son poste. Tout autour d'elle, la constellation du Dragon déployait ses larges ailes immatérielles. Élyne prit le temps d'admirer le messager des dieux, toujours aussi imposant et majestueux, puis tourna son regard plus au nord.

En direction du Grimoire, sa configuration stellaire préférée. Les astres qui le constituaient brillaient d'un éclat moindre, mais elle savait quoi chercher. Quelques instants plus tard, elle avait repéré ses deux étoiles principales, qui dessinaient la reliure de l'ouvrage. Un livre ouvert se devinait ensuite autour, en filigrane.

La légende voulait que chaque constellation corresponde à un héros des jours anciens, distingué pour son comportement exemplaire. Le Grimoire glorifiait le souvenir d'un érudit dont les connaissances médicales avaient permis d'enrayer deux épidémies. Pour Élyne, il symbolisait la victoire de l'intelligence sur la force.

Elle le contempla un long moment et savoura le sentiment de plénitude qu'il lui offrait. Rien d'autre n'avait d'importance, pas même les courants d'air et la nuit qui s'écoulait.

— Saison après saison, c'est toujours aussi beau, souffla Lyvia sur sa droite. Même si j'ai hâte de voir arriver le solstice.

Sa constellation fétiche, le Soldat, n'apparaissait qu'au début de l'hiver. Son passage éphémère prendrait fin avec le printemps, mais elle brillerait de mille feux durant ces quelques mois.

— Toi, tu es encore en train de rêver au lieutenant danavien, la taquina Élyne en rajustant son châle.

— Peut-être qu'il admirera le Soldat cet hiver, lui aussi.

— Qui sait ? Tu pourras lui poser la question, si tu le recroises.

Une moue dubitative se dessina sur le visage de son amie, éclairé par le faible clair des lunes. Élyne éclata de rire avant de se perdre dans les mystères de la voûte étoilée.

Chapitre 3

Mensonges

Les marches de l'escalier paraissaient tout de suite plus escarpées quand on ne les gravissait pas pour s'octroyer un moment de détente… Tant pis pour Élyne, ça lui apprendrait à oublier son châle après avoir admiré les étoiles. Les matinées étaient trop fraîches pour qu'elle s'en passe jusqu'à leur prochaine séance d'astronomie.

Elle se lança dans l'ascension en maugréant contre elle-même et s'accorda un instant pour retrouver son souffle une fois parvenue au sommet. De jour, leur poste d'observation offrait une magnifique vue sur la ville, qui fourmillait d'activités. Elle se détourna néanmoins du spectacle après quelques minutes : ça ne valait pas le calme mystérieux du ciel nocturne.

Son châle formait un tas informe de tissu sombre au pied d'un fauteuil. Il avait donc bien glissé de son cou pendant la soirée, à un moment où elle était trop absorbée par sa contemplation pour le remarquer.

Élyne se baissa pour le récupérer, mais s'interrompit en découvrant qu'un papier s'était dissimulé dessous. Ou plus probablement, il était tombé au sol et le châle s'était affalé dessus. Elle ramassa le document, qui se révéla être un courrier décacheté, porteur du sceau de la supérieure. Daté de la veille, il s'étalait sur quelques lignes :

Serait-il possible d'organiser une prophétie ce soir ? J'attends votre transcription au plus vite.

Voici les mots-clés à utiliser pour le cas où la transe dévierait : Voklan, armée, offensive, col de l'Aigle, Valeans, Danavie, préparatifs militaires.

Élyne se figea. De ce qu'elle en savait, Lyvia et elle étaient les seules à fréquenter cette salle. Comment ce document avait-il pu arriver là ?

Elle étudia les alentours, en quête d'explications. Rien d'autre ne traînait au sol, pas même sous les sièges, mais le contenu d'une vieille armoire attira son attention. Des fournitures s'entassaient sur les étagères : une liasse de papiers blancs et trois crayons, accompagnés d'une écritoire de bois sur laquelle des feuilles étaient encore fixées. Rien de cela ne figurait dans la pièce le jour où elle l'avait découverte, c'était trop neuf.

Élyne fronça les sourcils et examina le tout. Les documents étaient vierges, mais on devinait des marques par endroits, vestige des mots qui avaient été inscrits d'une main ferme sur la page du dessus. En noircissant délicatement le papier avec un crayon, elle révéla quatre paragraphes de texte.

L'écriture était celle de Lyvia, même si les lettres étaient formées à la va-vite, à la limite de la lisibilité.

Des soldats campent dans la passe, déchiffra-t-elle en plissant les yeux. *Ils portent une bannière rouge et blanche*. Plusieurs lignes s'ensuivaient, tout aussi obscures.

Le document mentionnait pêle-mêle une charge de cavaliers, des cheveux flottant au vent et une imposante explosion. Ça ressemblait à une transcription de prophétie. La bannière rouge et blanche était probablement celle de Valeans, ce texte devait correspondre à la demande du lieutenant Voklan. Même s'il n'avait pas signalé de risque d'explosion.

Quand Lyvia avait-elle pris ces notes ? Son amie lui cachait visiblement un certain nombre de choses. Elle se trouvait cependant à une conférence sur les différentes perceptions de la noblesse, Élyne ne pourrait l'interroger qu'après le déjeuner.

Elle détacha la feuille puis la glissa dans la poche de sa robe, aux côtés de la lettre. Madena devait avoir demandé l'assistance de Lyvia pour ses séances d'oracle, Élyne ne voyait que cela. Mais ça n'expliquait pas pourquoi ces documents s'étaient retrouvés dans leur salle d'astronomie.

Un rayon de soleil s'invita dans la pièce, lumineux rappel du temps qui passait. La matinée avançait et Sevan l'attendait sûrement à la bibliothèque, il finirait par s'inquiéter de son absence. Elle regagna l'escalier à contrecœur, des questions plein la tête.

La concentration d'Élyne s'effilochait, page après page. Elle avait déniché un livre bien documenté sur les coutumes commerciales valeansiennes, mais ses pensées persistaient à dériver loin de la bibliothèque, vers ses découvertes de la salle d'astronomie.

— Est-ce que tu sais si Lyvia effectue des travaux particuliers pour le compte de Madena ou de Tinavia ? demanda-t-elle finalement à Sevan.

Ce dernier lui jeta un regard interloqué.

— Tu serais la première au courant si c'était le cas, non ? Vous êtes tout le temps ensemble.

Elle acquiesça à contrecœur. Sevan venait de toucher du doigt le point qui la dérangeait le plus : quelle que soit la signification de tous ces documents, Lyvia lui cachait des choses. Elles s'étaient pourtant toujours confiées l'une à l'autre…

Sevan se replongea dans l'étude du lourd volume ouvert devant lui, mais Élyne ne se sentait pas d'humeur à l'imiter. Elle se récita mentalement le contenu de ce qu'elle avait trouvé, une fois de plus. Lyvia avait assisté Madena lors de l'établissement de sa dernière prophétie, cela semblait évident, mais quand en avait-elle trouvé le temps ?

Avant leur contemplation des étoiles ? Il ne s'était écoulé qu'une poignée de minutes entre la fin de la réunion préparatoire et le dîner, durant lequel Lyvia et Madena n'avaient pas partagé la même table. C'était trop court.

Après ? Ça commençait à faire tard, mais pourquoi pas… Élyne n'imaginait cependant pas l'oracle s'installer dans une pièce aussi rudimentaire et peu accessible que leur salle d'astronomie. Et si la rencontre avait eu lieu ailleurs, pourquoi Lyvia se serait-elle ensuite fatiguée à remonter son écritoire pour la ranger dans l'armoire ? Ça n'avait aucun sens.

De toute façon, si le châle était tombé sur la lettre de Lyvia, et pas dessous, cela signifiait que le document avait glissé des mains de son amie tôt dans la soirée – et qu'elle n'avait pas cherché à le récupérer par la suite.

Élyne poussa un soupir exaspéré. La séance prophétique ne pouvait quand même pas avoir eu lieu pendant qu'elles regardaient les étoiles ! À moins que… Lyvia avait stocké son matériel d'écriture dans leur salle d'observation, il devait bien y avoir une raison à cela. Et si Madena n'avait rien à voir avec cette prédiction ?

— Dis, Sevan, est-ce qu'il m'arrive parfois de me comporter bizarrement ? demanda-t-elle à mi-voix.

— Que veux-tu dire par là ? s'étonna-t-il. Poser des questions étranges ? Tu fais ça tout le temps.

— Non. Plutôt parler d'une manière inhabituelle, ou ce genre de choses.

Il lui lança un regard surpris.

— Je n'ai rien remarqué, pourquoi ?

— Je suis tombée sur des choses bizarres.

Elle lui raconta ses découvertes et les sourcils de Sevan se froncèrent.

— Je n'ai pas la moindre idée de ce que ça signifie, décréta-t-il après quelques secondes de silence, mais quel rapport avec toi ?

— J'ai l'impression que Lyvia a pris ces notes pendant notre séance d'astronomie…

Élyne n'osait pas pousser son raisonnement jusqu'au bout, exprimer ses hypothèses à voix haute leur donnerait trop de réalité. Elle ne se souvenait de rien, c'était bon signe, non ? Et puis, à dix-huit ans, elle était trop jeune pour devenir une oracle, Madena avait développé ses pouvoirs à vingt-cinq ans révolus.

— Tout cela a certainement une explication simple, décréta Sevan après un moment d'hésitation. Lyvia te la donnera dès qu'elle sortira de sa conférence, ce qui ne devrait plus tarder.

Élyne acquiesça, à demi convaincue seulement. Si ses craintes se révélaient fondées, son amie lui avait menti. Dans ce cas, rien ne l'empêcherait de recommencer.

Elle fouilla une fois de plus ses souvenirs de la veille, en quête d'indices. La soirée avait filé à toute vitesse, comme chaque fois qu'Élyne se perdait dans la contemplation des étoiles. Elle pouvait tout à fait être partie en transe sans le savoir. D'ailleurs, son châle avait glissé de ses épaules sans qu'elle le remarque. Un froid glacial l'envahit. S'imaginer oracle ne serait pas si difficile…

Cette hypothèse expliquerait par ailleurs tout le reste. Le contenu de la lettre de Tinavia, le matériel d'écriture stocké dans le placard, le brouillon de prophétie. Élyne pouvait presque visualiser la scène dans sa tête : son amie constate qu'elle part en transe, court chercher papier et crayon avant de sortir le courrier de la supérieure pour consulter sa liste de mots-clés. Le document glisse quand elle le remet dans sa poche et tombe au sol. Trop occupée par sa prise de notes, elle ne voit pas le châle le recouvrir… Une question resterait cependant en suspens : pourquoi lui avoir caché la vérité ? Elle aurait été ravie de se découvrir des dons d'oracle.

Une chose était certaine : Élyne n'aurait plus un instant de tranquillité tant qu'elle n'aurait pas confirmé ou infirmé ses soupçons. La graine du doute s'était enracinée dans son esprit, tenace et insidieuse.

Il lui fallait une preuve irréfutable, mais où la trouver ? Fouiller la chambre de Lyvia serait l'option de facilité, mais Élyne s'y refusait. La jeune femme était son amie, jusqu'à preuve du contraire. De simples suspicions ne justifiaient pas de s'introduire chez elle pour espionner ses correspondances.

Restait le bureau de la supérieure. Y pénétrer serait plus difficile – et plus risqué –, mais Tinavia était une personne organisée : le rangement impeccable de ses dossiers avait impressionné Élyne lors de leurs rares entretiens. Un coup d'œil dans ses documents suffirait sûrement pour découvrir les dernières prophéties ainsi que leurs auteurs. Ça valait la peine d'y réfléchir, en tout cas.

— Je vais faire un tour, annonça-t-elle à Sevan. Je suis trop inefficace, j'ai besoin de prendre l'air.

— Tu veux que je t'accompagne ?

— Ça ira, ne t'en fais pas.

Il serait horrifié d'apprendre ses plans, mieux valait procéder seule et l'informer de ses trouvailles plus tard.

Elle quitta la bibliothèque puis s'installa sur le banc d'une cour intérieure pour réfléchir.

Avant d'agir, il lui fallait évaluer les risques. Le Sanctuaire excluait rarement ses initiés, et seulement en cas de contamination magique importante, mais être surprise dans le bureau de la supérieure compromettrait la place d'Élyne dans le groupe de Madena. Elle perdrait ses privilèges durement gagnés et serait de nouveau affectée aux permanences d'accueil des clients. Sans même parler des tâches administratives que Tinavia distribuait comme des punitions.

Quelques minutes suffiraient néanmoins pour consulter les dossiers du moment et faire taire ses craintes… En s'assurant d'une diversion efficace, le danger resterait raisonnable.

S'assurer de l'absence de la supérieure ne poserait pas de problème, elle finirait bien par sortir déjeuner. La véritable difficulté serait d'éloigner le protecteur en faction devant sa porte.

L'option la plus évidente serait de crier à l'incendie, mais les gardes s'apercevraient rapidement de la supercherie. Et Élyne ne se sentait pas de mettre le feu aux tapisseries – à supposer d'ailleurs qu'elle y parvienne.

Que pouvait-elle tenter d'autre ? Une série de ronflements saccadés attira son regard vers l'arbre le plus proche, où un petit dragon brun somnolait entre les branches. L'un des reptiles avait dévasté une salle d'audience deux mois plus tôt, après avoir traversé par erreur une fenêtre entrouverte. Il avait roussi les lambris, brisé des bibelots et éraflé les chaises avant que des protecteurs paniqués l'évacuent enfin.

Élyne pouvait s'inspirer de cet incident. Elle ne s'aventurerait pas à capturer un dragon pour le relâcher à l'intérieur, ils étaient trop sauvages pour ça, mais prétendre en avoir vu passer un… elle tenait quelque chose !

L'heure du déjeuner approchant, Élyne se faufila jusqu'au couloir qui menait au bureau de la supérieure. Elle se glissa dans l'ombre d'un étroit escalier, d'où elle pourrait surveiller les allées et venues en toute tranquillité.

Tinavia émergea de la pièce et s'éloigna dans la direction du réfectoire. Jusqu'ici, tout se déroulait comme prévu. Élyne patienta jusqu'à ce que le bruit de ses pas se soit complètement estompé, puis grimpa d'un étage.

Elle déboucha dans un large corridor, aussi désert qu'elle l'avait espéré. Les affaires sérieuses commençaient. Après un dernier regard autour d'elle, elle ouvrit la plus grande des fenêtres.

Il ne lui restait plus qu'à simuler les dégâts de son dragon fictif. Un coup de pied dans une armure décorative suffit pour l'envoyer au sol, entraînant un vase dans sa chute. Des bris de porcelaine se dispersèrent sur plusieurs mètres, jusque sous les commodes voisines, dans un vacarme retentissant. L'ensemble avait de l'allure, mais elle pouvait sûrement faire mieux.

La cheminée de la salle de réunion la plus proche regorgeait de bois charbonné, qu'elle utilisa pour noircir buffets et tentures avant de fracasser un nouveau bibelot dix mètres plus loin. Elle tendit l'oreille en quête de bruit de pas, mais rien ne venait pour le moment.

Son couloir en désordre commençait à ressembler à quelque chose. Satisfaite, elle essuya ses mains sur l'intérieur de sa robe et se précipita dans l'escalier, espérant arriver hors d'haleine devant le bureau.

— Un dragon s'est introduit à l'étage du dessus ! cria-t-elle d'une voix stridente. Je ne sais pas comment il est rentré, mais il casse tout !

L'homme lâcha un juron fleuri.

— Je me disais bien que j'avais entendu des bruits bizarres. Je vais voir ce que je peux faire, ajouta-t-il après une brève hésitation. De votre côté, foncez avertir le poste de garde du rez-de-chaussée !

Élyne acquiesça et fit mine de se mettre en route, avant de rebrousser chemin quelques pas plus tard. Elle passerait par le poste de garde après être ressortie, personne ne remarquerait un décalage de quelques minutes.

Le protecteur avait disparu dans l'escalier, lui laissant le champ libre. Elle tira de sa poche l'épingle à cheveux qu'elle gardait toujours en dépannage, força la grosse serrure métallique et se glissa à l'intérieur.

La pièce était aussi impressionnante que dans ses souvenirs, avec ses murs tapissés d'étagères jusqu'au plafond. Livres et documents s'entassaient de toutes parts dans des piles soigneusement ordonnées. Par où commencer sa fouille ?

L'énorme coffre installé sous la fenêtre ne contenait que des fournitures en tous genres : bougies, bouteilles d'encres de diverses couleurs et papiers vierges. Élyne le referma, contourna les larges fauteuils réservés aux invités et se plaça face au bureau. Le premier dossier sur sa droite révéla une liasse de courriers en provenance des duchés de l'Est, elle l'écarta aussitôt. Celui du dessous était libellé au nom du lieutenant Voklan.

Élyne s'en saisit d'une main fébrile. Les premières pages étaient de la main de Madena, récapitulant les enjeux soulevés lors de la réunion préparatoire, rien de bien intéressant. Le document suivant portait l'écriture de Lyvia, il ne s'agissait néanmoins que d'une retranscription au propre de son brouillon de prophétie. Datée de la veille, mais sans aucune mention de l'oracle concerné.

Suivaient plusieurs feuillets rédigés par Tinavia elle-même. Des textes d'allure officielle, prêts à être remis au client, mais aussi des notes personnelles. Élyne les parcourut en diagonale, jusqu'à tomber sur son nom, griffonné dans un coin et entouré d'un trait de plume.

Elle se figea, le cœur battant, mais le contexte ne permettait pas d'en déduire grand-chose. Ça parlait de liste à établir, de paramètres à prendre en compte, sans être plus précis. Il faudrait tout étudier, mais Élyne ne pouvait pas embarquer quoi que ce soit, son histoire de dragon tapageur ferait porter les soupçons sur elle si des documents disparaissaient.

Elle hésitait encore quand des bruits de pas résonnèrent dans le couloir. Déjà ?

— Je me fiche de vos hypothèses, vitupéra Tinavia d'une voix étouffée par le battant de la porte. Retrouvez-la au plus vite ! Et profitez-en pour mettre la main sur l'incompétent qui aurait dû surveiller cet endroit.

Élyne replaça précipitamment les pages et plongea sous le bureau, espérant contre toute vraisemblance que la supérieure ne ferait que passer.

— Votre oracle ne pourra pas quitter les bâtiments, la rassura son interlocuteur pendant qu'une clé tournait dans la serrure. Où qu'elle se cache, nous la trouverons.

— Si elle se cache, c'est qu'il est déjà trop tard, rétorqua Tinavia. Quel besoin l'autre gourde avait-elle de laisser traîner ses courriers ? Et cette porte qui n'est plus verrouillée, c'est vraiment n'importe quoi !

Le battant s'ouvrit dans un grincement sourd. Élyne se recroquevilla sous le bureau. Était-ce d'elle qu'ils parlaient ? Cette discussion semblait confirmer ses craintes, mais l'administration n'avait aucun moyen d'apprendre qu'elle avait trouvé la lettre de Lyvia.

Le raclement d'une chaise la tira de ses réflexions et elle s'aplatit contre le fond du meuble, espérant passer inaperçue. Elle ne put cependant réprimer un couinement de douleur quand un pied frappa contre ses côtes.

— Je crois qu'il n'est plus nécessaire de chercher, grogna Tinavia en reculant son fauteuil. Eh bien, Élyne, que faites-vous ici ? Et qui vous a permis d'entrer ?

Élyne resta figée dans sa cachette, sans savoir quoi répondre. Dans quel guêpier s'était-elle fourrée ? La supérieure lui jeta un regard assassin, mais son expression vira à l'exaspération. Elle se détourna après quelques secondes.

— Tirez-la de ce recoin idiot, ordonna-t-elle à ses gardes. Je vais prévenir les autres de cesser les recherches, nous discuterons de la situation à mon retour.

Elle tourna les talons et la porte claqua derrière elle. Deux protecteurs déboulèrent aussitôt dans le champ de vision d'Élyne. Le plus proche lui adressa un sourire ridiculement artificiel.

— Soyez raisonnable, la cajola-t-il. Sortez d'ici, nous ne vous voulons aucun mal et vous serez mieux installée sur une chaise.

Elle acquiesça à contrecœur, s'extirpa de sa cachette avec précaution et détourna le regard.

— Très bien, la félicita le premier garde tandis que son collègue s'interposait entre elle et la porte. Asseyez-vous, la supérieure reviendra vite.

Élyne obéit sans discuter. Ses jambes flageolantes la portèrent jusqu'au siège le plus proche, où elle se laissa tomber. Elle se sentait plus vide que jamais. Lyvia la manipulait, depuis quand et pourquoi ? Combien de leurs séances nocturnes n'avaient été que des prétextes pour lui extorquer des prophéties en toute discrétion ? La moitié, si elle se basait sur le nombre d'entretiens auxquels elle avait assisté ces dernières années. Dire qu'elle l'avait crue son amie !

Un silence pesant s'installa, jusqu'à ce que de nouveaux bruits de pas la fassent tressaillir. Tinavia resurgit dans la pièce quelques secondes plus tard, accompagnée de deux protecteurs supplémentaires.

— Une fausse intrusion de dragon, sérieusement ? commenta-t-elle d'une voix courroucée. Vous êtes dotée d'une imagination débordante, Élyne, mais qu'est-ce qui vous est passé par la tête ?

Au vu de la situation, autant jouer cartes sur table et espérer en apprendre davantage.

— Je cherchais simplement à comprendre, avoua-t-elle. Qu'est-il arrivé hier soir ?

— Vous vous en doutez déjà, n'est-ce pas ? Sevan m'a fait part de vos hypothèses.

Élyne accusa le coup. Au fond d'elle-même, elle avait deviné la trahison de Lyvia au moment où elle avait mis la main sur sa correspondance secrète. Mais Sevan ? Elle ne pouvait accepter que son compagnon l'ait manipulée, lui aussi.

C'était néanmoins logique qu'il sache, en y réfléchissant. Il l'avait accompagnée voir les étoiles quatre ans plus tôt – la toute première fois – et refusait catégoriquement d'y retourner depuis. Il avait dû se passer quelque chose ce soir-là. Une toute première transe prophétique ?

— J'aurais aimé que vous n'appreniez pas les choses de cette façon, reprit la supérieure après un bref silence.

— Vous auriez aimé que je n'apprenne jamais rien, corrigea Élyne.

— En effet, admit son interlocutrice avec un haussement d'épaules. Ça aurait simplifié la situation, pour tout le monde.

Élyne la gratifia d'une moue dubitative.

— Je vous assure que si. Pourquoi pensez-vous que nous vous avons menti ? Ce n'était pas pour le plaisir de vous manipuler.

— Pourquoi, alors ?

— Les pouvoirs prophétiques sont difficiles à maîtriser et les contacts magiques ne sont pas les seuls dangers à éviter. Un oracle conscient de sa nature biaise sans le vouloir ses prédictions en fonction de ses opinions et de ses envies. L'ignorance est le moyen le plus simple de contourner cela.

Élyne pinça les lèvres, peu convaincue.

— Il doit exister d'autres solutions.

La logistique nécessaire pour soutirer des prophéties aux oracles sans qu'ils le sachent devait être excessivement lourde. Il fallait intégrer les personnes concernées aux groupes d'entretiens avec les clients pour les sensibiliser aux enjeux, les mettre dans des conditions optimales pour provoquer des prédictions aux bons moments, éviter les déclencheurs de transe le reste du temps… Et tout cela sans éveiller le moindre doute.

Cela expliquait en tout cas que les règles anti-magie s'appliquent aussi aux initiés, le Sanctuaire protégeait ainsi les dons des oracles qui ignoraient l'être.

— Des alternatives existent, concéda son interlocutrice, mais vous ne les aimerez pas non plus. Maintenant que vous avez tout découvert, nous devrons filtrer vos communications avec l'extérieur pour contrôler vos sources d'information. Quitter le Sanctuaire vous sera interdit, sauf pour des cas de force majeure et sous la surveillance d'une escorte.

Élyne frissonna.

— Vous ne pouvez pas me cloîtrer ici !

Elle appréciait trop ses escapades en ville pour y renoncer.

— Bien sûr que si, mais la situation sera plus confortable pour nous tous si vous acceptez de collaborer. Ne vous focalisez pas sur le négatif, votre statut vous apportera aussi de nombreux avantages. Regardez Anise : est-ce qu'elle vous semble malheureuse ?

— Qu'est-ce qu'Anise vient faire dans tout ça ?

Les initiés apprenaient à éviter l'irritable sexagénaire rousse dès leur première semaine dans les locaux. Sa condition d'oracle lui était montée à la tête et elle prenait un malin plaisir à tout régenter autour d'elle.

— C'est la seule véritable oracle de notre liste officielle, Madena et les autres sont de simples initiés qui ont accepté de se prêter au jeu et organisent les réunions pour le bénéfice de gens comme vous. Anise lit l'avenir dans les flammes, ce qui nous a empêchés de lui cacher son don : la moindre bougie pouvait l'envoyer en transe… Elle s'est toutefois parfaitement accommodée de la situation.

Mensonges

Élyne esquissa une grimace dégoûtée. Personne ne la verrait jamais se pavaner dans le Sanctuaire de la sorte.

— Vos choix n'ont pas besoin d'être les mêmes que les siens, insista Tinavia. Vous pourriez emménager avec Sevan dans des appartements plus luxueux, par exemple.

— Que savait Sevan de tout cela ? osa enfin demander Élyne.

Le simple fait de l'évoquer ravivait la souffrance de sa trahison. Son compagnon n'avait tenté de la rassurer que pour filer avertir la supérieure dans son dos...

— Il vous aime plus que tout au monde, vous en êtes consciente ?

— Ça ne répond pas à ma question.

Tinavia haussa de nouveau les épaules.

— Il savait tout, bien sûr. Nous ne prenons aucun risque avec les entourages de nos oracles, une transe est trop vite arrivée.

Une réponse aussi prévisible que douloureuse. Comment Élyne pourrait-elle démêler les mensonges des mots d'amour, maintenant ? Le doute s'insinuerait dans chacun de ses souvenirs.

— Si ça peut vous rassurer, poursuivit la supérieure, nous l'avons forcé à collaborer et il a refusé toute rémunération pour ce travail supplémentaire. Vous vous doutez bien qu'avec la maladie de sa mère, il ne pouvait pas se permettre de se faire renvoyer.

Élyne tressaillit. Cette explication semblait crédible, la mère de Sevan avait besoin du salaire de son fils pour se payer ses remèdes. Côté négatif, cela signifiait que son compagnon se plierait à d'éventuels nouveaux ordres, quels qu'ils soient et sans lui en parler. Elle ne pourrait plus jamais lui faire confiance. Des larmes lui montèrent aux yeux, elle serra les dents et les essuya d'un revers de main. Cinq ans de relation, et Tinavia venait de tout balayer en quelques phrases…

À quoi pouvait-elle encore se raccrocher ? Dans l'état où elle était, mieux valait ne pas poser la question des motivations de Lyvia, la réponse risquait de broyer ce qu'il lui restait d'espoirs. Son amie avait toujours aimé l'argent, les spectacles et les belles robes…

— Laissez-vous le temps d'envisager la suite, reprit Tinavia avec une douceur surprenante. Je peux vous promettre richesse, confort et pouvoir, vous y prendrez goût.

— Je ne veux rien de tout cela ! protesta Élyne en frappant du poing sur l'accoudoir de son fauteuil.

Elle avait intégré le Sanctuaire pour étancher sa soif de connaissances et parce que peu de carrières s'offraient aux orphelins, pas pour s'enrichir ! Dire qu'elle avait imaginé se construire une famille de substitution au sein des initiés, la voilà servie…

Le regard de la supérieure se durcit.

— Vous coopérerez, Élyne, de gré ou de force. Reposez-vous, prenez le temps d'y réfléchir et nous rediscuterons de votre futur.

Elle se tourna alors vers les protecteurs.

— Emmenez-la dans le bâtiment nord et assurez-vous qu'elle y reste pour le moment. Offrez-lui tout le confort qu'elle demandera, je vous ferai parvenir de nouvelles instructions dans la soirée.

Les gardes acquiescèrent et se regroupèrent autour d'Élyne. Elle se figea sur son siège, les mains crispées sur les accoudoirs. Cela faisait plusieurs années que le gigantesque bâtiment nord était vide et en travaux…

Mensonges

— Vous avez entendu la supérieure, lui glissa le protecteur le plus proche. Ne vous rendez pas les choses plus difficiles, accompagnez-nous sans faire d'histoire.

Elle frémit devant la menace sous-jacente et se releva.

L'homme la gratifia d'un sourire encourageant avant de l'escorter dans le couloir. Les trois autres protecteurs leur emboîtèrent aussitôt le pas.

Ils la guidèrent jusque dans le bâtiment nord, en effectuant plusieurs détours par des zones désaffectées pour en éviter d'autres plus passantes. La supérieure cherchait à l'isoler, craignant peut-être qu'Élyne révèle ses découvertes à ses camarades initiés. Si Anise était la seule véritable oracle dans la liste officielle du Sanctuaire, il devait en rester trois qui s'ignoraient. De qui pouvait-il s'agir ? Chaque groupe d'entretien en comptait un, mais cela laissait encore trop de possibilités.

La vue d'une tapisserie familière arracha Élyne à ses pensées. Elle connaissait ce passage, il menait à l'escalier de son observatoire. Cette constatation la figea sur place. Pourraient-ils la forcer à émettre des prophéties si Tinavia le leur demandait ?

— Est-ce qu'il y a un problème ? s'enquit le garde posté sur sa droite.

Ils n'étaient plus que deux pour la surveiller, leurs collègues avaient disparu dans des couloirs adjacents au fil de leur avancée. Enhardie par leur absence, Élyne planta son regard dans celui de l'homme.

— Où m'emmenez-vous ?

— À l'étage. Nous veillerons à ce que vous y soyez bien installée, ne vous en faites pas.

Élyne secoua la tête d'un mouvement catégorique.

— Je n'irai pas. Trouvez-moi un autre endroit.

Elle refusait de se voir utilisée comme pourvoyeuse de prédictions. Le Sanctuaire venait de lui arracher les deux personnes qui lui étaient les plus chères, elle ne le laisserait pas s'en sortir aussi facilement !

— Ne faites pas l'enfant, s'irrita le protecteur.

Il l'attrapa par le coude et la tira vers l'avant.

— Lâchez-moi ! protesta-t-elle.

Il n'en desserra pas sa prise pour autant et poursuivit son avancée sans un mot, la traînant derrière lui comme un vulgaire paquet. Comment osait-il la traiter de la sorte ? Elle trébucha délibérément pour le forcer à ralentir. Il jura et s'efforça de la relever, elle en profita pour lui décocher un coup de pied dans le tibia.

Le garde glapit de douleur et relâcha sa prise par réflexe. Élyne se dégagea d'un geste brusque et tourna les talons. Avec quelques secondes d'avance, elle pourrait disparaître dans l'un des couloirs avant que les hommes la rattrapent...

Un coup au torse la cueillit deux pas plus loin, suivi par une claque retentissante. Elle s'étala au sol de tout son long, sonnée, et se mordit la langue au passage.

D'où était sorti ce troisième protecteur, exactement ? Elle ne l'avait pas entendu approcher.

— Ne vous avisez jamais de recommencer ce genre de chose, l'avertit-il d'une voix glaciale.

Il lui saisit le bras à son tour, la redressa sans douceur et la poussa en direction de l'escalier.

Chapitre 4
Prophétie

Les notes de musique s'égrenaient avec une précision de métronome. L'homme au teint sombre qui s'était installé à la harpe jouait correctement de son instrument, mais son exécution manquait de fluidité. Darel s'en fichait, il espérait seulement que son attente ne s'éterniserait pas.

Il s'était réjoui de recevoir le message du Sanctuaire en fin de matinée : sa prophétie venait d'être finalisée et on l'invitait à passer la récupérer en mains propres. Les portes du bâtiment à peine franchies, deux initiés catastrophés l'avaient néanmoins intercepté. Un incident de dernière minute avait pris la supérieure au dépourvu, lui avait-on expliqué. Elle se libérerait dès que possible pour honorer leur rendez-vous et le priait de bien vouloir patienter.

Les deux hommes l'avaient conduit dans ce salon richement meublé aux canapés moelleux et lui avaient offert un encas. L'endroit aurait été parfait pour passer un moment entre amis, mais ces initiés n'en étaient pas. Ils scrutaient la moindre de ses réactions, tout comme il observait les leurs en retour.

Ce jeu politique épuisait Darel. S'il n'avait pas eu hâte de quitter la ville, il serait reparti à l'auberge attendre la fin de cet « incident ». Il refusait cependant l'idée de perdre un jour de plus. L'interdiction d'utiliser sa magie le forçait à se surveiller en permanence, c'était pesant.

— La musique vous convient-elle ? s'enquit l'instrumentiste en plaquant les derniers accords de sa mélodie.

— Très bien, merci, mentit Darel. Vous arrive-t-il souvent de divertir des visiteurs de passage ?

La nervosité de son interlocuteur lui révélait que non, mais il espérait le pousser à se confier sur les causes de cette effervescence. L'initié se tortilla sur son siège, l'air gêné.

— Mon camarade se produit rarement en public, intervint son collègue. Le Sanctuaire préfère rémunérer des bardes pour distraire nos nobles clients, mais aucun n'était disponible à aussi courte échéance. Vous devez avoir l'habitude de professionnels, j'imagine ?

Une façon élégante de lui renvoyer la balle. Darel n'avait cependant pas la moindre envie de se lancer dans un récit des soirées à la cour. Il haussa les épaules d'un air qu'il espérait désinvolte.

— Avec la campagne militaire actuelle, cela fait longtemps que je n'ai pas bénéficié de leurs services.

Il avait congédié lui-même le ménestrel qui s'était mis en tête de suivre sa troupe six mois plus tôt, en prétextant des raisons de sécurité. Une excuse plausible qui lui avait évité de voir un observateur extérieur s'immiscer dans son quotidien. La relation de confiance établie avec ses subordonnés comptait beaucoup à ses yeux. Ses sergents connaissaient mieux le vrai Darel Voklan que n'importe quel noble de la cour, à l'exception de la princesse Aklune.

Son affirmation sembla rassurer le harpiste, qui se lança dans un nouveau morceau. Plus qu'à patienter...

Diversion ? proposa Sara, qui s'était visiblement tapie à la lisière de ses pensées.

Darel tressaillit et poussa son esprit le long de leur lien pour vérifier qu'elle se trouvait toujours à l'auberge – c'était heureusement le cas.

Non, je n'ai pas besoin que tu mettes en place une diversion pour me tirer de là. Ce n'est pas un bal, je ne peux pas me permettre de m'éclipser.

Important ?

Une note de déception pointait à travers la question. Sara s'ennuyait elle aussi, mais la laisser approcher du Sanctuaire était exclu. Darel n'osait même pas imaginer ce qu'elle aurait pu inventer pour détourner l'attention des initiés...

C'est ça, c'est une réunion importante. Reste sagement avec Dana d'ici mon retour, ce ne devrait plus être très long.

Ou du moins il l'espérait.

Il poussa gentiment Sara hors de sa tête avant qu'elle lui propose d'autres idées farfelues et laissa son regard dériver en direction de la fenêtre. Sur le toit d'en face, un petit dragon blanc s'étirait au soleil.

— Y a-t-il toujours autant de dragons à Sarano ? demanda-t-il aux initiés. Je n'en avais jamais vu d'aussi près avant d'arriver en ville.

Cette question-là serait sans doute jugée assez inoffensive pour qu'on y réponde.

— Oh oui, s'empressa de commenter son voisin. Ces animaux sont les messagers des dieux, vous savez ? Ils descendent du ciel pour nous porter les prophéties, leur présence autour du Sanctuaire est tout à fait normale.

Un discours très institutionnel, à n'en pas douter. Les reptiles nichaient souvent dans les montagnes de Danavie, on n'y trouvait pourtant aucun oracle.

— Est-ce qu'ils causent parfois des désordres en ville ?

— Leurs dégâts restent raisonnables, ils n'attaquent pas à moins d'être provoqués. Laissez-les tranquilles et ils feront de même, mais ils s'embraseront dans l'instant si vous les importunez. Méfiez-vous d'ailleurs, ils détestent tout particulièrement la magie, qui occasionne chez eux de grandes douleurs.

Ce dernier détail expliquait sans nul doute l'absence de familiers dragons chez les mages.

De l'autre côté de la fenêtre, le reptile blanc sauta sur ses pattes, prit son élan et s'envola. Quelques coups d'aile plus tard, il avait disparu.

L'attente se prolongea près d'une heure avant qu'on ne toque enfin à la porte. Sara se tint heureusement tranquille jusque-là, elle ne tenta même pas de fausser compagnie à la sergente. Darel veillerait à lui consacrer du temps pendant les prochains jours, pour compenser.

La protectrice qui pénétra dans la pièce salua les deux initiés d'un signe de tête et s'inclina devant lui.

— Lieutenant Voklan, la supérieure Tinavia est prête à vous recevoir. Elle vous remercie de votre patience.

Darel prit aussitôt congé des deux hommes et emboîta le pas à sa nouvelle guide, aussi soulagé qu'inquiet. Il avait hâte de quitter la ville, mais que découvrirait-il dans le texte de la prophétie ?

La protectrice lui fit traverser plusieurs couloirs labyrinthiques. Les corridors surchargés de décorations et leurs trajectoires alambiquées visaient probablement à impressionner les clients du Sanctuaire, Darel se réjouissait d'en être bientôt libéré. L'architecture rustique et imposante du palais royal danavien en venait presque à lui manquer. Et pourtant, son désamour de la capitale était de notoriété commune.

Quelques minutes plus tard, ils atteignirent enfin les quartiers de la supérieure. Sa porte était restée grande ouverte, contrairement à la fois précédente. Assise à son bureau et les sourcils froncés, Tinavia semblait très absorbée dans l'écriture d'un courrier.

— Lieutenant Voklan, le salua-t-elle d'une voix fatiguée. Je vous présente toutes mes excuses pour ce retard, j'ai dû gérer une urgence.

— Je comprends, la rassura-t-il de son ton le plus courtois. J'espère que tout s'est arrangé à votre convenance.

— C'est le cas, merci de votre sollicitude. Je suis maintenant à votre disposition pour régler les ultimes détails de votre prophétie.

Le cœur de Darel s'emballa.

La supérieure extirpa un papier de sa pile et le relut une dernière fois avant de le lui tendre. Il l'attrapa d'une main fébrile. Le document, authentifié du sceau du Sanctuaire, contenait quelques lignes de texte étalées sur trois paragraphes :

Des soldats campent dans la passe. Ils portent une bannière rouge et blanche.

Des cavaliers vêtus d'uniformes bleu sombre surgissent et lancent la charge. Ils enfoncent les rangs adverses. Les soldats se dispersent dans les montagnes.

Une femme se dresse devant l'ennemi, ses cheveux blancs flottent dans le vent. Son visage est préoccupé. Un homme couronné s'avance, l'épée au clair. Elle recule pour éviter le coup.

La bannière rouge et blanche correspondait à celle du royaume de Valeans, jusque-là c'était facile. Le deuxième paragraphe évoquait une bataille, mais la fin restait nébuleuse.

Son embarras dut se lire sur son visage car la supérieure reprit la parole :

— C'est la transcription brute des propos de l'oracle. Les visions lui parviennent sous forme d'images désordonnées, qu'il décrit à voix haute. Nos clients apprécient de disposer du texte d'origine, mais nous fournissons également une interprétation détaillée.

Elle lui tendit trois nouveaux feuillets, recouverts d'une écriture fine et resserrée.

— En version courte, poursuivit Tinavia, nous pensons que les deux premiers paragraphes se réfèrent à une hypothétique attaque danavienne sur les positions valeansiennes. La prophétie ne signifie pas que cette offensive aura lieu, elle estime seulement ses possibles conséquences, en s'appuyant sur l'état d'esprit actuel des principaux protagonistes.

— Et le dernier paragraphe ?

— C'est le plus confus, de loin, mais je ne vois qu'une façon de lui donner un sens. La femme aux cheveux blancs symbolise la reine Almia de Valeans. Elle s'attend à une attaque de votre souverain, même si elle ignore la forme qu'elle prendra. Elle craint de ne pas pouvoir lui tenir tête et fuira si les premiers engagements lui sont défavorables.

Darel sentit une main glacée se refermer sur sa poitrine.

Avec une telle interprétation, Keral lancerait l'offensive sur le col de l'Aigle sans l'ombre d'une hésitation. Les généraux enverraient son unité en première ligne pour faire taire les critiques sur ses performances passées. Sa troupe se retrouverait dangereusement exposée.

Piètre consolation, Darel ne risquerait rien à titre personnel : si les choses tournaient mal, il se créerait un bouclier éphémère en rassemblant ses réserves magiques à la surface de sa peau. Ça ne tiendrait pas très longtemps, mais assez pour battre en retraite en toute sécurité.

— Il est intéressant de noter que les images perçues par l'oracle sont toutes d'ordre militaire, reprit Tinavia sans remarquer son trouble. D'expérience, cela signifie qu'une bataille impacterait peu les relations commerciales.

Darel acquiesça distraitement. Les relations commerciales étaient le cadet de ses soucis.

— Je peux vous laisser un moment pour consulter le rapport complet, il est organisé par catégories. Le premier paragraphe résume l'interprétation, les suivants précisent les répercussions possibles d'une offensive. Si vous avez la moindre question, n'hésitez pas.

Darel inspira lentement, s'efforça de mettre de côté ses inquiétudes et s'attela à la lecture du document. Le texte, rédigé dans un danavien impeccable, se révéla étonnamment compréhensible. Une quinzaine de minutes plus tard, il en était venu à bout.

— Tout me paraît clair, conclut-il.

Raisonnements comme interprétations se tenaient, même s'il avait jusqu'au bout espéré y détecter une faille. En vain. Tout indiquait que la reine Almia reculerait après le premier assaut danavien.

— Parfait. Si vous aviez le moindre doute après coup, il vous restera toujours la possibilité de nous demander des éclaircissements par courrier.

Darel hocha la tête, plia soigneusement les feuillets et les glissa dans la poche intérieure de son uniforme. Tinavia le salua, souriante, tandis que la protectrice s'empressa de l'escorter jusqu'à la sortie. Il rejoignit son auberge d'un pas résigné. Sa mission au Sanctuaire se terminait, mais il n'en ressentait aucun soulagement.

Une odeur de viande rôtie embaumait la salle commune, Darel débarquait sur la toute fin du déjeuner. Sa troupe s'était attablée dans un coin de la pièce, la sergente Riadan agita les bras dans sa direction.

— On vous attendait plus tôt, lieutenant. Tout s'est bien passé ?

Son expression inquiète réchauffa le cœur de Darel. Ils se trouvaient dans un lieu trop public pour que Dana lui lance une de ses piques, sinon elle ne s'en serait pas privée. « Eh bien, lieutenant, un peu plus et on serait venus vous libérer épée au clair » ou « Vous vous êtes déniché une mignonne petite initiée à qui conter fleurette, c'est ça ? »

— Ils ont pris du retard, expliqua-t-il, mais j'ai récupéré notre prophétie. Nous pourrons plier bagage tout à l'heure.

Elle hocha la tête et lui tendit la besace de cuir usé où elle avait conservé son familier. Darel effleura l'esprit de Sara, mais elle roupillait paisiblement, lovée tout au fond du sac.

— Vous devriez prendre le temps de manger un morceau, intervint le sergent Karin. Les cuisiniers vous ont gardé une part de tourte au chaud.

Prophétie

Le passage au Sanctuaire lui avait coupé l'appétit, mais Tamos avait raison. Il devait se nourrir en prévision du trajet de retour, l'encas proposé par les initiés était trop léger pour qu'il s'en contente. Il acquiesça et ses subordonnés se serrèrent sur le banc pour lui dégager une place. L'aubergiste lui porta une large assiette aux odeurs alléchantes, Darel le remercia d'un signe de tête.

— Ma troupe et moi reprendrons la route en milieu d'après-midi, l'informa-t-il au passage. Je viendrai tout à l'heure vous régler ce que nous vous devons.

Une lueur de déception s'alluma dans le regard de son interlocuteur.

— Aurez-vous besoin de provisions ?

— Avec plaisir, à condition qu'elles soient prêtes rapidement.

Ses soldats seraient ravis de s'épargner les traditionnelles rations de voyage. L'aubergiste ne se le fit pas dire deux fois et s'éclipsa en direction de la cuisine.

Darel attaqua alors sa tourte à la viande. Ses voisins avaient tous terminé leur repas, mais ils s'attardèrent autour de la table pour lui tenir compagnie. Leurs airs sombres témoignaient cependant de l'inquiétude ambiante. Ils avaient certainement remarqué son manque d'enthousiasme et tentaient de l'interpréter.

Sara commença à remuer au fond de son sac alors qu'il finissait son plat.

Gratouilles ? s'enquit-elle en pointant le bout de sa tête à l'extérieur.

La requête l'attendrit. Après plusieurs heures de conduite irréprochable, elle les avait bien méritées. Darel glissa sa main dans la besace et se plia à sa demande, avant de relever les yeux en direction de sa troupe.

— Soyez prêts à partir d'ici deux heures, ordonna-t-il. Sergente Riadan, veillez à ce que personne ne prenne de retard. Sergent Karin, préparez votre oiseau pour un envoi de message.

Ils acquiescèrent dans un parfait ensemble avant de s'éclipser en direction des dortoirs.

Darel rejoignit sa chambre, où il sortit les papiers du Sanctuaire et son nécessaire d'écriture. Il devait chiffrer l'intégralité des textes avant de les expédier. Un travail long et fastidieux, mais le royaume de Valeans disposait sûrement d'informateurs en ville. Envoyer des lettres en clair représenterait un risque trop important.

Sara se désintéressa rapidement de son travail et se lança dans l'exploration des trous du plancher. Darel la laissa faire, elle avait grand besoin de se défouler. Il surveilla quand même son avancée d'une discrète touche mentale : elle ne trouverait probablement rien d'excitant entre les moutons de poussière, mais mieux valait rester prudent.

Proie ! s'enthousiasma d'ailleurs Sara quelques minutes plus tard.

Ce n'est qu'un cafard, intervint-il avant qu'elle se lance dans une folle course-poursuite souterraine, *ça n'est pas la peine de démolir le plancher pour l'attraper. Je te laisserai chasser ce soir, c'est promis.*

Chasser ? releva-t-elle aussitôt. *Magie ?*

Oui, je te prêterai de la magie dès qu'on sera sortis de la ville, tu pourras courser les mulots des collines alentour aussi longtemps que tu voudras.

La promesse la rasséréna, elle s'extirpa du plancher pour venir se lover autour de son pied.

Darel s'empressa de terminer son chiffrement, rassembla

ses affaires et rejoignit le dortoir de sa troupe pour donner le signal du départ.

Le franchissement des murailles de la ville sonna comme une libération : plus de limitations magiques ni d'observateurs à satisfaire. Darel envoya un mince filet d'énergie le long de sa peau dans une caresse revigorante puis savoura le moment.

Sa mission n'était cependant pas terminée. Il patienta quelques dizaines de minutes, le temps de voir Sarano disparaître au loin, et fit signe à Tamos Karin de le rejoindre. Ils glissèrent le message chiffré dans l'étui fixé à la patte du familier faucon et le regardèrent prendre son envol, jusqu'à se fondre parmi les nuages.

— Je suppose qu'on repart vers l'ouest en attendant de nouvelles instructions ? demanda Dana derrière eux.

Darel acquiesça. On leur ordonnerait probablement de rejoindre le reste de sa troupe à la frontière, puis de faire route vers la forteresse Ardakan.

— L'attaque aura lieu, n'est-ce pas ? soupira la sergente.

Darel lui lança un regard désabusé.

— Oui, je sais que vous n'avez pas le droit de répondre à cette question, d'autant plus que rien n'est officiel. Mais vous vous comportez de manière beaucoup trop sérieuse pour que les nouvelles soient bonnes.

Il la laissa poursuivre, perplexe.

— Si je devais deviner, je parierais que la prophétie est favorable au roi Keral. Vous vous doutez qu'il va lancer l'attaque et vous vous inquiétez pour nous. Vous avez peur qu'on soit envoyés en première ligne.

Darel haussa un sourcil surpris. Sa sergente le connaissait un peu trop bien, heureusement qu'il pouvait compter sur sa discrétion.

— Ce que je tenais à vous dire, poursuivit Dana, et je crois que les camarades derrière moi pensent la même chose, c'est qu'on sait que ce sera compliqué, le col de l'Aigle. Pour vous comme pour nous. Mais on se serrera les coudes, tous ensemble. Et on préfère de loin être envoyés en première ligne sous vos ordres que nous planquer à l'arrière dans l'unité d'un autre.

Son voisin acquiesça d'un air grave et Darel sentit son cœur se serrer. Il ne méritait pas une telle loyauté.

— Vous êtes une bande d'inconscients, protesta-t-il pour masquer son trouble.

— Non, lieutenant, le corrigea Dana. Nous sommes votre bande d'inconscients.

Chapitre 5
Évasion

Les protecteurs lui avaient suggéré de profiter de l'après-midi pour se calmer. Se calmer ! Comme si elle avait la moindre chance d'y parvenir dans de telles conditions. Enfermée dans sa salle d'observation, la joue toujours douloureuse et sans comprendre ce qui l'attendait…

Élyne avait déjà fouillé trois fois sa cellule improvisée pour se donner l'impression d'être active et éviter de s'appesantir sur ses sentiments. L'armoire branlante contenait encore le nécessaire d'écriture, dont elle ne ferait pas grand-chose : la fenêtre débouchait sur une cour intérieure tout aussi désaffectée que le bâtiment, elle ne pourrait contacter personne.

Quelques mètres plus loin, une bougie à moitié fondue avait été oubliée derrière une table, mais impossible de trouver de quoi l'allumer. Un piètre butin, auquel s'ajoutaient la lettre de Lyvia, le brouillon de prophétie et son épingle à cheveux. Cette dernière était son meilleur atout, mais déverrouiller la porte ne servirait à rien tant que les protecteurs restaient dans le couloir d'à côté.

Elle s'était aussi attaquée aux murs. Tous sonnaient plein, aucune chance d'y découvrir le moindre passage secret pour filer en douce. Point positif, personne ne pouvait l'espionner, c'était toujours ça de gagné.

L'heure tournait, sans apaiser sa colère. Si Sevan était là, il lui suggérerait sûrement de prendre du recul, de ne pas agir sous le coup de l'émotion. Penser à son compagnon était cependant trop douloureux pour qu'elle suive ses hypothétiques conseils. Le futur qu'ils s'étaient construit au Sanctuaire venait de se fracasser sous ses yeux, elle avait le droit d'être furieuse !

Tinavia paierait pour ses mensonges et ses manipulations, d'une manière ou d'une autre. Dans un premier temps, Élyne se débrouillerait pour en apprendre davantage sur les transes prophétiques. S'il était possible d'y résister ou de fausser des prédictions, elle s'y essaierait.

Un coup d'œil par la fenêtre lui arracha un sourire mesquin. De sombres nuages envahissaient le ciel, la nuit s'annonçait pluvieuse. Si la fascination que les étoiles exerçaient sur elle était le déclencheur de ses transes, comme elle le supposait, elle bénéficierait d'une soirée de répit.

Une clé cliqueta dans la serrure. Elle se raidit. Un protecteur se glissa dans la pièce et déposa un plateau de nourriture sur la vieille table.

— La supérieure aimerait savoir si vous vous sentez d'humeur à négocier.

Après tous les événements de l'après-midi et sans même présenter d'excuses ? C'était hors de question.

— Je ne négocierai rien tant qu'elle me gardera prisonnière.

L'homme haussa les épaules et ressortit sans un mot, en verrouillant la porte derrière lui. Le bruit de ses pas s'estompa progressivement.

Évasion

Élyne approcha du plateau pour examiner son repas. Une soupe aux champignons, une portion de viande nappée d'une sauce épaisse et une pomme. Il en émanait des odeurs si délicieuses que son estomac gargouilla. Après une hésitation, elle l'engloutit jusqu'à la dernière miette. Elle aurait besoin de forces pour envisager la suite.

L'obscurité envahit la pièce pendant qu'elle mangeait. Quand elle jeta un nouveau regard à travers la fenêtre, les nuages avaient noirci le ciel. Seule la lueur rougeâtre de Lovan, dont on devinait la pleine lune, filtrait à travers.

Élyne poussa le battant pour se donner une illusion de liberté. Des frissons remontèrent le long de ses bras lorsqu'un courant d'air frais s'insinua dans la pièce. Elle ignora la sensation – un peu de froid ne la tuerait pas – et s'accouda au rebord. Dehors, la vie poursuivait son cours. Les lumières dansantes des premiers braseros nocturnes pointaient dans les rues.

Quelques nuages s'écartèrent pour permettre à des rayons lunaires de se poser juste au-dessus de sa tête. Une lueur rosée surnaturelle nimbait maintenant la gargouille qui surplombait la fenêtre. Derrière s'étalaient les premières tuiles, étonnamment proches. Élyne tenait-elle une voie d'évasion ? En prenant appui sur la statue, elle pourrait se hisser sur le châssis. Dans l'obscurité, elle passerait inaperçue. Et depuis le toit, elle trouverait peut-être d'autres issues. Il en suffirait d'une pour s'échapper.

Cette idée la galvanisa. Ce plan présentait des risques, mais cette nuit était placée sous le signe de Lovan, le plus téméraire des deux Jumeaux. Jusqu'à présent, elle lui avait toujours préféré son frère, plus posé. Lydan n'avait cependant rien fait pour la protéger. Après une rapide prière à l'astre lunaire, elle fourra chaussures et bas dans les poches de sa robe. Elle enjamba ensuite le rebord de la fenêtre et grimpa sur le cadre pour attraper la gargouille. Plusieurs plaques de mousse la maculaient, Élyne les arracha d'un geste. La sculpture semblait en assez bon état pour supporter son poids.

Elle raffermit sa prise de la main gauche puis cala son pied droit sur une légère protubérante du mur. La pierre glaciale lui gela les orteils, elle lui fournirait néanmoins un appui correct. Une grande inspiration plus tard, Élyne poussa sur sa jambe et se hissa d'une quarantaine de centimètres, juste assez pour agripper une tuile du bout des doigts. Son équilibre restait cependant précaire.

Pire, le froid engourdissait ses doigts, ils finiraient par la lâcher. Élyne tira de toutes ses forces sur ses bras, portée par l'énergie du désespoir. Une fois le genou gauche à hauteur de la gargouille, elle l'utilisa comme support pour se traîner sur le toit. Elle s'effondra sur les premières tuiles, hors d'haleine.

Les muscles de ses membres la brûlaient, son cœur battait la chamade, mais elle se sentait plus vivante que jamais. Elle reprenait enfin le contrôle de ses actions. Plus qu'à chercher un moyen de redescendre.

Devait-elle rejoindre sa chambre pour récupérer ses économies avant de fuir ? Elle y trouverait Sevan, qui lui devait un certain nombre d'explications. Il répondrait peut-être à ses questions, à moins qu'il la dénonce aux premiers protecteurs venus… Élyne avait envie de croire qu'il l'aiderait par amour, mais les événements du matin ne jouaient pas en sa faveur.

La mort dans l'âme, elle décida de se contenter d'un crochet par les cuisines. L'endroit serait désert à cette heure, elle réunirait quelques provisions et s'enfuirait ensuite, direction la place du Marché. Parmi tous les commerçants qui quitteraient la ville le lendemain, elle en trouverait bien un pour accepter de la transporter.

Elle ramena ses mains contre elle, le temps de les réchauffer et de reprendre son souffle, puis rampa un peu plus loin. Une zone moins pentue s'étalait sur plusieurs mètres, assez pour qu'elle ose se redresser et examiner la situation.

Lovan avait de nouveau disparu derrière les nuages, laissant l'obscurité engloutir les reliefs du bâtiment. Élyne devait cependant avancer, sous peine de geler sur place. Elle progressait avec lenteur, sondant le terrain glacial du bout du pied, quand une forme incandescente se dressa devant elle. Un petit dragon, sur lequel elle avait failli marcher. Il battit des ailes dans un mouvement de défi et de larges flammes léchèrent ses écailles. Demi-tour, vite !

Son talon ripa sur une plaque de mousse et Élyne s'étala en arrière de tout son long. Elle dévala la pente sur le dos, sans trouver la moindre prise à laquelle se raccrocher. Sa glissade s'interrompit net lorsqu'elle heurta une grosse masse sombre, à quelques pas du vide. Elle l'avait échappé belle.

Elle s'efforçait de calmer les tambourinements frénétiques de son cœur quand la surface lisse et tiède remua sous ses jambes. Un nouveau dragon, bien plus imposant que le précédent ! Cette fois-ci, elle était cuite… Elle recula dans une tentative désespérée d'éviter les flammes à venir, mais une vague d'émotions la submergea. Une douleur diffuse, l'irritation d'avoir été tiré de son sommeil, mais aussi une surprise manifeste. Une pluie d'images s'y ajouta : un col de montagne enseveli sous une avalanche, deux oiseaux qui virevoltaient dans les airs, une vieille femme armée d'une épée, des marchands de navets en pleine négociation, un troupeau de vaches devant les murailles de Sarano… Les scènes défilaient beaucoup trop vite pour en suivre le fil.

Quand elle reprit enfin ses esprits, l'énorme reptile la dévisageait avec curiosité. À moins qu'il la renifle ? Il ne semblait en tout cas pas vouloir la carboniser, l'absence de potentiel magique d'Élyne l'avait peut-être sauvée.

Elle garda quand même les yeux rivés sur l'animal, si proche qu'elle pouvait sentir son souffle sur ses jambes. Reculer sans le provoquer serait compliqué…

Elle lâcha un cri de panique quand des griffes se refermèrent autour de son épaule gauche. Un minuscule dragon d'un blanc immaculé venait de s'y poser. Il se stabilisa avec difficulté et lui envoya au passage une aile dans la figure. Une nouvelle déferlante d'images accompagna ce contact – encore l'avalanche et le vendeur de légumes, mais aussi les toits du Sanctuaire sous le soleil de l'après-midi. Une sensation de réconfort s'ensuivit, comme si le reptile avait compris sa peur et sa détresse.

Élyne s'efforça de rester immobile pendant qu'il fourrait son nez dans son cou. Elle frémit au contact du museau froid, mais les écailles se révélèrent étonnamment douces. Qu'y avait-il en elle qui l'intéresse à ce point, percevait-il son potentiel d'oracle ? Elle patienta quelques instants supplémentaires, tout en continuant de recevoir des fragments d'images. Les reptiles semblaient attendre une réaction de sa part.

— Je m'appelle Élyne, déclara-t-elle.

Le son de sa voix lui parut irréel dans l'obscurité de la nuit. Était-elle vraiment en train de parler à des lézards, assise sur le toit ?

— Je suis désolée de vous avoir dérangés, je cherchais seulement à partir d'ici.

Le gros dragon l'effleura du bout du museau et son incompréhension la percuta de plein fouet. Des images de

Sarano dansèrent dans sa tête, accompagnées d'un sentiment de plénitude. Il avait saisi le sens de ses paroles, réalisa-t-elle avec un frisson d'excitation.

— Je sais que vous aimez cet endroit, mais ce n'est pas une place pour moi. Mes capacités leur importent plus que mes désirs. Je dois partir d'ici.

Elle tressaillit en repensant à la gifle assénée par les gardes. Si Tinavia lui remettait la main dessus, elle ferait de sa vie un enfer.

Les deux dragons continuèrent de la fixer dans un silence perplexe. Le petit blanc finit cependant par sauter sur ses genoux. Des images de collines et de vallées lui emplirent la tête.

— C'est ça, confirma-t-elle. Je veux quitter la ville.

Elle reçut de nouvelles images de collines en retour, doublées d'un pépiement interrogateur.

— Je ne comprends pas ce que vous essayez de me dire. Me laisserez-vous m'en aller ? Je ne vous ferai aucun mal.

Elle fit mine de se relever, mais le gros dragon la repoussa d'un coup de patte.

— S'il vous plaît, implora-t-elle, je dois partir d'ici.

Le reptile situé sous ses pieds la projeta mentalement dans une large vallée, depuis laquelle Sarano ne formait qu'un point indistinct. Les collines boisées entrecoupées de pâturages ressemblaient à celles qu'elle avait traversées lors des rares promenades à cheval proposées aux initiés.

Elle acquiesça et l'animal recula enfin. Il déploya ses ailes majestueuses, s'élança depuis le bord du toit et prit son envol. Le petit blanc s'écarta lui aussi. Élyne se retrouva de nouveau seule avec ses pensées. Elle se redressa en tremblant. Une fine bruine tombait à présent, il ne fallait pas qu'elle s'attarde.

Elle s'était à peine éloignée qu'une énorme masse la percuta de plein fouet : le gros dragon était de retour. Ses griffes se refermèrent autour du torse d'Élyne et l'arrachèrent au sol. Elle cria, se débattant par réflexe, mais il raffermit sa prise et noya sa panique sous une avalanche de pensées rassurantes. Elle en perdit toute conscience du monde extérieur, avec l'impression de flotter dans un océan de béatitude.

Quand elle parvint enfin à se clarifier les idées, les toits ne représentaient plus qu'une tache indistincte. La ville et sa myriade de lumières s'étendaient devant ses yeux, oscillant au gré des battements d'ailes. Le vertige la saisit un instant, mais l'enthousiasme de son compagnon la gagna : il glissait le long des courants aériens avec un plaisir manifeste.

Elle laissa l'ivresse de l'altitude la submerger, oubliant le Sanctuaire et ses manigances, oubliant le froid et la pluie, oubliant même qu'elle se trouvait entre les griffes d'un dragon. Ils dépassèrent les murailles de Sarano, les braseros de la cité s'effacèrent alors dans l'obscurité de la nuit.

La faible lueur d'un feu de camp se matérialisa au loin, une éternité plus tard. Le dragon bifurqua aussitôt sur la droite pour s'en détourner. Élyne cria quand ils plongèrent en piqué. Le reptile la libéra sans préavis à un mètre du sol si bien qu'elle s'étala par terre de tout son long. Le choc lui coupa le souffle, ses dents se heurtèrent et un goût de sang emplit sa bouche.

Elle resta allongée plusieurs secondes sur l'herbe boueuse, sonnée. Une sourde douleur irradiait de ses membres quand elle se redressa, mais elle ne s'était rien cassé. Un coup d'œil autour d'elle lui indiqua qu'elle était seule. Au loin, une aile de dragon se détacha devant la lumière rousse de Lovan avant de disparaître.

Évasion

Élyne glissa les mains dans ses poches à la recherche d'un mouchoir pour s'essuyer le visage, elle en ressortit une chaussure écrasée et le brouillon de prophétie détrempé. Elle éclata d'un rire nerveux. Elle avait voulu fuir Sarano et le Sanctuaire, la voilà servie ! Transportée par un lézard télépathe, rien de moins. Personne ne la croirait.

À supposer qu'elle survive. Cette pensée la dégrisa aussitôt et elle lâcha ses trouvailles. Seule, pieds nus et sans manteau sous une pluie battante, elle gèlerait à mort si elle ne dénichait pas très vite un abri. Elle hésita un instant avant de se souvenir du feu que le dragon avait contourné. Personne ne lui refuserait son aide par un temps pareil.

Chapitre 6

Intrusion

Un courant d'air frais réveilla Darel en sursaut. Il saisit machinalement la garde de son épée, mais se détendit en identifiant l'intrus grisonnant qui venait de s'introduire dans sa tente.

— Désolé de vous déranger, lieutenant, s'excusa le sergent Karin, mais j'ai pensé que vous voudriez être tenu au courant.

— Un problème avec votre oiseau ?

Il devait juger la situation préoccupante pour le tirer du sommeil au cœur de la nuit. Si les Valeansiens avaient intercepté leur message…

— Pas du tout. Tanaka se porte bien et se rapproche de la frontière, je lui ai transmis assez de magie pour que la fin de son trajet se déroule sans encombre. Non, je suis venu vous informer que nos soldats ont trouvé une jeune femme aux abords du campement.

— Une espionne valeansienne ?

Le sergent haussa les épaules.

— Elle n'en a pas l'air.

— Elle ferait une piètre espionne si c'était le cas.

— La fille ne cherchait pas à passer inaperçue, en tout cas. Elle était trempée et à bout de forces. Les sentinelles qui l'ont interpellée disent qu'elle leur a répondu en danavien.

— En danavien ? Qu'est-ce qu'une Danavienne viendrait faire au beau milieu de la campagne araléenne ?

— Je n'en ai pas la moindre idée. Comme le bruit m'a réveillé, j'ai pris la liberté d'intervenir. J'ai fait doubler la garde pour cette nuit et envoyé l'intruse à l'infirmerie sous la responsabilité de la soldate Vanroc.

Darel hocha la tête, il n'aurait pas mieux agi lui-même.

— Je ferais aussi bien d'aller voir.

— Sauf votre respect, lieutenant, Saina a dit qu'elle ne voulait pas être interrompue.

Darel réprima un sourire. Le caractère irascible de leur soldate infirmière était de notoriété commune, mais sa compétence compensait ce défaut au centuple.

— Je me contenterai d'interroger les gardes, concéda-t-il.

Il attrapa sa cape huilée, ceignit son baudrier et enfila ses bottes en quelques gestes rapides. Prêt à affronter les intempéries, il suivit son sergent à l'extérieur. Ils contournèrent le feu de camp crépitant pour rejoindre les sentinelles. Les deux soldats s'abritaient tant bien que mal de la pluie sous un auvent. Ils se levèrent en l'entendant approcher et se mirent au garde-à-vous.

— Repos, les libéra Darel. Quoi de nouveau par ici ?

— Rien de neuf depuis la découverte de l'intruse. Mais dans cette obscurité, ça ne veut pas dire grand-chose.

Entre la nuit et la météo, ils n'étaient pas aidés. Darel regrettait presque d'avoir refusé d'emmener un mage supplémentaire : un familier chouette ou chauve-souris lui aurait permis de garder un œil sur les alentours.

En l'état actuel des choses, il devrait se débrouiller sans.

— Décrivez-moi les conditions dans lesquelles vous avez intercepté cette jeune femme.

— Elle a émergé de l'obscurité par là, répondit le soldat le plus proche en pointant la direction d'un geste de la main. On l'a interpellée, c'est à ce moment qu'on a réalisé que c'était une gamine terrifiée et frissonnante. Pas étonnant qu'elle ait attrapé froid, elle ne portait ni cape ni chaussures. Elle nous a suppliés de la laisser se réchauffer près du feu.

Darel en resta stupéfait. Se promener sans équipement par ce temps relevait de l'inconscience.

— Elle claquait tellement des dents qu'on s'est contentés de vérifier qu'elle n'était pas armée avant de l'escorter à l'intérieur, reprit le garde. C'est là qu'on est tombés sur le sergent, qui l'a confiée à Saina.

— A-t-elle donné une identité ?

— Non, pas la moindre information. Elle nous a quand même répondu en danavien, ça nous a étonnés sur le moment.

— Très bien, merci. Restez attentifs et n'hésitez pas à m'indiquer tout détail qui vous reviendrait en mémoire.

Darel les salua de la tête et rejoignit le campement, perplexe. La jeune femme avait dû tomber dans une embuscade, même si peu de brigands osaient s'aventurer si près de Sarano. L'impératrice Theresa prenait la sécurité des clients du Sanctuaire très au sérieux.

Si une Danavienne était impliquée, Darel devrait en tout cas clarifier l'affaire. Assurer la sécurité de ses compatriotes faisait partie de ses responsabilités annexes.

— Dites à Saina Vanroc de me faire son rapport dès qu'elle en aura terminé, ordonna-t-il à la soldate chargée de l'entretien du feu.

Il regagna ensuite sa tente, ôta ses vêtements mouillés puis s'allongea. Incapable de retrouver le sommeil, il se résigna à observer les pérégrinations de Sara, qui s'était mise en quête de mulots dans les collines alentour. Sa nuit semblait plus enthousiasmante que la sienne.

Problème ? s'enquit-elle en percevant sa présence.

Rien de bien grave. J'attends des nouvelles de l'infirmerie avant de me rendormir.

Infiltration ? Surveillance ? suggéra Sara.

Darel se mit à rire.

Mauvaise idée, Saina m'écharperait si elle te surprenait à l'espionner dans sa tente.

Lieutenant ou pas lieutenant, elle ne tolérerait pas qu'il dédaigne ses instructions – et il la respectait trop pour s'y essayer.

Pas découvrir ! se vexa Sara.

Je ne remettais pas en cause tes compétences, je sais que tu es un modèle de discrétion.

Deux ans plus tôt, Darel avait parié avec Aklune que Sara pourrait s'infiltrer dans sa tente n'importe quand, et s'y cacher plusieurs heures sans être remarquée. La princesse ne l'avait pas cru, persuadée que ses propres familiers repéreraient toute intrusion. Jusqu'au jour où elle avait retrouvé une mue de serpent toute fraîche sur ses couvertures. Darel se souvenait encore de sa tête ébahie, qu'est-ce qu'il avait pu rire ce jour-là !

Discrète, confirma Sara avec une fierté non dissimulée. *Furtive.*

Exactement. Retourne donc t'amuser avec tes mulots. Il te reste assez de magie pour la nuit ?

Puissante, acquiesça-t-elle avant de repartir en chasse.

De son côté, Darel patienta près d'une heure avant que

l'infirmière rousse vienne enfin le rejoindre.

— Vous allez être déçu, lieutenant, annonça Saina. Je n'ai que peu d'informations pour vous.

— Racontez toujours.

— La fille est en état de choc. Je l'ai lavée et réchauffée avant de lui administrer un somnifère. Elle dort et en a bien besoin.

— Avez-vous la moindre idée de ce qui a pu lui arriver ?

— Elle est couverte de griffures et d'ecchymoses, c'est tout ce que je peux vous dire. Aucune blessure sérieuse, même si elle s'est abîmé les pieds en marchant sans chaussures. Ses poches ne contenaient qu'un document détrempé, rendu illisible par la pluie. Elle sera probablement en état de vous en dire davantage demain matin, mais il faudra me promettre de ne pas la brusquer.

— Est-ce que j'ai l'habitude de brusquer qui que ce soit ? protesta Darel.

L'infirmière lui lança un regard noir.

— Vous voulez qu'on reparle de la soldate que vous avez fait chevaucher plusieurs heures alors qu'elle était convalescente le mois dernier ? C'est un miracle que sa blessure ne se soit pas infectée… Pour en revenir à la jeune femme, elle me semble particulièrement impressionnable. Si vous la terrifiez, vous n'en tirerez rien.

— C'était le choix de Jamma de rejoindre le camp principal à cheval plutôt que dans une carriole, objecta Darel, et nous avons déjà eu cette conversation. Quoi qu'il en soit, j'ai bien noté vos réserves. Gardez un œil sur votre patiente cette nuit, je passerai la voir demain matin.

— Pensez quand même à dormir d'ici là, conclut-elle d'une voix sèche avant de ressortir.

Darel se recoucha, mais resta un long moment éveillé dans le noir à ressasser les derniers événements.

Les rayons de Solya le réveillèrent quelques heures plus tard, après un temps de sommeil bien trop court. Il réprima un bâillement et puisa dans ses réserves magiques heureusement bien remplies. Le flot d'énergie salvateur se diffusa dans les moindres recoins de son corps, chassant la fatigue sur son passage. Cette astuce lui permettrait d'affronter la journée à venir, il ne devait néanmoins pas en abuser. Multiplier les insomnies le viderait vite de toutes ses forces.

Au centre du camp, les hommes s'activaient et démontaient les tentes. Les précipitations de la nuit engluaient le sol, mais la météo s'annonçait clémente.

Darel interpréta le rabat entrouvert comme une invitation à pénétrer dans l'infirmerie. Saina lui tournait le dos, ses longues nattes rousses retombant jusqu'à sa taille. La jeune femme était assise à sa droite et semblait très absorbée dans leur discussion. Elles se retournèrent de concert en l'entendant approcher.

— Bonjour lieutenant, le salua sa subordonnée. J'allais justement envoyer quelqu'un vous chercher.

Sa patiente se crispa en le voyant avancer. C'était une petite chose frêle aux yeux gris, aux pieds recouverts de bandages et dont le visage disparaissait derrière de grosses mèches de cheveux châtains. Cela ne suffisait pas à dissimuler la large ecchymose qui s'étalait sur sa joue gauche.

Son expression évoquait pour le moment celle du lapin terrifié qui tombe entre les griffes d'un dragon.

Intrusion

— Détendez-vous, la rassura Saina d'une voix plus douce qu'à son habitude. Le lieutenant ne vous fera aucun mal.

Elle doubla cette remarque d'un regard appuyé en direction de Darel.

— Saina a raison, confirma-t-il, vous êtes en sécurité ici.

Il s'agenouilla à côté de l'infirmière pour se mettre au même niveau que les deux femmes, en prenant soin d'éviter tout mouvement brusque.

— Je suis le lieutenant Darel Voklan, se présenta-t-il. Pouvez-vous me dire qui vous êtes et ce qui vous est arrivé la nuit dernière ?

Son interlocutrice détourna le regard, aussi pâle que sa chemise.

— Je m'appelle Alia Eridan, balbutia-t-elle.

C'était un début. Il devait maintenant découvrir ce qui la terrifiait à ce point.

— Enchanté de vous rencontrer, poursuivit-il en lui tendant la main.

Elle hésita un instant avant de la lui serrer du bout des doigts.

— Dites-moi, Alia, qui vous a fait du mal ?

— C'est compliqué, tergiversa-t-elle en portant sa main à sa joue.

— Qui que ce soit, il ne pourra pas vous atteindre ici.

Elle marqua une pause avant de reprendre la parole.

— Mon oncle, admit-elle. Il voulait me marier à mon cousin. Je me suis échappée.

— Il n'y a pas de honte à avoir. Vous aviez une destination en vue ?

Elle secoua la tête.

— Je cherchais un moyen de prévenir mes parents.

— Où habitent-ils ?

— Sur la côte ouest.

Elle était donc bien danavienne. Darel devait maintenant décider quoi faire d'elle.

— Savez-vous monter à cheval ?

Saina lui décocha un regard noir, mais garda le silence. L'infirmière devait bien se douter qu'aucun retard ne leur serait permis.

— Pas très bien.

— Ça suffira. Ce que je peux vous proposer, Alia, c'est de vous déposer dans la ville la plus proche. Vous enverrez un message à votre famille et je m'assurerai que vous soyez hébergée jusqu'à leur arrivée.

La jeune femme se recroquevilla sur elle-même.

— Ne me ramenez pas à Sarano !

C'était donc de là qu'elle venait, elle aussi.

— Ce n'est pas un problème, la tranquillisa-t-il. Nous vous protégerons de votre oncle, c'est promis.

Elle lui accorda son premier vrai sourire de la conversation.

— Merci, souffla-t-elle, les larmes aux yeux.

Il détourna le regard à son tour, gêné devant une telle reconnaissance.

Une heure plus tard, la troupe s'était remise en route à un rythme raisonnable. À cette vitesse, ils atteindraient la frontière danavienne rapidement, tout en ménageant les chevaux et leur invitée.

Ils avaient installé cette dernière sur l'une de leurs juments de rechange. La jeune femme se débrouillait pour le moment, l'infirmière lui avait prêté un uniforme et des bottes pour remplacer sa robe toujours trempée. Dana en avait profité pour la surnommer « notre nouvelle recrue ». Ce qui n'empêchait pas le reste de la troupe de la tenir à l'œil, par précaution.

La journée se déroula sans incident notable, jusqu'à l'arrivée d'un groupe de pigeons en milieu d'après-midi. L'un des oiseaux se posa sur le pommeau de selle de Darel tandis que ses congénères poursuivaient en direction de l'ouest.

Étonné, il détacha le courrier. Qui pouvait bien le contacter de la sorte ? Ces animaux étaient généralement les familiers de mages peu puissants, qui louaient leurs services de messagers pour compléter leurs revenus.

Darel déplia le papier, pour le découvrir frappé du sceau du Sanctuaire. Inquiet, il en survola le contenu, mais le texte ne se rapportait ni à sa prophétie ni à son séjour à Sarano. Il s'agissait d'un courrier générique informant de la disparition d'une initiée, survenue pendant la nuit, et promettant une large récompense à quiconque aiderait à la retrouver.

Une brève description suivait et Darel fronça les sourcils. Il lutta contre l'impulsion de se retourner pour observer de nouveau la jeune femme qui prétendait s'appeler Alia Eridan.

Darel repassa leur entrevue en accéléré dans sa tête. Elle parlait parfaitement danavien, mais c'était aussi le cas des initiés. Elle avait hésité avant de lui serrer la main, se souvint-il en pâlissant. Si ses soupçons se confirmaient, le Sanctuaire pourrait lui attirer des ennuis pour n'avoir pas réprimé sa magie durant leur rencontre.

— Un problème, lieutenant ? s'enquit Tamos Karin sur sa droite.

Il secoua la tête. Inutile d'alerter ses subordonnés tant qu'il n'en saurait pas davantage.

— Un nouveau sujet de préoccupation, rien de plus…

Le sergent accepta sa réponse, même si Darel se doutait qu'il n'était pas dupe. Avec un peu de chance, il mettrait sa nervosité sur le compte de l'attaque prévue au col de l'Aigle.

— Votre message sera bientôt déposé à la forteresse Ardakan, l'informa d'ailleurs Tamos. Je vous préviendrai dès sa réception.

— Parfait, merci.

Il écarta aussitôt cette pensée pour en revenir à ce qu'il savait d'Alia. Sa terreur de retourner à Sarano semblait bien réelle. De plus, les bleus de son visage ne collaient pas avec l'hypothèse d'une initiée. Qui aurait risqué les foudres du Sanctuaire en brutalisant l'une de ses protégées ? Cette dernière question le perturbait. Il se trompait peut-être, après tout.

Le doute le tarauda tout le reste de la journée. Même la confirmation que sa transcription de la prophétie était parvenue au roi Keral ne l'apaisa pas.

— Nous allons monter le camp ici, décida-t-il en voyant Solya disparaître derrière l'horizon.

Les premières étoiles de la nuit pointaient déjà dans la pénombre du crépuscule, il était temps de s'arrêter s'ils ne voulaient pas dresser les tentes dans le noir. Darel laissa ses soldats mettre pied à terre puis se dirigea vers Saina et sa protégée. La jeune femme accusait le coup de la chevauchée, mais semblait plus sereine qu'en début de matinée.

— M'accompagnerez-vous pour une promenade ? lui proposa-t-il.

Saina fronça les sourcils, mais il interrompit ses protestations d'un geste de la main. Il se doutait bien qu'elle était fatiguée, inutile de le lui rappeler.

Intrusion

— Avec plaisir, balbutia Alia. Mais courte, si possible. La journée a été longue.

Darel acquiesça et effectua un léger détour pour déposer ses sacoches de selle, dans lesquelles Sara s'était installée pour roupiller. Il la réveilla d'une touche de magie, qu'elle absorba avant de se glisser dans le fond de sa tête.

Arrivés ? demanda-t-elle d'un ton ensommeillé.

Oui, nous sommes arrivés. Est-ce que tu pourrais surveiller le campement pendant mon absence ?

Vigilance, confirma-t-elle avec entrain en s'extirpant du sac.

Merci beaucoup !

C'était le genre de mission que Sara prenait au sérieux, elle l'alerterait à la moindre suspicion d'attaque ou d'intrusion. Pour le reste, ses subordonnés se débrouilleraient.

Darel rejoignit la jeune femme et entraîna les deux montures vers la colline la plus proche. Une fois certain qu'on ne pourrait plus les voir ou les entendre, il tira sur la bride pour stopper son cheval et se tourna vers Alia, dont le regard s'était perdu dans le lointain.

— Désolé de vous avoir imposé cette chevauchée supplémentaire, mais j'ai eu des nouvelles dont nous devrions discuter loin de toute oreille indiscrète.

Elle s'arracha à sa contemplation et se raidit sur sa selle, de nouveau sur la défensive.

— J'ai reçu cette après-midi un message du Sanctuaire de Sarano, dont j'aimerais savoir ce que vous pensez.

Darel sentit son cœur chavirer en la voyant se décomposer. Il avait touché juste, restait à comprendre comment et pourquoi.

— Ne me ramenez pas là-bas, plaida-t-elle.

Il se figea un instant. Que craignait-elle à ce point ?

Elle profita de ce moment de flottement pour talonner sa jument et partir au galop. Surpris de cette réaction, Darel hésita avant de se lancer à sa poursuite.

La jeune femme faisait une piètre cavalière, elle n'accompagnait pas les mouvements de sa monture et tressautait à chaque foulée. L'obscurité grandissante devait lui compliquer la tâche.

Darel accéléra de plus belle : il devait à tout prix l'arrêter avant qu'elle tombe et se tue.

Il gagnait du terrain, mais pas assez. Elle perdit brusquement l'équilibre et bascula sur le côté, trop loin pour qu'il puisse la rattraper... En désespoir de cause, il projeta une partie de son énergie magique devant elle pour amortir sa chute.

Chapitre 7
Clarifications

Élyne gisait par terre, la joue appuyée contre une surface dure et froide. Son épaule la lançait horriblement, la tête lui tournait et elle n'avait pas la moindre idée de ce qui lui était arrivé. Un haut-le-cœur la secoua quand elle essaya de se redresser. Elle posa la main au sol pour se stabiliser et y rencontra de l'herbe.

— Allez-y doucement en vous relevant, vous avez fait une belle chute, commenta une voix sur sa droite.

Elle tressaillit. Le lieutenant Darel Voklan, elle l'avait presque oublié. Ses derniers souvenirs se remirent en place. Elle avait espéré le semer, sa tentative se soldait visiblement par un échec. Et elle s'était amochée au passage.

Elle s'assit péniblement puis ferma les yeux le temps que sa sensation de vertige s'estompe. La nausée ne semblait en revanche pas vouloir se dissiper.

— Vous avez de la chance d'être encore vivante, poursuivit le lieutenant.

La dureté de sa voix la secoua. Darel Voklan ne méritait pas les ennuis qu'elle allait lui causer. Elle ne pouvait cependant pas lui permettre de la ramener à Sarano.

Elle détourna la tête, incapable d'affronter ses iris accusateurs. Leurs deux montures étaient attachées à un arbre, plus loin dans l'obscurité. Derrière, la constellation du Phare brillait de mille éclats. Pour échapper à l'emprise des étoiles, Élyne se força à plonger son regard dans les flammes crépitantes du petit feu. Quand le lieutenant l'avait-il allumé, d'ailleurs ?

— Est-ce que j'ai dit quelque chose ?

Une prophétie pourrait expliquer qu'elle ne se souvienne pas de sa chute. Les premières constellations de la nuit avaient capté son attention tout du long de leur trajet, s'en détourner s'était avéré si difficile...

Seul le silence lui répondit dans un premier temps.

— Oui, admit finalement le lieutenant.

— Quoi ?

Il la dévisagea un long moment.

— 418 251 622.

— Quoi ? répéta-t-elle sans comprendre.

Ça ne ressemblait pas à une prophétie.

— Il y avait une dizaine de nombres, compléta-t-il, mais je n'ai mémorisé que les premiers. C'est allé trop vite.

— Ça ne veut rien dire, gémit-elle.

Il secoua la tête et lui jeta un regard désabusé.

— Si seulement.

— Comment ça ?

— C'est un message codé. Un code militaire danavien, que vous n'êtes pas censée connaître.

— Et qu'est-ce que ça signifie ?

Clarifications

— C'est une réponse au courrier que j'ai envoyé à mon roi hier après-midi. Enfin, le début d'une réponse. Comme je disais, je n'ai pas mémorisé la suite.

— Je ne comprends pas.

— Moi non plus. Si vous êtes réellement une oracle, à quoi est-ce que vous jouez ?

Sa voix était chargée d'une colère à peine contenue et son regard bleu glacial la frappa de plein fouet. Élyne se recroquevilla sur elle-même puis détourna de nouveau la tête. Mauvaise idée : les étoiles du Phare brillaient toujours au-dessus de l'horizon. Elle revint à son interlocuteur.

Darel Voklan la fixait en silence. Il attendait sa réponse.

— Je ne joue pas, protesta-t-elle enfin.

— Pourquoi avez-vous tenté de vous enfuir, alors ?

— Si j'avais avoué m'être évadée du Sanctuaire, vous m'auriez ramenée à Sarano.

Ses sourcils se froncèrent.

— Le message parlait d'une disparition suspecte.

Elle éclata d'un rire sans joie.

— Qui oserait s'en prendre à une initiée ? Après ce qui est arrivé au prince Tomasso ?

Le noble avait enlevé une oracle quarante ans plus tôt. Le supérieur de l'époque avait riposté en offrant des prophéties à ses ennemis et les puissantes armées araléennes s'étaient mises en marche. Trois mois plus tard, le château du prince était rayé de la carte.

Le lieutenant se rembrunit. Il faisait ses propres déductions et n'aimait visiblement pas ça.

— Je suppose qu'une évasion fait plus de sens qu'un enlèvement, admit-il. Quoi qu'il en soit, vous auriez dû refuser de me serrer la main.

C'était donc cela qui le tracassait ? Élyne n'avait hésité que par réflexe : des contacts magiques répétés biaiseraient ses prophéties – et à terme les bloqueraient –, mais une poignée de main ne représentait pas grand-chose.

Elle haussa les épaules pour le rassurer. Mauvaise idée, le mouvement réveilla une douleur au niveau de l'articulation, lui arrachant une grimace. Rien ne semblait cassé, mais elle allait écoper d'une série de belles contusions.

— Ne vous en faites pas pour ça, se força-t-elle quand même à répondre, c'était un contact minime.

Il la dévisagea un long moment.

— Je dois vous avouer autre chose. J'ai amorti votre chute.

Elle fronça les sourcils.

— Comment ça ?

— Je vous ai vue tomber. À la vitesse où vous alliez, vous risquiez de vous briser la nuque, alors j'ai amorti votre chute par magie.

Élyne en resta stupéfaite. Une telle intervention était bien plus dangereuse qu'une poignée de main ! Les vrais mages – ceux aux pouvoirs assez puissants pour nécessiter une formation – constituaient une faible proportion de la population, mais le commun des mortels possédait souvent un don embryonnaire permettant de bien tolérer les contacts magiques. Une oracle, en revanche… Voilà peut-être l'origine de la nausée d'Élyne, qui commençait heureusement à refluer.

Le sauvetage du lieutenant contrevenait à toutes les règles. À en juger par son expression sombre, il le savait et craignait la façon dont elle réagirait à la nouvelle. Elle pourrait lui attirer de sacrés ennuis si elle le dénonçait. La supérieure Tinavia serait en droit de réclamer sa tête à son roi.

Clarifications

— J'espère que ce n'est pas ça qui vous a assommée, poursuivit-il d'un ton gêné. Sans contact physique direct, ma magie n'aurait pas dû pénétrer les barrières de votre corps, mais si vous y êtes particulièrement sensible…

Elle détourna les yeux vers le sol, embarrassée à son tour. Maintenant qu'elle y réfléchissait, elle s'était anormalement bien tirée de cette chute. Quelques contusions et des vertiges, rien de plus. Darel Voklan lui avait épargné de sérieuses blessures, il lui avait peut-être même sauvé la vie.

— Ce n'est pas de votre faute si j'ai perdu connaissance, lâcha-t-elle d'une petite voix. Votre magie m'a secouée, mais je vous dois quand même des remerciements.

Il redressa la tête et lui lança un regard surpris.

— Pour ne m'avoir pas laissée mourir bêtement, compléta-t-elle. Je suis désolée de vous avoir mis face à un tel dilemme. Si j'avais réalisé que les étoiles risquaient de me faire tomber, je ne serais pas partie au galop.

Elle désirait fuir le Sanctuaire, mais pas au prix de sa propre vie.

— Les étoiles ? releva-t-il.

— C'est à cause d'elles que je suis entrée en transe. Enfin, je suppose. Je devais être sur le point d'énoncer une prophétie au moment où votre énergie m'a heurtée. Vous avez réorienté le sujet autour de vous sans le vouloir, j'ignorais que c'était possible.

Cela n'avait cependant rien d'étonnant. La magie était réputée fausser les prédictions, il était logique qu'elle puisse aussi infléchir leur déroulement.

Il secoua la tête, perplexe.

— Je ne comprends rien à ce que vous racontez.

Elle esquissa un sourire désolé.

— Toutes mes excuses, je n'ai pas l'habitude de discuter technique avec des non-initiés. Je disais juste que le contact avec votre énergie devait expliquer ma prédiction atypique.

Il haussa les épaules.

— Je vous crois volontiers. C'est de toute façon le cadet de nos soucis. Pourquoi vous êtes-vous enfuie du Sanctuaire ?

— Parce que mon entourage me mentait, et qu'ils étaient prêts à tout pour exploiter mes prophéties. Ne me demandez pas d'y retourner.

Un long silence s'ensuivit. Jusqu'ici, il donnait l'impression de la croire. Peut-être lui permettrait-il de fuir sans la dénoncer ?

— Je ne suis pas sûr de comprendre comment vous espériez vous en tirer, reprit-il. Votre supérieure finira par vous retrouver.

— Si je prends suffisamment d'avance…

— C'est trop tard pour ça, la coupa-t-il. Leurs avis de recherche m'ont trouvé, ils auront aussi atteint les postes de garde des villes de la région. Avez-vous la moindre idée du montant qu'ils offrent à quiconque vous ramènera saine et sauve ?

Élyne accusa le coup. Les finances du Sanctuaire prospéraient depuis quelques années, Tinavia devait être en mesure de proposer une récompense faramineuse.

— De toute façon, poursuivit son interlocuteur, ils doivent déjà savoir où vous êtes, non ?

Son sang se glaça dans ses veines.

— Vous le leur avez dit ?

— Non, mais à quoi servent leurs prophéties s'ils ne peuvent pas les utiliser quand ils en ont besoin ?

Elle secoua la tête, soulagée.

Clarifications

— Ça ne fonctionne pas comme ça. Je ne suis pas une mage, ils ne pourront pas espionner mes réflexions.

Le lieutenant fronça de nouveau les sourcils. Encore un secret qu'Élyne venait de dévoiler sans y prêter attention. Elle ne risquait cependant pas grand-chose, puisque la supérieure avait déjà l'intention de l'enfermer à vie.

— Ne le répétez à personne, ajouta-t-elle quand même. L'information est confidentielle.

— Est-ce que vous pouvez lire mes pensées ? s'inquiéta-t-il.

— Non, le rassura-t-elle aussitôt, c'est beaucoup plus vague que ça. Je peux émettre des prophéties en lien avec vos préoccupations du moment, mais c'est tout. Et en dehors de toute interférence magique, obtenir une prédiction précise nécessiterait un ciblage spécifique, comme l'entretien préliminaire que vous avez effectué à Sarano. Si vous vous souvenez bien, mon collègue avait été très pointu dans ses questions.

Il la dévisagea de nouveau.

— Ne me dites pas que vous étiez présente où je vais m'en vouloir de ne pas vous avoir reconnue.

Elle lui adressa un sourire désolé.

— Nous étions une vingtaine et je suis vraiment très peu intervenue, je m'y connais mieux en commerce qu'en stratégies militaires. Et puis, à votre décharge, entre les vêtements et la coiffure, j'ai toujours eu l'impression d'être déguisée lors de ces entretiens.

Le lieutenant poussa un long soupir.

— Que vais-je faire de vous ?

— Je peux partir de mon côté, le rassura-t-elle aussitôt, je ne veux pas vous attirer d'ennuis. Je me cacherai dans les montagnes pendant quelques semaines, le temps qu'on m'oublie.

— Vous ne tiendriez pas deux jours, objecta-t-il. J'ignore ce qui vous tuerait le plus vite, entre le froid et la faim.

Elle accusa le coup.

— Et si j'essayais de vous offrir une nouvelle prophétie ce soir, accepteriez-vous de me fournir quelques provisions ?

Il secoua la tête.

— La survie en montagne n'est pas qu'une affaire de provisions. Vous ne possédez pas les compétences nécessaires. À moins que quelqu'un vous ait appris à chasser, à dresser une tente, à allumer un feu de camp ?

Chaque interrogation enfonçait un clou de plus dans le cercueil de ses illusions : les réponses étaient bien entendu négatives. Des larmes de désespoir lui montèrent aux yeux.

— Est-ce que vous n'auriez pas de la famille auprès de laquelle vous réfugier, le temps que les choses se tassent ?

Elle se rembrunit. Les chances que l'orphelinat accepte de la dissimuler avoisinaient le zéro, ils l'avaient tellement encouragée à candidater au Sanctuaire…

— Vous me placez dans une position très délicate, déclara le lieutenant. J'aimerais pouvoir vous aider et je me fiche de la récompense, mais je ne tiens pas à imiter le prince Tomasso. Et je dois assurer la sécurité des hommes de mon unité.

Elle acquiesça, dépitée. Fuir se révélait bien plus complexe qu'elle l'avait imaginé. Elle ne faisait pas le poids contre l'influence de la supérieure.

— Retourner là-bas serait-il vraiment si horrible ? poursuivit-il d'un ton plus doux. Vous ne retrouverez nulle part le confort et le statut que le Sanctuaire vous offrait. Leur courrier mentionne une simple disparition, ils sont peut-être prêts à passer l'éponge sur votre évasion.

Clarifications

Élyne secoua la tête. La perspective d'affronter Tinavia lui nouait les entrailles.

— Je préfère encore tenter ma chance dans les montagnes. Si je trouve un village peu peuplé, ils n'auront peut-être pas entendu parler de moi.

Elle se raccrocha désespérément à cette hypothèse, craignant que son interlocuteur la balaye d'une nouvelle remarque acerbe. Il resta cependant silencieux, le regard perdu dans les flammes de leur petit feu.

— Êtes-vous vraiment certaine que le Sanctuaire ne peut pas utiliser de prophétie pour vous localiser ? demanda-t-il enfin.

— Pas sans l'intermédiaire des pensées d'un mage.

— Je suis un mage et je sais où vous êtes.

— Oui, mais vous êtes seul et la supérieure ignore que je me trouve avec vous. Une prédiction est toujours préparée en établissant la liste des principaux mages concernés.

C'était l'une des tâches les plus fastidieuses du travail d'initié. Quand la noblesse était impliquée, l'exercice restait facile : le jeu des mariages favorisait l'apparition de dons magiques puissants. Dans le cas des prophéties destinées à des marchands, il fallait en revanche se rabattre sur des mages aux pouvoirs mineurs, qui prenaient une éternité à répertorier.

Pour une fois, ces contraintes l'arrangeaient. Le Sanctuaire se focaliserait sur la recherche de complices humains et n'imaginerait pas un instant qu'elle s'était échappée dans les griffes d'un dragon. Elle-même n'y croyait encore pas tout à fait.

— En quoi est-ce que ça a de l'importance ? demanda le lieutenant.

Élyne hésita. Comment lui expliquer ce qu'elle comprenait du processus ? Un exposé théorique semblait peu adapté, mais il méritait une réponse.

— Essayez de voir la magie comme une sorte de musique, suggéra-t-elle. Plus une personne est puissante, plus ses mélodies résonnent autour d'elle et sur tout le continent. Les oracles vivent coupés du bruit de fond de la vie quotidienne, ils peuvent lors de leurs transes se concentrer sur ces sons et les interpréter. Si de nombreux mages se soucient d'un même problème, ils vont chanter à l'unisson et faire ressortir leur thème musical au-dessus du lot. Votre prophétie a par exemple dû être facile à gérer, elle impacte deux armées entières. Isoler un air particulier est beaucoup plus difficile, cela nécessite de savoir où le chercher et de ne pas se laisser distraire par les bruits parasites. Pour me découvrir en passant par votre intermédiaire, le Sanctuaire serait obligé de vous cibler spécifiquement.

Son interlocuteur resta silencieux un long moment, perdu dans ses réflexions.

— Je crois que je comprends le principe. La proximité géographique ne risque-t-elle pas de jouer en votre défaveur ?

Élyne secoua la tête.

— La distance impacte peu ce type de bruit. De toute façon, si un oracle reçoit des visions de vous dans les collines, il pensera à un prolongement de votre prophétie. Des détails au sujet de votre bataille, ou quelque chose du même genre. Pourquoi ferait-il le lien avec moi, alors que vous avez quitté la ville avant ma disparition ?

— Je suppose que je peux vous cacher dans ma troupe une semaine ou deux, décida-t-il après un nouveau silence.

Elle se figea, sans oser y croire.

Clarifications

— Je préfère quand même vous prévenir, ce ne sera pas une promenade de santé. Si vous voulez passer inaperçue, il faudra vous fondre dans mon unité. Ce sera plus simple demain soir, quand nous aurons rejoint le reste du groupe, mais ça implique son lot d'entraînements et de corvées. Des nuits sous la tente, des chevauchées sous la pluie. Et si jamais vous vous faites prendre, je prétendrai n'avoir été au courant de rien.

Élyne s'empressa d'acquiescer : tout plutôt qu'un retour à Sarano. Elle avait survécu aux dragons, elle survivrait à la vie quotidienne d'une troupe danavienne.

Chapitre 8
Montagnes

Les silhouettes majestueuses et impitoyables des montagnes se découpaient de plus en plus nettement au nord-ouest. La petite troupe se rapprochait de la frontière danavienne et chaque heure de trajet augmentait la nervosité de Darel. Sa décision de la veille était-elle la bonne ? Tout pouvait si vite basculer…

En rentrant au campement, il s'était empressé de confier la jeune femme à Dana pour l'éloigner de toute magie. Sa sergente avait soulevé un sourcil surpris lorsqu'il lui avait ordonné d'inclure leur invitée dans sa sous-unité, mais elle avait obtempéré sans poser de questions. Il aurait aimé tout lui révéler, mais ça n'aurait pas été raisonnable.

L'oracle avait pâli quand Dana lui avait énuméré les règles à respecter, mais elle avait accepté les contraintes sans broncher. Elle avait du cran, Darel devait le reconnaître.

Il avait ensuite réuni les membres de sa troupe pour leur demander de l'intégrer à leurs activités habituelles. Tous avaient appliqué ses consignes sans protester. La confiance de ses subordonnés représentait un atout indéniable, mais Darel s'en voulait de les exploiter de la sorte. Leur coopération leur attirerait des ennuis si le Sanctuaire découvrait la supercherie. Si la jeune femme était blessée – ou pire, tuée – dans une embuscade. Si une transe inopinée révélait son identité…

Plus la journée avançait, plus il mesurait l'imprudence de sa décision. Agir sans l'aval de sa hiérarchie relevait de la trahison, rien de moins. Impossible cependant de prévenir ses supérieurs, il en ferait des cibles pour les prophéties. Et puis, la détresse évidente de l'oracle l'avait marqué. Sans son aide, elle aurait tenté sa chance dans les montagnes, en dépit de tout. Il refusait d'avoir sa mort sur la conscience.

Deux semaines, essaya-t-il de se rassurer. Il lui avait promis deux semaines de protection, ça ne pouvait pas être si compliqué à mettre en œuvre. Il la tiendrait à l'écart des batailles puis la déposerait dans un petit village. D'ici là, tout le monde aurait oublié les avis de recherche et elle passerait inaperçue. Il le fallait.

Câlin ? s'enquit Sara qui avait perçu sa nervosité – probablement sans la comprendre.

Elle sortit de sa poche sans attendre de réponse, remonta le long de son bras et se lova contre son cou. Le doux contact de ses écailles apaisa Darel, qui lui caressa l'arrière de la tête du bout des doigts.

Problème ? Aider ?

Le cœur de Darel se gonfla d'amour. Qu'avait-il fait pour mériter un familier aussi adorable ?

C'est gentil de proposer, mais la situation est trop compliquée pour que tu puisses y changer quoi que ce soit.

Essayer ?

Les choses vont s'arranger avec le temps, commenta-t-il en lui ouvrant tout grand son esprit, *et tu m'aides déjà en étant présente pour moi.*

Montagnes

Sara se glissa dans sa tête. Darel laissa ainsi un instant ses soucis se dissoudre dans le flot réconfortant de ses pensées. Le passage de la frontière le força cependant à revenir à des préoccupations plus sérieuses.

De l'autre côté des bornes de pierre, une centaine de personnes guettait son retour – le reste de sa troupe. Ses officiers avaient poursuivi leurs patrouilles des environs en son absence, mais Darel allait devoir rompre leur routine. La réponse du roi l'attendait peut-être déjà au campement principal.

Ils atteignirent ce dernier alors que Solya se couchait tout juste sur l'horizon. Darel laissa un soldat se charger de sa monture et rejoignit la tente de commandement, où trois de ses sergents s'étaient installés. Ils débattaient autour d'une carte de la région, mais s'interrompirent en le voyant arriver.

— Bonsoir, lieutenant. Un familier est passé vous poser un message en milieu d'après-midi, nous l'avons réceptionné pour vous.

La missive frappée du sceau royal trônait sur le côté de la table. Darel la fixa un instant avant de se décider à la décacheter. Les premiers nombres du code dansèrent devant ses yeux : 418, 251, 622, 735… S'il avait conservé le moindre doute au sujet de son oracle fugueuse, le voilà levé.

Il s'attaqua la mort dans l'âme au déchiffrage de la suite du texte. L'assaut sur les positions valeansiennes serait lancé dans la semaine, Darel et sa troupe devaient se mettre en chemin dès le lendemain.

Les jours suivants s'écoulèrent dans une torpeur monotone, troublée par les premières chutes de neige. Les chevaux glissaient sur les fines pellicules givrées tandis que le froid se montrait de plus en plus insidieux, s'invitant à l'intérieur des capes et des tentes, ralentissant leur avancée. Darel s'efforça néanmoins de presser l'allure : tout retard lui serait reproché et il ne pouvait pas se le permettre. Pas s'il voulait avoir son mot à dire sur la stratégie de déploiement de son unité.

Ils traversèrent le col du Trident en fin de matinée, trois jours après avoir passé la frontière. Les lourdes tours de pierre de la forteresse Ardakan s'élevaient juste au-dessus de la route, glaciales et imposantes. La troupe s'engagea sur le chemin rocailleux qui s'ouvrait vers l'autre versant de la montagne et atteignit la vallée de la Malva quelques heures plus tard. Le campement danavien se distinguait de loin, gigantesque amoncellement de tentes ordonnées en rangées impeccables.

— Lieutenant Voklan, le salua l'une des sentinelles. Le roi Keral vous attend, il a demandé à vous voir dès votre arrivée.

Darel hocha la tête.

— Où dois-je installer mon unité ?

— On vous a laissé de la place dans le quart nord-ouest, à côté des quartiers du lieutenant Palova.

Darel la remercia, descendit de cheval puis transmit les ordres à sa troupe. Il se dirigea ensuite vers la tente de commandement. Le gigantesque chapiteau du roi Keral, surmonté du drapeau danavien bleu et blanc, se dressait non loin de là. Première bonne nouvelle de la journée, le pavillon de la princesse Aklune le jouxtait. La puissance magique hors-norme de l'héritière représentait un atout considérable pour l'armée danavienne, sa capacité à projeter son énergie très loin de son corps permettait de dévier les éboulements rocheux dont les mages valeansiens étaient friands.

Darel se réjouissait aussi de sa présence à titre personnel. Il avait enchaîné les missions de reconnaissance et les patrouilles depuis l'été pour fuir la capitale et la cour, mais sa fière petite princesse lui avait manqué. Elle était son unique alliée dans l'état-major, la sœur qu'il n'avait jamais eue. La seule à laquelle il pouvait se confier sans risquer d'encourir les remontrances de son père, qui refusait de le laisser concéder la moindre faiblesse.

La tente du général se trouvait d'ailleurs tout près. Darel réprima une grimace. Enas Voklan s'était spécialisé dans les campagnes militaires montagneuses, il aurait été surprenant que le roi se passe de ses conseils pour une offensive de cette envergure. Darel espérait simplement ne pas servir sous ses ordres. Avec un peu de chance, il serait affecté au commandement de la princesse – on pouvait toujours rêver – ou à celui de la générale Sovano.

Darel s'avança jusqu'au chapiteau, où les gardes personnels du souverain se glissèrent pour annoncer sa venue. Il profita de l'attente pour épousseter sa veste et avait presque retrouvé un aspect présentable lorsque le battant de la tente s'ouvrit devant lui. Deux lieutenantes le saluèrent et sortirent, le laissant seul avec le roi et sa fille.

Aklune lui adressa un sourire chaleureux dans le dos de son père. Ses courtes boucles brunes retombaient en désordre autour de sa tête, elle avait dû passer la matinée en extérieur. À l'opposé, la queue-de-cheval du roi maintenait soigneusement en place chaque cheveu. Son collier de barbe grisonnant complétait une allure impeccable.

— Darel, mon garçon, as-tu fait bon voyage ? s'exclama Keral en venant lui donner l'accolade.

Darel lui rendit la pareille avec un sourire crispé. Le souverain se montrait souvent affable en privé, mais ce n'était qu'une façade. Son humeur joviale pouvait disparaître en quelques secondes et se muer en colères retentissantes.

— Merci de votre accueil, Votre Majesté. Les premières chutes de neige nous ont ralentis, mais aucun incident n'est à déplorer.

— Parfait, parfait. Alors, comment s'est déroulée ta visite à Sarano ?

— Les initiés se sont révélés très compétents et la supérieure Tinavia vous présente ses hommages.

Darel fouilla dans sa poche pour en sortir les documents officiels du Sanctuaire, espérant ne pas s'appesantir sur le sujet. Il en avait bien trop appris sur les oracles et les prophéties à son goût.

Keral jeta un coup d'œil aux papiers, mais il s'en désintéressa rapidement. Les messages codés lui en avaient de toute façon déjà divulgué le contenu.

— La supérieure est une femme charmante, je suis ravi de savoir que vous vous êtes bien entendus.

Une façon détournée de l'avertir qu'il le renverrait à Sarano dans les prochaines années. Darel se serait bien passé d'un tel honneur, mais il ferait son devoir, comme d'habitude.

— Quels sont vos plans pour l'attaque du col ? osa-t-il demander.

— Nous lancerons l'assaut dans les prochains jours, détailla Keral. Et cette fois-ci, nous te laisserons l'occasion de te couvrir de gloire ! Tu pourras prouver à tous tes détracteurs que le regrettable incident d'il y a quatre ans appartient au passé.

Darel retint un tressaillement devant le sourire radieux du roi. Comment expliquer qu'il préférait les patrouilles de maintien de l'ordre aux grandes offensives rangées et que la gloire ne l'intéressait pas ? En ce qui le concernait, les frontières pouvaient rester là où elles se trouvaient tant que le Valeans ne poussait pas plus loin. Keral n'accepterait cependant aucune protestation.

— J'essaierai d'être digne de votre confiance, se contenta de répondre Darel en se composant un visage impassible.

— Je n'en doute pas un instant, mon garçon. Tu feras notre fierté, comme tous les Voklan qui t'ont précédé !

Le sourire de Darel se crispa un peu plus. Son père lui serinait ce discours depuis l'enfance : il devait se montrer à la hauteur de ses glorieux ancêtres, quel qu'en soit le prix. Ce carcan ne lui autorisait pas le droit à l'erreur et même ses réussites faisaient pâle figure face aux prouesses du passé.

— Je suis sûre que Darel connaît déjà les exploits des Voklan, intervint Aklune. Il doit être exténué après son long voyage, tu devrais le laisser souffler avant les réunions de ce soir.

Darel lui adressa un regard reconnaissant auquel elle répondit par un clin d'œil.

— Ma fille a raison, comme d'habitude, concéda Keral avec un sourire attendri. Profite de l'après-midi pour te reposer et tu te joindras à nous après le repas. Nos éclaireurs rassemblent quelques dernières informations, nous n'attendons plus que leur retour pour décider des grandes lignes de l'offensive.

— Je veillerai à être présent, promit Darel.

Il doutait cependant de pouvoir infléchir la stratégie de Keral. Le roi était un enthousiaste notoire quand il s'agissait de planifier des batailles. Son génie militaire était certain, mais il ne brillait pas par sa prudence.

— Je vais le raccompagner, proposa Aklune.

— Vas-y, l'encouragea Keral, tu as bien mérité une pause, toi aussi.

Il lui aurait ébouriffé les cheveux si elle n'avait pas esquivé le geste *in extremis*. Darel ressentit un pincement au cœur. Aklune ne réalisait pas sa chance d'avoir un père qui l'aime et la soutienne.

La princesse lui attrapa la main et traîna Darel dehors sans lui laisser le temps de s'apitoyer davantage sur son sort.

— Tu peux venir dans ma tente, proposa-t-elle. Personne n'osera t'y déranger, pas même ton père.

— Tu n'as pas peur de faire jaser ? la taquina-t-il.

Elle lui lança un regard faussement horrifié.

— Plus que d'habitude, tu veux dire ?

— On ne sait jamais. Cela doit bien faire plusieurs mois que je n'ai pas entendu parler de notre hypothétique mariage.

— Tant pis, je prends le risque. Et puis, avec un peu de chance, ça découragera certains prétendants étrangers.

Des nobles danaviens avaient notamment suggéré qu'elle épouse un cousin de l'impératrice Theresa d'Aral. L'homme avait le triple de son âge et était veuf depuis près de vingt ans.

— Si c'est pour rendre service, c'est différent. Je ne peux pas laisser une demoiselle en détresse.

Elle lui envoya une bourrasque magique – il l'avait bien méritée –, mais ses yeux gris pétillaient de rire.

— C'est moi qui viens de te tirer des griffes de mon père, lui rappela-t-elle, pas l'inverse. Ne l'oublie pas trop vite.

Elle souleva le rabat de sa tente et le précéda à l'intérieur. Aklune avait insisté pour ne pas bénéficier de plus de confort qu'un officier, seuls les deux perchoirs dressés derrière son lit trahissaient sa puissance. Rares étaient les mages capables de se lier à deux familiers, chacun représentant une dépense magique conséquente au quotidien…

Sa chouette Maya ouvrit un œil en les entendant rentrer, mais le referma aussitôt. Le deuxième emplacement était vide, Sario devait être parti se dégourdir les ailes avec les autres faucons.

— Est-ce que Sara va bien ? s'enquit Aklune en lui dégageant de la place sur le matelas.

Darel poussa son esprit en direction du petit serpent, pour la découvrir à l'intérieur d'une large tente de nourriture.

Je ne te nourris pas assez ? la taquina Darel.

Pas faim, protesta Sara. *Embuscade.*

Tu aides les cuisiniers à se débarrasser de leurs rongeurs ? Essaie de ne pas effrayer trop de passants quand même. Et sinon, Aklune te passe le bonjour.

Jouer ?

Je crains qu'elle n'ait pas le temps pour un cache-cache cette fois-ci, l'offensive sera bientôt lancée. Mais je lui transmettrai ta proposition, promis.

— Elle se porte bien, confirma-t-il, elle s'est trouvé une planque du côté des cuisines. Et elle te fait savoir que si tu cherches de nouveau quelqu'un pour infiltrer ta tente, elle est partante.

— Elle ne perd pas le nord, s'esclaffa Aklune. Je me ferai un plaisir de prendre ma revanche, mais pas avant que la campagne militaire soit terminée. Et toi, ton voyage s'est bien déroulé ?

Darel haussa les épaules.

— C'est compliqué. J'ai détesté les restrictions sur l'usage de la magie, mais ça restait supportable. Le pire, c'était le Sanctuaire lui-même, j'avais le sentiment d'être observé en permanence. Même les courtisans les plus fouineurs de Dangor ne dissèquent pas la moindre de mes réactions à ce point.

Elle le gratifia d'un sourire compatissant.

— Je vois ce que tu veux dire. Je suis contente que papa ait refusé de m'envoyer à Sarano, même si je suis désolée que ça te soit retombé dessus.

— Si seulement la supérieure avait tranché en défaveur de l'attaque… je t'avoue que ma nervosité doit beaucoup à ses conclusions.

Et à l'oracle fugueuse qui s'était invitée dans sa troupe, mais il ne pouvait pas le révéler à la princesse.

— J'essaierai de modérer les ardeurs royales en ce qui te concerne, c'est promis. S'agissant de ton père, ce sera plus complexe.

Darel haussa les épaules.

— À l'impossible, nul n'est tenu. C'est surtout pour mes soldats que je m'en fais, ils n'ont pas à payer le prix de mes erreurs passées.

Aklune le foudroya du regard.

— Darel Voklan, il me semble que le Tribunal militaire t'a blanchi, non ? Alors cesse de te reprocher cette histoire ! Tu as agi au mieux avec les informations dont tu disposais à l'époque.

— Si je n'avais pas ordonné cette retraite, mon unité ne serait pas sur le point de se faire envoyer en première ligne.

Elle s'adoucit.

— Tout n'est pas encore perdu, il reste de nombreux détails à ajuster et je ferai mon possible pour que tu sois traité comme les autres lieutenants. J'ai déjà suggéré de t'affecter aux troupes de la générale Sovano, ça devrait te permettre de limiter les dégâts. Elle n'est pas ton père et personne ne lui reprochera de se montrer trop complaisante avec toi. J'aurais bien tenté de te faire assigner à mes unités personnelles, mais l'état-major ne l'acceptera jamais.

Une vague de gratitude envahit Darel. Son amie ne l'avait pas abandonné, malgré la complexité de la situation.

— Merci pour tout, souffla-t-il.

— J'aurais aimé pouvoir faire plus, répondit-elle avec un sourire désolé.

— C'est déjà beaucoup.

Chapitre 9

Réminiscences

Élyne trébucha une énième fois et réprima un juron. Elle ne s'habituerait jamais à ces fichues montagnes. Dire qu'elle avait affirmé au lieutenant qu'elle s'y réfugierait seule si nécessaire. Ce qu'elle s'était montrée naïve ! Elle comprenait mieux ses réticences, maintenant.

— Est-ce que ça va ? lui demanda la sergente Riadan.

— Je me débrouille, lui assura Élyne.

Elle avait accepté d'être traitée comme n'importe quel soldat en échange de la protection de Darel Voklan, elle respecterait cet accord à la lettre. Hors de question qu'elle réclame le moindre passe-droit, même si elle soupçonnait la sergente de la ménager quand elle le pouvait.

— Nous approchons de l'objectif, tu pourras souffler quand on l'aura atteint.

Sa patrouille avait été envoyée en reconnaissance pour la deuxième fois depuis leur arrivée. Leur circuit de la veille avait tenu compte de la fatigue liée à leur voyage, mais celui du jour se révélait particulièrement ardu. Ils avaient traversé un lac gelé avant d'enchaîner avec un sentier escarpé. Les quelques centimètres de neige qui recouvraient le tout ne faisaient que ralentir leur progression.

Élyne se concentra sur son avancée, en ignorant comme elle le pouvait le douloureux point de côté qui s'était invité quelques minutes auparavant. Un de plus. On lui avait conseillé de mieux contrôler sa respiration pour les éviter. Plus facile à dire qu'à faire, surtout qu'elle s'efforçait de ne pas se laisser distancer.

La troupe était parvenue à un petit col quand Dana leva la main bien haut. Ils avaient atteint leur objectif et pouvaient souffler avant de commencer le repérage à proprement parler. Élyne s'affala contre le rocher le plus proche, ignorant les protestations véhémentes de ses muscles martyrisés. Elle n'aurait jamais cru se découvrir en aussi mauvaise condition physique.

On lui passa une gourde d'eau et elle se désaltéra à longues goulées avant de s'intéresser aux environs. Elle avait été dispensée de l'étude des lieux, ne sachant de toute façon pas ce que le groupe devait chercher. Autant en profiter pour se reposer pendant que ses camarades mesuraient des distances, évaluaient l'état de la neige et prenaient des notes.

De fines pointes rocheuses se dressaient autour d'eux, laissant filtrer par endroits les rayons de Solya. Ces derniers se réfléchissaient sur les étendues immaculées, illuminant les alentours. Plusieurs oiseaux sillonnaient le ciel. Les familiers des deux armées, si elle avait bien compris.

Le spectacle en valait la peine, mais emplit Élyne de mélancolie. Sevan avait toujours rêvé de découvrir les montagnes, dont on ne pouvait que deviner les silhouettes par temps clair à Sarano. Ils avaient passé des heures ensemble à admirer les reproductions de paysages entreposées dans les archives du Sanctuaire, ces moments de complicité lui manquaient plus que jamais. Comment Sevan vivait-il la situation de son côté, lui manquait-elle ?

Un éclat blanc attira l'attention d'Élyne sur la droite, la ramenant au présent. Elle tourna aussitôt la tête, mais rien en vue. Elle aurait pourtant juré reconnaître le petit dragon du soir de son évasion. Les reptiles ailés abondaient dans le coin, elle en avait entraperçu plusieurs au loin. Les montagnes se révélaient à leur image, aussi magnifiques et intrigantes que dangereuses et mortelles. Élyne ne saurait probablement jamais pourquoi ces bêtes sauvages s'étaient montrées si amicales sur les toits du Sanctuaire.

Elle reprit sa contemplation. Le pic rocheux qui se dressait sur sa gauche lui rappelait quelque chose, mais impossible de se souvenir quoi. Des croquis de massifs montagneux feuilletés pendant sa formation, peut-être. Elle avait mémorisé tant de détails…

— Tout va bien ? s'enquit la sergente.

Élyne se détourna du paysage.

— Il faut qu'on reparte ?

— Pas encore, mais tu avais l'air songeuse. Qu'est-ce que tu regardais comme ça ?

— J'ai cru apercevoir un dragon, avoua-t-elle.

Elle n'oserait jamais parler de sa rencontre sur les toits, mais admettre en avoir vu dans les montagnes semblait anodin.

— Ça arrive, même s'il est plus difficile de les observer qu'à Sarano.

Élyne acquiesça distraitement avant de se tourner vers l'endroit que ses camarades inspectaient.

— Qu'est-ce que ce passage a de si intéressant ? N'aurait-on pas pu se contenter d'y envoyer un oiseau en repérage ?

La sergente secoua la tête.

— L'état-major tenait à ce qu'on teste la praticabilité du chemin. Ils vont sûrement y engager des troupes dans les prochains jours, c'est l'un des accès au col de l'Aigle les moins exposés.

— Ce ridicule petit sentier ?

Un sourire joua sur les lèvres de son interlocutrice.

— J'ai déjà vu bien plus étroit.

Élyne jeta un nouveau coup d'œil perplexe en direction de la piste enneigée. Elle serpentait à flanc de montagne, très escarpée.

— Si, si, je te l'assure, renchérit la sergente. Le vrai problème sera le lac, mais nos mages devraient pouvoir soutenir la couche de glace pendant la traversée des troupes.

— C'est la raison pour laquelle les soldats valeansiens ne surveillent pas les environs ?

— Ils les surveillent, mais les jugent peu dangereux. En plus d'être difficile d'accès, le sentier croise une zone d'avalanches, s'y attarder trop longtemps est risqué.

Des images se réveillèrent à la périphérie de sa mémoire. Des avalanches, ce pic rocheux et des cavaliers vêtus du bleu sombre danavien. Où les avait-elle déjà vus ?

Les pièces s'emboîtèrent quelques secondes plus tard : cette vision lui avait été transmise par les dragons, sur le toit du Sanctuaire. Un col de montagne enseveli…

Maintenant qu'elle avait identifié le souvenir, une certitude s'ancra en elle : il mettait en scène l'endroit exact où elle se trouvait. Un frisson descendit le long de son échine. Elle avait cru que les dragons lui faisaient partager des visions de leur quotidien, mais elle s'était peut-être trompée. Des images de prophéties auraient-elles pu se glisser parmi d'autres, plus anodines ?

C'était crédible, d'autant plus que deux scènes lui avaient été montrées en double : cette avalanche ainsi que les négociations des vendeurs de navets. Dans les deux cas, les visions pouvaient être rattachées à des prédictions récentes, puisque des marchands de légumes avaient demandé conseil au Sanctuaire trois semaines plus tôt.

Le texte pris en note par Lyvia mentionnait une explosion, sur la fin : ce devait être le déclencheur de l'avalanche. Les mages valeansiens étaient spécialistes des éboulements en tous genres, comme Vadyan l'avait rappelé durant l'entretien préliminaire…

Les reptiles avaient donc partagé avec Élyne des fragments de prophéties énoncées le mois précédent. Restait à comprendre comment les dragons avaient obtenu ces images, et pourquoi ils les lui avaient retransmises.

En attendant, une conclusion s'imposait.

— L'armée ne doit pas passer par là, c'est trop dangereux.

— Qu'est-ce que tu racontes ? s'étonna Dana Riadan en se rapprochant.

Élyne tressaillit en réalisant qu'elle avait parlé à voix haute.

— Est-ce vraiment raisonnable de faire passer l'armée par une zone d'avalanche ? reformula-t-elle.

— Si le temps se maintient, ça ne posera aucun problème. Ne t'inquiète pas, nos pisteurs ont l'habitude.

Sauf que ce n'était pas la météo, le problème, mais les mages ennemis. L'expliquer à la sergente soulèverait cependant des questions auxquelles Élyne ne pouvait pas répondre.

— Il faut que je parle au lieutenant, décida-t-elle.

C'était le seul moyen de le prévenir sans mettre en danger sa couverture. Le texte de la prédiction mentionnait une explosion dans les hauteurs, mais Darel ne pouvait pas connaître l'endroit exact. Il n'avait d'ailleurs peut-être pas fait le lien avec le risque d'avalanche.

Dana Riadan la gratifia d'un regard dubitatif.

— Je pourrai lui faire passer un message quand on rentrera, mais il enchaîne les réunions en ce moment, il n'a pas un instant pour lui.

— C'est important !

— Assez pour déranger le roi ?

Élyne pinça les lèvres. L'état-major était constitué de mages, se révéler à eux la rendrait vulnérable aux prophéties d'une manière qu'elle ne voulait même pas envisager. Elle devait trouver un moyen de parler au lieutenant en privé. Et sans rien dévoiler à la sergente.

Cette dernière interpréta son absence de réponse comme un renoncement.

— C'est bien ce que je pensais, conclut-elle. Je verrai ce que je peux t'obtenir dans les prochains jours, mais je ne promets rien. En attendant, tu devrais passer à l'infirmerie, tu es toute pâle.

— Ça va aller, c'est juste de la fatigue.

Saina Vanroc la cloîtrerait dans sa tente aux premiers signes de faiblesse.

Dana Riadan lui lança un regard suspicieux.

— Repose-toi au moins cette après-midi. Je te dispenserai de corvée de cuisine pour que tu dormes un peu.

Élyne hésita. L'idée de bénéficier de passe-droits lui répugnait, mais il s'agissait d'une urgence. Le campement bruissait de rumeurs d'attaques, elle n'avait pas de temps à perdre à peler des légumes.

— Juste pour aujourd'hui alors.

Réminiscences

Élyne s'éclipsa dès leur retour au campement. Le lieutenant devait se trouver dans le pavillon royal, avec un peu de chance elle pourrait l'intercepter après sa réunion. En espérant ne pas devoir trop attendre. Les quartiers des officiers fourmillaient de soldats, sa présence finirait par attirer l'attention…

Elle se fraya un chemin jusqu'aux tentes d'état-major puis déambula au gré des allées. Une manière comme une autre de surveiller les environs sans rester trop statique. Quelques messagers se glissèrent à l'intérieur du chapiteau principal, pour ressortir l'air très affairé. Les minutes s'égrenèrent, bien trop lentement.

Après un long moment à tourner en rond, Élyne dut se rendre à l'évidence : elle ne parviendrait à rien de la sorte. De ce qu'elle en savait, la réunion pourrait s'éterniser jusqu'à la soirée.

Elle réfléchissait à ses options quand un homme lui attrapa l'épaule. Un grand sergent, barbu, qui lui jeta un regard suspicieux.

— Que faites-vous là ? Nom, grade et unité ?

Elle déglutit avec difficulté.

— Soldate Alia Eridan, de l'unité du lieutenant Voklan.

Elle espérait avoir respecté les formes, sans en être certaine. Les militaires multipliaient les règles absurdes régissant les façons de s'adresser les uns aux autres. Les différents cérémonials du Sanctuaire paraissaient presque simples à côté.

L'homme fronça les sourcils. Mauvais signe, qu'avait-elle dit de travers ? Elle dissimula sa nervosité derrière un sourire forcé. Les battements frénétiques de son cœur lui paraissaient plus bruyants que jamais.

— Qui vous a envoyée ici et qu'êtes-vous venue faire du côté des tentes d'état-major ?

— Je dois porter un message au lieutenant.

Elle s'efforça de relever les yeux. Le Sanctuaire lui avait appris qu'un regard fuyant trahissait le mensonge plus efficacement que toutes les incohérences du monde. Un peu d'aplomb suffisait parfois à convaincre…

Le sergent resserra la prise autour de son bras.

— Croyez-vous que je ne vous ai pas vue traîner dans le coin depuis tout à l'heure ? Vous auriez eu mille fois le temps de porter votre message !

Élyne se sentit pâlir, à court d'inspiration.

— J'attendais qu'il sorte de sa réunion, balbutia-t-elle.

— Sans vous informer de la durée de celle-ci auprès des gardes en faction ? J'en doute.

Il se tourna en direction d'un groupe de soldats qui discutaient plus loin.

— Par ici, vous autres ! Je crois que j'ai repéré une espionne.

Élyne réprima un juron. Ils la prenaient pour une Valeansienne, c'était bien sa veine.

— Vous vous trompez, tenta-t-elle de se rattraper, je…

— Gardez vos mensonges pour tout à l'heure, vous en aurez besoin pour sauver votre tête.

Il maintint fermement son épaule, mais elle n'avait de toute façon nulle part où fuir. Le groupe de soldats s'était refermé autour d'elle comme un étau. Dire qu'elle avait passé les derniers jours à se fondre dans le moule pour éviter de se faire remarquer. Elle venait de réduire ses efforts à néant, quelle idiote !

Réminiscences

Le sergent l'entraîna jusqu'au chapiteau royal et parlementa quelques instants avec les gardes en faction. L'un d'entre eux s'éclipsa brièvement à l'intérieur avant de ressortir en acquiesçant. Ils poussèrent alors Élyne derrière les lourdes portes de tissu.

Une vingtaine de regards convergèrent dans sa direction. Elle aurait aimé pouvoir disparaître sous terre pour leur échapper, elle releva quand même la tête pour affronter la situation.

Le lieutenant Voklan se dressait juste en face d'elle et la contemplait d'un air consterné. À côté de lui se tenait une jeune femme brune à l'air déterminé qui ne pouvait être que la princesse. Les autres visages lui étaient étrangers, même si deux officiers arboraient des galons de généraux.

— Désolé de vous déranger, s'excusa le sergent, mais on a intercepté cette femme qui rôdait autour des tentes. Elle n'a pas su nous expliquer les raisons de sa présence, alors on a préféré vous l'amener. Avec l'offensive imminente, on ne voulait pas risquer de laisser filer un espion…

L'héritière fronça les sourcils et scruta Élyne des pieds à la tête.

— Vous avez bien fait. En l'absence de mon père, mieux vaut multiplier les précautions.

— Qui est cette personne et comment a-t-elle pu pénétrer dans notre campement ? tonna le général au crâne dégarni qui se trouvait sur sa droite.

— Je pense qu'il y a méprise, intervint Darel Voklan.

Il s'avança vers Élyne. Son regard était assassin, mais une vague de soulagement la traversa. Il allait la sortir de là. Lui non plus n'avait aucun intérêt à ce que sa véritable identité soit dévoilée.

— Qui est-ce, Darel ? reprit le général. Tu la connais ?

— Elle fait partie de ma troupe. Elle…

— Darel, écarte-toi ! ordonna l'héritière.

Il fronça les sourcils et se retourna vers la princesse. Ses yeux s'arrondirent de surprise.

— Aklune, non ! s'écria-t-il, une trace de panique dans la voix.

Élyne n'avait pas la moindre idée de ce qu'il se passait, mais le lieutenant se retrouva brusquement projeté en arrière. Droit sur elle. Le choc lui coupa le souffle, elle s'étala de tout son long par terre et sa tête heurta durement le sol. Une vive douleur irradia dans l'arrière de son crâne.

— Je t'ai demandé de t'écarter, protesta l'héritière. À quoi est-ce que tu joues ?

Darel Voklan s'était en effet relevé, s'interposant entre Élyne et elle.

— Toutes mes excuses, Votre Altesse, annonça-t-il après une hésitation. Je requiers une audience privée.

La princesse étrécit les yeux et le fixa avec intensité. Élyne n'osa pas se redresser, de peur d'envenimer la situation. De longues secondes s'écoulèrent, durant lesquelles sa migraine aiguë se mua en une douleur plus diffuse.

— Accordé, décida enfin l'héritière, mais la fille reste. J'espère pour toi que tu as une excellente explication à ce qui vient de se produire.

— Votre Altesse, protesta le général, êtes-vous sûre que c'est bien sage ? J'estime que…

— Je ne vous ai pas demandé votre avis, général Voklan ! Sortez.

Son ton sec résonna douloureusement entre les tempes d'Élyne.

L'homme fronça le nez mais obtempéra, rapidement suivi par le reste des officiers.

— Vous aussi, ajouta la princesse à l'intention des soldats qui avaient escorté Élyne. Et assurez-vous que personne n'espionne notre discussion.

Ils la saluèrent dans un mouvement précipité et quittèrent les lieux à leur tour. Elle se tourna alors vers le lieutenant, qui n'avait pas bougé d'un pouce.

— Satisfait ? Maintenant, j'attends tes explications.

— C'est compliqué, s'excusa-t-il.

— Qui est cette fille, d'où la connais-tu et pourquoi m'a-t-elle attaquée ?

— Je ne vous ai pas attaquée, protesta Élyne depuis le sol.

Elle n'espérait plus qu'une chose : que la princesse cesse de crier.

— Ce n'est pas à vous que j'ai posé la question, s'énerva l'héritière. Darel ?

— Elle ne t'a pas attaquée, confirma-t-il.

— Je sais reconnaître une agression magique, merci ! Elle testait les limites de mon énergie.

Élyne ignorait ce que cela pouvait signifier, mais elle ne se sentait plus la force de chercher à comprendre.

— Arrête, Aklune, intervint le lieutenant. Elle en serait incapable, ce n'est pas une mage.

La princesse fronça les sourcils.

— Impossible. C'est elle qui te l'a dit ?

Darel marqua une hésitation. Élyne pouvait presque l'entendre réfléchir : il lui avait promis de dissimuler son identité, mais elle l'avait mis dans une situation délicate en débarquant de la sorte. Comment lui demander de choisir entre elle et sa hiérarchie ?

— Il le sait parce que je suis une oracle du Sanctuaire, intervint-elle. Je suis désolée, c'est de ma faute, je n'aurais jamais dû m'approcher de cet endroit.

L'héritière en resta bouche bée. Elle se tourna en direction du lieutenant, qui se contenta d'acquiescer. Élyne en profita pour se redresser, mais ses jambes se dérobèrent sous elle et elle s'effondra de nouveau.

Chapitre 10

Décisions

Aklune blêmit en voyant la jeune femme échouer à se relever.

— C'est vraiment une oracle ?

— Pourquoi crois-tu que je me sois interposé ? grogna Darel.

La magie mobilisée *in extremis* pour contrer l'attaque de son amie avait été balayée en un instant, il écoperait d'un certain nombre de bleus – et il avait collé une sacrée frousse à Sara à distance. Il s'en sortait néanmoins à bon compte, Aklune avait retenu son coup en constatant qu'il ne s'écartait pas.

Cela n'avait malheureusement pas suffi pour protéger l'oracle, toujours prostrée au sol. Elle récupérait moins vite qu'après sa chute de cheval, des résidus d'énergie s'étaient-ils coincés en elle ? Il espérait que non, le seul moyen de résorber les blocages associés nécessiterait davantage de magie…

Elle semblait cependant regagner quelques couleurs, mieux valait patienter pour le moment. Darel reporta son attention sur Aklune.

— Je suis désolé, je ne m'attendais pas à la voir débarquer ici. Et tu as attaqué sans me laisser le temps de t'avertir.

Son amie fronça les sourcils.

— Si ce n'est pas elle qui a interféré avec mon énergie, qui l'a fait ?

— Je l'ignore. C'est peut-être juste une conséquence de l'énorme différence entre vos potentiels magiques ? Je n'ai rien perçu de mon côté, mais tes pouvoirs surpassent les miens.

— Peu importe, je suppose. Ce qui est fait est fait. Mais pourquoi n'as-tu prévenu personne de la présence d'une oracle sur le campement ?

Darel détourna le regard, gêné. La situation s'était trop complexifiée pour qu'il puisse s'en sortir avec des demi-vérités, autant tout révéler. Aklune jugerait de son insubordination par elle-même.

— Elle s'est enfuie du Sanctuaire, admit-il. Je l'ai rencontrée sur le chemin du retour et j'ai accepté de la cacher dans ma troupe le temps que les recherches cessent. Elle a insisté pour limiter le nombre de mages dans le secret.

— Pourquoi les mages ?

— Elle prétend que les prophéties nous ciblent en priorité. Prévenir l'état-major de sa présence reviendrait à informer la supérieure Tinavia, si j'ai bien compris.

Aklune se figea.

— Tu as délibérément agi à l'encontre des intérêts du Sanctuaire ?

Il acquiesça. Pour une fois, il aurait l'impression de mériter la déception qu'il lirait dans le regard de son père. À supposer que ce dernier ne le tue pas sur-le-champ en apprenant sa trahison.

— Pourquoi ?

Décisions

Darel n'avait pas de vraie réponse à cette question. Il avait agi de la manière qui lui avait semblé la plus juste, mais ça n'excusait rien. Et il allait en payer le prix. Ses entrailles se nouèrent quand il comprit que son choix pourrait lui coûter la vie, si les choses dégénéraient.

— Parce qu'elle aurait préféré risquer la mort plutôt que d'y retourner, soupira-t-il.

Aklune se tourna en direction de la jeune femme, qui tentait de nouveau de se redresser. Elle l'observa pendant un long moment avant de reprendre la parole.

— Je vois ce que tu veux dire, mais il sera compliqué de te couvrir. Trop de personnes me réclameront des comptes après mon coup d'éclat de tout à l'heure.

— N'essaie pas de me couvrir. J'assumerai les conséquences de mes choix, quelles qu'elles soient.

Il ne pouvait pas lui demander de mentir au roi.

— Je suis désolée, gémit l'oracle.

Elle s'était enfin relevée en prenant appui sur l'une des tables. Darel la foudroya du regard.

— Pourquoi êtes-vous venue jusqu'ici ? Où est la sergente Riadan ?

— Je lui ai faussé compagnie, avoua-t-elle, je tenais à vous voir avant l'offensive et elle m'a soutenu que ce serait impossible.

— Nous étions convenus qu'il serait dangereux pour vous et moi de passer trop de temps ensemble, insista-t-il avec froideur.

Elle flancha sous le reproche.

— La sergente m'a montré ce matin le chemin par lequel vous ferez traverser vos troupes. Vous devez éviter ce col, c'est un piège.

Il laissa échapper un grognement dubitatif. Que pouvait-elle connaître des stratégies de la reine Almia ?

— Comment ça, un piège ? releva Aklune.

— Une avalanche va y être déclenchée au moment où vous engagerez le gros de l'armée. C'est l'endroit que mentionne la dernière phrase de votre prophétie.

— La dernière phrase ne cite aucun lieu, l'arrêta Aklune en secouant la tête. Elle évoque un homme armé et une femme qui recule. « Un homme couronné s'avance, l'épée au clair. Elle recule pour éviter le coup », si je me rappelle bien.

— C'est ça, confirma Darel.

Il avait passé suffisamment de temps à chiffrer l'analyse de ce fichu texte pour le connaître par cœur. L'oracle secoua la tête.

— Je faisais référence à la partie qui parle d'explosion.

— Il n'est fait mention d'aucune explosion, protesta Aklune.

— Je me souviens de l'extrait que vous avez cité, avec l'homme et l'épée, mais il y avait une suite.

Darel pinça les lèvres.

— Même si c'était le cas, ce qui reste à prouver, je ne vois pas ce qui vous aurait permis d'identifier avec précision l'endroit de cette avalanche.

L'oracle secoua la tête d'un air désespéré.

— Si je vous le dis, vous ne me croirez jamais.

Elle raffermit anxieusement sa prise sur la table. Elle leur cachait encore des informations.

— Essayez toujours.

Elle hésita quelques secondes avant de prendre une grande inspiration.

— C'est une image que des dragons m'ont transmise, lâcha-t-elle d'une traite.

Darel éclata d'un rire nerveux. Des dragons, rien que ça ?

Décisions

Cette histoire devenait ridicule.

— Vous voyez, je vous l'avais dit, se renfrogna-t-elle.

L'exaspération qu'il pouvait lire dans son regard le secoua. Leur avait-elle avoué la vérité ? Son explication paraissait tellement saugrenue…

— Personne n'a jamais communiqué avec des dragons, objecta Aklune.

— Il faut les toucher pour qu'ils vous envoient des images, précisa l'oracle à contrecœur. J'ignore pourquoi ils ne m'ont pas incinérée sur place, je suppose que je peux remercier mon absence de potentiel magique.

Darel se remémora le compte rendu de l'infirmière : Saina Vanroc avait parlé de traces de griffures sur l'épaule de la jeune femme, en plus de multiples ecchymoses. Un frisson d'appréhension le parcourut. Les dragons étaient surnommés les messagers des dieux… La passe qu'ils avaient prévu de traverser était peut-être vraiment piégée.

— Vous êtes sérieuse, n'est-ce pas ?

— Si j'avais voulu vous mentir, j'aurais cherché une excuse plus crédible ! rétorqua-t-elle avec amertume.

— Qu'est-ce que tu en penses, Darel ? demanda Aklune. Le Sanctuaire aurait-il pu te donner une prophétie incomplète ?

— Ses pouvoirs d'oracle sont authentiques, c'est tout ce que je peux te garantir. Et puis, si on y réfléchit bien, l'interprétation fournie par la supérieure signale simplement que la reine Almia se repliera en cas d'attaque. Rien n'exclut la possibilité que ce soit pour nous attirer dans un piège.

Aklune tapota des doigts sur la table la plus proche.

— Admettons pour le moment qu'un dragon vous ait montré des images d'avalanche, concéda-t-elle. Pourquoi ne pas l'avoir mentionné plus tôt ?

— Sur le moment, c'était confus. J'ai reçu de nombreuses visions et j'ignorais ce qu'elles signifiaient. Je n'ai fait le lien avec les prophéties que ce matin, en reconnaissant l'endroit.

Aklune s'assit sur le tabouret pliant le plus proche, les sourcils froncés. En l'absence du roi, le choix lui revenait, tout comme la responsabilité d'annoncer sa décision aux généraux. Darel n'enviait pas sa position.

Elle croisa son regard.

— Papa va me tuer si j'ordonne une retraite dans son dos.

L'oracle pâlit, mais Darel connaissait trop bien la princesse pour s'inquiéter avant la fin de sa réflexion.

— Et une fugue du Sanctuaire en prime, reprit-elle. Comment est-ce que je suis censée gérer ça ?

Il lui adressa un sourire désolé, qu'elle ignora pour poursuivre son monologue.

— Il faut aussi tenir compte de la dispersion des troupes. Saleté de col de l'Aigle...

Elle finit cependant par se relever, une expression décidée sur le visage.

— Je vais envoyer un message à mon père et organiser un repli vers la forteresse Ardakan. Si les Valeansiens préparent effectivement un piège, ils pourraient précipiter leur attaque en nous voyant tergiverser. Nous sommes trop exposés, dans cette vallée.

Darel acquiesça. Reculer en attendant d'obtenir davantage d'informations, un choix logique. La retraite d'Aklune serait peut-être mieux inspirée que celle qu'il avait ordonnée quatre ans plus tôt.

— Que vas-tu raconter à l'état-major ?

— Rien. Je n'ai pas la légitimité pour décider du sort de ton oracle, je vais juste la tenir éloignée de nos mages. Et de moi, par la même occasion, parce que je sens toujours un tiraillement aux limites de mon énergie. Je laisserai papa gérer la suite lui-même.

— Les généraux ne vont pas apprécier.

Aklune roula des yeux exaspérés.

— Non, tu crois ? Je me charge de ton père et des officiers, Darel, débrouille-toi simplement pour éviter de les croiser jusqu'à nouvel ordre. S'ils viennent t'interroger, tu leur diras que je t'ai mis aux arrêts et que je t'ai interdit d'en parler.

Encore un choix logique, malheureusement.

— Est-ce que je peux faire quelque chose pour t'aider ?

— Occupe-toi de l'oracle. Et ne t'attire pas de nouveaux ennuis.

Comme si c'était facile.

— Je vais faire ce que je peux. Venez, reprit-il en se tournant vers la jeune femme, je vais vous raccompagner.

L'oracle baissa les yeux et le suivit sans protester. Les deux soldats montaient toujours la garde devant la tente quand ils ressortirent. Darel s'éloigna jusqu'à ne plus sentir le poids de leurs regards suspicieux.

— Est-ce que vous allez mieux ? demanda-t-il alors. Je n'avance pas trop vite pour vous ?

— Ça ira, merci.

Elle semblait en effet moins fébrile, même si son pas manquait d'assurance.

— Je suis vraiment désolée, reprit-elle quelques secondes plus tard. Je ne voulais pas vous attirer d'ennuis.

— Vous n'avez pas à l'être, répondit-il d'un ton radouci. Je vous suis reconnaissant d'avoir cherché à protéger mes subordonnés, même si ce serait plus raisonnable d'éviter d'en parler en public.

Il la guida jusqu'à sa tente, dressée entre celles de ses sergents. Dana ouvrit des yeux ronds en les voyant arriver et s'avança dans leur direction.

— Plus tard, intervint-il avant qu'elle n'ait posé la moindre question.

La soldate se rembrunit, mais elle s'écarta pour leur dégager le passage. Son regard s'attarda sur l'oracle, qui détourna la tête.

— J'aurais dû l'écouter et attendre votre retour, s'excusa-t-elle de nouveau alors qu'il rabattait le tissu derrière eux.

Il lui tendit son tabouret pliable et prit le temps de s'asseoir sur le lit de camp avant de répondre.

— La sergente Riadan est souvent de bon conseil, mais ça n'aurait pas fonctionné.

Elle lui renvoya un regard surpris.

— L'offensive devait être lancée à l'aube, c'est la raison pour laquelle le roi est sorti en éclaireur avec la moitié des mages. Les derniers préparatifs m'auraient occupé la majeure partie de la nuit. Et même si vous aviez réussi à me transmettre un message, je n'aurais pas pu modifier le plan d'attaque. J'ai un passif avec le col de l'Aigle, je suppose que vous le savez ?

Elle hocha la tête.

— Personne ne m'aurait écouté si j'avais suggéré une retraite. La princesse aura déjà bien assez de mal à imposer sa décision aux généraux, alors qu'elle les surpasse en grade. Et sans ces histoires de prophéties, elle aurait maintenu l'offensive, en dépit de la confiance qu'elle me porte.

Si l'oracle leur avait dit la vérité, elle venait de rendre un fier service à l'armée danavienne. Aklune avait beau posséder des pouvoirs exceptionnels, Darel doutait de sa capacité à maîtriser une avalanche. Le manteau neigeux était bien plus instable que les roches manipulées par l'héritière lors de ses entraînements.

— Pourquoi vous a-t-elle mis aux arrêts si elle vous fait confiance ?

— Notre amitié est connue de tous, personne ne lui aurait obéi si elle avait donné l'impression d'agir sur mes ordres. Et accessoirement, je me suis rendu coupable de trahison en gardant le silence à votre sujet. Aklune m'aidera de son mieux, mais elle ne peut pas s'affranchir des règles.

La jeune femme blêmit.

— Que va-t-il vous arriver, maintenant ?

Une excellente question, dont il ignorait la réponse. Il haussa les épaules.

— Tout dépendra de la décision du roi. Jusqu'ici, il m'aimait bien, il se contentera peut-être de m'infliger un blâme. Il se montrera sûrement moins enthousiaste à l'idée que j'épouse sa fille, mais ce n'est pas comme si j'avais envie de ce mariage. Je serais vraiment horrible, comme souverain.

Darel n'espérait pas sérieusement s'en sortir à si bon compte, mais son ton désinvolte rassurerait peut-être son interlocutrice. Elle avait assez à faire avec ses propres soucis pour ne pas se préoccuper des siens en plus.

— La moitié des initiés de Sarano parient pourtant sur votre union, vous savez ? plaisanta-t-elle.

— Tant que ça ? Vous en faisiez partie ?

Elle secoua la tête.

— Moi, non, mais une de mes camarades se passionnait pour le sujet.

Sa réponse se teintait d'une pointe d'amertume, Darel avait dû toucher une corde sensible sans le vouloir. Quelques secondes s'écoulèrent en silence avant qu'elle ose reprendre la parole.

— Que décidera le roi en ce qui me concerne ?

— Pour être honnête, je n'en ai pas la moindre idée. Il sera furieux de devoir renoncer à son attaque, mais cette histoire de prophétie incomplète va l'intriguer. Est-ce que la supérieure pourrait avoir tronqué sa prédiction délibérément ?

— Je n'en sais rien, admit la jeune femme. Mon travail portait uniquement sur la préparation des entretiens.

— Vous n'avez jamais eu de retours sur vos prédictions ? s'étonna Darel.

— Non. J'ignorais même être une oracle.

— Comment est-ce possible ?

Elle grimaça.

— La supérieure Tinavia m'avait construit un douillet cocon de mensonges, année après année. Mon entourage me mettait en condition pour partir en transe aux moments appropriés, sans que je me rende compte de rien. S'il n'y avait pas eu le cafouillage lié à votre prophétie, j'y serais toujours.

— J'ai fait quelque chose de travers ? s'inquiéta Darel.

Il n'avait vraiment pas besoin de problèmes supplémentaires.

La jeune femme secoua la tête.

— Non, pas vous, mon amie Lyvia. Enfin, mon ex-amie, je suppose. Elle a perdu une lettre, sur laquelle je suis tombée le lendemain matin…

Au grand étonnement de Darel, elle se lança dans le récit de ses découvertes et déductions. Les réactions de son compagnon, sa fouille du bureau de la supérieure… ce n'était pas le genre de choses qu'il l'aurait imaginée raconter à un quasi-inconnu.

Sauf qu'elle n'avait personne d'autre à qui se confier, comprit-il à retardement. Elle était seule, loin des amis à qui elle ne faisait de toute façon plus confiance, et elle s'inquiétait pour son futur. Le poids de tous ces secrets devait frôler l'insupportable.

Elle avait besoin d'une oreille compatissante, rôle que Darel pouvait tout à fait tenir. D'autant plus qu'il connaissait la solitude pour en avoir souffert enfant, même si sa situation n'avait jamais été aussi critique.

Réconfort ? s'enquit Sara dans le fond de sa tête.

C'est vieux, tout ça, la rassura-t-il, *je ne me sens plus jamais seul depuis que je t'ai avec moi. C'est pour elle que je suis désolé, je commence à comprendre pourquoi elle a fui le Sanctuaire.*

Cadeau ? proposa Sara après un instant de réflexion. *Surprise ?*

Darel se glissa dans son esprit et réprima un fou rire en constatant qu'elle surveillait un magnifique saucisson dans les baraques de ravitaillement. Le ramener jusqu'à la tente représenterait un beau défi, ce qui n'arrêterait pas le petit serpent.

Je ne suis pas sûr que ce soit le cadeau le plus adapté pour la réconforter, tempéra-t-il.

Il y avait de grandes chances que l'oracle le prenne comme une moquerie. Darel ne s'y risquerait pas, pas alors qu'elle venait de lui ouvrir son cœur.

Gratouilles ? suggéra alors Sara.

Non plus, on ne gratouille pas les inconnus. Je vais me débrouiller, ne t'en fais pas.

L'insistance de son familier à trouver une solution l'étonna cependant, ce n'était pas dans ses habitudes de se préoccuper autant de quelqu'un d'autre.

Darel se dégagea doucement du lien mental pour ne pas perdre le fil du discours de la jeune femme. Elle en avait terminé avec le récit de son entretien avec la supérieure et s'interrogeait sur la pertinence d'en vouloir à son compagnon compte tenu des pressions qu'il avait subies.

— Qu'il ait été contraint ou non, il est humain de vous sentir trahie, s'aventura-t-il à répondre. Pour le reste, ce sera à vous de décider avec le temps.

Elle leva un regard hésitant dans sa direction, comme si elle réalisait seulement l'étendue de ce qu'elle venait de lui confier.

— J'espère que je ne vous ai pas trop embêté avec tout ça.

Darel secoua la tête.

— Ne vous en faites pas pour moi, je suis surtout désolé pour vous. Personne ne devrait avoir à vivre ce que vous avez vécu.

La confiance était une chose trop précieuse pour être trahie de la sorte. Elle poussa un long soupir.

— Je crois que le pire, c'est que je regrette presque d'avoir tout découvert. Ils me manipulaient, mais au moins j'étais heureuse dans mon ignorance...

Son air consterné retourna le cœur de Darel.

— Ne dites pas cela.

— L'emprise de la supérieure est trop forte, je ne m'en libérerai jamais.

— Le roi aura peut-être une échappatoire à vous proposer, insista-t-il. De toute façon, vous n'êtes pas aussi impuissante que vous semblez le penser. Vous avez réussi à fuir Sarano dans le dos du Sanctuaire, ne l'oubliez pas. Je vous fais confiance pour trouver comment regagner le contrôle de votre vie.

Elle le fixa un long moment, un air dubitatif sur le visage, avant de se décider à reprendre la parole.

— Avec tout ça, je crois ne vous avoir jamais révélé mon vrai nom. Je m'appelle Élyne.

Il cligna des yeux, surpris. L'information figurait sur l'avis de recherche du Sanctuaire, mais il s'était empressé de l'oublier, de peur de l'utiliser par inadvertance. Pourquoi cette déclaration soudaine ?

— J'en ai assez des mensonges, explicita-t-elle.

Son expression déterminée attendrit Darel. Elle parviendrait à ses fins, il n'en avait aucun doute.

Chapitre 11

Errances

La forteresse Ardakan avait l'allure d'un bâtiment sans âme. Même les trois tours d'observation qui s'élevaient vers le ciel ne parvenaient pas à atténuer la lourdeur de l'édifice. Les courants d'air emplissaient les étroits couloirs, au point qu'il avait fallu couvrir la majeure partie des chemins de ronde pour éviter aux sentinelles de geler sur place. L'endroit ne donnait pas envie de s'y éterniser, mais il convenait bien à l'humeur d'Élyne : terne, gris et morose.

Discuter avec Darel Voklan l'avait aidée à mettre des mots sur ses préoccupations. Elle lui en serait à jamais reconnaissante, mais ça ne lui disait pas comment atteindre ses objectifs. Trop de paramètres lui échappaient, à commencer par la réaction du roi Keral.

Le lieutenant avait été convoqué dès leur arrivée à la forteresse pour rédiger un rapport explicatif. Il l'avait laissée à contrecœur, en lui intimant de se tourner vers Dana Riadan au moindre problème. Élyne s'était glissée dans l'unité de la sergente, avait entassé son peu d'affaires dans l'un des gigantesques dortoirs puis était ressortie prendre l'air. Autant profiter des dernières lueurs du crépuscule, l'obscurité ne tarderait pas à tout engloutir.

Elle étudia rapidement les environs. Inutile d'espérer s'enfuir, à supposer qu'elle sache où aller. Les murs de l'immense bâtiment la retiendraient plus efficacement que n'importe quel garde.

Un peu de calme lui ferait le plus grand bien, elle avait besoin de réfléchir aux événements de la journée. Mais où trouver du silence quand la cour intérieure bourdonnait de rumeurs ?

— Je t'assure que le roi est tombé dans une embuscade, vociférait un Danavien quelques mètres plus loin. Il est grièvement blessé. À quoi crois-tu qu'on doit cette retraite précipitée ?

— N'importe quoi ! railla sa voisine. Le roi est parti avec la moitié des mages, il est en sécurité. On se replie à cause du risque d'orage, tu n'as pas vu les nuages massés à l'ouest ?

— Ils se massaient dans tes rêves, oui, intervint un troisième homme. Ma cousine est sergente dans l'unité du lieutenant Palova, qui participait à la dernière réunion d'état-major. Elle m'a raconté ce qui s'est *réellement* passé. Tout est de la faute du lieutenant Voklan. Il a manipulé la princesse pour fuir ses responsabilités, le couard.

— Mensonge ! s'insurgea un soldat sur la gauche d'Élyne. Je vais te faire ravaler tes insultes !

Il s'avança pour le frapper. L'homme esquiva le premier coup, le second l'étala au sol. Scandalisés, ses amis se rassemblèrent pour lui prêter main-forte. L'unité de Dana Riadan se jeta à son tour dans l'empoignade, en dépit des efforts de la sergente pour les retenir.

Errances

Élyne recula précipitamment. Se retrouver mêlée à une bagarre serait la pire des idées. Elle longea la muraille dans l'obscurité pour s'éloigner de l'altercation, jusqu'à rejoindre l'entrée de la plus haute des tours.

Personne ne lui prêtait la moindre attention. Elle se glissa à l'intérieur, attrapa une lanterne abandonnée derrière la porte et s'engagea dans l'escalier de pierre. Trois soldats la saluèrent quand elle atteignit le premier étage, elle se contenta de leur sourire comme si elle savait où elle allait. Les marches se succédaient devant elle, interminables.

Les deux niveaux suivants se révélèrent déserts, l'humidité et le froid en avaient probablement chassé les occupants. Bien emmitouflée dans sa cape, Élyne poursuivit son ascension jusqu'au sommet, où une échelle donnait accès à une trappe de bois. Là-haut, elle serait tranquille. La bouffée d'air frais qui l'accueillit avait un goût de liberté.

Le ciel dégagé semblait inviter à la contemplation et les premières étoiles pointaient timidement le bout de leur nez. Cette nuit, Élyne cesserait de les éviter. En se calant contre les créneaux de la tour, elle ne risquerait pas de tomber. Qui plus est, le vent couvrirait ses paroles en cas de prophétie. C'était l'occasion ou jamais de se réconcilier avec ses constellations fétiches. Même si sans Lyvia, ce ne serait plus vraiment pareil.

Elle déposa sa lanterne et s'installa confortablement le long du mur. L'Éclaireur étincelait au-dessus de l'horizon, dans un spectacle de toute beauté. Élyne l'observa longuement avant de laisser son regard dériver jusqu'au Dragon, proche du zénith. Quel plaisir de pouvoir tourner la tête sans être limitée par l'orientation d'une fenêtre !

La queue du Dragon la mena en direction du nord, où on devinait tout juste la forme du Grimoire. Cette constellation avait néanmoins perdu son aura de complicité : les connaissances d'Élyne n'avaient pas suffi à la protéger, ces derniers jours.

Elle détourna les yeux, dérogeant à son habitude de toujours parcourir le ciel dans le même ordre. Les étoiles du Phare brillaient de tous leurs feux, mais leur lueur était éclipsée par celle de Lovan, qui s'était invité parmi elles. L'astre décroissait à peine, sa lumière rousse encore resplendissante.

L'éclat de Lydan le concurrençait cependant. Maintenant en phase de premier quartier, le deuxième Jumeau se rapprochait de son frère, le supplantant par sa taille supérieure et ses reflets glacés. Élyne sentit un frisson courir le long de son échine. L'ordre et les règles finissaient toujours par écraser les initiatives individuelles. Elle ne faisait pas le poids face à la puissance politique et économique du Sanctuaire, quoi que prétende Darel. Était-ce ce que Sevan avait ressenti quand il s'était résigné à obéir à Tinavia, des années plus tôt ?

La fuite d'Élyne tournait court, il était temps de l'accepter. Elle n'avait nulle part où aller, à supposer que le roi l'autorise à partir. Elle ne regrettait rien pour autant, elle ne se serait jamais pardonné d'avoir laissé mourir les hommes de Darel. Le lieutenant l'avait traitée avec gentillesse depuis le début et avait pris des risques pour la protéger, elle lui devait bien cette information en retour. Elle espérait de toutes ses forces que son souverain se montrerait indulgent avec lui.

Son regard glissa le long de l'horizon et accrocha des étoiles sur lesquelles elle s'attardait peu d'habitude. La constellation du Voyageur, ordinaire à tout point de vue. Ni particulièrement brillante, ni particulièrement difficile à discerner. L'histoire de son héros forçait cependant le respect. Il avait parcouru le continent de fond en comble pour préserver le frêle équilibre de la paix. Ses errances s'étaient prolongées pendant des années, mais il était parvenu à réconcilier deux ennemis héréditaires. Coincée dans cette forteresse pour s'être mêlée d'un conflit qui la dépassait, Élyne commençait seulement à comprendre l'ampleur de son exploit.

Elle se perdit dans sa contemplation, laissant l'infini de la voûte céleste lui apporter le calme et la sérénité.

Les Jumeaux avaient traversé une bonne partie du ciel quand Élyne émergea de nouveau. Ses transes prophétiques fonctionnaient toujours, visiblement, en dépit de ses expositions magiques des derniers jours. L'idée d'avoir énoncé des prédictions dans le vide l'emplit d'une joie étrange. Celles-là, au moins, ne tomberaient pas entre les griffes du Sanctuaire.

Les premières étoiles du Soldat pointaient un peu plus loin sur la droite. La constellation demeurerait incomplète jusqu'au début de l'hiver, mais cette date se rapprochait de jour en jour. Si Lyvia avait été présente, elle se serait empressée de le mentionner. À moins que sa prétendue passion pour l'astronomie n'ait représenté qu'un mensonge de plus. Avec le recul, la douleur de sa trahison s'était en tout cas émoussée. Il ne restait plus qu'une immense tristesse, un vide lancinant. Leurs instants de complicité lui manquaient tout autant que ceux partagés avec Sevan.

Élyne rajusta les pans de sa cape autour d'elle. Le froid se montrait de plus en plus insidieux, le vent s'infiltrait sous ses vêtements tandis que l'engourdissement gagnait ses extrémités. Elle n'avait pas l'intention de redescendre pour autant. Cet endroit représentait une bulle de liberté dont elle profiterait jusqu'à la dernière minute.

Elle se retourna pour frictionner ses jambes et sursauta. Trois dragons miniatures la dévisageaient d'un air curieux, posés sur le créneau contre lequel elle s'était adossée. Deux bruns et un blanc, qui ressemblait beaucoup à celui des toits de Sarano. Étaient-ils arrivés pendant sa transe ?

— Bonjour, les salua-t-elle d'une voix douce. C'est moi que vous êtes venus voir ?

Les deux bruns reculèrent sur leur promontoire improvisé. Plus téméraire, le petit blanc prit son envol pour atterrir sur ses genoux. La tête d'Élyne s'emplit de visions de collines. Son cœur s'emballa. S'il se souvenait de ses désirs précédents, ce devait être le même animal.

— Non, je ne cherche pas à m'enfuir cette fois-ci, répondit-elle à la question implicite. Est-ce que c'est déjà toi que j'avais aperçu la semaine dernière ?

Elle essaya de lui transmettre des images de Sarano pour illustrer sa question.

Le reptile sautilla joyeusement sur ses genoux en battant des ailes et lui envoya des visions d'elle-même sur les toits. Se découvrir par des yeux extérieurs avait un côté déstabilisant.

— Ravie de te retrouver, dans ce cas. Tu es venu avec des amis ? poursuivit-elle en indiquant les deux autres.

Ils hésitèrent un instant avant de la rejoindre à leur tour. Les dragons reniflèrent un long moment les replis de sa cape, puis se blottirent contre elle et partagèrent leurs propres pensées avec enthousiasme. Des montagnes, leurs congénères en plein vol ou occupés à se dorer au soleil à l'entrée de grottes, de magnifiques lacs. Mais également des bribes d'actions mettant en scène l'état-major danavien, des soldats en uniforme noir ou une vieille dame au front ceint d'un discret diadème. Cette dernière ressemblait furieusement au portrait officiel de la reine de Valeans.

— Pourquoi est-ce que vous me montrez tout ça ? les interrogea-t-elle quand le flot se calma enfin. Et d'où tenez-vous ces images de l'armée et de la reine ? Les avez-vous tirées des prophéties que je viens d'énoncer ?

Ce serait logique, d'autant plus que sa récente exposition à la magie de la princesse avait dû orienter ses visions vers le conflit en cours.

Seule une vague d'incompréhension lui parvint en retour, elle en avait sûrement trop demandé. Les dragons sentirent sa perplexité et leurs pensées se teintèrent d'une pointe d'anxiété.

— Ce n'est pas grave, les rassura-t-elle, je trouverai des réponses autrement. Vous êtes déjà adorables de m'avoir montré tout ça.

L'anxiété se mua en embarras, puis en hésitation. Les deux bruns rompirent la communication et reprirent leur envol, disparaissant dans l'obscurité qui enveloppait la tour.

Le petit blanc les regarda partir. Élyne crut un moment qu'il allait les imiter, mais il se contenta de revenir se lover contre elle. Comme un chaton qui quémanderait des caresses.

— Tu es une créature étrange et magnifique, commenta-t-elle.

Elle retira l'un de ses gants et tendit très lentement la main dans sa direction. Le minuscule dragon la laissa toucher ses écailles immaculées, douces et lisses, avant de redresser la tête pour l'inviter à continuer. Amusée, elle fit courir ses doigts le long de sa colonne vertébrale. Il se glissa de nouveau à l'intérieur de son esprit dans un ronronnement mental. Une chaleur réconfortante emplit Élyne, qui en oublia la morsure du froid sur sa peau nue.

— Est-ce que tu m'as suivie depuis Sarano ? reprit-elle. Ça fait un sacré bout de chemin pour un animal de ta taille.

Des images d'elle-même lui répondirent, emplies d'un enthousiasme attendrissant. L'appréciait-il donc à ce point ? Des larmes montèrent aux yeux d'Élyne.

— Oui, moi aussi je t'aime bien. Tu es une adorable boule d'écailles et je suis ravie d'avoir eu l'occasion de faire ta connaissance. Est-ce que tu as un nom ?

De nouveau, de l'incompréhension.

— Je m'appelle Élyne, détailla-t-elle en tentant d'y associer une vision d'elle-même. Tu ne verrais pas un mot ou une idée par lesquels je pourrais te désigner ?

L'incompréhension laissa place à de la curiosité.

— Je pourrais toujours t'en chercher un, suggéra-t-elle. Si ça te dit ?

Cette idée enchanta le dragon qui sautilla avec joie sur ses genoux. Élyne renfila son gant et regarda autour d'elle, en quête d'inspiration. Lui donner le nom d'une étoile serait sacrilège, mais l'obscurité engloutissait tout le reste. À l'exception de quelques cimes enneigées, faiblement éclairées par le clair des lunes.

— J'ai trouvé ! Je vais t'appeler Flocon. Tu n'es pas bien gros, mais ta couleur resplendit comme celle de la neige fraîchement tombée. Est-ce que ça t'irait ?

Une nouvelle vague d'amour mêlé de fascination lui répondit.

— Parfait, ce sera donc Flocon. Dis-moi, Flocon, accepterais-tu de me tenir compagnie pour la nuit ?

Chapitre 12
Réprimandes

Darel patientait depuis déjà deux heures dans la petite salle où il avait été consigné après l'écriture de son rapport. Le roi devait être rentré à la forteresse, depuis le temps. Se trouvait-il avec Aklune ? Elle s'efforcerait sûrement de présenter la situation sous un jour favorable, mais Darel n'espérait aucun miracle.

Il rajusta une nouvelle fois les bûches de la cheminée, faute de meilleure occupation. Cette interminable attente lui tapait sur les nerfs, même Sara ne parvenait plus à l'apaiser. Elle s'était roulée autour de son cou dans une vaine tentative de réconfort.

La porte s'ouvrit enfin dans un grincement et Darel sursauta. Keral repoussa le battant avec calme, mais son expression glaciale n'augurait rien de bon.

— Vous avez pris plusieurs initiatives douteuses ces derniers jours, lieutenant Voklan.

Darel accepta la critique sans protester. Le passage du roi au vouvoiement témoignait de sa fureur, il ne ferait que s'enfoncer en essayant de se justifier.

— Pourriez-vous m'expliquer ce qui vous a traversé la tête quand vous avez décidé de défier le Sanctuaire de Sarano ? poursuivit le souverain en lui décochant un regard noir.

Keral ne s'émouvrait pas de la situation d'Élyne, Darel devait trouver une approche plus factuelle.

— La jeune femme prétendait être la fille de marchands danaviens, je me suis senti obligé de l'escorter jusqu'à la frontière. J'ai appris trop tard sa véritable identité.

— Trop tard pour quoi ?

— Pour la ramener indemne. Je l'ai touchée de ma magie avant de découvrir son statut d'oracle. Elle ne souhaitait pas repartir à Sarano et m'aurait certainement dénoncé si je l'y avais forcée.

Keral haussa les sourcils, surpris.

— Comment cela est-il arrivé ?

— Elle a glissé de sa selle et j'ai ralenti sa chute.

Le souverain pinça les lèvres.

— Admettons, concéda-t-il. Je ne pense pas que le Sanctuaire aurait prêté foi aux divagations d'une gamine déséquilibrée, mais votre raisonnement se tient. À une exception près. Pourquoi avoir dissimulé toute cette affaire ?

Darel se crispa. Cette remise en question de la parole d'Élyne ne présageait rien de bon pour la suite.

— Elle m'a expliqué que les prophéties sont liées aux connaissances des mages. J'avais peur d'alerter la supérieure en prévenant l'état-major.

Keral leva les yeux au ciel dans une mimique exaspérée.

— Voilà qui tombait à point, comme par hasard. Vous êtes bien naïf !

Darel encaissa la réprimande en silence.

Réprimandes

— Que comptiez-vous faire d'elle, sur le long terme ? reprit Keral.

— Je voulais la déposer dans un village montagneux excentré. Personne n'en aurait rien su.

— Vous l'avez pourtant emmenée dans un campement militaire rempli de mages.

— J'avais pris soin de l'installer à l'abri de la magie.

— Un soin si efficace qu'elle a interrompu une réunion d'état-major.

— Ses raisons de le faire m'ont semblé convaincantes, souligna-t-il.

— Ma fille m'a parlé de cette prophétie soi-disant tronquée. Sa décision d'organiser une retraite immédiate était néanmoins précipitée.

Son regard assassin indiquait clairement qu'il le tenait pour responsable de cette action, même si Aklune avait donné les ordres. Darel s'efforça d'adopter une expression neutre.

— Que comptez-vous faire maintenant ? ne put-il s'empêcher de demander.

— Notre offensive est compromise. En reculant, nous avons montré notre faiblesse à la reine de Valeans et elle ne renoncera plus si facilement. J'ai envoyé Aklune coordonner la retraite de nos derniers éclaireurs, nous nous chargerons ensuite de fortifier nos positions pour l'hiver.

Cela ne répondait pas à sa question. L'annulation de l'offensive, il s'en était douté : aucun général ne se risquerait à chambouler ses stratégies à la veille d'une grande bataille.

— Et au sujet de l'oracle ?

— Vous partirez demain avec une escorte pour la ramener à Sarano. J'adresserai un oiseau à la supérieure Tinavia pour l'avertir de votre arrivée.

Darel grimaça de dépit. Élyne s'était montrée courageuse en s'exposant pour les prévenir, elle ne méritait pas d'être renvoyée dans sa prison dorée, condamnée à une vie de solitude et de mensonges. Il connaissait le caractère intransigeant du roi, mais avait quand même espéré plus d'indulgence...

— Vous avez conscience des représailles que le Sanctuaire exercerait à notre encontre si nous agissions autrement, n'est-ce pas ? poursuivit Keral d'un ton sec. Vous avez déjà entendu l'histoire du prince Tomasso ?

Darel acquiesça à contrecœur.

— Ces histoires de prophéties incomplètes m'intriguent tout de même.

— Ne me reparlez pas de ce prétendu risque d'avalanche ! Votre oracle devait savoir qu'une fois la retraite ordonnée, ses affirmations deviendraient invérifiables.

— Mais si elle avait dit la vérité ? insista-t-il.

— Nous comptons parmi les clients les plus fidèles du Sanctuaire, pourquoi la supérieure nous mentirait-elle ? Cette fille espère que nous nous sentirons redevables et dissimulerons sa fuite. Une ruse éculée, inutile d'aller chercher très loin pour le comprendre.

Darel en resta bouche bée. La Danavie achetait de nombreuses prophéties, mais le Valeans aussi ! Keral était réputé pour son impulsivité, il se montrait néanmoins rarement stupide. Quelles raisons pouvaient bien le pousser à ces conclusions catégoriques ?

— La jeune femme refusera de coopérer, balbutia-t-il, à court d'arguments.

— Je me chargerai de lui expliquer ma vision des choses. Elle rentrera à Sarano, que ce soit de son plein gré ou ligotée à l'arrière d'un chariot.

Réprimandes

Darel se raidit en imaginant la scène. L'idée de laisser à Élyne une opportunité de s'échapper sur le chemin du retour lui traversa l'esprit, mais le roi ne serait pas dupe. Il aurait peut-être dû l'encourager à fuir dans l'après-midi, avant qu'elle se retrouve coincée dans la forteresse…

— Comptez-vous mentionner mes interférences magiques à la supérieure ? demanda-t-il finalement.

Mettre en avant d'autres facettes de la situation suffirait peut-être à infléchir la décision du souverain.

Keral lui jeta un regard interloqué.

— Non, bien sûr que non, je ne te sacrifierai pas au Sanctuaire pour une simple erreur de jeunesse. J'expliquerai à la supérieure que tu as trouvé son initiée près de la frontière danavienne et que tu as attendu ma permission de rebrousser chemin pour la ramener. Si Tinavia remarque le moindre problème, prétends avoir respecté les consignes de confinement des mages. Et surtout, ne mentionne sa venue ici sous aucun prétexte.

Le roi tentait de protéger sa fille, comprit soudain Darel, ce brusque retour au tutoiement trahissait ses inquiétudes. Aklune avait dû lui avouer son attaque avortée et il craignait la réaction du Sanctuaire.

— Officiellement, la couronne te remerciera de l'aide précieuse apportée à un allié, poursuivit le souverain, mais nous discuterons de ta punition quand tu reviendras. Rien, tu m'entends, rien ne justifie qu'on dédaigne la structure de commandement comme tu l'as fait. Ta haute naissance ne te dispense pas d'obéir aux ordres !

Darel acquiesça d'un air sombre. Il risquait de passer un certain temps à brasser de la paperasse dans les administrations de la capitale.

— Je pense que nous nous sommes compris, conclut le roi. Je te veux prêt à partir à l'aube. D'ici là, je vais clarifier les choses avec ton oracle. Où se trouve-t-elle ?

— Je l'ai confiée à mon unité. Aux non-mages, bien sûr, ajouta-t-il précipitamment.

Keral lâcha un grondement exaspéré.

— Eh bien, qu'attends-tu ? Envoie-la chercher !

Darel s'empressa de quitter les lieux. Il dévala la volée de marches, traversa la cour plongée dans l'obscurité et se dirigea vers les baraquements. À l'intérieur, des torches régulièrement espacées projetaient des ombres mouvantes sur les murs.

Terminé ? s'enquit Sara, qui resserra légèrement son étreinte autour de son cou.

On peut voir ça comme ça, lâcha Darel dans un soupir mental. *Je m'en sors bien, mais ça n'est pas satisfaisant. Élyne a pris des risques pour nous éviter un piège mortel, le roi aurait pu la laisser filer plutôt que de la renvoyer à Sarano.*

Protéger ?

J'ai essayé, mais il a refusé de m'écouter. Il veut la rencontrer maintenant.

Darel longea les dortoirs jusqu'à reconnaître les soldats de son unité. Plusieurs de ses subordonnés s'étaient déjà assoupis, d'autres jouaient aux cartes dans un recoin de la salle. De nombreux regards convergèrent dans sa direction quand il s'avança entre les lits, mais il ne croisa pas celui qu'il cherchait. Élyne manquait à l'appel. Dana également. Que s'était-il passé, encore ?

— Quelqu'un saurait-il où se trouve la sergente Riadan ? demanda-t-il à la cantonade.

— Elle est partie avec l'infirmière juste après le repas,

l'informa un homme d'une voix ensommeillée.

— Si vous la voyez, prévenez-la que je la cherche.

— Est-ce que tout va bien, lieutenant ? s'enquit une femme sur sa droite.

— Non, répondit-il un peu trop sèchement.

Sa soldate ne faisait que s'inquiéter pour lui, mais il ne se sentait pas d'humeur à entrer dans les détails. À supposer qu'il en ait eu le temps.

— Désolé, ajouta-t-il quand même, la journée a été compliquée. Préparez-vous à lever le camp à l'aube, je vous donnerai davantage d'instructions d'ici là.

Il tourna les talons, sans tenir compte du flot de murmures qui gonflait dans son dos. Toujours pas d'Élyne dans la cour principale, mais Saina Vanroc se tenait devant le réfectoire, en grande discussion avec un serviteur. Elle s'empressa de le rejoindre quand elle l'aperçut.

— Lieutenant, je crois qu'on a perdu Alia !

Darel tressaillit à la mention du faux nom. Il allait devoir se surveiller maintenant qu'il avait intégré le vrai, un lapsus était trop vite arrivé.

— Que s'est-il passé ? demanda-t-il.

— La dernière fois qu'on l'a vue, elle prenait l'air avec nous. On venait de poser nos affaires et il était encore tôt pour manger. Des soldats de l'unité du lieutenant Palova ont ensuite tenté de nous provoquer. Le temps que l'agitation retombe, elle avait disparu.

— L'avez-vous signalé à quelqu'un ?

— Non. On s'est dit que vous ne voudriez pas qu'on attire l'attention sur elle, alors on s'est réparti les recherches avec la sergente Riadan. On a essayé de vous prévenir, mais vous étiez indisponible…

— Vous avez bien agi, la rassura-t-il. Quels endroits avez-vous fouillés ? Le roi aimerait lui parler au plus vite.

L'infirmière pâlit.

— On a vérifié les dortoirs, les salles communes et le réfectoire. La sergente est partie inspecter les baraquements des officiers, je pense qu'elle ne tardera plus à revenir.

Élyne était-elle parvenue à fuir la forteresse ? Darel se prit à l'espérer, même si ça lui attirerait plus d'ennuis qu'autre chose. Avec la herse d'entrée rabattue et les gardes qui se relayaient en permanence, c'était cependant peu probable.

— Est-ce que quelqu'un a fait le tour des remparts ?

— Non, mais elle aurait retenu l'attention des sentinelles si elle y était montée. Plusieurs rondes ont déjà circulé depuis sa disparition…

À moins qu'Élyne se soit déniché un recoin tranquille où profiter de ses dernières heures de liberté. Cela jouerait malheureusement en sa défaveur, la colère du roi ne pourrait que s'intensifier avec l'attente. Darel devait la retrouver au plus vite.

— On va quand même aller vérifier, décida-t-il. Prenez l'escalier qui monte derrière les baraquements et faites le tour du chemin de ronde, je me charge du reste.

L'infirmière acquiesça et disparut dans l'obscurité de la nuit.

Est-ce que ça t'embêterait de surveiller la cour pendant que je grimpe dans les étages ? demanda-t-il à Sara. *Ta vision nocturne est meilleure que la mienne.*

Aider, le rassura-t-elle en se laissant glisser au sol. *Surveiller.*

Il ne lui restait donc plus qu'à parcourir les différents postes de garde. Darel partit d'un pas vif en direction de la tourelle la plus proche, mais aucun des soldats n'avait vu passer qui que ce soit. Sa seconde tentative rencontra le même échec, tout comme la troisième et la quatrième.

Il commençait à désespérer quand il s'engagea dans l'escalier en colimaçon de la tour principale. Une poignée de sentinelles surveillaient les environs depuis la salle venteuse du premier étage. Elles se redressèrent brusquement en remarquant ses galons et se mirent au garde-à-vous.

— Repos, les libéra-t-il. Je cherche une jeune femme d'une vingtaine d'années qui aurait pu passer il y a une heure ou deux. Plutôt petite, des cheveux châtains attachés sur la nuque, elle se serait déplacée seule. Est-ce que vous l'avez aperçue ?

La soldate d'âge moyen qui lui faisait face fronça les sourcils.

— On a vu quelques messagères dans la soirée, mais dans mon souvenir elles étaient plus vieilles que ça.

— Il y a aussi la fille qui est montée récupérer quelque chose dans les étages, corrigea son voisin.

Le cœur de Darel s'accéléra subitement. S'il cherchait un endroit tranquille, il venait d'en trouver un…

Il retourna aussitôt dans l'escalier, qu'il monta au pas de course. Les étages se succédèrent, plus vides les uns que les autres. Darel puisa dans ses réserves magiques pour soutenir ses muscles et accélérer l'allure. Il s'assura néanmoins de garder les flots d'énergie dans les limites de son corps, ce serait trop bête de blesser l'oracle si elle s'était installée à proximité…

Il atteignit le sommet quelques minutes plus tard, le souffle court. Toujours personne. Seuls les mouvements fantomatiques projetés par sa lanterne donnaient un semblant de vie à la pièce déserte. Il y avait cru, pourtant !

Au moment de redescendre, son regard accrocha l'échelle appuyée contre le mur. La petite trappe qui menait vers l'extérieur paraissait mal refermée, un mince interstice laissait filtrer la lumière des lunes.

Il gravit les échelons et passa la tête au-dehors. Une silhouette immobile se devinait, allongée contre les créneaux. Élyne, enfin ! Soulagé, il s'extirpa de l'ouverture et avança de quelques pas. Une forme fantomatique se dressa alors devant lui.

Darel se figea sur place. Un minuscule dragon blanc lui faisait face, les ailes déployées. Comme en signe de défi. Si le roi avait pu lui insuffler le moindre doute au sujet d'Élyne, le voilà balayé. Elle leur avait dit la vérité, tout du long.

Comment réagir ? Les initiés du Sanctuaire l'avaient prévenu que ces animaux détestaient la magie, il s'assura donc de ne laisser fuiter aucune énergie, puis se tint immobile. Le reptile s'était installé sur les genoux de la jeune femme, hors de question de risquer qu'il s'embrase !

Aider ? s'enquit Sara, attirée par sa stupéfaction.

C'est gentil de proposer, mais ta magie serait perçue comme une attaque au même titre que la mienne. Je ne vois pas d'autre solution qu'attendre son départ.

Le dragon le fixa pendant d'interminables minutes avant de s'envoler enfin. L'éclat de Lydan se refléta une ultime fois sur ses écailles lorsqu'il disparut dans l'obscurité de la nuit.

Darel reporta aussitôt son attention sur Élyne, sans oser la toucher. La poitrine de l'oracle se soulevait à un rythme régulier au clair des lunes, elle semblait profondément endormie. Une expression paisible éclairait son visage.

Jolie ? demanda Sara.

Il fronça les sourcils, surpris de la question.

Je suppose que oui, mais pourquoi t'en préoccuper maintenant ?

Curieuse, se contenta-t-elle de répondre avant de se glisser hors de sa tête.

Son familier multipliait les lubies farfelues… Darel n'avait cependant pas le temps de chercher à comprendre, le roi l'attendait.

Chapitre 13
Confrontation

— Élyne ?

Son prénom flotta dans l'air, éthéré. Comme s'il lui parvenait de très loin.

— Élyne, réveillez-vous s'il vous plaît !

La voix contenait cette fois-ci une note d'urgence qui la ramena à la réalité.

Elle ouvrit les yeux pour se découvrir blottie contre un mur de pierre froide. Le sommet de la tour. Le visage de Darel Voklan dansa un instant au-dessus d'elle avant de reculer. Que faisait-il ici ? Les dragons semblaient partis, en tout cas.

Un courant d'air glacial s'invita sous sa cape quand elle se redressa, déclenchant une vague de frissons incontrôlables. Elle était restée bien trop longtemps à l'extérieur sans bouger.

— Est-ce que tout va bien ? s'inquiéta le lieutenant.

Il se tenait à bonne distance d'elle – pour la protéger de sa magie ? –, mais semblait sur le point de se rapprocher de nouveau.

— Ça va aller, le rassura-t-elle dans un claquement de dents. Je suis désolée, je n'aurais pas cru m'endormir ici.

La présence du petit dragon l'avait tellement enthousiasmée qu'elle en avait oublié le froid.

— Prenez ma cape, proposa Darel Voklan.

Il joignit le geste à la parole en dégrafant son attache.

Elle hésita, mais accepta le vêtement qu'il lui tendait et l'enfila par-dessus le sien.

— Vous vous réchaufferez plus vite à l'intérieur, poursuivit-il. Je peux passer devant et vous rattraper en cas de problème, je restreindrai ma magie pour ne pas vous faire de mal.

Élyne acquiesça. Elle s'engagea à sa suite sur l'échelle, concentrée sur chacun des barreaux où elle posait le pied. L'engourdissement ralentissait ses mouvements, mais elle atteignit le sol sans chute. Elle commençait même à retrouver la sensibilité de ses doigts.

Le lieutenant se tenait maintenant derrière elle, beaucoup plus proche qu'avant. Il jeta un coup d'œil en direction de l'escalier.

— Est-ce que vous vous sentez prête à tout redescendre ?

Sa voix trahissait une certaine tension. Que lui cachait-il ?

— Nous sommes attendus quelque part, c'est ça ?

— Le roi requiert votre présence, acquiesça-t-il.

Son expression désolée n'augurait rien de bon, Keral de Danavie comptait probablement la renvoyer à Sarano. Elle retournait au Sanctuaire. Une nouvelle vague de tremblements la parcourut.

— Il sera mécontent d'avoir dû attendre, poursuivit Darel, mais quelques minutes ne changeront plus grand-chose à son humeur. Si vous avez besoin d'un moment pour souffler…

Confrontation

Sa sollicitude la secoua. Le souverain lui reprocherait sûrement tout retard, mais Darel prenait quand même le temps de se soucier d'elle. Après tous les ennuis qu'elle lui avait déjà attirés !

Élyne se força à inspirer lentement. Elle devait se ressaisir, mettre ses appréhensions de côté. Ce ne pouvait pas être si dur ! Après tout, elle s'attendait à cette décision depuis son passage devant l'état-major. Contraindre le lieutenant à affronter la situation à sa place serait la pire des ingratitudes, elle assumerait elle-même les conséquences de ses actes.

— Allons-y, décréta-t-elle.

Elle s'engagea dans les escaliers d'un pas décidé, de crainte de voir sa résolution lui échapper si elle s'attardait. Des images de la supérieure en colère ne cessaient de s'inviter dans ses pensées, menaçantes. Élyne se raccrocha aux souvenirs de sa soirée avec Flocon pour les chasser.

Le minuscule dragon s'était montré adorable et affectueux. S'il la suivait de nouveau jusqu'à Sarano, elle disposerait d'un ami sur place. À lui, elle pourrait faire confiance sans se poser de question, sans crainte d'être trahie. Élyne devrait juste se débrouiller pour dissimuler leur lien à Tinavia.

Elle continua de descendre les marches, jusqu'à en avoir le tournis. Focalisée sur ses pensées, Élyne entendit à peine le lieutenant glisser quelques mots aux occupants de la salle de garde. Elle débarqua dans la cour principale quelques instants plus tard. La zone était déserte, loin de l'agitation de l'après-midi.

— C'est de l'autre côté, indiqua Darel en reposant sa lanterne.

Il la guida à travers la forteresse jusqu'à un bâtiment excentré, à l'opposé des baraquements. L'endroit était bien mieux éclairé que la tour, avec des torches fixées aux murs.

Deux soldats montaient la garde au pied d'un escalier de bois. Ils s'écartèrent pour les laisser passer, tout en jetant un regard intrigué en direction d'Élyne. Elle portait toujours la cape du lieutenant au-dessus de la sienne, était-ce la raison de leur curiosité ? À moins que son identité ait fuité. Dans le doute, elle s'interrompit un instant pour dégrafer le vêtement et le rendre à son propriétaire.

— Merci, souffla-t-elle au passage.

— Il n'y a pas de quoi, répondit-il avec un sourire crispé.

Sa nervosité sautait aux yeux maintenant qu'ils avaient quitté l'obscurité de la tour. Darel se tenait également moins proche d'elle, même s'il jetait de nombreux regards navrés dans sa direction.

Il finit par s'immobiliser devant une petite porte.

— Nous sommes arrivés.

Il ne fit cependant aucun geste en direction du heurtoir.

— Je suis désolé, entama-t-il à voix basse. Je...

— Vous n'avez sûrement rien le droit de me dire et je comprends très bien ce que ça signifie, le coupa-t-elle. Je me doute que vous avez fait tout votre possible pour que les choses se passent autrement. Partez tranquille, je m'assurerai de ne pas vous attirer davantage d'ennuis.

Il cligna des yeux, surpris.

— Je suis désolé quand même. Bon courage.

Il prit une grande inspiration et frappa à la porte, qu'il poussa sans attendre de réponse.

— Voici la jeune femme dont nous avons parlé, Votre Majesté, annonça-t-il depuis le palier. Toutes mes excuses pour le retard.

— Je commençais à désespérer de vous voir arriver, grommela le roi. Vous pouvez disposer, lieutenant.

Confrontation

Darel salua son souverain d'un signe de tête et s'écarta pour céder le passage à Élyne. Elle croisa son regard une dernière fois avant de s'avancer dans la petite pièce, d'où se dégageait une agréable chaleur. La porte se referma derrière elle.

Élyne avait déjà examiné plusieurs portraits de l'homme qui lui faisait face lors de ses leçons au Sanctuaire. La quarantaine et très soucieux de son apparence, le roi Keral de Danavie lui paraissait cependant plus froid que ses doubles de peinture. Il l'étudiait en retour avec autant d'attention.

— J'ai été très surpris qu'on m'annonce la présence d'une oracle dans mon campement, lâcha-t-il enfin. Pourquoi vous êtes-vous infiltrée dans mon armée ?

Comme s'il l'ignorait. Si sa fille ne lui avait rien dit, Darel s'en était chargé. Élyne s'efforça néanmoins de répondre le plus diplomatiquement possible.

— Je me cachais du Sanctuaire.

Il la fixa quelques instants, elle refusa de baisser les yeux. Ses subordonnés jugeaient sûrement son regard gris glacial très intimidant, mais elle n'était pas une subordonnée, même si elle portait toujours l'uniforme danavien.

— Vous reconnaissez avoir agi à l'encontre des intérêts de la supérieure Tinavia, qui vous recherche par ailleurs ?

— En effet.

— La couronne de Danavie a passé des accords de coopération avec le Sanctuaire. Je vous ferai donc escorter à Sarano dans les plus brefs délais.

Il espionnait ses réactions, mais s'il voulait la voir s'effondrer, il en resterait pour ses frais. Élyne enfouit ses peurs au plus profond d'elle-même et se contenta de hausser les épaules. Elle devait paraître sûre d'elle pour le déstabiliser et espérer négocier.

— Je vous aurais cru davantage préoccupé par la prophétie tronquée qu'on vous a vendue.

Il lui rit au nez, la laissant stupéfaite. Pourquoi ne la prenait-il pas au sérieux ?

— Vous ne m'aurez pas avec ce genre de mensonge, poursuivit-il. Vous avez réussi à effrayer ma fille, mais elle manque encore d'expérience. Il est facile de prétendre avoir contourné une menace inexistante.

— Enfoncez-vous dans le déni si vous le souhaitez, vous vous en mordrez les doigts plus tard.

— Vous partirez demain, continua-t-il sans tenir compte de sa remarque. Le lieutenant Voklan vous raccompagnera jusqu'au Sanctuaire.

Elle retint les réponses sarcastiques qui lui brûlaient les lèvres. Cette rencontre avait sûrement un enjeu, elle devait le comprendre avant d'agir de manière inconsidérée.

Il testait ses réactions, de cela au moins elle était certaine. Raison de plus pour mettre à profit les leçons d'impassibilité du Sanctuaire. De quelles options disposait-elle pour réorienter la conversation ? Si la défense ne lui réussissait pas, l'attaque serait peut-être plus efficace.

— J'ai bien conscience que la décision finale vous reviendra, statua-t-elle aussi calmement que possible. Gardez quand même en tête une chose : si vous me renvoyez là-bas, je révélerai ce qu'il me plaira à la supérieure.

Il lui jeta un regard suspicieux.

— Elle me connaît assez pour ne croire aucun de vos mensonges.

Élyne s'autorisa un sourire narquois.

— Tinavia pourrait choisir de m'écouter en échange de ma coopération. Si elle me fait rechercher aussi activement, c'est qu'elle a besoin de moi.

Le roi pâlit derrière son collier de barbe, le sourire d'Élyne se raffermit d'autant. Elle avait réussi à l'effrayer. La supérieure l'intimidait trop pour qu'il la laisse fuir, mais elle pourrait obtenir certaines concessions. À condition de savoir quoi demander.

Elle refusait l'idée de passer sa vie cloîtrée dans l'enceinte du Sanctuaire, pas question d'y retourner sans se préparer d'échappatoire. Son escapade actuelle prouvait qu'elle aurait besoin de soutiens pour regagner sa liberté. Elle devait se trouver des alliés puissants, à qui elle apporterait davantage que ce qu'ils perdraient à l'abriter. L'idéal serait bien sûr de convaincre l'impératrice Theresa, mais comment s'y prendre ? En fouillant du côté des prophéties tronquées, peut-être... Pour cela, il lui faudrait comprendre les rouages du Sanctuaire. Analyser les actions de Tinavia, se montrer patiente et attendre le meilleur moment pour frapper.

— Voilà ce que vous allez faire, décida-t-elle. Vous soutiendrez ma version des événements, en échange de quoi je ne mentionnerai à personne les excès magiques de la princesse de Danavie.

Il tressaillit, confirmant qu'elle avait vu juste.

— C'est envisageable, concéda-t-il, suivant ce que vous avez l'intention de prétendre.

Un frisson d'excitation la parcourut, il ne restait plus qu'à ajuster les détails de son plan. Plus facile à dire qu'à faire, cependant. Élyne devait regagner la confiance de Tinavia pour se mettre en position de découvrir ses secrets. Considérant la façon dont leur dernière entrevue s'était déroulée, elle partait de loin.

— Vous expliquerez à la supérieure que je suis venue vous demander une escorte pour rentrer à Sarano, décida-t-elle.

— Il est hors de question d'admettre que vous avez atteint le col de l'Aigle !

— Pourquoi ?

— Vous n'auriez pas pu arriver jusqu'ici sans complicités danaviennes.

— Près de la frontière, alors ? Il faut tenir compte de la durée de ma disparition.

Il hésita un instant.

— Très bien, concéda-t-il. Vous pourriez avoir rencontré le lieutenant Voklan là-bas.

Élyne aurait préféré ne pas mêler Darel à cette histoire. La suggestion du roi restait cependant assez proche de la vérité pour paraître crédible.

— Admettons. Il pourrait avoir attendu de vos nouvelles pour reprendre la route en direction de Sarano, ce qui expliquerait le délai.

— Cela me convient, mais je veux votre parole que vous ne mentionnerez aucun des incidents magiques.

— Tant que vous respecterez votre part de cet accord, je respecterai la mienne.

— Parfait, conclut-il. Profitez du reste de la nuit pour vous reposer, vous partez à l'aube. Un serviteur passera vous dresser un lit de camp d'ici quelques minutes.

Keral tourna les talons, quitta la pièce et referma la porte derrière lui. Pas de cliquètement dans la serrure, mais il placerait très certainement des gardes dans le couloir pour l'empêcher de sortir. Élyne ne comptait de toute façon pas essayer. L'endroit était silencieux, bien chauffé. Seul regret : l'absence de fenêtre. Le prix à payer pour repousser les courants d'air, sans doute.

Confrontation

— Excusez-moi ?

La voix inquiète la réveilla bien trop tôt à son goût. Élyne ouvrit les yeux avec difficulté et se redressa.

— Le roi requiert votre présence, l'informa une femme avant de disparaître.

Élyne s'étira, défroissa ses vêtements de son mieux et poussa la porte. Un garde était posté en faction de l'autre côté, comme elle s'y était attendue. L'homme la salua de la tête avant de l'entraîner en direction de l'escalier.

Ils débouchèrent dans la cour principale quelques minutes plus tard. L'endroit fourmillait de monde et plusieurs dizaines de chevaux déjà sellés s'agitaient à proximité de la herse métallique. Le roi, ceint d'une imposante couronne dorée, se trouvait au centre de l'attention. Élyne reconnut juste à côté la chevelure brune du lieutenant et se fraya un chemin jusqu'à lui.

Un fort sentiment de culpabilité l'envahit quand elle remarqua les traits tirés de Darel. Entre le temps qu'il avait passé à la chercher et les préparatifs du voyage, il n'avait pas dû grappiller plus de quelques heures de sommeil.

— Tout est prêt pour le départ, annonça le roi en se tournant vers elle. Je viens d'envoyer un message à Sarano, j'ai informé la supérieure que le lieutenant Voklan vous avait retrouvée. Vous finaliserez avec lui les détails de votre histoire, il connaît mes contraintes.

Élyne acquiesça en s'efforçant de conserver un visage inexpressif. Savoir Tinavia prévenue scellait le côté irrévocable de son retour, son courage de la veille fondait comme neige au soleil. Elle refusait néanmoins de trahir la moindre faiblesse devant le souverain. Ce dernier ordonna d'un geste aux soldats de se mettre en selle avant de se tourner vers Darel.

— Faites bon voyage, lieutenant, et ne traînez pas en route. Si la jeune femme devait disparaître avant de parvenir à destination, je vous en tiendrais pour responsable.

Darel se rembrunit, mais ne montra aucun signe de surprise. Il avait été averti de tout cela, déduisit Élyne, ces consignes étaient énoncées pour son bénéfice exclusif. Keral voulait qu'elle sache qui paierait le prix de ses tentatives de fuite. Un procédé aussi détestable que mesquin.

Darel lui tendit la bride de la jument qu'elle avait chevauchée à l'aller, tout en prenant soin de ne pas effleurer sa main. Élyne aurait pu parier qu'il avait reçu l'ordre de réprimer sa magie durant tout le trajet, par mesure de sécurité.

Elle dédaigna le serviteur qui s'avançait pour l'aider, monta en selle et s'efforça de rester impassible. La lourde grille métallique se releva dans un grincement sinistre.

Chapitre 14
Doutes

La troupe de Darel n'était pas encore sortie des montagnes, mais une zone vaguement plate s'étendait devant eux. Avec l'approche du crépuscule, ils se satisferaient de ce confort précaire. Darel donna l'ordre de monter le camp.

Ses soldats s'exécutèrent avec lassitude. La journée s'était éternisée depuis leur départ de la forteresse Ardakan et tous n'avaient qu'une envie : se reposer. Ce ne serait malheureusement pas pour tout de suite, ils devaient d'abord sécuriser l'endroit et se préoccuper du repas.

Darel en profiterait pour discuter avec Élyne, ils devaient finaliser le récit qu'elle proposerait au Sanctuaire. La pauvre accusait le coup du voyage, même si elle n'avait pas émis la moindre protestation. Elle semblait amorphe, pâle reflet de la jeune femme pleine de vie qui avait fui à cheval quand elle s'était crue découverte. Darel se porta à sa hauteur juste avant qu'elle descende de selle.

— M'accompagnerez-vous pour une promenade ?

— Bien sûr, accepta-t-elle sans grand enthousiasme.

Ils contournèrent le groupe et s'engagèrent un peu plus loin sur le chemin. Élyne restait très concentrée sur les pas de sa jument, Darel ralentit pour ne pas la presser.

— Est-ce que ça ira, pour les étoiles ? demanda-t-il quand ils arrivèrent hors de portée des oreilles du camp.

— Maintenant que je suis prévenue, je ferai attention à ne pas laisser mon regard dériver. Le temps couvert me facilitera la tâche. Et puis, cette fois-ci, je ne compte pas partir au galop.

Sa lassitude transparaissait dans chacune de ses phrases. Darel sentit son cœur se serrer. Il avait en partie espéré qu'elle profite de l'occasion pour s'évader, mais il ne la pousserait pas à trahir sa parole.

— Le roi souhaite recevoir au plus vite la version des faits que vous présenterez à la supérieure, poursuivit-il. Il tient absolument à y jeter un œil avant notre arrivée à Sarano. Vous vous êtes déjà mis d'accord sur une structure de base, si j'ai bien compris ?

— En effet, confirma-t-elle. Je suis tombée sur votre troupe près de la frontière danavienne et je vous ai demandé une escorte pour retourner au Sanctuaire. Je n'ai rencontré ni le roi, ni sa fille, ni aucun autre mage. De votre côté, vous avez attendu l'autorisation de faire demi-tour pour me ramener. C'est tout ce dont je me souviens.

— C'est un bon début. Quoi d'autre ?

— Il faudrait surtout nous assurer de la cohérence de l'histoire. Si je vous avais rejoints à la frontière, il resterait un délai d'une semaine à justifier.

Il s'accorda le temps d'y réfléchir.

— Vous pourriez être tombée malade. Entre la pluie et le froid, personne ne s'en étonnera.

— Ça pourrait suffire, admit-elle, et ça ajouterait du poids à votre décision d'attendre la réponse du roi pour bouger.

Ils s'intéressèrent ensuite aux détails techniques. Le contexte de la découverte d'Élyne par la troupe, le contenu des conversations qu'elle aurait eues avec Darel, les symptômes de sa maladie, le texte du courrier envoyé au roi…

— Je crois qu'on a fait le tour, décréta Élyne après une demi-heure de discussions. Sauf si vous pensez à autre chose ?

— Pas pour le moment, non. Rentrons au campement prendre un peu de repos, il sera toujours temps d'ajouter des détails plus tard si nécessaire. La journée a été longue, pour vous comme pour moi.

Elle acquiesça et se tint silencieuse pendant qu'ils tournaient bride.

— Le roi a-t-il l'intention de vous punir ? demanda-t-elle d'une petite voix alors qu'ils arrivaient à mi-chemin.

Il hésita un instant, touché de sa sollicitude. Où trouvait-elle encore l'énergie de penser aux autres ?

— Avec le soutien d'Aklune, je ne devrais pas m'en tirer trop mal. Si le Sanctuaire me remercie de vous avoir ramenée saine et sauve, Keral ne pourra pas m'infliger de punition publique.

— Et quelle sera sa vraie punition ?

Elle fixa son regard dans le sien. Il se perdit quelques secondes dans les tréfonds de ses iris.

— Il me confinera à la capitale, je suppose, répondit-il finalement. Il sait très bien que je préfère les missions en province, m'en priver représente une manière facile de me sanctionner.

— Je suis désolée, souffla-t-elle.

— Je vous ai déjà dit de ne pas vous en vouloir, la réprimanda-t-il gentiment. Vous m'avez évité cet assaut sur le col de l'Aigle.

Élyne le gratifia d'une moue dubitative, mais n'insista pas. Une fois arrivée au campement, elle attrapa une assiette de nourriture et prit le chemin de la tente qui avait été installée à son intention. Darel la regarda disparaître à regret, mais respecta son besoin de solitude. Autant la laisser profiter comme elle l'entendait de ses derniers instants de liberté.

Les quatre jours suivants s'enchaînèrent dans une pesante monotonie. La troupe se levait à l'aube, démontait le camp et se mettait en route vers l'est jusqu'à la tombée de la nuit, sans interruption. Darel profita des longues chevauchées pour engager quelques discussions avec Élyne.

L'humeur de la jeune femme s'assombrissait au fil du trajet et elle ne voulait plus aborder le sujet du Sanctuaire, mais elle montra un certain intérêt pour les anecdotes que Darel partageait avec elle. Ravi de lui changer les idées, il fouilla sa mémoire pour en ressortir des souvenirs de voyages, potins de la cour ou récits des facéties de Sara. Cette dernière s'enthousiasma d'ailleurs pour le jeu et lui pointa avec fierté plusieurs épisodes qu'il pensait avoir oubliés.

Ils atteignirent les collines qui bordaient Sarano au soir de la cinquième journée.

L'ambiance du dernier dîner se révéla morose. Quand Darel traversa le camp pour rejoindre sa tente, des pleurs étouffés s'échappèrent de celle d'Élyne. Il hésita un instant avant de se rapprocher. Elle devait se sentir bien seule…

— Est-ce que je peux entrer ? demanda-t-il d'une voix douce.

Quelques instants plus tard, Élyne écarta le pan de tissu d'une main hésitante.

Doutes

— Désolée, je ne voulais pas vous déranger, s'excusa-t-elle en ravalant un sanglot.

— Il n'y a pas de mal. Je me disais que vous auriez peut-être besoin d'une oreille compatissante.

— Ça ira, je peux me débrouiller.

— Je n'en doute pas, vous êtes une jeune femme pleine de ressources. Mais si vous désirez un peu de compagnie, je peux vous en apporter.

Elle hésita cette fois-ci, ce que Darel prit comme une réponse positive. Il entra, dégrafa sa cape et s'installa sur le sol à côté d'elle, en prenant soin de confiner sa magie au plus profond de lui-même.

Sara profita de l'occasion pour se glisser hors de sa poche et il la rattrapa juste avant qu'elle ne s'approche trop de l'oracle.

Reste à distance, tu veux ? La magie pourrait lui faire du mal.

Protéger ?

Exactement. Il ne faut pas la toucher.

Élyne fixait maintenant Sara d'un regard intrigué.

— Qu'est-ce qu'elle cherche ?

— Des câlins, probablement. J'étais en train de lui rappeler de rester à distance, je ne sais pas dans quelle mesure elle peut contenir la magie que je lui donne.

Darel ramena Sara sur ses genoux pour lui gratter le dos – et la garder sous surveillance –, mais le serpent se dégagea et rampa hors de la tente dans un glissement silencieux.

Comme tu préfères, s'amusa-t-il. *Profite bien de ta soirée !*

— Je ne voulais pas la mettre dehors, s'excusa Élyne.

— Vous ne l'avez pas mise dehors, la rassura-t-il aussitôt, je suppose qu'elle avait envie de prendre l'air. C'est une habituée des promenades nocturnes.

— Elle a bien raison. C'est le moment le plus tranquille de la journée, sans même parler de la beauté des étoiles.

— Est-ce que vous aimeriez faire un tour ? suggéra-t-il après une hésitation.

Elle secoua la tête.

— Aussi proche de Sarano, ce serait trop dangereux. On pourrait nous voir et je n'ai pas besoin de rendre la supérieure plus suspicieuse qu'elle le sera déjà.

La tente avait l'avantage de les protéger des regards extérieurs, il fallait bien le reconnaître. D'autant plus qu'ils se trouvaient au centre du campement.

— J'appréhende la journée de demain, avoua Élyne après quelques instants de silence. Je ne veux pas retourner au Sanctuaire.

Si Darel la laissait s'évader sur le chemin… il y sacrifierait sa carrière, mais son honneur lui imposait de proposer quelque chose.

— Il est peut-être toujours temps de changer d'avis ? suggéra-t-il à mi-voix.

Elle le dévisagea avec des yeux ronds.

— Vous m'avez vous-même expliqué que je ne survivrais pas sans assistance. Après avoir passé deux jours dans les montagnes, je suis plus qu'encline à vous croire.

— Les choses ont évolué depuis et vous disposez de ressources que je n'avais pas soupçonnées. Vos dragons ne pourraient-ils pas vous aider ?

Élyne cligna des yeux, surprise.

— Ils m'ont rendu service de manière ponctuelle, mais je n'ai aucun moyen de les appeler ou de les plier à ma volonté.

— Vous semblez quand même les attirer. J'ai vu celui qui s'était installé en haut de la tour, étiez-vous montée jusque-là pour le rencontrer ?

Elle secoua la tête.

— Je voulais juste profiter des étoiles une dernière fois. De retour au Sanctuaire, ce ne sera plus pareil.

Darel soupira.

— Indépendamment des dragons, on pourrait peut-être…

— Oubliez tout ça, le coupa-t-elle. Je n'ai pas envie de retourner à Sarano, mais vous n'avez pas le droit de me laisser fuir et j'ai des réponses à aller chercher là-bas. Quand je les aurai, la situation sera peut-être différente.

Il fronça les sourcils.

— Quelles réponses ?

— J'ai besoin de comprendre le fonctionnement des prophéties pour accepter cette partie de moi. Le Sanctuaire oriente les visions sur des sujets spécifiques grâce aux entretiens préliminaires et l'utilisation de mots-clés pendant la transe, mais je voudrais savoir dans quelle mesure je peux influer consciemment là-dessus. J'aimerais aussi clarifier le lien entre dragons et prédictions.

— Ne sont-ils pas à l'origine des prophéties ? commenta Darel. Pourquoi les qualifierait-on de messagers des dieux, sinon ?

Elle secoua la tête, une expression pensive sur le visage.

— Je n'y crois pas un seul instant, le Sanctuaire les révérerait davantage si c'était le cas. On les laisse se poser sur les toits parce que la légende est belle et que le folklore plaît aux clients, mais rien n'est fait pour les attirer. Au contraire, les protecteurs les éloignent des sols et fenêtres dès qu'ils en ont l'opportunité, par peur des dégâts qu'ils pourraient causer.

— Vous disiez pourtant que les dragons vous avaient transmis des images, s'étonna-t-il.

— Oui, mais ils ont besoin de me toucher pour cela, ça n'a rien à voir avec une transe. Je suppose que si l'un d'entre eux s'était approché le soir où j'ai énoncé cette prophétie chiffrée, vous l'auriez aperçu ?

— Il n'y avait aucun dragon, concéda-t-il.

Et heureusement compte tenu de la quantité de magie impliquée.

— De toute façon, poursuivit Élyne, les images qu'ils ont partagées avec moi sont incomplètes et se réfèrent à de vieilles prédictions. De l'impression que j'ai, c'est comme s'ils m'envoyaient un écho fragmentaire de mes anciennes transes prophétiques. Reste à comprendre comment ils ont obtenu ces images et pourquoi ils me les ont retransmises.

Là-dessus, Darel ne pourrait pas l'aider.

— La similitude avec la magie est amusante pour des animaux qui la détestent autant, commenta-t-il quand même.

Elle lui lança un regard perplexe.

— De quoi parlez-vous ?

— Du besoin de contact. Certaines techniques de transfert d'énergie passent par le toucher, elles aussi.

— L'établissement d'un lien avec les familiers ?

— Les premières offrandes de magie au familier nécessitent un contact, oui, mais de nombreuses attaques fonctionnent également sur le même principe. Il est par exemple très difficile d'assommer quelqu'un à distance. L'unique moyen de contourner cette contrainte est d'envoyer son familier toucher la cible, ce qui revient un peu au même.

Élyne pencha la tête dans une adorable mimique concentrée. Elle repoussa distraitement derrière l'oreille une mèche de cheveux avant de reprendre la parole.

— C'est une autre bonne raison d'interdire les contacts avec les mages, j'imagine.

Il haussa les épaules.

— Je doute que quiconque ose agresser un initié, avec ou sans magie.

Elle lui renvoya un sourire triste.

— On en revient au problème de base : l'influence du Sanctuaire. Le second point sur lequel j'aimerais enquêter, c'est leurs manigances. Je veux comprendre depuis quand mon entourage me mentait. Je suis entrée au Sanctuaire à huit ans, mais j'en avais quatorze quand Lyvia m'a encouragée à multiplier nos observations du ciel. Me manipulait-elle depuis le début de notre amitié ou s'est-elle laissée acheter après coup ?

Deux hypothèses fort peu réjouissantes. Darel préféra détourner le sujet.

— Qu'est-ce qui vous a poussée à candidater au Sanctuaire ?

— L'orphelinat nous y incitait. On m'a seriné que devenir initiée me garantirait un poste prestigieux, des conditions de vie exceptionnelles et un salaire confortable. J'étais si fière d'avoir été acceptée, ce que j'ai pu me montrer naïve…

— Vous n'avez pas connu vos parents ?

Pour lui qui s'était senti broyé tout au long de son enfance par les attentes familiales, le concept avait quelque chose d'étrange. Elle secoua la tête.

— J'ignore même leur identité. Peut-être étaient-ils des oracles eux aussi, ça expliquerait que mes dons se soient développés de manière précoce. J'aimerais en tout cas découvrir ce que Tinavia sait à leur sujet. Et quand j'en aurai assez appris, je m'enfuirai de nouveau. Ou je trouverai un moyen de forcer le Sanctuaire à me laisser partir.

Son regard s'était durci. Darel esquissa un sourire. Il retrouvait enfin la courageuse jeune femme qui avait déboulé devant l'état-major danavien. La supérieure n'avait aucune idée de ce qui l'attendait pour les mois à venir.

— Un programme ambitieux, mais je vous fais confiance pour le mener à bien.

Les épaules d'Élyne s'affaissèrent d'un coup.

— J'aimerais en être aussi sûre. Je n'ai peur que d'une chose : échouer, renoncer et me satisfaire de ma prison dorée.

Il réfléchissait à sa réponse quand Sara déboula sous la tente, en traînant difficilement derrière elle un petit colis. De là où Darel était, ça ressemblait à… une de ses grosses chaussettes de laine ?

Protection ! annonça son familier avec enthousiasme.

Qu'est-ce que tu veux faire de ça ? protesta-t-il. *Ce n'est pas le moment, Sara, on est en train de discuter.*

Pas toucher, explicita Sara sans tenir compte de la réprimande. *Câlin.*

Darel n'était pas sûr de comprendre. Il tenta une rapide incursion dans son esprit, mais l'excitation du petit serpent masquait ses intentions.

Protection, répéta-t-elle fièrement en se hissant sur les genoux de Darel. *Pas toucher. Câlin.*

Elle déposa la chaussette par-dessus sa main avant de lui mettre de légers coups de tête sur le poignet. Pour qu'il l'enfile comme un gant, comprit-il enfin. Sara se démenait pour lui trouver un moyen de câliner l'oracle sans contact direct – et elle était extrêmement satisfaite de sa solution.

— Je crois qu'on vous réclame, commenta Élyne, qui fixait Sara d'un regard perplexe.

Doutes

Darel secoua la tête, sans savoir comment lui expliquer la situation. « Mon familier voudrait que je vous fasse des câlins » semblait complètement inapproprié.

Pas envie ? s'étonna Sara.

La question le surprit presque plus que le reste. Ce n'était pas une histoire d'envie, il cherchait simplement à réconforter Élyne… à moins que Sara ait perçu des désirs moins avouables derrière cet instinct protecteur. Que ressentait-il, exactement, et depuis quand ? Pourquoi se préoccupait-il autant d'une jeune femme qu'il connaissait depuis moins de deux semaines ?

Si, tu as raison, concéda-t-il à Sara quelques secondes plus tard. *Il faudra que je prenne le temps de réfléchir à tout ça, mais pas ce soir.*

Il avait proposé à Élyne de lui offrir de la compagnie, pas de lui infliger des questionnements existentiels. D'ailleurs, elle attendait toujours une explication au comportement de Sara.

— Mon familier a une conception très personnelle de ce que représente une protection contre la magie, détailla-t-il finalement. Il ne lui était pas venu à l'idée que de garder mon énergie au plus profond de mes réserves serait plus efficace qu'une épaisseur de laine.

Elle jeta un nouveau regard perplexe en direction de la chaussette. Maintenant qu'il y prêtait attention, ses expressions avaient un côté spontané vraiment adorable.

— C'est… gentil de sa part de se préoccuper de moi, je suppose, hasarda-t-elle. Mais qu'est-ce qu'elle avait en tête, exactement ?

Darel hésita une fois de plus. Un contact non magique ne poserait pas de problème et il ne la reverrait jamais après cette soirée…

Il s'assura une nouvelle fois de ne laisser échapper aucune magie, traqua jusqu'à la dernière goutte d'énergie dans ses veines et se décala pour l'enlacer.

Elle se raidit et il craignit un instant de l'avoir brusquée. Elle se blottit néanmoins contre son épaule avant qu'il ait le temps de reculer. Darel sentit un sourire idiot s'épanouir sur ses lèvres. Sara profita de l'occasion pour s'éclipser discrètement, toujours très contente d'elle-même.

— Pour en revenir à ce dont on parlait tout à l'heure, reprit-il après quelques secondes, je compatis pour le manque de confiance en soi. J'ai beaucoup donné dans le passé, moi aussi.

Elle se tourna pour lui jeter un regard dubitatif.

— Essaie de grandir dans une famille de célébrités et tu verras, insista-t-il. Ça te dérange que je te tutoie ?

Elle secoua la tête, le formalisme qui régissait leurs interactions l'irritait sûrement tout autant que lui.

— Je rêvais des sourires appréciateurs dont mes précepteurs ne me gratifiaient qu'une ou deux fois dans l'année, poursuivit-il. M'entraîner dans l'ombre d'Aklune et de ses pouvoirs extraordinaires n'a pas aidé non plus. Il est normal de douter, mais tu ne dois pas partir défaitiste pour autant.

— Je vais pourtant y retourner, protesta-t-elle d'une voix désabusée.

— Parce que tu l'as décidé et que tu veux des réponses aux questions que tu te poses. Une fois que tu les auras obtenues, je suis sûr que tu sauras leur fausser compagnie de nouveau.

Elle éclata d'un rire entremêlé de larmes.

— Ils ne m'accorderont plus jamais leur confiance.

— Ils te surveilleront pendant les premiers jours, les premières semaines, mais ils se lasseront si tu te montres irréprochable. Ils ont tellement l'habitude de se voir obéis qu'ils te penseront rentrée dans le rang.

— S'ils comprennent que je me prépare à fuir, ils m'enfermeront et je perdrai tout espoir de m'en sortir.

Une crainte bien compréhensible. Elle ne disposerait que d'un seul essai, sans erreur possible. Là encore, il ne pouvait pas grand-chose pour l'aider. À moins que…

— Combien de temps penses-tu qu'il te faudra pour réunir les informations dont tu as besoin ?

Elle fronça le nez.

— Plusieurs mois, au minimum. Et si je ne suis parvenue à rien dans un an, ça signifiera probablement que j'ai visé trop haut.

Darel prit une grande inspiration.

— La situation risque d'évoluer et je ne peux rien te garantir, mais si tu n'as pas donné de nouvelles d'ici un an, je m'efforcerai de te sortir de là.

Tout son être lui criait la stupidité de sa proposition, mais il ne supportait pas l'idée de la savoir enfermée à jamais et il s'offrait du même coup l'espoir de la recroiser. Si cette promesse pouvait apporter un peu de réconfort à Élyne, elle en vaudrait de toute façon la peine. Il réfléchirait plus tard à la façon dont il pourrait la tenir.

— Le Sanctuaire ne m'autorisera jamais à communiquer avec l'extérieur, objecta-t-elle d'une voix triste. Mais même si je parvenais à faire passer un message, je ne vois pas comment tu pourrais t'y prendre. Sans parler des ennuis que tu t'attirerais en essayant.

— Je trouverai un moyen, s'obstina-t-il. La couronne de Danavie envoie régulièrement des émissaires à Sarano, je négocierai pour y retourner moi-même si nécessaire.

— Ça ne pourrait pas fonctionner, protesta-t-elle.

Sa voix se teintait cependant d'une trace d'hésitation.

— Pourquoi pas ? Aklune me soutiendra, même si son père a décidé de se montrer intraitable.

Élyne secoua la tête, mais cessa ses objections. Le croyait-elle ou se sentait-elle fatiguée d'argumenter ? Elle se blottit en tout cas davantage contre son épaule et il resserra ses bras autour d'elle. Ils restèrent ainsi enlacés, immobiles, jusqu'à ce que le sommeil emporte la jeune femme.

Darel la porta alors sur son lit de camp, en prenant soin d'éviter tout mouvement brusque pour ne pas la réveiller. Il rabattit la couverture sur elle, éloigna délicatement une mèche de cheveux de son visage et s'attarda plusieurs secondes pour la regarder, bercé par le rythme régulier de sa respiration. Elle paraissait si détendue, enfin libérée des soucis qui la tourmentaient. Il aurait pu passer la nuit à la contempler si lui aussi n'avait pas eu grand besoin de repos.

Au petit matin, Élyne montrait malheureusement de nouveaux signes de nervosité. Elle refusa toute nourriture avant le départ, en dépit des protestations vigoureuses de l'infirmière. Saina n'avait pas laissé le statut officiel de leur invitée changer la façon dont elle la traitait. Contrairement à la plupart de ses soldats, qui se montraient beaucoup plus réservés.

Darel se préparait à subir un flot de questions dès qu'ils auraient ramené la jeune femme au Sanctuaire. Et il y répondrait, il le devait bien à sa troupe. En attendant, il avait rendez-vous avec la supérieure, même si ça ne l'enchantait guère.

Doutes

Ils atteignirent les remparts de Sarano à la mi-journée, après quatre heures de voyage dans un silence pesant. Darel jeta un dernier coup d'œil à Élyne, qui hocha faiblement la tête. Il dirigea alors sa monture vers la porte principale.

Deux protecteurs sortirent aussitôt d'une guérite pour les escorter à travers la ville. La débauche de couleurs sur les murs amusait beaucoup moins Darel que lors de son premier passage, mais il s'efforça de dissimuler son humeur.

Leurs guides ne s'arrêtèrent qu'une fois parvenus aux grilles du Sanctuaire. Darel sauta de son cheval et se tourna en direction de Dana.

— Je vous confie la charge de la troupe en attendant mon retour. Mon familier se trouve dans ma sacoche de selle.

La sergente acquiesça et déplaça sa jument de manière à surveiller la besace en question. Sara dormait pour le moment, mais on ne savait jamais, avec elle…

Pendant ce temps, Élyne était descendue de sa monture. Elle se dirigea fébrilement vers le hall, les deux protecteurs sur les talons. Darel se détourna aussitôt de sa troupe pour s'engager derrière eux.

Un comité d'une dizaine de personnes les accueillit à l'intérieur.

— Chère Élyne, lieutenant Voklan, les salua une initiée brune entre deux âges, la supérieure vous attend dans son bureau. Si vous voulez bien vous donner la peine de me suivre.

Elle les mena d'un pas vif dans le dédale des couloirs. Le trajet jusqu'à la porte de Tinavia s'avéra étonnamment rapide. Darel suspecta leur guide d'avoir emprunté le chemin le plus court, pour une fois.

Il jeta un dernier coup d'œil à Élyne avant de pénétrer dans la pièce, mais son visage s'était figé en un masque impassible. Elle se protégeait comme elle le pouvait des regards inquisiteurs.

La supérieure se leva pour les saluer dès leur entrée.

— Élyne, mon enfant, vous ne pouvez pas savoir à quel point je suis contente de vous retrouver en un seul morceau.

La jeune femme lui renvoya son plus beau sourire factice.

— Merci de votre accueil, supérieure, je suis moi aussi ravie d'être de retour. J'espère que vous remercierez mon sauveteur comme il le mérite, acheva-t-elle avec un signe de tête en direction de Darel.

Elle mentait avec aplomb. S'il ne l'avait pas vue se décomposer la veille au soir, il aurait pu la croire sincère.

— C'est prévu, ne vous en faites pas, la rassura Tinavia. Vous devez être épuisée après ce long voyage, prenez le temps de vous rafraîchir et de vous reposer dans votre chambre, je viendrai vous retrouver ce soir.

Élyne s'inclina avant de tourner les talons. Elle sortit de la pièce, rapidement suivie par trois des cinq protecteurs. Darel la regarda disparaître avec un pincement au cœur.

— Lieutenant Voklan, poursuivit la supérieure en le gratifiant d'un large sourire. Je ne m'imaginais pas vous revoir si tôt, mais je vous suis immensément reconnaissante d'avoir effectué un détour pour nous ramener notre initiée. Nous nous sommes beaucoup inquiétés pour elle !

— Tout le plaisir était pour moi, mentit-il courtoisement. Je suis ravi d'avoir pu vous être utile.

— Installez-vous, je vous en prie. J'espère que ce retour à Sarano n'aura pas trop impacté votre campagne militaire.

Elle lui désigna les lourds fauteuils dans son dos et il s'assit du bout des fesses sur le siège le plus proche.

Doutes

— Le roi Keral a annulé l'assaut prévu sur le col de l'Aigle, annonça-t-il d'un ton neutre. Les offensives reprendront au printemps, comme tous les ans.

Une lueur de déception traversa le regard de la supérieure, mais elle se ressaisit très vite.

— Nous veillerons bien sûr à dédommager la Danavie pour ce contretemps, lui assura-t-elle. Je suppose que vous avez vu passer notre offre de récompense ?

— L'un de vos pigeons m'a trouvé à mi-chemin de la frontière. Grâce à lui, j'ai pu prendre le récit de votre initiée au sérieux dès qu'elle est arrivée. Il m'a malheureusement fallu attendre la confirmation écrite de mon roi avant de rebrousser chemin et elle est tombée malade. J'espère qu'elle n'aura pas trop souffert de ces mésaventures.

Il cherchait à dissimuler sa nervosité derrière le flot de ses paroles. S'il ne se calmait pas, il finirait par trop en dire. Les négociations autour de la récompense ne faisaient de toute façon que commencer. L'argent n'intéressait pas Darel à titre personnel, mais plus il en ramènerait, plus Keral serait enclin à pardonner son comportement des derniers jours. Et s'il voulait être renvoyé à Sarano dans le futur, il lui faudrait regagner les faveurs royales.

Chapitre 15

Retour

Un frisson parcourut Élyne quand la porte du bureau de la supérieure se referma derrière elle. Elle ne pouvait plus compter que sur elle-même désormais.

— Dois-je vraiment regagner ma chambre ? demanda-t-elle aux trois protecteurs qui la talonnaient.

Elle n'imaginait pas Tinavia la laisser contacter d'autres initiés, l'instruction de se reposer devait être un leurre pour endormir la méfiance de Darel.

— Non, confirma la femme la plus proche. Nous vous conduisons à la salle de Marbre. Avez-vous l'intention de coopérer ?

Elle ne tentait même pas de dissimuler la note de menace dans sa voix. Élyne réprima un soupir. Il était temps de semer les premières graines de son mensonge.

— Bien sûr, affirma-t-elle avec aplomb. Pourquoi pensez-vous que je suis revenue ?

La protectrice haussa les épaules, nul doute qu'elle rapporterait la moindre de ses paroles à la supérieure.

Cela faisait plusieurs années qu'Élyne n'était pas descendue dans la salle de Marbre, domaine réservé du mage du Sanctuaire. Lors de sa première visite, le lieu l'avait émerveillée, mais il était facile d'impressionner une gamine de huit ans sur le point de se soumettre à un examen déterminant. Elle se revoyait avancer à petits pas, vêtue de la robe neuve que l'orphelinat lui avait offerte pour l'occasion, portée par l'espoir d'être suffisamment dépourvue de magie pour qu'on la sélectionne…

Le protecteur lui indiqua le couloir qui s'ouvrait sur leur droite, la ramenant à la réalité. Plusieurs volées d'escaliers plus bas, ils atteignirent les sous-sols, faiblement éclairés par de petites baies vitrées en hauteur. Ils longèrent la Grande Porte par laquelle le public entrait lors des tests de recrutement puis traversèrent la salle d'attente, gigantesque pièce de marbre garnie de rangées de bancs inconfortables.

Élyne y avait passé de nombreuses heures le jour de son admission, entourée de centaines de concurrents. Beaucoup provenaient de Sarano, où les règles anti-magie préservaient efficacement d'éventuels potentiels prophétiques, mais d'autres avaient parcouru la moitié du continent – les recruteurs du Sanctuaire payaient le trajet des volontaires, tant que leur famille et leur voisinage ne comportaient aucun mage sur deux générations. Aux foules d'enfants issus des classes populaires se mêlaient toujours des membres de la petite noblesse attirés par le prestige du statut d'initié, mais ceux-là étaient systématiquement recalés : les mariages de la cour accordaient une part trop importante au potentiel magique pour voir émerger des oracles dans leur descendance. Tous les aspirants-initiés s'étaient tenus silencieux, intimidés par les enjeux et la majesté du lieu. Lyvia et Élyne avaient été les uniques candidates sélectionnées leur année.

Retour

Les protecteurs guidèrent Élyne vers l'entrée de la salle de Marbre, quelques mètres plus loin. La pièce était réservée aux postulants, leurs parents devaient attendre le verdict du mage du Sanctuaire dans le couloir attenant. Les initiés retournaient ensuite se faire tester quelques années après leur admission, pour permettre au mage d'étudier l'évolution de leur potentiel. Élyne en était toujours revenue avec la même conclusion : « des capacités, mais pas assez pour devenir oracle ». Quel tissu de mensonges !

Son escorte se déploya en cercle derrière elle, la laissant face à la porte de bois ouvragé. Élyne prit une grande inspiration avant de toquer.

Seul le silence lui répondit dans un premier temps. Le battant finit cependant par pivoter devant elle. L'endroit resplendissait autant que dans ses souvenirs, de larges pierres blanches veinées de rose encadraient une fontaine dont le son cristallin emplissait l'espace. La fascination des premières années s'était néanmoins dissipée.

Le mage du Sanctuaire l'attendait près de l'entrée, adossé contre le pilier le plus proche. La large cicatrice qui barrait la joue gauche de Mauriel Dunnan s'était creusée avec l'apparition des premières rides, lui donnant un air encore plus sinistre.

— Le retour de l'enfant prodigue, commenta-t-il en l'observant des pieds à la tête. Vous avez causé bien des soucis à la supérieure, Élyne. Refermez la porte, je vous en prie.

Elle s'exécuta sans un mot et se tourna pour lui faire face.

— À quoi vous êtes-vous occupée pendant votre petite escapade ? lui demanda-t-il d'un ton curieux. Vous avez été absente bien longtemps. Si longtemps que nous avons cru vous avoir perdue à jamais.

— Et pourtant me revoilà. Mon projet de refaire ma vie ailleurs présentait plusieurs failles dont je ne me suis rendu compte que trop tard.

— C'est-à-dire ?

Elle haussa les épaules.

— Dissimuler mes pouvoirs s'est avéré plus difficile que prévu. Quel que soit le refuge choisi, j'aurais été exploitée pour mes prédictions, alors autant l'être dans le confort d'un endroit que je connais. À moins que vous ne vouliez plus de moi ici ? termina-t-elle avec un sourire sarcastique.

— Nous verrons, répondit-il d'un ton sec. La supérieure m'a demandé de retester votre potentiel prophétique. S'il vous est arrivé le moindre problème d'ordre magique, c'est le moment de le signaler.

— J'ai côtoyé des mages, mais ils ont tous fait l'effort de réprimer leur énergie en ma présence, mentit-elle.

Il fronça les sourcils.

— Je suppose qu'on ne pouvait pas en espérer beaucoup plus. Installez-vous, nous allons évaluer les dégâts.

Il l'orienta vers le banc de pierre installé devant la fontaine et elle s'y assit sans un mot. Aussi inquiète de son verdict qu'elle l'avait été à huit ans, mais pas pour les mêmes raisons : cette fois-ci, elle jouait sa crédibilité.

Elle ferma les yeux et s'efforça d'adopter une respiration régulière pour masquer sa nervosité. Un picotement lui envahit le crâne quand la paume froide du mage se posa sur son front. Cela ressemblait aux maux de tête ressentis après ses déboires magiques, maintenant qu'elle y réfléchissait. En plus léger, comme si Mauriel ne faisait que l'effleurer de son énergie.

Les secondes s'écoulèrent dans une lenteur désespérante jusqu'à ce qu'il retire sa main.

Retour

— Rien d'anormal, statua-t-il. Vous avez eu beaucoup de chance.

La tension qui s'était accumulée dans les épaules d'Élyne se relâcha. Elle rouvrit les yeux, sans oser y croire. Les magies de Darel et de la princesse l'avaient rendue malade, à deux reprises. N'avaient-elles laissé aucune trace ou les biais induits étaient-ils trop discrets pour être détectés ? À moins que la puissance de ses pouvoirs prophétiques ait atténué l'impact des contacts.

— Vous m'en voyez ravie, commenta-t-elle posément.

Il lui restait une ultime épreuve à affronter avant la fin de la journée : convaincre Tinavia de sa bonne foi. Après tout ce qu'elle lui avait asséné avant son évasion, elle allait devoir jouer serré.

Mauriel lui jeta un dernier regard avant de reculer pour la laisser se relever.

— Vous pouvez disposer, lui annonça-t-il, je ferai mon rapport à la supérieure quand elle en aura terminé avec votre sauveteur danavien.

— Que dois-je faire d'ici là ?

Il esquissa un geste agacé.

— Voyez ça avec vos protecteurs, ils ont sûrement reçu des instructions à ce sujet.

Élyne s'éclipsa avant de l'irriter davantage. Ses trois gardes l'attendaient et l'escortèrent sans un mot jusqu'à une salle de bains désaffectée, dans une aile reculée du bâtiment. On cherchait toujours à l'éloigner des autres initiés. Des serviteurs lui portèrent des bassines fumantes, elle profita de l'occasion pour se débarrasser de la sueur et de la crasse du voyage. Elle s'immergea ensuite entièrement dans l'eau chaude, espérant soulager la raideur de ses muscles. Après plusieurs jours de bivouac et de chevauchées, elle se sentait plus moulue que jamais.

Quand Élyne s'extirpa de l'eau, la peau fripée par sa baignade prolongée, son uniforme danavien s'était volatilisé. Il ne restait plus rien de sa fuite… Heureusement que personne ne pourrait lui retirer ses souvenirs, elle chérirait chacun d'entre eux pendant les prochains mois. Les dragons et Darel l'avaient aidée à oublier son statut d'oracle à exploiter, elle s'était enfin sentie exister pour elle-même.

L'une de ses anciennes robes trônait sur une chaise, à côté d'une étole immaculée. Elle réprima une grimace de dégoût, se rhabilla sans un mot et patienta dans la salle humide.

Deux soldats finirent par se manifester, ils l'escortèrent jusqu'au bureau de la supérieure. La nervosité d'Élyne grimpa en flèche, mais elle s'efforça de la dissimuler derrière de lentes inspirations.

— Eh bien, Élyne, vous voilà plus présentable ! la salua de nouveau Tinavia. Asseyez-vous, je vous en prie.

Elle s'installa sur le siège le plus proche. Trois protecteurs se déployèrent aussitôt dans son dos. Toutes ces simagrées la hérissaient déjà.

— Vous nous devez quelques explications, reprit la supérieure, je vous écoute.

Élyne laissa son attention dériver vers le mobilier pour éviter de croiser son regard. Le coffre où Tinavia rangeait ses fournitures avait été ciré depuis son dernier passage, mais pas le cadre de la fenêtre. Côté étagères, les piles de livres étaient toujours aussi nombreuses.

— Par où souhaitez-vous que je commence ? demanda-t-elle finalement. Ma fuite, ou la version que j'ai proposée au lieutenant Voklan quand je suis tombée sur son unité ?

— Comme vous le voudrez.

Tinavia croisa les bras et s'appuya contre le dossier de son fauteuil, sans cesser de la dévisager.

— Je me suis enfuie par les toits, avoua Élyne en se forçant à relever les yeux.

Ils devaient s'en douter, elle avait disparu en abandonnant la fenêtre grande ouverte derrière elle. Hors de question qu'elle leur parle des dragons, mais son trajet de retour lui avait laissé tout le temps nécessaire pour peaufiner ses mensonges.

— J'ai grimpé par la corniche et je suis redescendue de l'autre côté. J'ai ensuite traversé les jardins pour rejoindre la ville.

— Vous voulez vraiment me faire croire que vous avez escaladé les bâtiments sans complicités ? l'arrêta Tinavia. Ne soyez pas ridicule !

— J'ai agi de manière stupide, sous l'emprise de la colère. Monter sur les toits n'est pas si difficile, quand on néglige le risque de se rompre le cou.

Une lueur d'hésitation traversa le regard de la supérieure.

— Admettons pour le moment. Et ensuite ?

— J'ai négocié avec un marchand sur le point de quitter la ville, mentit Élyne. J'ai prétendu vouloir fuir un oncle qui me battait, il m'a crue et a accepté de m'aider. Nous sommes partis au petit matin, avant que les avis de recherche soient diffusés.

Tinavia l'invita à poursuivre d'un geste de la main.

— Les choses se sont gâtées la nuit d'après. Je n'avais pas pensé à l'influence qu'auraient les étoiles sur moi et je suis tombée en transe. Enfin, c'est ce que je suppose, parce que quand je me suis réveillée, le marchand me fixait d'un regard étrange.

Elle se força à frissonner pour rendre son discours plus crédible.

— J'ai cru qu'il allait me ramener à Sarano, mais il avait d'autres plans en tête. Il a poursuivi son trajet en direction de la frontière. Le lendemain, il m'a demandé de lui fournir de nouvelles prophéties. La météo ne s'y prêtait pas, il a malheureusement refusé de l'entendre. Il m'a frappée et m'a attachée dans son chariot. C'est à ce moment-là que j'ai compris que j'avais perdu le contrôle de la situation.

Élyne s'interrompit, des sanglots dans la voix. Elle n'aurait jamais cru feindre la détresse de manière si convaincante.

— Et ensuite ?

— Je me suis enfuie. Mes liens n'étaient pas très serrés, j'ai pu les faire glisser et m'esquiver. J'ai aussitôt quitté la route et mis autant de distance que possible entre nous deux.

— Un choix stupide, tonna Tinavia, vous avez de la chance d'être encore vivante ! Le lieutenant m'a expliqué qu'il vous avait trouvée malade et dans un piètre état, mais je n'imaginais pas que vous aviez agi de façon aussi insensée.

Élyne ouvrit la bouche pour s'indigner, mais son interlocutrice ne lui en laissa pas le temps.

— Vous auriez dû rebrousser chemin jusqu'à tomber sur d'autres voyageurs, qui vous auraient ramenée ici en toute sécurité. Si Darel Voklan n'avait pas campé dans les champs, vous seriez morte de froid ou d'épuisement.

Élyne se recroquevilla sous les critiques et baissa les yeux. Au moins, son histoire semblait crédible. La supérieure ne se serait pas fatiguée à lui crier dessus si elle n'avait pas cru à sa fable.

— Et ensuite ? s'enquit Tinavia. Qu'avez-vous révélé à Darel Voklan ?

— Ce qu'il avait besoin de savoir. Je lui ai dit que j'étais une initiée du Sanctuaire, qu'un homme avait tenté de me retenir contre mon gré et que je m'étais échappée. Je ne suis pas entrée dans les détails de mon départ de Sarano. Pourquoi l'aurais-je fait ? Je n'avais rien à y gagner.

La supérieure plongea son visage dans ses mains et resta silencieuse un long moment avant de relever la tête.

— Je suppose que le pire a été évité, puisque vous avez préservé la réputation du Sanctuaire et vos capacités prophétiques. Vous nous communiquerez ce soir la description de votre marchand, nous publierons un avis de recherche pour le retrouver.

Élyne acquiesça sans ciller. Elle leur dresserait un portrait générique, prétendrait ne reconnaître aucun des suspects qu'on lui présenterait et cesserait de s'en préoccuper.

— Vous m'autoriserez donc à reprendre ma place ici ? demanda-t-elle d'une petite voix.

Elle tressaillit sous le regard suspicieux de Tinavia. En faisait-elle un peu trop ?

— Puis-je savoir ce qui vous a valu ce revirement d'opinion ?

— Si je dois être exploitée pour mes prophéties, autant l'être dans le confort d'un endroit que je connais. Vous m'aviez promis des privilèges si je coopérais.

Elle releva la tête pour affronter les prunelles inquisitrices de la supérieure. Cette dernière la fixait toujours avec intensité.

— Si vous acceptez nos conditions, nous pourrons discuter de certains arrangements. Mais ce que je vous avais annoncé reste d'actualité : vous ne quitterez plus l'enceinte du Sanctuaire.

Élyne détourna les yeux et acquiesça. Elle deviendrait la sage petite marionnette qu'ils désiraient voir en elle, en cachant de son mieux la révulsion que cette idée lui inspirait. Ce ne serait que partie remise.

— Je vous écoute, reprit Tinavia. Que souhaitez-vous négocier ?

— L'autorisation de circuler librement dans les bâtiments. Et je voudrais aussi des explications sur la façon dont mon don fonctionne. C'est une part de moi qui m'est étrangère, j'ai besoin de la comprendre pour l'accepter.

Tinavia la dévisagea longuement.

— Pour les bâtiments, nous pourrons l'envisager en vous faisant accompagner d'une escorte.

Élyne acquiesça, sans grand enthousiasme. Elle ne pouvait pas s'attendre à ce qu'ils se fient à elle après son évasion.

— Et pour le reste ?

— Que voudriez-vous apprendre, exactement ?

Sa liste de questions ne désemplissait pas. Depuis quand savaient-ils qu'elle deviendrait une oracle ? Connaissaient-ils l'identité de ses parents ? Comment pourrait-elle contrôler ses pouvoirs ? Elle n'osait cependant les poser. Pas avant d'avoir regagné la confiance de Tinavia.

— À quoi ressemble une prédiction, vue de l'extérieur ? demanda-t-elle à la place. Mes transes laissent de vastes trous dans ma mémoire, j'aimerais les combler. Ah, oui, et autre exigence : Lyvia n'assistera plus à mes prophéties. Trouvez-vous un nouvel espion.

Un fin sourire étira les lèvres de la supérieure.

— Cela, au moins, ne sera pas difficile. Elle est partie en fin de semaine dernière.

Retour

Élyne en resta stupéfaite. Lyvia, renoncer à son statut d'initiée ? Ça ne lui ressemblait pas du tout. Sa famille ne pourrait jamais lui offrir le train de vie auquel elle s'était habituée...

— Pourquoi ? balbutia-t-elle.

— Officiellement, elle a demandé une nouvelle affectation pour changer d'air et j'ai accepté de la laisser rejoindre l'équipe de recrutement chargée du sud de l'empire. Plus honnêtement, elle s'est montrée incapable de tenir ses engagements, je n'avais d'autre choix que de m'en séparer.

C'était bien joué de la part de Tinavia : elle écartait Lyvia tout en s'assurant de son silence. Élyne pouvait faire une croix sur ses espoirs d'explications.

— Et Sevan ? demanda-t-elle, sans trop savoir quoi attendre à son sujet.

— Voulez-vous qu'il soit exclu ? s'enquit Tinavia sans ciller.

Élyne secoua la tête. Il l'avait trahie alors qu'elle l'aimait, mais ce n'était pas une raison pour briser son futur. D'autant plus s'il avait agi pour aider ses parents.

Tinavia la gratifia d'un mouvement de tête appréciateur.

— Comme vous le souhaiterez. Nous pouvons aussi lui interdire de vous contacter, si vous préférez.

— Ce serait très bien.

Cette décision lui laisserait le temps de réfléchir à ce qu'elle voulait faire de sa relation avec son ancien compagnon. La confiance était rompue et ils ne se remettraient jamais en couple, mais ils pourraient peut-être construire quelque chose de différent, quand elle s'y sentirait prête.

— Pour en revenir aux prophéties, reprit la supérieure, vous seriez déçue de vous observer. Vos transes ne cachent que de longs moments de silence, entrecoupés de paroles décousues.

— Serait-il envisageable que j'assiste aux prédictions de quelqu'un d'autre, pour m'en convaincre par moi-même ?

Tinavia pinça les lèvres. Elle ne lui révélerait jamais les identités des oracles qui s'ignoraient, mais elle avait parlé d'Anise lors de leur discussion précédente…

— Peut-être d'ici quelques mois, en fonction de la façon dont les choses auront évolué. Il ne faudrait pas que le contenu des visions de vos collègues affecte votre propre manière de faire. Obtenir des prophéties objectives est moins facile qu'il y paraît.

Cette excuse ressemblait furieusement à un mauvais prétexte, mais Élyne n'était pas en position de protester.

— Me laisserez-vous au moins accéder aux textes de mes prédictions ? Si je les ai énoncées moi-même, je ne vois pas en quoi elles pourraient m'influencer.

— Si vous vous montrez coopérative pendant les premières séances, nous vous fournirons des comptes rendus, concéda Tinavia avec une touche d'agacement. Et ce sera tout pour le moment.

Son ton sans appel dissuada Élyne d'insister.

— Les protecteurs vont vous ramener à votre nouvelle chambre, annonça la supérieure, nous vous y ferons porter vos prochains repas. Les privilèges dont nous avons discuté entreront progressivement en vigueur après vos premières prophéties.

Printemps

Chapitre 16

Pactes

Élyne jeta un coup d'œil à travers la serrure de sa chambre. Le protecteur en faction s'était affalé sur son siège et somnolait. Parfait.

Elle enfila un épais gilet de laine, contourna le lit et ouvrit en grand sa fenêtre. Une vague de froid s'engouffra aussitôt dans la pièce. Elle passa le bras à travers les croisillons de fer forgé pour signaler sa présence.

— Flocon ? Est-ce que tu es là ? appela-t-elle à voix basse.

Cela faisait deux jours qu'elle n'avait pas vu le dragon blanc, mais il reviendrait. Il revenait toujours.

Un battement d'ailes lui donna raison quelques minutes plus tard. Le minuscule reptile se posa sur le rebord de sa fenêtre et se blottit contre ses doigts avant de s'ouvrir à elle. Son enthousiasme, sa joie tout comme le plaisir des retrouvailles comblaient la solitude d'Élyne.

Deux autres petits dragons se joignirent à eux. Le bleu était un habitué des lieux, mais elle ne reconnut pas le rouge. Un nouveau de passage ? Les pensées intriguées qu'il lui envoya semblaient le confirmer. L'existence d'une humaine sans magie – qu'on pouvait donc toucher sans douleur – continuait visiblement d'attiser les curiosités.

En tendant le cou contre la grille, elle découvrit qu'une aile brune dépassait également du toit. Ses amis étaient venus nombreux. Elle leur ouvrit son esprit et tenta de projeter le plaisir qu'elle éprouvait à se trouver parmi eux. De ce qu'elle avait compris, ils pouvaient tous percevoir ses pensées à cette distance. Seuls ceux qui la touchaient pouvaient néanmoins lui répondre, l'esprit d'Élyne devait être moins réceptif que les leurs.

Une pensée insistante la tira de son cocon de joie. Flocon la dévisageait avec intensité et il avait raison. S'ils traînaient trop, ils risqueraient de se voir interrompus, comme deux semaines plus tôt. Avoir négocié une chambre à l'écart et sans vis-à-vis lui permettait de garder le secret sur ces regroupements inhabituels, mais ça ne la protégeait pas de toutes les sollicitations du Sanctuaire. Élyne devait rester en alerte et disperser ses amis au moindre bruit de visiteur en approche.

— Je suis prête, annonça-t-elle avec un sourire. Vous essayez de me les envoyer dans l'ordre ?

Elle se prépara à réceptionner le flux d'images. La moisson nocturne s'avéra fructueuse, des visions de soldats en uniformes exotiques et de lourds bateaux s'entremêlèrent dans sa tête. La bataille qu'elle avait prédite à l'émissaire du duc Adric Neto, sûrement. L'homme était venu deux jours plus tôt s'enquérir des routes maritimes les moins dangereuses pour sa flotte commerciale.

Les dragons étaient d'une grande aide pour reconstituer le détail de ses prédictions. Les pensées diffusées par les oracles lors des transes prophétiques leur plaisaient énormément

– ou du moins c'est ce qu'Élyne avait déduit des ressentis de Flocon – et ils les gardaient ensuite en mémoire pendant plusieurs semaines, bien assez longtemps pour les partager avec elle.

Élyne n'était pas sûre de comprendre en quoi les prédictions différaient des autres pensées humaines, Flocon se contentant de lui envoyer une sensation d'euphorie quand elle posait la question. Cette attirance pour les transes expliquait en tout cas le nombre inhabituel de dragons à Sarano – et sur les toits du Sanctuaire.

Elle se concentra sur la retransmission du jour. Des corsaires se tenaient en embuscade sur la côte est, à la sortie d'un golfe. Les marchands s'étaient regroupés juste derrière un phare aux multiples facettes de verre, prêts à tomber dans le piège. Et les images s'arrêtaient net.

Cette prophétie-là collait donc parfaitement à la transcription fournie par Tinavia la veille. Tout cela ne l'avançait pas beaucoup.

Elle ignorait toujours sur quels critères la supérieure tronquait les prédictions vendues aux clients. Certaines ne correspondaient pas aux transcriptions, les dragons le lui avaient confirmé. Il s'agissait souvent de batailles, mais pas seulement et pas toutes. Les nationalités des commanditaires variaient presque autant que les issues pronostiquées.

Deux mois plus tôt, le Sanctuaire avait encouragé l'armée du royaume trasien à marcher sur sa frontière sud, sans attendre l'approvisionnement envoyé depuis le Nord par son voisin danavien. La prophétie oubliait de mentionner que certaines menaces militaires servaient de leurres.

Quelques semaines plus tard, l'ambassadeur de l'empire toséen avait été trompé à son tour. Venu par bateau depuis le continent occidental, il cherchait une épouse étrangère pour le fils de son dirigeant. Plusieurs candidates avaient été évoquées : la princesse de Danavie, une cousine de l'impératrice d'Aral, deux petites-filles de la reine de Valeans et une quinzaine d'autres nobles. La supérieure avait orienté le jeune homme vers la cousine araléenne, des fiançailles avaient été annoncées dans la foulée. Les dragons avaient néanmoins révélé à Élyne l'intérêt du roi Keral et de sa rivale de Valeans. Pourquoi avoir favorisé Theresa de la sorte ?

La question de la dernière demande danavienne se posait également. Le cœur d'Élyne avait bondi quand on lui avait signalé l'arrivée d'un nouvel émissaire, juste après le redoux printanier. Elle avait cependant déchanté en découvrant le général Enas Voklan. Il s'était montré désagréable durant tout l'entretien, loin du charme et de la spontanéité de Darel. Élyne avait ressenti une jubilation mesquine à le voir repartir mécontent. Cette fois-ci, la transcription tranchait en défaveur de l'attaque, en passant sous silence la présence de plusieurs zones valeansiennes mal défendues.

Ces trois fraudes-là étaient avérées. Élyne suspectait d'autres falsifications, mais il était difficile de s'y retrouver parmi la trentaine de prophéties émises depuis son retour. Qui plus est, la correspondance entre les perceptions des dragons et les transcriptions n'était jamais parfaite, ce qui compliquait sa tâche.

Elle avait plus que jamais besoin de preuves pour étayer ses accusations. De documents officiels, si possible porteurs du sceau du Sanctuaire. Le bureau de la supérieure était cependant trop bien gardé pour qu'elle s'y introduise de nouveau. Sans même parler des protecteurs qui la suivaient comme son ombre.

Flocon lui renvoya sa perplexité en écho et Élyne se secoua. Ses divagations perturbaient ses amis.

— Désolée, s'excusa-t-elle à voix haute. Je réfléchissais à la suite, mais vos comptes rendus m'aident déjà beaucoup.

Elle partagea sa gratitude en pensée et de nombreuses réponses enthousiastes lui parvinrent. Les dragons la voyaient plus belle et rayonnante qu'elle ne le deviendrait jamais, Élyne avait mis longtemps à s'y habituer. Elle avait de la chance de les avoir.

Dire qu'elle ne les aurait jamais rencontrés sans sa chute sur les toits… Flocon avait confirmé son incapacité à identifier les oracles, son attirance pour les transes ne lui permettant pas de déterminer leur provenance avec précision. Aucun dragon ne se serait jamais hasardé à la toucher si elle n'avait pas initié le contact, le risque de se faire mal avec de la magie était trop grand. À croire que les dieux – et Lovan en particulier – les avaient mis sur son chemin pour compenser les trahisons de Lyvia et Sevan.

Flocon l'arracha à ses pensées en partageant avec elle plusieurs images de la supérieure, attablée devant une pile de documents. Il avait dû rebondir sur ses réflexions précédentes…

— C'est ça, s'amusa-t-elle. Il me faut ces papiers. Mais ne vous en faites pas, je me débrouillerai.

En attendant, elle devait déjà remercier ses amis pour leur présence ainsi que pour leurs visions. Élyne ferma les yeux et s'efforça de retrouver la sensation de vertige qu'elle éprouvait devant un ciel étoilé, à mi-chemin entre méditation et émerveillement. Elle n'était jamais parvenue à émettre de prophétie en plein jour, mais ses tentatives emplissaient les dragons de joie et cela lui suffisait.

Elle s'interrompit quand la morsure du vent devint trop intense. Ses expérimentations lui avaient malheureusement montré une meilleure fluidité des communications avec un contact peau à écaille, impossible de porter des gants. Elle se résigna à couper le lien mental et ramena ses bras à l'intérieur, en prenant soin de ne pas bousculer le reptile rouge installé sur le rebord.

Une fois la fenêtre refermée, Élyne réchauffa ses mains sous son gilet et poussa un long soupir frustré. Pour avancer dans ses recherches, il ne lui restait plus d'autre choix que d'affronter son passé. Elle était restée à l'écart de Sevan depuis son retour, mais la douleur de sa trahison s'était estompée. Pouvait-elle lui en vouloir d'avoir choisi de protéger sa mère ?

Elle rajusta les pans de sa robe, prit une grande inspiration et poussa la porte. Le garde affalé dans le couloir sursauta en la voyant débouler.

— Je vais à la bibliothèque, l'informa-t-elle.

À cette heure, elle y trouverait la majorité des initiés. Elle fonça tête baissée vers l'escalier le plus proche. Son escorte s'empressa de lui emboîter le pas.

L'homme en faction devant la bibliothèque s'écarta sans un mot en les apercevant. Élyne se fraya un chemin à travers les chaises et les tables surchargées de livres, jusqu'à atteindre le département des langues. Sevan s'y était réfugié, comme elle l'avait espéré. Une nuée de chuchotements suivit son avancée. Les initiés aimaient toujours autant se préoccuper des affaires des autres…

Le bruit attira l'attention du jeune homme, qui leva enfin les yeux de son livre. Il blêmit, pâle copie de l'étudiant au visage rieur dont elle était tombée amoureuse des années plus tôt.

— Bonsoir Sevan. Est-ce que je pourrais te parler ?

Il jeta un regard gêné à la foule.

— Bonsoir Élyne. Bien sûr. Maintenant ?

— Si ça ne te dérange pas.

Il rassembla rapidement ses affaires et la suivit jusqu'à la porte, où les deux protecteurs leur emboîtèrent de nouveau le pas.

— Où veux-tu aller ?

Elle hésita. Sevan se ferait de fausses idées si elle l'invitait dans sa chambre, mais elle tenait à lui parler en privé.

— Dans les jardins, décida-t-elle.

En extérieur, son escorte aurait plus de mal à espionner leur conversation.

— Il se fait tard, protesta aussitôt le garde.

— La nuit n'est pas encore tombée, rétorqua-t-elle. Et aux dernières nouvelles, les jardins font partie des zones qui me sont autorisées.

L'homme se rembrunit, mais un sourire se dessina sur les lèvres de Sevan.

— Laissez-moi au moins le temps de sécuriser l'endroit.

Élyne leva les yeux au ciel.

— Comme si je pouvais vous en empêcher. Dépêchez-vous !

Ils descendirent jusqu'au rez-de-chaussée, recrutant deux nouveaux protecteurs au passage. Leur escorte ressemblerait bientôt à une petite armée… Élyne se mura dans le silence pendant la durée du trajet, tout en étudiant l'expression de Sevan. Un mélange d'appréhension et de curiosité. Il devait se demander ce qu'elle lui voulait. Filerait-il de nouveau rapporter ses questions à la supérieure ? Elle ne pouvait malheureusement pas négliger cette possibilité.

Une éternité plus tard, les gardes leur ouvrirent enfin l'accès aux jardins. Le jour déclinait, mais on y voyait encore très bien. Élyne s'engagea entre deux massifs de fleurs, de manière à s'éloigner au plus vite des bâtiments. Les protecteurs se déployèrent autour d'elle, mais à une distance suffisante pour qu'elle se sente libre de parler.

— Je suis désolée que ça leur ait pris autant de temps, soupira-t-elle en se tournant vers Sevan. J'espère que tu n'avais rien de prévu pour la soirée.

Il secoua la tête.

— Tu n'as pas à t'excuser auprès de moi. Pas après tous mes mensonges de la dernière fois.

Élyne n'aurait pas imaginé une reconnaissance aussi rapide de ses torts.

— Ce n'est pas de cela que je souhaitais discuter. Enfin, pas exactement. Est-ce que tu pourrais m'en dire plus sur la façon dont mon don fonctionne ?

La question était assez neutre pour ne pas alerter la supérieure, dans l'hypothèse où elle parviendrait à ses oreilles.

— Qu'est-ce que tu veux dire par là ?

— Depuis quand sais-tu que je suis une oracle ? Que connais-tu de mes pouvoirs et de la manière dont ils sont apparus ?

Le front de Sevan se plissa, il resta silencieux un long moment. Ils contournèrent une rangée d'arbres fruitiers et s'engagèrent dans l'allée voisine avant qu'il se décide à reprendre la parole.

— C'était une ou deux semaines après notre premier baiser. La supérieure m'a convoqué dans son bureau et m'a annoncé que tu risquais de développer des dons d'oracle. Elle ignorait sous quelle forme ils se manifesteraient, mais elle m'a ordonné de lui signaler tout signe suspect. Je devais aussi poursuivre ma relation avec toi comme si de rien n'était.

Il détourna le regard et Élyne laissa le regret l'envahir. Ils avaient été si heureux, à cette période-là. Tinavia avait vraiment tout gâché.

— Ses instructions me paraissaient extrêmement hypothétiques, reprit Sevan, et je me suis empressé de les oublier. Jusqu'à cette soirée où on s'est glissés dehors pour admirer les étoiles. Tes yeux sont partis dans le vague et tu t'es mise à monologuer. Je suis resté pétrifié, sans savoir comment réagir. Pendant ce temps, Lyvia a sorti un carnet, noté tes paroles et filé chez la supérieure.

Élyne lui fit signe de poursuivre. La gêne de Sevan l'avait étonnée cette nuit-là, mais elle avait accepté son refus d'y retourner sans poser de questions. Ce qu'elle avait pu se montrer naïve ! Il confirmait en tout cas ses craintes : Tinavia connaissait son statut d'oracle bien avant les premières manifestations de ses pouvoirs.

— À partir de là, j'ai fait le pire choix possible, reconnut-il. Tenter de contenter tout le monde. J'ai gardé le silence et évité d'assister à tes prophéties suivantes, convaincu de pouvoir sauver notre couple si je ne participais pas activement aux machinations de la supérieure.

— Comment Tinavia savait-elle que je deviendrais une oracle ? demanda Élyne après quelques secondes de silence. Est-ce que mes parents en étaient ?

— Elle ne m'a rien dit à ce sujet, désolé.

Ça aurait été trop facile.

— Merci quand même pour tes réponses.

Il haussa les épaules.

— C'est le moins que je puisse faire pour essayer de me racheter.

Élyne frémit. Jusqu'où lui accorderait-elle sa confiance ?

— Tu n'as pas peur que Tinavia te reproche d'en avoir trop révélé ?

Il secoua la tête.

— Elle m'a donné l'autorisation de te raconter cela. Si tu veux tout savoir, elle m'a également ordonné de renouer avec toi dès que tu m'en offrirais la possibilité. Elle espère que tu finiras par reprendre notre relation.

Élyne se figea.

— Et ça aussi, elle t'a permis de me le dire ?

L'ombre d'un sourire apparut sur les lèvres de Sevan.

— Non, mais tu mérites de connaître la vérité. D'autant plus que tu joues à un jeu dangereux.

— Pourquoi donc ? J'obéis aux moindres caprices de la supérieure et elle le sait parfaitement.

— Elle le sait si bien qu'une armée de protecteurs suit tous tes déplacements.

Il appuya sa remarque d'un regard en coin vers leur escorte. Élyne haussa les épaules et reprit son avancée.

— Elle finira par se lasser. D'ailleurs, elle ne surveille pas Anise d'aussi près.

Il secoua la tête.

— Toi et Anise êtes très différentes. Ne vois-tu pas ce qui vous distingue ?

— Je suis bien plus performante qu'elle ?

Il ricana.

— C'est probable, mais ce n'est pas à ça que je pensais. Anise a besoin du Sanctuaire, toi pas.

Élyne fronça les sourcils.

— Je ne comprends pas.

Elle s'était désintéressée de la vieille oracle après avoir

assisté à une séance de ses prophéties, aussi rébarbative que désagréable. Anise l'avait perçue comme une rivale et s'était montrée odieuse d'un bout à l'autre de la soirée.

— À quoi est-ce qu'elle passe ses soirées ? insista Sevan.

— À consommer des drogues et à s'envoyer en l'air avec les jeunots de la maison des plaisirs ?

— Exactement. Elle ne peut plus s'opposer à Tinavia, de peur de se voir retirer ces loisirs coûteux.

Élyne se crispa. Cette conversation prenait un tour très désagréable.

— Quel rapport avec moi ?

— Il faudrait être aveugle pour ne pas remarquer ton manque d'enthousiasme, tu t'étioles et dépéris de semaine en semaine. La supérieure a cessé toute recherche de ton soi-disant ravisseur, mais elle ne se demande pas *si* tu vas chercher à fuir, elle se demande *quand* tu t'y essaieras. Elle fera tout son possible pour te forcer à dépendre du Sanctuaire dans les prochains mois.

— Comment est-ce que tu sais tout cela ?

— Je te l'ai dit, elle m'a ordonné de te reconquérir. Elle m'accordera quelques semaines pour faire mes preuves maintenant que tu m'as recontacté, mais elle se lassera vite. Elle tentera ensuite de t'attacher à quelqu'un d'autre, que tu n'oserais pas abandonner derrière toi. Et si elle n'y parvient pas, elle droguera ta nourriture ou tes boissons. Tinavia n'est pas femme à renoncer. Pas plus que toi, c'est pour ça qu'elle te craint autant.

Élyne sentit le sang se drainer de son visage.

— C'est impossible, objecta-t-elle quand même. Elle a besoin que je comprenne les demandes des clients pour orienter mes prophéties. Même Anise ne consomme pas ses poudres pendant les heures de travail.

— Tes prédictions perdraient en précision, c'est pour cela que Tinavia n'y viendra qu'en dernier recours. Mais elle s'y résoudra, n'en doute pas.

Ce raisonnement sonnait malheureusement trop juste pour être erroné. Ils continuèrent de déambuler entre les arbustes, dans un silence pesant.

— Tant qu'on en est à parler de Tinavia, reprit-il finalement, que voudras-tu que je lui raconte ?

— Comment ça ?

— Elle va me convoquer dans la soirée pour exiger un compte rendu de notre conversation, pourquoi crois-tu que tes protecteurs ont accepté de nous laisser autant d'espace ?

Évidemment.

— Dis-lui que je tenais à mettre les choses au clair après notre dispute de l'automne, mais que je ne suis pas sûre de ce que je veux pour la suite.

Un résumé assez proche de la vérité pour rester crédible, mais Tinavia ne se satisferait pas longtemps de rapports aussi vagues. Élyne allait devoir se préoccuper plus sérieusement de l'image qu'elle renvoyait. Comme si elle n'avait pas déjà assez de problèmes…

— Un dernier point, déclara Sevan. Ça n'excuse pas mes mensonges, mais je préfère quand même te le dire : je suis toujours amoureux de toi.

Élyne retint une grimace. Le souvenir de la soirée où elle s'était endormie dans les bras de Darel traversa son esprit, comme pour la narguer. Elle s'était sentie si détendue, confortablement lovée contre son épaule… Elle ne reverrait peut-être jamais le lieutenant, mais c'était le genre d'instant intime qu'elle ne pourrait plus partager avec Sevan. La confiance absolue de leurs premiers amours avait volé en éclats suite à sa trahison.

Le moment paraissait cependant mal choisi pour lui asséner cette vérité. Connaissant Sevan, il pouvait très bien lui avoir tout révélé dans l'espoir qu'elle s'estime redevable et accepte de reprendre leur relation. Elle allait devoir peser soigneusement ses mots pour éviter de le braquer.

— Comme tu le dis, ça n'excuse pas tes mensonges, déclara-t-elle finalement. Il va me falloir du temps pour réfléchir à tout ce que tu m'as raconté.

Chapitre 17
Mondanités

Les dîners avec ses parents représentaient l'un des aspects les plus fastidieux du retour de Darel à la capitale. Il s'estimait chanceux ce jour-là, son père avait été retenu à la cour par des obligations de dernière minute. Sa mère ne le laisserait pas profiter d'un repas tranquille pour autant.

Elle avait une fois de plus exigé des serviteurs qu'ils dressent la grande table et sortent l'argenterie. Les apparences par-dessus tout, même pour un tête-à-tête avec son fils. Habitué à ses lubies, Darel avait revêtu son uniforme de cérémonie avant de la rejoindre. Il ne l'avait jamais autant porté que depuis l'automne, mais l'habit lui épargnait toute réflexion désobligeante sur sa garde-robe.

Heureusement que son familier se démenait pour lui changer les idées. Sara était confinée à l'étage pendant les repas depuis son coup d'éclat du mois précédent – elle avait fait trébucher un serviteur, qui avait renversé sa soupière sur le général –, mais ses commentaires acerbes rompaient la monotonie des conversations.

Ce soir-là, sa mère s'était choisi une robe de velours violet aussi impeccable que fastueuse. Ses cheveux d'un noir de jais, lustrés avec soin, étaient relevés de manière à dissimuler le poids des années. Elle tapota sa cuillère contre son verre à l'intention des domestiques. Deux femmes en uniforme sombre s'empressèrent de leur présenter le premier plat, un potage aux légumes.

— Eh bien, Darel, comment ta journée s'est-elle déroulée ? s'enquit sa mère en reportant son attention sur lui.

Il rêvait d'un repas silencieux, mais toute tentative en ce sens la mettrait de mauvaise humeur, il se prêta donc à l'échange de banalités entre deux bouchées.

— Très bien, merci de vous en préoccuper. Et la vôtre ?

— J'ai déjeuné avec la comtesse Delenna ce midi. Elle m'a demandé de tes nouvelles.

Sara ponctua la phrase d'un sifflement mental blasé.

Vois le côté positif, s'amusa Darel, *c'est une conversation à laquelle je suis content d'avoir échappé. Tu crois qu'elles ont encore parlé de mariage ?*

Les rumeurs persistantes au sujet de son union avec Aklune ne suffisaient pas à décourager l'armée de soupirantes qui aspiraient au titre de duchesse et l'assignation de Darel à Dangor avait aggravé les choses. Sa mère déclinait néanmoins toutes les offres, dans l'espoir qu'il finisse effectivement fiancé à la princesse.

— La nièce de la comtesse cherche un cavalier pour le bal de la semaine prochaine, poursuivit-elle. Elle se demandait si tu avais déjà promis tes danses.

Traquenard ! commenta Sara.

C'est évident, reconnut Darel, *mais je risque de ne pas pouvoir esquiver celui-là.*

Mondanités

Il n'avait aucune envie de se rendre à la réception, mais sa mère ne tolérerait aucune absence. Le moment était mal choisi pour la défier : tout manquement reviendrait aux oreilles du roi, qui devait être en train de déterminer les nouvelles affectations militaires.

À ton avis, qu'est-ce qu'on peut espérer comme destination ?

Mer ! s'enthousiasma Sara.

Pas étonnant, elle avait adoré barboter dans les vagues quand ils avaient été envoyés dans les étendues sableuses de la côte sud, deux ans plus tôt. C'était autre chose que le port de Dangor.

On y retournera un jour, promis.

— Je n'ai pas eu le temps de me préoccuper du bal, répondit-il enfin à sa mère. Ma journée a été bien remplie.

Pour le coup, ce n'était pas un mensonge : entre sa séance d'entraînement à la caserne, sa patrouille dans les rues de la capitale et le défilé réglementaire de la relève, il n'avait pas eu un instant pour lui. Son unité était un modèle de sérieux – et le roi l'avait sûrement remarqué.

— Je m'en étais doutée, poursuivit sa mère d'un ton pincé. J'ai donc pris la liberté d'envoyer une invitation en ton nom à Beltrys Palikan.

Darel manqua de s'étouffer sur sa cuillère de potage, constellant la nappe de taches vertes.

— Vous avez envoyé une invitation à Beltrys en mon nom, répéta-t-il.

Ça, en revanche, il ne l'avait pas vu venir.

— C'est bien ce que j'ai dit.

Problème ? s'inquiéta Sara.

Je ne sais pas trop, avoua-t-il. *Qu'est-ce qui a bien pu lui passer par la tête ?*

Beltrys représentait un beau parti : fille de duc, mais aussi cousine d'Aklune, son père et elle se trouvaient en deuxième et troisième positions dans la ligne de succession. À tout juste dix-sept ans, ses charmes très certains s'épanouissaient pleinement. Sa mère ne s'était cependant jamais souciée de la jolie blonde.

— Pourquoi Beltrys ? s'étonna-t-il.

Il ne doutait pas un instant qu'elle accepterait son offre. Ils n'avaient que trois ans d'écart et épouser un futur duc renforcerait son rang.

— Il est grand temps que quelqu'un se préoccupe de ta descendance, mon garçon. Si je devais attendre que tu prennes les choses en main, rien n'arriverait jamais.

— La princesse…

— Si tu te souciais vraiment de la princesse, vous seriez mariés depuis au moins quatre ans. Aklune est une jeune femme charmante, mais elle n'a aucune intention de se décider dans l'immédiat. Tu vas devoir lui rappeler ton existence.

— Vous voulez que j'accompagne Beltrys au bal pour rendre Aklune jalouse, reformula-t-il.

— En partie, avoua-t-elle sans complexe. Si l'héritière refuse de se prononcer, une alliance avec sa cousine pourrait se révéler intéressante.

Darel retint une grimace. Sa mère se diversifiait dans ses projets matrimoniaux, il allait devoir renouveler ses stratégies d'évitement. Il avait compris très jeune qu'il lui faudrait se marier pour perpétuer la lignée, mais aucune de ses prétendantes ne l'enthousiasmait. Pas même Aklune, dont l'époux devrait s'accommoder du trône et de ses obligations.

Traquenard, répéta Sara, avec toujours autant de véhémence – et une pointe de dégoût.

Que veux-tu, c'est le fonctionnement de la cour. Mais ne t'en fais pas, je trouverai une solution. Il en existe forcément une.

Peut-être pourrait-il s'en sortir en adoptant un cousin issu d'une branche cadette ? La stratégie méritait d'être étudiée.

D'ici là, il accompagnerait Beltrys au bal pour temporiser.

Les jours suivants filèrent trop vite à son goût. Darel travailla du matin au soir, jonglant comme il le pouvait entre ses devoirs militaires et familiaux, sans même trouver le temps de croiser Aklune pour l'avertir.

La soirée fatidique arriva dans la foulée, avec son lot d'habits inconfortables et de nobles à saluer. L'héritière, vêtue d'une longue robe bleu nuit, entra au bras d'un fils de comte rougissant. Elle le délaissa cependant très vite pour se perdre dans des discussions techniques avec d'autres invités. Son désamour pour la danse était connu de tous, plus personne ne s'étonnait de la voir agir de la sorte. Son cavalier ne s'offusqua même pas, trop heureux d'avoir été jugé digne de la princesse.

Darel ne disposait malheureusement pas d'une telle échappatoire. Beltrys le traîna plusieurs heures sur la piste de danse pour tromper son ennui. Ou pour s'afficher un maximum au bras du prétendant de sa cousine.

Des chuchotis bruissaient au passage de leur couple, mais Aklune ne s'en formalisa pas. La princesse les salua même avec chaleur lors de la première pause des musiciens.

— Ne t'éclipse pas trop vite, souffla-t-elle à Darel, il faut qu'on parle.

Il acquiesça discrètement, sous le regard renfrogné de Beltrys. La jeune fille n'avait rien loupé de leur aparté, même si elle en ignorait le contenu. Elle se vengea en le traînant jusqu'au groupe de nobles le plus proche, en pleine discussion autour du buffet de nourriture. Encore des interactions sociales…

Darel répondit poliment aux questions sur son affectation à Dangor et réorienta la conversation sur les productions des armuriers de la capitale. Sa voisine de droite, habile escrimeuse, se lança aussitôt dans un long monologue sur les avantages de l'épée à deux mains. Elle semblait oublier que la plupart des mages préféraient renforcer leur puissance musculaire pour se libérer un bras en défense, mais Darel se garda bien de la détromper.

Diversion ? s'enquit Sara depuis un couloir tout proche.

Les familiers étaient bannis de la salle de bal depuis que certains nobles avaient tenté d'y introduire des rapaces, mais Sara avait tenu à accompagner Darel aussi loin que possible pour le cas où il aurait besoin d'elle – et parce qu'elle adorait explorer les recoins du bâtiment.

J'aurais aimé que tu puisses me tirer de là, mais tu as entendu Aklune ? De toute façon, ça m'étonnerait que tu parviennes à éloigner Beltrys, même avec la magie que je t'ai transmise tout à l'heure. Elle a l'air très motivée pour parader en ma compagnie.

Désagréable, commenta Sara. *Pas marier.*

Darel retint un rire.

Je suis ravi que tu partages mes opinions sur le sujet. N'hésite pas à me prévenir quand tu auras trouvé quelqu'un à ton goût, des fois que !

Élyne, décréta aussitôt Sara. *Courageuse.*

Quelqu'un qui ne soit pas un oracle, corrigea Darel à contrecœur.

Mondanités

Sara avait cependant touché une corde sensible. Des mois plus tard, les regards déterminés et les adorables sourires de la jeune femme le hantaient toujours. Elle lui manquait, il fallait bien le reconnaître, et l'impossibilité de prendre de ses nouvelles n'arrangeait rien.

Il s'était porté volontaire pour retourner à Sarano, mais le roi Keral lui avait préféré son père pour sa dernière prophétie militaire. Pouvait-il vraiment lui en vouloir, après le fiasco de son voyage précédent ? Darel redoublerait d'efforts pour être jugé digne de confiance dans un futur proche.

En attendant, la soirée s'éternisait. Il bascula dans un état second, le visage figé dans un sourire poli, jusqu'au départ d'Aklune. Les invités commencèrent alors à se disperser. Il raccompagna Beltrys à sa calèche puis la regarda disparaître au coin de la rue avant de revenir sur ses pas et de récupérer Sara.

Les gardes postés devant les appartements royaux s'écartèrent pour le laisser passer, des rictus amusés aux lèvres. Les rumeurs devaient s'être répandues dans tout le palais.

Son amie se trouvait dans la volière, en compagnie de ses oiseaux. La pièce tout entière avait été aménagée pour les familiers du souverain et de sa fille, il en émanait une agréable odeur de paille propre. L'aigle de Keral brillait cependant par son absence, la conversation avec Aklune resterait donc privée.

— Tu en as mis du temps, fit remarquer la jeune femme en l'entendant arriver.

Elle posa Sario sur son perchoir et se retourna pour lui faire face.

— Plains-toi, mais ce n'est pas toi qui as dû faire illusion sur la piste de danse toute la soirée.

— Vois ça avec ta mère. Qu'est-ce qui lui est passé par la tête ?

— À ton avis ?

— Encore ses intrigues matrimoniales ? Avec qui essaie-t-elle de te caser maintenant, moi ou Beltrys ?

Ses yeux gris pétillaient d'amusement.

— Toi, bien entendu, mais elle commence à ne plus y croire. Ta cousine lui paraît un substitut acceptable.

Aklune s'esclaffa.

— Je devrais peut-être t'inviter à une ou deux soirées privées, pour la rassurer.

Il secoua la tête, désabusé.

— Elle ne s'en satisfera plus.

Son amie se rembrunit.

— Tu veux dire que si on ne se fiance pas bientôt, elle te trouvera quelqu'un d'autre ?

— Elle y réfléchit activement en tout cas.

Aklune pinça les lèvres.

— J'en parlerai à mon père.

— Je devine déjà ce qu'il te dira.

— Qu'il serait temps que j'assure la succession, bien sûr. Mais je ne suis plus trop sûre de son opinion à notre sujet. Il était furieux contre toi à cause de cette histoire de Sanctuaire, mais tu t'es montré irréprochable depuis et il le sait.

— Et s'il te conseillait de m'épouser, qu'est-ce que tu ferais ? se moqua Darel.

— Serait-ce si terrible ? Nous ne sommes pas amoureux, mais ce n'est pas de cela qu'il s'agit. Et je préférerais partager ma vie avec un ami plutôt qu'un inconnu.

Le sérieux de sa réponse lui arracha une grimace. Cette histoire de mariage devenait bien trop concrète à son goût.

— Réfléchis-y, poursuivit Aklune. Aucun des choix de ta mère ne te convient et tu ne peux pas réellement espérer épouser ton Élyne.

Darel se raidit.

— Ça ne me serait pas venu à l'idée.

— Seulement parce que tu es un mage et elle une oracle. Cette fille t'obnubile depuis ton retour de Sarano. Ce qui n'est pas un problème en soi, d'ailleurs. Tu ne seras ni le premier ni le dernier à t'être épris de quelqu'un d'inaccessible.

Aklune, toujours aussi subtile et délicate. Lui avait-il tant parlé d'Élyne ? Peut-être, en y repensant. Heureusement qu'il pouvait compter sur sa discrétion.

Son amie avait néanmoins raison sur un point : même dans le cas où Élyne réussirait à se tirer des griffes du Sanctuaire, les pouvoirs de Darel les éloigneraient l'un de l'autre.

— Le problème est ailleurs, déclara-t-il pour revenir au sujet initial. Si je t'épousais, je devrais renoncer à ma carrière militaire et m'installer à Dangor.

Seul avec la noblesse, à devoir gérer des montagnes de dossiers… il en cauchemardait par avance.

L'expression de son amie s'adoucit.

— Il y aurait sûrement moyen d'arranger ça, peut-être en embauchant un nouveau conseiller ?

Darel haussa les épaules dans un geste dubitatif. Si l'un des souverains quittait Dangor, l'autre devait superviser les affaires courantes. Tous les conseillers du monde n'y changeraient rien.

— Je te tiendrai au courant, promit Aklune. Pour en revenir à ce dont je voulais te parler, mes parents seront absents deux jours en fin de semaine, ils doivent négocier avec des marchands toséens qui débarqueront sur notre côte sud.

J'aurai besoin de ton aide pour fouiller leur bureau pendant ce temps-là.

Darel manqua de s'étouffer.

— Tu cherches le moyen le plus rapide de te débarrasser de moi, c'est ça ? Je ne pensais pas t'avoir offensée à ce point. Après toutes ces histoires d'oracle, ton père aura ma peau s'il me surprend à fouiner dans ses papiers.

Aklune roula des yeux exaspérés.

— Si j'ai besoin de toi, c'est justement pour rester discrète. Je te convoquerai dans mon bureau en annonçant vouloir régler des affaires privées. Avec les rumeurs de mariage, personne ne s'étonnera que je congédie les secrétaires pour nous donner un peu d'intimité. Je me chargerai de la fouille dans la pièce d'à côté pendant que tu feras le guet avec Sara. Et si quelqu'un nous interrompt, je prétendrai récupérer le contrat de fiançailles de mes parents pour en étudier les clauses.

Infiltrer ! s'enthousiasma Sara. *Furtifs !*

Darel ne partageait pas son entrain. À s'engager dans ce genre de bêtise, il finirait par en ressortir la bague au doigt…

— Qu'est-ce que tu comptes chercher, exactement ?

— Le détail de nos relations financières avec le Sanctuaire de Sarano.

Il retint un juron. Aklune le tenait, il ne pouvait pas lui refuser son soutien. Tout élément susceptible d'aider Élyne était bon à prendre.

— Pourquoi ne pas réclamer ces documents au roi ? demanda-t-il quand même.

— Je l'ai déjà fait, il a détourné le sujet. À deux reprises.

— C'est peut-être une coïncidence.

— À moins qu'il me dissimule des informations. Les prophéties sont réputées très coûteuses et mes parents envoient des émissaires à Sarano tous les ans, j'aurais dû en trouver des traces dans le budget du royaume. Sauf que j'ai épluché les documents des dernières années et qu'il n'y a rien.

Darel en resta bouche bée. La supérieure n'avait pas demandé de paiement lors de son passage à Sarano, il avait simplement supposé que Keral s'en était chargé en avance. Sans jamais se préoccuper de le vérifier, quel idiot ! Aklune détestait la paperasse, mais elle s'était montrée plus efficace que lui sur ce coup-là.

— Très bien, céda-t-il, j'en suis. À condition que tu me tiennes au courant de ce que tu trouveras.

Aider, approuva Sara.

Le visage d'Aklune s'éclaira d'un sourire chaleureux.

— Bien sûr, c'est aussi pour ça que je te veux avec moi. Je t'enverrai ta convocation demain, ta mère ne verra sûrement pas d'objection à te libérer quelques heures si c'est pour me tenir compagnie.

Darel acquiesça d'un air sombre. L'idée de jouer avec ces rumeurs de mariage lui répugnait, mais les informations récoltées par Aklune pourraient en valoir la peine.

Chapitre 18

Secrets

Trois coups secs retentirent sur la porte. Élyne se leva à contrecœur du siège où elle s'était installée pour relire les notes prises pendant sa réunion du matin. À travers la fenêtre, les premières étoiles brillaient dans un ciel inexorablement dégagé. Tinavia devait déjà l'attendre.

— J'arrive, protesta-t-elle quand les coups se répétèrent, laissez-moi juste le temps d'enfiler des vêtements chauds.

Elle s'emmitoufla dans sa cape et attrapa une paire de gants avant de s'engouffrer dans les escaliers. Les deux gardes chargés de sa surveillance la suivirent sans un mot.

Élyne connaissait maintenant par cœur le chemin le plus court jusqu'aux jardins, elle s'y rendait plusieurs fois par semaine pour travailler avec la supérieure. La vue du ciel y était plus dégagée que depuis son ancien poste d'observation et le bruissement des feuilles dans le vent l'aidait à trouver le bon état d'esprit pour ses transes.

Quatre protecteurs vêtus de sombre s'étaient déployés en binômes dans les allées, leurs torches dessinaient de petites lumières entre les arbres fruitiers. Cette précaution visait aussi bien à l'empêcher de fuir qu'à tenir d'éventuels espions à distance.

Elle se glissa à travers les troncs jusqu'à atteindre la pelouse où l'attendait Tinavia. Deux bancs de bois garnis de coussins y avaient été installés, Élyne se rembrunit en découvrant Mauriel Dunnan sur le plus proche. Elle avait espéré écourter la séance, aucun client n'ayant passé de commande dans les derniers jours. Tinavia aurait pu se contenter d'une ou deux prédictions sans enjeu en guise d'entraînement, mais la présence du mage changeait la donne.

— Bonsoir, le salua-t-elle en arrivant à son niveau. Est-il vraiment nécessaire de poursuivre vos expériences ce soir ?

L'obstination de Mauriel à vouloir analyser le déroulement de ses prophéties l'exaspérait. Il prétendait s'intéresser aux éléments déclencheurs des transes, mais elle se doutait qu'il cherchait surtout une méthode pour contrôler ses visions. Les avertissements de Sevan tournaient en boucle dans sa tête. Le jour où Tinavia trouverait un moyen d'exploiter ses pouvoirs sans son consentement, elle n'hésiterait pas à l'utiliser.

Seule consolation, la fréquence de ces expériences lui en apprenait beaucoup sur les interactions entre magie et prophéties. Les contacts que Mauriel Dunnan lui imposait ne semblaient pas impacter ses pouvoirs à long terme, elle pouvait donc s'y exposer sans danger. Il prenait néanmoins soin d'espacer ses séances de plusieurs semaines, ce qui suggérait un risque en cas de cumul trop important.

— Ça ne durera pas, la rassura le mage.

— Vous allez encore me rendre malade, s'indigna-t-elle.

Elle avait écopé d'une migraine carabinée lors de leur session précédente. Preuve s'il en fallait que Mauriel ne se contentait pas d'observer ses prédictions, il influait sur elles avec sa magie. Il les réorientait autour de ses pensées, tout comme Darel l'avait fait en amortissant sa chute de cheval. Et bien entendu, Tinavia ne fournissait jamais les transcriptions de ces visions-là.

— La supérieure vous libérera de vos autres obligations pour vous laisser le temps de vous remettre.

Une piètre compensation, mais se plaindre ne l'aiderait en rien. Élyne s'allongea à contrecœur au milieu des coussins et laissa son regard se noyer dans les profondeurs de la voûte céleste. Elle tressaillit quand la main glacée du mage se posa sur son front.

— Détendez-vous, la rassura-t-il. Ce sera fini dans un instant.

Elle ravala une réponse sarcastique. En transe, elle perdait le fil du temps, mais les mouvements des étoiles lui permettaient de calculer les durées de leurs séances. Si le mage avait oublié ce détail, elle ne comptait pas le lui rappeler.

Un craquement retentit sur leur droite, puis une forme claire s'agita dans l'arbre voisin. Flocon ? Lors des premières expériences du mage, le petit dragon n'avait retransmis à Élyne que des fragments d'images désordonnées. Assez pour reconnaître des prophéties, mais trop peu pour en deviner le sujet. Il semblait cependant avoir saisi l'importance de ces séances pour Élyne et avait promis de se rapprocher, malgré son dégoût pour la magie. Avec son soutien, elle parviendrait peut-être à comprendre les plans de Mauriel.

— Faites un effort, intervint Tinavia d'un ton sec. Plus vous vous braquerez, plus vous lui compliquerez la tâche.

La pression sur son front s'accentua. Élyne tenta de chasser ses pensées parasites, elle devait se détendre pour partir en transe. Le ciel l'y aiderait, en dépit du contexte. Elle focalisa son attention sur le Dragon et l'étoile Gardienne qui pulsait en son cœur. Leurs lueurs brillaient bien au-dessus de la cime des arbres, comme pour l'inviter à l'évasion. La tension qui nouait ses épaules se relâcha, Élyne glissa progressivement dans l'inconscience.

Elle revint à elle une éternité plus tard et son regard accrocha la constellation de la Reine. Le dernier quartier de Lovan s'élevait un peu plus loin, témoin silencieux du temps écoulé. La séance s'était prolongée, comme la fois précédente. La main de Mauriel avait disparu, laissant place aux nausées habituelles. Élyne laissa échapper un ronchonnement indistinct. Les maux de tête associés se manifesteraient dans la foulée, elle allait passer une fin de nuit très désagréable.

— C'était très bien, la félicita Tinavia. Vous sentez-vous capable de vous lever, maintenant ?

Élyne aurait préféré se rouler en boule, mais la supérieure et le mage la garderaient à l'œil tant qu'elle resterait dans les jardins. Elle se força donc à se redresser, réprima un haut-le-cœur particulièrement virulent puis vacilla. La poigne d'un protecteur l'aida à retrouver son équilibre. Pour une fois qu'ils servaient à quelque chose.

Elle tituba hors de la clairière, mais s'effondra devant les bâtiments. Deux gardes à l'allure fatiguée se résignèrent à la porter dans sa chambre, sans un mot. Ils la déposèrent sur son lit, où Élyne se recroquevilla aussitôt. Le contrecoup de la séance s'avérait plus brutal que pour les expériences précédentes, Mauriel n'avait pas lésiné sur la magie.

Elle sombra dans un sommeil parsemé de cauchemars.

Secrets

Des chocs sourds et répétés la réveillèrent de nombreuses heures plus tard. Tinavia ne lui avait-elle pas promis une journée tranquille ? Élyne émergea péniblement et se redressa pour faire face à ses visiteurs. C'était cependant à la vitre qu'on frappait. Flocon et l'un de ses camarades se pressaient contre sa fenêtre, porteurs de ce qui ressemblait à un énorme livre.

Elle cligna des yeux, surprise, avant de se précipiter pour leur ouvrir. La tête lui tournait toujours, mais elle devait agir avant que ce vacarme attire l'attention des protecteurs. Une fois les bras passés à travers les croisillons, elle réceptionna leur chargement et grimaça en découvrant son poids. Elle déposa aussitôt l'ouvrage contre le rebord de la fenêtre pour éviter de le soutenir à bout de bras.

Flocon se glissa contre son poignet. Son enthousiasme l'envahit tandis que des visions du bureau de Tinavia s'imposaient à son esprit. Le dragon s'était-il introduit dans l'antre de la supérieure pour lui dérober ce livre ? Sa jubilation contagieuse semblait indiquer que oui. Son compagnon bleuté se joignit aux réjouissances en se blottissant contre ses doigts. Les pensées de ce dernier se mêlèrent aux leurs avec des images d'une fenêtre grande ouverte. Les étagères murales regorgeaient de documents dont certains dépassaient légèrement. Tinavia s'était éclipsée un instant, ils en avaient profité pour faire tomber l'un des ouvrages avant de le ramasser.

L'excitation gagna Élyne, toute faiblesse physique oubliée. S'agissait-il de la preuve concrète qu'elle avait tant espérée ? Des larmes lui montèrent aux yeux. Ses compagnons perçurent sa gratitude, l'intensité de leur fierté augmenta d'autant.

Élyne se recentra sur le livre. L'épaisse couverture de cuir, renforcée d'attaches en métal, ne passerait jamais à travers les décorations de fer forgé. Elle en aurait crié de frustration. La joie des petits reptiles se teinta d'une pointe de déception et elle les rassura mentalement. Ils ne devaient pas s'inquiéter. Elle trouverait bien un moyen de s'en sortir, dût-elle désosser le volume feuille par feuille pour le faire entrer dans sa chambre.

Rasséréné, Flocon recouvra son enthousiasme initial. Ses pensées dérivèrent vers des images de Mauriel Dunnan. Le dragon avait bien perçu les prophéties énoncées la veille, même s'il avait difficilement supporté la magie ambiante. Le cœur d'Élyne se gonfla d'espoir. Les prédictions qu'il allait lui retransmettre trahiraient-elles les préoccupations du mage ? Elle vida son esprit et patienta.

Une dame brune écrivait des courriers dans un bureau avec vue sur la mer. Son visage rappelait quelque chose à Élyne… n'était-ce pas l'épouse d'un des trois ducs de l'Est ? Elles se ressemblaient toutes, malheureusement. L'image disparut pour céder la place à une femme enceinte à la peau sombre, la main posée sur son énorme ventre. Un instant plus tard, un couple se criait dessus dans une pièce obscure en présence de Mauriel et d'un petit garçon. Puis une maman aux cheveux bouclés dorlotait son nouveau-né.

Tous ces enfants, si jeunes… Le mage tentait visiblement de se dénicher de futurs oracles, en amont des admissions au Sanctuaire. Comment s'y prenait-il ?

Élyne ne connaissait aucun des parents concernés, il ne s'agissait donc ni d'initiés ni d'oracles. Ce simple fait lui en apprenait beaucoup : le côté héréditaire ne devait pas suffire à garantir l'éclosion de dons prophétiques.

Secrets

Flocon n'en avait cependant pas terminé avec ses retransmissions. Une fillette aux joues constellées de taches de rousseur s'avançait maintenant dans la salle de Marbre, sous le regard attendri d'une vieille dame.

Élyne se crispa. Elle reconnaissait cette dernière, même si son visage s'était creusé de rides. La femme travaillait comme nourrice à l'orphelinat de Sarano. L'établissement entretenait donc bien des liens étranges avec le Sanctuaire. Restait à découvrir comment il s'y prenait pour élever autant de futurs oracles.

Des coups de museau insistants la ramenèrent à la réalité.

— Tout va bien, rassura-t-elle Flocon, j'essaie juste de comprendre. Merci de m'avoir montré tout cela, je ne sais pas ce que je ferais sans toi.

Il avait bravé son dégoût de Mauriel pour lui rapporter ces images, elle lui en serait éternellement reconnaissante. Il lui répondit par une nouvelle vague d'amour, dans laquelle elle s'abandonna avec plaisir.

Il était néanmoins temps de se préoccuper du livre. Un examen approfondi de sa fenêtre lui apprit que si les intervalles entre les croisillons étaient trop exigus, une fente subsistait du côté du mur. Assez large pour y passer la première page de couverture, ce qu'Élyne s'employa aussitôt à faire. Les feuillets de l'ouvrage suivirent les uns après les autres, même si elle en froissa quelques-uns au passage. L'une des attaches en métal se coinça cependant alors qu'elle extirpait le dernier morceau du livre. Ses doigts rendus gourds par le vent avaient perdu en dextérité et elle se résigna à tirer de tout son poids.

Le cuir céda dans un grand bruit de déchirure et Élyne s'étala de tout son long derrière le lit. La porte de sa chambre s'ouvrit à la volée quelques secondes plus tard. Les deux dragons s'envolèrent de concert, effrayés. Elle eut à peine le temps de pousser son butin sous l'armoire qu'une protectrice se précipita dans sa direction, une expression catastrophée sur le visage.

— Est-ce que tout va bien ?

— Je suis désolée, balbutia-t-elle. Je voulais prendre l'air pour faire passer ma migraine et j'ai eu un vertige.

Elle jeta un regard paniqué en direction de la fenêtre ouverte, où il ne subsistait heureusement aucune trace de son forfait. Pas de dragon à l'horizon, ni de bout de page entre les croisillons. Le morceau de couverture déchiré devait être tombé côté extérieur, auquel cas les dragons se chargeraient de le faire disparaître.

Elle l'avait échappé belle.

Son interlocutrice se baissa pour l'aider à se relever.

— Vous ne vous êtes pas fait mal ?

— Je crois que ça ira.

Les muscles de son dos protestaient douloureusement, mais elle ne tenait pas à ce que la protectrice s'attarde. D'autant plus avec le coin de livre qu'elle voyait maintenant dépasser sous le meuble.

— Vous êtes sûre ? insista la femme avec un regard dubitatif. Vous êtes très pâle… Je vais demander à ce qu'on vous envoie quelqu'un, je reviens tout de suite.

Elle l'accompagna jusqu'à son lit, l'aida à s'allonger, referma la fenêtre et disparut dans le couloir. Élyne espionna avec attention le bruit de ses pas puis se rua vers l'armoire dès qu'elle l'estima raisonnable. Elle devait dissimuler l'ouvrage au plus vite, la protectrice ne la laisserait pas plus de quelques minutes sans surveillance.

Un rapide coup d'œil lui indiqua qu'il s'agissait d'un livre de comptes, vieux d'une vingtaine d'années. La couverture avait souffert de son passage entre les barreaux, mais les textes à l'intérieur semblaient intacts. Élyne fourra le tout au fond de son armoire et l'ensevelit sous une pile de robes froissées. Sommaire, mais ça suffirait pour le moment.

Chapitre 19
Révélations

Darel sentit ses entrailles se nouer en grimpant les marches du palais. Il appréhendait cette matinée, en dépit des belles assurances d'Aklune. Sa mère n'avait fait aucune difficulté pour le libérer, mais elle s'attendrait à le voir revenir avec une offre de fiançailles.

Les trois sentinelles en faction devant l'aile administrative du bâtiment le saluèrent en lui ouvrant la porte. L'une d'entre elles s'aventura même à lui souhaiter bonne chance, un sourire mutin aux lèvres. Les rumeurs à son sujet devaient tenir le palais en haleine. Côté positif, personne ne se méfierait d'eux, sauf à les prendre sur le fait.

Darel parcourut l'immense couloir, où conseillers et secrétaires s'affairaient en tous sens, et atteignit l'antichambre des bureaux royaux. Un nouveau garde le salua avant de s'écarter.

De l'autre côté de la porte, le silence régnait. Aklune avait congédié les domestiques, comme promis. Les lourds tapis rayés du blanc et bleu danavien amortirent le bruit de ses pas.

Où est-ce que tu veux que je te dépose ? demanda-t-il à Sara en lui glissant une généreuse portion d'énergie magique. *Sous un meuble ?*

Armoire, décida-t-elle après avoir examiné la pièce.

Elle se faufila avec entrain entre les pieds du gigantesque meuble et lui partagea son point de vue dégagé sur la porte – ou du moins sur son quart inférieur. Personne ne pourrait s'introduire dans la salle sans qu'elle le remarque.

Embuscade, s'enthousiasma-t-elle.

Un sourire amusé étira les lèvres de Darel. Certaines choses ne changeraient jamais et l'intrépidité de son familier en faisait partie.

Je vais rejoindre Aklune, n'hésite pas à m'avertir au moindre problème.

Il traversa deux bureaux de secrétaires – toujours vides – avant d'atteindre les pièces dévolues à la reine, au roi et à la princesse.

La porte d'Aklune était restée entrouverte, il toqua pour s'annoncer avant de se glisser à l'intérieur. Son amie avait étalé plusieurs piles de documents sur une table et les feuilletait compulsivement, un signe de nervosité bien inhabituel.

— Tu cherches à sortir suffisamment de papiers pour faire croire qu'on travaille si quelqu'un débarque ? la taquina-t-il pour alléger l'atmosphère.

— Il y a un peu de ça, admit-elle en repoussant le dossier le plus proche. Tu te sens prêt à commencer ?

— Aussi prêt que je peux l'être. J'ai déposé Sara dans l'antichambre avec assez d'énergie pour lui tenir la journée, elle nous avertira au moindre problème. Je dois pouvoir t'offrir une minute d'avance sur l'arrivée de tout intrus.

— Ça suffira, le rassura-t-elle en tirant une clé dorée de sa poche. J'ai été très claire sur le fait que je ne voulais pas être dérangée.

Elle déverrouilla la porte qui reliait directement son bureau à celui du roi. Le pêne retomba en place dans un claquement sonore et Darel tressaillit.

— Reste là, lui ordonna Aklune, je me charge de la fouille. Tu pourras jurer sous serment n'avoir jamais mis les pieds dans cette pièce, pour le cas où mon père t'interrogerait.

Elle avait au moins conscience des risques.

Il acquiesça et Aklune s'avança vers le large bureau qui trônait au centre de la salle. Darel se focalisa sur son lien avec Sara, qui appréciait toujours autant l'excitation de cette séance d'espionnage.

Personne, l'informa-t-elle dès qu'elle perçut sa présence.

Parfait, continue comme ça.

Dans la pièce voisine, Aklune s'affairait de manière rapide et efficace. Elle passait en revue le contenu des tiroirs méthodiquement, ne laissant rien au hasard. Chaque papier était reposé à l'endroit exact où elle l'avait trouvé.

Il se tendit en la voyant mettre au jour un double fond après un quart d'heure de fouille. La cachette ne dissimulait cependant qu'une minuscule clé aux reflets cuivrés. Aklune l'examina d'un air perplexe avant de vider le tiroir d'après, sans succès. Elle s'attaqua alors aux étagères.

Du côté de Sara, tout restait silencieux. L'attente n'en rongeait pas moins Darel, il plongea dans l'esprit réconfortant du serpent pour passer le temps.

Quand il en émergea de nouveau, un long moment plus tard, Aklune observait le sol avec beaucoup d'attention. Elle suivait du doigt les lattes du plancher, sourcils froncés, jusqu'à arriver au niveau du bureau. Il n'osa rien demander, de peur de la déranger, mais poussa un cri étouffé en la voyant soulever d'une main le meuble de bois massif. La fluidité avec laquelle son amie utilisait la magie pour renforcer sa puissance musculaire l'étonnerait toujours, il lui aurait fallu plusieurs secondes de concentration pour parvenir au même résultat.

Aklune déposa son chargement un peu plus loin, dans un silence parfait. Elle tourna ensuite la tête dans sa direction.

— Tout va bien de ton côté ? s'inquiéta-t-elle.

Il acquiesça.

— Oui, mais je veux bien que tu me préviennes la prochaine fois que tu décideras de réaménager la pièce.

— Je remettrai tout en place avant de partir, ne t'en fais pas. Je crois qu'il y a un trou là-dessous, ça sonnait creux sur le côté. Et puis, cette clé doit bien ouvrir quelque chose !

Elle glissa les doigts sous une planche, qui se révéla en effet mobile. Un coffret de bois sombre se dissimulait derrière, muni d'une serrure cuivrée. La clé s'y emboîtait parfaitement. Darel retint son souffle quand Aklune extirpa de la cachette une nouvelle liasse de papiers.

Intrus ! brailla Sara dans le fond de sa tête, l'arrachant à sa stupeur.

La porte de l'antichambre venait de s'ouvrir et une paire de jambes s'avançait devant le petit serpent. C'était bien le moment !

— Quelqu'un arrive, annonça-t-il à voix basse.

Est-ce que tu pourrais le suivre pour surveiller sa progression ?

Furtive, acquiesça Sara en rampant hors de sa cachette.

Darel reporta de nouveau son attention sur Aklune. Elle semblait ne pas l'avoir entendu et fixait le document avec des yeux écarquillés.

— Aklune, bouge ! insista-t-il.

L'intrus approchait bien trop vite à son goût, il avait déjà traversé l'antichambre, Sara sur les talons. Et la princesse restait figée sur sa chaise, sa main crispée sur le bout de papier.

— Aklune, s'il te plaît !

Elle se redressa enfin, mais la latte du plancher était toujours déboîtée, sans parler du meuble qui ne se trouvait pas au bon endroit… L'inconnu se dirigeait maintenant vers le bureau royal, heureusement verrouillé de ce côté-là.

Darel hésita. Devait-il l'aider à tout ranger ? Venir bloquer la porte ? Aklune lui avait ordonné de rester sur place, mais elle ne s'en sortirait pas seule.

— Reste de ton côté, lui confirma-t-elle pourtant, je vais me débrouiller.

Il secoua la tête, dubitatif, mais obtempéra. Aklune avait cependant besoin d'aide : Keral comprendrait tout de suite ce qu'ils avaient fait si on lui rapportait avoir vu sa fille démonter le plancher…

Il replongea dans l'esprit de Sara. L'homme se trouvait maintenant juste devant la porte, sa clé tournait dans la serrure. Darel n'avait plus le temps de sortir pour faire diversion.

Attaque, souffla-t-il à Sara en désespoir de cause. *Vise la peau nue au niveau des chevilles, je m'occupe de la magie.*

Attraper ! obtempéra-t-elle en se projetant vers l'avant.

Elle s'enroula autour du pied de l'intrus, lequel sursauta. Darel profita de sa surprise pour déverser un flot de magie en lui, en utilisant son familier comme intermédiaire.

L'importun s'effondra au sol dans un bruit sourd. Surcharge d'énergie, comme Darel l'avait espéré.

Victoire ! se rengorgea Sara en desserrant son étreinte.

Il s'empressa de la rejoindre pour contrôler l'état de sa victime. L'homme, un secrétaire ventripotent qu'il ne reconnaissait pas, respirait paisiblement. Pour un dosage au jugé, Darel s'en tirait bien. Trop de puissance et sa cible aurait risqué des séquelles, trop peu et elle aurait repoussé l'attaque.

Il envoya un mince filet de magie dans ses propres muscles et souleva le corps inanimé pour le ramener dans l'antichambre. Autant l'installer dans un fauteuil en prévision de son réveil. Aklune ne tarda pas à le rejoindre, le visage crispé.

— Qu'est-ce que tu as fait ? protesta-t-elle en découvrant le secrétaire. Je t'avais dit de me laisser me débrouiller !

— Tu m'avais demandé de rester dans ton bureau, pas de ne rien faire ! Tu avais besoin de temps pour terminer de tout ranger, je te l'ai fourni.

Elle pinça les lèvres dans une moue désapprobatrice.

— Attaque magique, je suppose. Il s'est défendu ?

— Non, Sara l'a pris par surprise.

— Très bien, grogna-t-elle, je me charge de le réveiller et de gérer ses réactions. Retourne dans mon bureau en attendant. Emmène Sara. Et plus d'initiatives risquées, c'est un ordre !

Il obtempéra sans protester, bien conscient qu'il laissait Aklune dans une situation délicate. Les souverains avaient interdit les combats magiques dans l'enceinte du palais, Darel venait peut-être de réduire à néant ses efforts pour se racheter une conduite.

L'ordre impeccable du bureau d'Aklune tranchait avec le tumulte des derniers événements. Seules une liasse de papiers déposée en vrac sur la table et la clé glissée dans la porte mitoyenne témoignaient de ce qui s'était produit. Darel lutta contre l'envie de jeter un coup d'œil aux documents. Mettre le nez là-dedans en l'absence de son amie ne pourrait que lui attirer davantage d'ennuis.

Il s'installa sur un siège et laissa Sara s'enrouler autour de son bras.

Des éclats de voix féminins retentirent depuis l'antichambre. Les mots « interdit », « espionnage » et « mon père » résonnèrent, entrecoupés de phrases inaudibles. Aklune avait visiblement réveillé le secrétaire et opté pour une attaque frontale.

Le silence revint après quelques instants, la princesse rejoignit alors Darel.

— Je l'ai mis dehors, annonça-t-elle d'un ton sec en refermant la porte. Il voulait « juste déposer un papier avant d'oublier », je lui ai expliqué ce que son dédain des ordres m'inspirait. Je pense l'avoir assez intimidé pour qu'il garde profil bas, mais si jamais on te demande, tu as agi suivant mes instructions. Ne me refais jamais un coup pareil !

— Je n'aurais pas eu à le faire si tu avais réagi plus vite, grommela-t-il. Que contenaient ces documents pour te fasciner à ce point ?

Elle se rembrunit dans la seconde.

— Quelque chose que j'espère avoir mal compris, c'est pour ça que j'ai emporté le dossier avant de tout remettre en place. Au vu de la couche de poussière qui s'était accumulée autour de cette boîte, mon père ne remarquera rien avant plusieurs années.

— Ce sont les détails financiers que tu cherchais ?

Elle secoua la tête avec une grimace désabusée.

— Pas exactement. Dis-moi, Darel, qu'est-ce que tu sais de ton oracle, au juste ?

Il se raidit, surpris. Que venait faire Élyne dans tout cela ?

— Comment ça ?

— D'où est-elle originaire, que fait sa famille, ce genre de choses.

Un frisson courut le long de son échine. Que valait à Aklune ce ton implorant bien inhabituel ? Darel creusa sa mémoire à la recherche de sa dernière discussion avec Élyne.

— Elle a grandi dans un orphelinat de Sarano, balbutia-t-il. Je crois qu'elle n'avait jamais quitté la ville avant son escapade.

— Et ses parents ?

— Elle m'a affirmé ne pas les connaître.

Le visage d'Aklune se décomposa. Elle se laissa tomber sur la chaise la plus proche.

— Que se passe-t-il ? De quoi parlent ces papiers ?

— Regarde par toi-même, gémit-elle, tu me diras ce que tu en comprends.

Darel tendit une main hésitante en direction du bureau. Le feuillet du dessus, un contrat vieux de dix-neuf ans, portait les sceaux de la couronne danavienne et du Sanctuaire. Ses premières lignes détaillaient plusieurs clauses de confidentialité, qui justifiaient le soin apporté à la dissimulation du document. « Toute rupture du secret sera considérée comme une action hostile à l'encontre des autres signataires », ils ne plaisantaient pas.

Le paragraphe suivant entrait dans le vif du sujet : les engagements mutuels. Le Sanctuaire promettait des conditions avantageuses pour l'obtention de trois prophéties par an durant quatre décennies et une aide en vue de « doubler » la puissance magique de l'héritier à naître.

Darel ne put réprimer un regard en coin dans la direction d'Aklune. Il n'aurait pas imaginé que ses capacités hors normes puissent être le fruit d'une intervention extérieure.

Qu'est-ce que la supérieure avait pu exiger du couple royal pour octroyer ce genre de privilèges ?

La réponse tomba quelques lignes plus bas. Le roi et la reine de Danavie s'engageaient en retour à confier « le deuxième bébé » de manière anonyme au Sanctuaire, pour qu'il devienne un oracle. Quel deuxième bébé ? Les questions d'Aklune lui revinrent en mémoire. Sarano ne comptait qu'une poignée d'oracles…

Élyne avait le même âge que l'héritière, elle ne connaissait pas ses parents et le roi avait réagi de façon disproportionnée à sa présence, les coïncidences s'accumulaient. La jeune femme avait aussi des yeux gris très similaires à ceux d'Aklune, les imaginer fausses jumelles serait facile.

— C'est impossible, protesta-t-il, comme pour se convaincre qu'il avait lu de travers.

— Tu comprends la même chose que moi ?

— C'est impossible, répéta-t-il. Ils n'auraient pas fait ça, je ne veux pas y croire.

— Tu as vu la fin ?

Il secoua la tête et se replongea dans sa lecture. La suite détaillait les modalités de l'accord. L'accouchement devait se tenir en présence du mage du Sanctuaire – Darel ignorait l'existence d'un tel titre –, qui « garantirait le bon déroulement des transferts énergétiques ».

Les explications fournies par Élyne après sa chute de cheval lui revinrent en mémoire. Les oracles devaient être totalement dépourvus de magie, ce qui leur permettait de percevoir la « musique » émise par les mages. Un bébé privé de son énergie à la naissance satisferait cette condition, mais conserverait probablement une certaine sensibilité à la magie. Cette particularité devait faire d'Élyne une oracle plus efficace, capable lors de ses transes de trier ses images prophétiques de manière rapide et pertinente.

Darel reposa le document, à la fois écœuré et sonné par les implications de ces découvertes. Il devait trouver un moyen d'informer la jeune femme au plus vite.

Infiltration ? s'enquit Sara.

C'est plus compliqué que ça, malheureusement. Je ne peux pas me rendre à Sarano sans prétexte.

Il releva la tête et croisa de nouveau le regard d'Aklune.

— Je ne sais pas quoi faire, avoua-t-elle. Je suis un monstre.

— Ne dis pas ça ! Quoi qu'il se soit passé, tu n'es responsable de rien.

— J'ai siphonné les pouvoirs de ma sœur à la naissance, insista-t-elle. C'est la raison pour laquelle ils ont réagi bizarrement en sa présence à l'automne. Ma magie l'a reconnue, parce que c'est aussi la sienne… Et je me sers de cette énergie tous les jours, comme si de rien n'était. J'étais fière de mes dons exceptionnels !

Des larmes de rage perlaient maintenant le long de ses joues.

— Tu n'as rien fait de mal, lui martela-t-il en s'asseyant sur le siège voisin pour lui attraper la main. Tu n'as pas cherché à obtenir cette puissance, tu ne saurais d'ailleurs pas comment faire pour voler les pouvoirs de quelqu'un !

— J'imagine qu'on procède comme pour offrir de l'énergie à nos familiers, mais dans l'autre sens, répondit-elle d'un ton amer.

— C'est bien ce que je disais : tu saurais donner ta magie, pas prendre de force celle de quelqu'un. Je te le répète, tu n'es responsable de rien.

S'il fallait désigner un coupable, c'était le couple royal.

Darel n'osa cependant pas formuler cette pensée à voix haute, de peur d'accroître la détresse de son amie. Elle avait toujours vu son père comme un modèle… Il se contenta de la serrer maladroitement contre lui, sans trouver quoi dire pour la réconforter.

— Tu crois que je devrais en parler à mes parents ? demanda Aklune d'une voix peu assurée.

Il hésita.

— Je n'en ai aucune idée. Que diraient-ils s'ils apprenaient que tu l'as découvert ?

— Que la grandeur du royaume justifie bien des sacrifices, je suppose. Je n'aurais juste jamais pensé qu'ils appliqueraient ce principe à leur famille. Ce que j'ai pu me montrer naïve ! Je revois cette pauvre fille, désespérée à l'idée de retourner à Sarano. Elle disait la vérité, papa devait s'en douter, mais il l'a quand même renvoyée au Sanctuaire !

— Ce n'est pas de ta faute, insista Darel.

Aklune releva les yeux vers lui.

— Je dois l'avertir de tout cela, elle mérite de savoir. On ne me laissera jamais approcher de Sarano, mais je peux lui faire passer un message.

Darel secoua la tête.

— Ce sera compliqué. Élyne craignait d'être confinée dans les bâtiments du Sanctuaire, tu ne pourras pas la contacter avec tes familiers.

Aklune se redressa et frappa du poing sur la table basse qui jouxtait son siège. Le bois se fendit sous le choc et Darel sursauta. La magie rendait les colères de son amie d'autant plus terribles.

— Qu'ils essaient de m'en empêcher ! Je les attends de pied ferme.

— Je ne suis pas sûr qu'un passage en force soit la meilleure solution, tempéra-t-il.

La voir retrouver un peu de mordant était une excellente chose, mais Darel ne la laisserait pas se jeter tête baissée dans un combat perdu d'avance.

— Tu as d'autres suggestions ? s'enquit-elle.

— Tu pourrais demander au prochain émissaire envoyé à Sarano de la contacter. Mais plus on ébruitera l'affaire, plus on risquera d'être démasqués par les prophéties du Sanctuaire.

Aklune pâlit.

— Autant dire qu'il faudrait convaincre mes parents de t'y renvoyer. À court terme, ça sera compliqué. À moins que…

Son regard se perdit dans le vague, comme souvent lorsqu'elle réfléchissait. Darel garda le silence, bien conscient qu'elle détestait être interrompue dans ces moments-là.

— Jusqu'où es-tu prêt à aller pour retourner à Sarano ? lui demanda-t-elle finalement.

Chapitre 20
Subterfuges

Élyne soupira en feuilletant les dernières pages d'un énième volume poussiéreux. Elle avait été ravie de dénicher cet ouvrage détaillant cinquante ans de négociations militaires entre les royaumes de Danavie et de Valeans. Le chroniqueur manquait cependant de concision, il noyait son lecteur sous des descriptions de charges héroïques et de sabotages magiques. Impossible de comprendre les raisons de la multiplication des offensives par ce biais. Elle devrait se trouver une autre source pour déterminer l'influence du Sanctuaire sur le conflit.

Les prophéties avaient impacté le rythme des attaques, elle le savait. Le livre de comptes dérobé par Flocon avait corroboré ses intuitions, avec des variations de prix trop importantes pour être anodines. La reine Almia avait bénéficié de tarifs particulièrement avantageux dix-neuf ans plus tôt, juste avant le recul le plus net des armées danaviennes. Une catastrophe militaire comme le roi Keral en avait rarement connu. Quelques mois plus tard, il avait néanmoins obtenu des prédictions au dixième de leur coût habituel. La tendance s'était alors inversée.

Tout cela n'avait aucun sens. Pourquoi privilégier un camp plutôt que l'autre, et surtout pourquoi changer d'avis en cours de conflit ? Élyne aurait adoré disposer d'informations plus récentes pour savoir si ces variations s'étaient reproduites, mais son livre de comptes s'interrompait seize ans plus tôt et elle n'osait pas demander à Flocon de lui en voler un nouveau. Elle n'était déjà pas passée loin de la catastrophe la fois précédente.

Elle ferma l'ouvrage et retourna le poser sur son étagère. Les quelques initiés assis dans la section historique de la bibliothèque lui jetèrent des regards curieux. Elle avait trop fureté dans le coin, elle allait devoir donner le change pour éviter que Tinavia découvre sa passion soudaine pour les stratégies militaires. La mort dans l'âme, Élyne s'empara d'un tome de géographie araléenne puis s'installa plusieurs tables plus loin. Mieux valait multiplier les précautions, surtout depuis les avertissements de Sevan.

Ce dernier ne tarderait d'ailleurs plus à la rejoindre. Élyne et lui s'efforçaient de passer du temps ensemble pour apaiser Tinavia. Il fallait bien reconnaître que leurs discussions meublaient agréablement les moments de pause. D'autant plus depuis que Sevan avait accepté de cesser ses allusions à leur ancien couple. Elle accueillit donc son arrivée avec le sourire.

— Ta matinée a été bonne ?

Il secoua la tête en posant ses affaires à côté des siennes.

— Je viens de perdre une demi-heure dans le bureau de Tinavia, je m'en serais bien dispensé.

— Que te voulait-elle ?

Il roula des yeux exaspérés.

— Elle avait de nouvelles instructions, encore. Ton lieutenant danavien s'est présenté il y a une heure à la porte du Dragon.

Elle en lâcha son crayon de surprise. L'objet tomba au sol dans un claquement sec, elle plongea sous la table pour le ramasser et dissimuler son trouble. Après tous ces mois de silence, Darel revenait au Sanctuaire. Que pourrait-elle lui dire ?

Elle ferma les yeux et inspira lentement avant de se rasseoir. Elle devait cacher son excitation, du moins tant qu'elle n'aurait pas retrouvé la solitude de sa chambre.

— Le lieutenant Voklan est à Sarano ? demanda-t-elle pour confirmation.

— Pas si fort, je n'étais pas censé te prévenir. Et tu connais beaucoup de lieutenants danaviens ?

— Qu'est-ce qu'il vient faire ici ? reprit-elle un ton plus bas.

— Tu crois qu'on me tient informé de ce genre de chose ? Ce que je sais par contre, c'est que tu vas devoir te montrer particulièrement prudente dans les jours qui viennent. Tinavia est convaincue que vous lui avez caché quelque chose, tous les deux. Elle m'a demandé de vous garder à l'œil jusqu'à son départ.

Élyne fronça les sourcils, soudain inquiète.

— Comment ça ?

La supérieure avait longtemps tenté de prendre en défaut sa version du marchand ravisseur avant de renoncer, faute de preuves – et de version alternative crédible. Elle n'avait aucune raison de suspecter Darel.

— De ce que j'en ai compris, elle te soupçonne de lui avoir offert des prophéties à titre privé. En remerciement de ce qu'il a fait pour toi, je suppose.

Une vague de soulagement la submergea. Si ce n'était que cela…

— C'est ridicule. Si j'avais émis des prophéties, je les aurais mentionnées en revenant.

— Sauf si tu voulais qu'elles ne lui soient pas facturées.

Elle haussa les épaules.

— Je me demande où Tinavia a été pêcher une telle idée.

— Dans les prédictions d'Anise, sûrement. Après ton retour, elle a passé au crible tous les mages avec qui tu pouvais avoir été en contact. Je ne te l'avais pas dit ?

Élyne secoua la tête, soudain parcourue d'un froid glacial. Si la supérieure avait surveillé les intentions de Darel à travers des prophéties… Tinavia ne pouvait pas avoir découvert grand-chose, les prédictions basées sur un unique mage restaient souvent imprécises, mais Sevan avait raison : il faudrait redoubler de précautions.

— Comment est-ce que tu sais tout ça ? demanda-t-elle.

— C'est à moi qu'on a demandé de dresser la liste des mages concernés, admit-il. J'étais le mieux placé pour deviner les endroits que tu avais visités avant de quitter la ville.

Élyne se rembrunit. Une trahison de plus, le pire étant que Sevan ne semblait même pas s'en formaliser. Elle commençait à le cerner : il regrettait de lui avoir menti, mais pas de l'avoir dénoncée à la supérieure. Il lui révélait de précieuses informations pour la convaincre de reprendre leur relation, mais agissait en parallèle pour la garder à Sarano. Le jour où elle monterait un nouveau plan d'évasion, il le divulguerait à Tinavia sans hésiter.

Écœurée, elle coupa court à la discussion et se replongea dans son livre. Ou du moins feignit-elle de s'y replonger : si les renseignements de Sevan étaient exacts, elle disposait de peu de temps pour réfléchir.

Subterfuges

Elle devait absolument prévenir Darel de l'ingérence répétée du Sanctuaire dans le conflit danavio-valeansien. Des gardes la surveilleraient cependant, impossible de délivrer le moindre message privé. Élyne verrait sûrement le lieutenant pendant l'entretien préliminaire, puisqu'on lui confiait maintenant les prophéties à enjeu politique, mais ils seraient entourés d'une vingtaine d'initiés…

Elle n'avait toujours pas trouvé de solution satisfaisante quand un protecteur s'avança jusqu'à sa table.

— La supérieure Tinavia vous fait demander, lui annonça-t-il d'une voix neutre. Vous devez vous vêtir en prévision de l'accueil d'un invité, une servante va vous être envoyée.

On lui affectait une domestique pour lacer ses robes depuis qu'elle avait tenté de se débrouiller seule. Sans l'aide de Lyvia, le résultat s'était révélé catastrophique.

Élyne acquiesça, rejoignit sa chambre et se laissa habiller d'une des tenues les plus sophistiquées de sa penderie. Le tissu soyeux glissait sur sa peau, mais elle se sentait toujours aussi mal à l'aise vêtue de la sorte. La servante épingla son étole d'initiée, puis releva ses cheveux en une coiffure élégante. Une perte de temps ridicule, mais Élyne s'en réjouissait pour une fois. Elle y gagnait quelques minutes supplémentaires pour calmer les battements de son cœur.

Une fois apprêtée, elle suivit les protecteurs jusqu'au bureau de la supérieure. Son masque inexpressif se fissura quand elle réalisa que Tinavia n'était pas seule. Darel se tenait face à elle, confortablement assis dans l'un des fauteuils. Élyne croisa son regard avant de détourner les yeux, de peur de se trahir.

— Supérieure Tinavia, lieutenant Voklan, les salua-t-elle en inclinant la tête.

— Installez-vous Élyne, je vous en prie, répondit la vieille femme d'un ton impassible.

Elle lui indiqua les sièges restants d'un geste désinvolte. Élyne lutta contre l'envie de s'asseoir à côté de Darel et opta pour le fauteuil le plus éloigné. On attendait des initiés qu'ils conservent leurs distances avec les mages en toutes circonstances.

— Le lieutenant demandait de vos nouvelles, reprit Tinavia d'une voix faussement joviale, et je me suis dit que vous seriez ravie de revoir votre sauveteur.

Élyne se fendit d'un sourire artificiel.

— En effet. Je n'oublie pas tout ce que je vous dois, lieutenant Voklan, poursuivit-elle en tournant la tête dans sa direction.

L'expression de Darel demeurait impénétrable, mais son magnifique regard bleu pâle accrocha le sien. Élyne rompit le contact visuel, sans oser en dire davantage. Cette petite réunion n'avait rien d'anodin, elle serait inconsciente de dédaigner les avertissements de Sevan.

— Ce n'était rien, vraiment, la rassura-t-il poliment. Je suis ravi de vous retrouver en bonne santé.

Sa réponse laissa place à un silence pesant. Tinavia les dévisagea quelques secondes avant de reprendre la parole.

— Pour en revenir à ce dont nous discutions, lieutenant, nous devrions pouvoir organiser votre entretien préliminaire d'ici peu. Je ne tiens pas à faire attendre la princesse héritière sur des sujets de cette importance.

Son sourire en coin attisa l'inquiétude d'Élyne. Elle avait pensé devoir débattre d'une nouvelle prédiction militaire, s'était-elle trompée ?

— C'est fort aimable de votre part, répondit Darel, toujours imperturbable. La princesse Aklune serait venue elle-même si elle l'avait pu, mais ses obligations à la cour se sont rappelées à elle. Les mariages royaux soulèvent beaucoup d'enthousiasme dans la noblesse, je suis sûr que vous comprenez.

— Bien sûr, bien sûr, poursuivit Tinavia en partageant son attention entre ses deux interlocuteurs.

Élyne réprima *in extremis* une exclamation de surprise. Elle ne connaissait que trop bien la liste des prétendants de la princesse danavienne et Darel partait toujours favori, en dépit de sa volonté d'esquiver la couronne. Avait-il changé d'avis depuis leur dernière discussion, ou ne lui avait-on pas laissé le choix ? L'héritière avait en tout cas bien de la chance, le cœur d'Élyne se serra d'une pointe de jalousie.

— En attendant le début de la réunion, reprit Tinavia, vous apprécieriez peut-être une visite de nos locaux ? Élyne serait ravie de vous servir de guide.

L'opportunité était trop belle pour ne pas dissimuler un piège, mais lequel ? Tinavia espérait peut-être les pousser à se confier en leur offrant une illusion de solitude. Elle avait sûrement camouflé des espions, le Sanctuaire regorgeait de cachettes en tous genres... Élyne acquiesça néanmoins. Une occasion piégée valait mieux que pas d'occasion du tout.

— Ce serait un plaisir, accepta également Darel. J'ai toujours trouvé l'architecture de vos locaux fascinante.

Tout aurait cependant été plus simple s'il avait demandé l'accès aux jardins. Là-bas, le vent aurait couvert leurs paroles.

Elle se leva et Darel lui emboîta le pas. Un unique protecteur les suivit, à plusieurs mètres de distance. À ce stade, ce n'était plus un piège mais un traquenard en règle. Élyne espérait seulement que Darel l'avait compris, lui aussi. Dans le doute, elle improvisa un exposé sur l'historique des bâtiments. En accaparant la parole, elle ne lui laisserait pas le temps de se compromettre.

Il lui lança un regard perplexe, mais ne tenta ni de l'interrompre ni de se rapprocher. Elle le traîna deux étages plus haut, jusqu'à un vaste couloir décoré de tableaux. L'endroit ne comportait pas de passage dans les murs à sa connaissance. Se débarrasser du garde qui leur servait d'escorte serait en revanche plus compliqué.

L'inspiration frappa quelques mètres plus loin. Si Élyne choisissait la voie de droite à l'intersection suivante, puis à gauche tout de suite après, elle se trouverait brièvement hors de vue, devant une rangée de portes peu accessibles. L'une d'entre elles disparaissait en partie derrière une vieille tapisserie et menait dans un cul-de-sac, personne ne l'empruntait jamais. Darel et elle pourraient s'y glisser en en laissant une autre ouverte, le protecteur se méprendrait peut-être sur leur destination. Elle prit une grande inspiration et bifurqua sur la droite. L'angle mort la masquait, elle en profita pour accélérer le pas.

— Dépêche-toi, souffla-t-elle à Darel entre deux explications sur les motifs des parquets.

Il fronça les sourcils quand elle l'envoya dans le passage sombre à moitié dissimulé, mais obtempéra sans poser de question. Elle l'y rejoignit un instant plus tard, après avoir débloqué la porte d'à côté, et remit la tapisserie en place.

Le garde passa devant leur cachette sans l'ouvrir, comme elle l'avait espéré. Elle retint sa respiration jusqu'à ne plus entendre le bruit de ses pas, puis ressortit et entraîna Darel vers le couloir d'où ils étaient venus.

— On a quelques minutes de tranquillité devant nous, l'informa-t-elle à voix basse. Il va faire demi-tour en ne nous trouvant pas, mais testera peut-être les autres portes avant de penser à rebrousser chemin.

Darel la dévisageait à présent d'un air mi-curieux, mi-inquiet.

— Je suppose que c'est le moment de te donner ça, des fois qu'il n'y aurait pas d'autre occasion.

Il glissa la main à l'intérieur de son uniforme et en tira une petite liasse de papiers. Trop volumineuse pour qu'elle puisse tout lire sur place, cependant. Elle l'attrapa du bout des doigts et hésita un instant. Elle n'avait pas de poche, pas de veste... elle finit par tout dissimuler dans son décolleté et se sentit rougir.

— Comment se passent les choses de ton côté ? lui demanda Darel en jetant un coup d'œil derrière eux.

Elle aurait dû coucher ses observations par écrit, elle aussi. Avec l'avertissement de Sevan, elle en aurait eu le temps, pourquoi n'y avait-elle pas pensé ?

— C'est compliqué, expliqua-t-elle. Plusieurs prédictions ont été tronquées durant les derniers mois, je sais lesquelles et comment, mais pas pourquoi. L'une d'entre elles te concerne d'ailleurs plus ou moins directement. L'un des princes toséens s'était mis en quête d'une épouse et la supérieure a omis de mentionner ta princesse dans sa transcription. Ne te fie pas à ce qu'on te dira de mes visions...

— Ne te préoccupe pas de la prophétie de ce soir, l'arrêta-t-il, elle ne représente qu'un prétexte pour ma venue. Je ne me fiancerai pas avec Aklune, quelles que soient les conclusions du Sanctuaire à ce sujet. Ce que je voudrais savoir, c'est si tout va bien pour toi. Ma proposition de te faire sortir en cas de besoin tient toujours.

Elle secoua la tête.

— Je ne partirai pas sans une preuve irréfutable que la supérieure modifie certaines prédictions. Le Sanctuaire est trop puissant pour que je leur oppose ma simple parole.

— La situation s'est complexifiée, insista-t-il. Tu comprendras quand tu auras lu ce que je t'ai donné. Ne prends pas de risques inutiles.

— Ne t'en fais pas pour moi, je me débrouille.

Les avertissements de Sevan lui revinrent en mémoire, plus vivaces que jamais. Si Tinavia suspectait quelque chose, Élyne ne pouvait pas se permettre d'impliquer Darel.

— Je peux te confier Sara, suggéra-t-il à voix basse. Tu lui feras passer un message si tu changes d'avis.

Elle fronça les sourcils et sursauta en voyant la tête grise aux reflets verts pointer de la manche du lieutenant. Il l'avait gardée avec lui tout du long, dédaignant l'interdiction d'emmener un familier dans l'enceinte du Sanctuaire. Personne ne semblait l'avoir aperçue, ça n'en restait pas moins une prise de risque insensée.

— Je ferai attention à ce qu'elle ne laisse filtrer aucune énergie, poursuivit Darel, on s'est entraînés.

— Tu ne peux pas me la confier, protesta-t-elle. Si quelqu'un la remarque…

— Personne ne la verra, promit-il d'un ton plein d'assurance. Personne ne la voit jamais. Sara et moi avons l'habitude des infiltrations discrètes.

Il tendit dans sa direction la main porteuse du reptile.

— Je n'ai pas de poches, insista-t-elle. Et il est hors de question que je la glisse dans mon décolleté.

Un doux sourire éclaira son visage.

— Avec une robe aussi longue, ce ne sera pas nécessaire. Elle s'enroulera autour de ta cheville et ne te dérangera pas, c'est promis.

— Il n'empêche…

Le claquement d'une porte derrière eux l'interrompit en

pleine phrase. Leur moment de tranquillité touchait à sa fin.

— S'il te plaît ? insista Darel dans un souffle.

Son regard suppliant la convainquit de céder. Elle souleva sa robe et laissa l'animal se glisser jusqu'à elle.

— L'autre caractéristique de ce corridor est sa taille inhabituelle, récita-t-elle à voix haute, espérant donner le change à l'intrus qui se portait à leur rencontre.

Sara s'enroula autour de sa cheville gauche tandis que les bruits de pas se rapprochaient. Les écailles se révélèrent étonnamment chaudes, peut-être d'avoir passé autant de temps dans les habits de Darel. Le contact ne l'en fit pas moins frissonner.

Deux protecteurs à bout de souffle firent irruption dans le couloir et s'interrompirent net en les voyant.

— Est-ce qu'il y a un problème ? s'enquit Élyne d'un ton faussement inquiet.

— Nous craignions que vous vous soyez égarés, répondit l'homme le plus proche en lui décochant un regard noir.

Il n'était pas dupe, mais ne pourrait rien prouver.

Darel brisa le silence qui s'installait en l'interrogeant sur les détails d'un tableau, deux pas plus loin. Elle lui répondit de son mieux, sans grande conviction, et ils reprirent leur déambulation dans les bâtiments.

Élyne affronta la suite de l'après-midi avec la boule au ventre. Ne pas pouvoir lire la lettre glissée dans son décolleté l'angoissait presque autant que de savoir Sara lovée contre sa cheville. Si l'une ou l'autre était découverte, le lieutenant s'attirerait de sacrés ennuis.

La réunion préalable à sa prophétie se déroula cependant sans incident notable. Discuter des perspectives matrimoniales de Darel vida Élyne du peu d'énergie qui lui restait, mais son ami prit le tout avec beaucoup de pragmatisme. Il affronta sans ciller les questions des initiés, qui décortiquaient sa généalogie dans les moindres détails, et salua l'assemblée avec un sourire charmeur au moment de repartir.

Élyne écourta au maximum le bilan post-entretien avec ses camarades et se réfugia dans sa chambre à la fin de la séance. Le temps lui était compté, les conditions météorologiques favorables pousseraient la supérieure à la solliciter dès la tombée de la nuit.

Une fois à l'abri des regards indiscrets, elle décrocha Sara d'un geste peu assuré. Le serpent ne broncha heureusement pas, filant se dissimuler sous l'armoire voisine. Soulagée de ce poids, Élyne extirpa la liasse de feuillets de son décolleté. Le document le plus épais portait le sceau d'Aklune de Danavie. Elle le rompit d'une main tremblante.

Le courrier s'étalait sur plusieurs pages, noircies d'une écriture fine et régulière. La princesse héritière allait cependant droit au but. Élyne interrompit sa lecture dès la fin du premier paragraphe : elle avait anticipé une nouvelle d'importance, mais pas cela. Les souvenirs de son entrevue avec le roi Keral remontèrent aussitôt dans sa mémoire. Cet homme ne pouvait pas être son père, il devait y avoir erreur sur la personne ! La retranscription de l'accord avec le Sanctuaire sonnait malheureusement trop juste, tout en expliquant les mystères qui avaient entouré son enfance : le Sanctuaire l'avait confiée à l'orphelinat en attendant qu'elle soit en âge de candidater, avec comme consigne de l'encourager dans ce choix de carrière.

Les questions sans réponse se bousculèrent dans sa tête tandis qu'elle tournait les pages du courrier. Pourquoi le couple royal avait-il signé un tel contrat ? En éprouvaient-ils des remords ? Keral savait-il qu'elle était sa fille quand il l'avait renvoyée à Sarano, sans même prendre le temps de l'écouter ?

Des interrogations plus techniques suivirent. Comment aurait réagi l'orphelinat si elle avait choisi de ne pas candidater au Sanctuaire, y aurait-elle été forcée ?

Les images des prédictions émises sous l'influence de Mauriel Dunnan revinrent la hanter. Les enfants qu'elle avait entraperçus dans l'esprit de Flocon étaient peut-être le résultat d'expériences similaires. Depuis combien de temps cela durait-il, les oracles étaient-ils tous créés de la sorte ?

Élyne était parvenue à la troisième page de la lettre, celle où la princesse s'excusait en détail pour le choix de ses parents – de leurs parents – quand le grincement de la porte la fit sursauter. Elle glissa précipitamment le document sous une pile de brouillons avant de se redresser pour faire face. Il ne s'agissait néanmoins que de Sevan, porteur d'un plateau-repas.

— Que fais-tu ici ? grogna-t-elle.

— Je t'apporte ton dîner, répondit-il d'un ton tout aussi irrité.

Il repoussa le battant du bout du pied.

— Tu ne restes pas, l'arrêta-t-elle aussitôt.

Il leva les yeux au ciel.

— Crois-tu vraiment qu'on m'a laissé le choix ? Si tu me mets dehors, c'est avec tes protecteurs que tu devras partager ton repas. C'est ce que tu souhaites ?

Le désespoir qui transpirait dans sa voix la secoua.

— Qu'est-ce qu'il t'a pris de t'isoler avec le Danavien ? poursuivit-il. Je t'avais pourtant prévenue de faire attention ! La supérieure est certaine que vous manigancez quelque chose et elle ne te lâchera pas tant qu'elle n'aura pas compris quoi.

Élyne grimaça.

— C'était nécessaire.

— Nécessaire pour quoi, au nom de Solya ? En quelques minutes, tu as réduit à néant tous nos efforts pour amadouer Tinavia !

Elle haussa les épaules.

— Nécessaire, c'est tout, répondit-elle d'une voix sèche. Je n'ai pas de compte à te rendre, Sevan.

— Je joue aussi gros que toi dans cette affaire, Élyne. Je veux t'aider, mais si Tinavia t'attrape, mes parents en paieront le prix. C'est facile pour toi, tu n'as pas de famille pour laquelle t'inquiéter !

Elle accusa le coup, sa main se crispa sur le dossier de sa chaise. S'il y avait bien un sujet qu'elle ne désirait pas aborder, c'était celui de la famille. Le courrier d'Aklune pointait toujours sous la pile de brouillons… Élyne devait terminer sa lecture au plus vite et détruire les documents, avant qu'il ne vienne à quelqu'un l'idée de fouiller sa chambre.

— Pose-toi dans un fauteuil et cesse de geindre, dans ce cas. Il me reste beaucoup de travail.

— Le Danavien t'a demandé de fausser la prophétie à son avantage, c'est ça ? insista Sevan. Et laisse-moi deviner, tu as accepté de le faire pour ses beaux yeux ?

Élyne lui lança un regard interloqué.

— C'est ce que pense la supérieure ou tu essaies juste de te montrer odieux ?

Prétendre qu'elle comptait biaiser sa prédiction pour le compte de Darel était une bonne idée ceci dit, d'autant plus que son inquiétude impacterait forcément le déroulement de la prophétie. L'explication satisferait Tinavia sans trop impliquer son ami.

Subterfuges

Sevan frappa du poing sur son bureau, coupant court à ses réflexions.

— Ne m'insulte pas, tu veux ? Et si tu l'as laissé te toucher, tu es encore plus stupide que je l'aurais pensé. C'est un mage Élyne !

— Tu me fais une crise de jalousie ridicule, le rabroua-t-elle. Arrête ça tout de suite !

— Tu crois que je n'ai pas remarqué ton expression quand je t'ai annoncé qu'il arrivait à Sarano ? insista Sevan. On aurait dit Lyvia se pâmant devant le premier homme venu. Ne prétends pas que tu ne ressens rien pour lui.

Élyne le foudroya du regard.

— Un mot de plus de ta part et j'irai manger avec les protecteurs. J'ai d'autres problèmes à gérer que tes insécurités !

C'était d'ailleurs la stricte vérité : elle avait une lettre à finir de lire, un familier à rendre à son propriétaire et une prophétie à énoncer. Le tout sans trahir ce qu'elle venait d'apprendre…

Chapitre 21
Espionnage

Darel traversa une fois de plus le dortoir pour jeter un coup d'œil par la fenêtre. Le crépuscule s'assombrissait, les premières étoiles ne tarderaient plus à pointer.

— Détendez-vous, lieutenant, lui souffla Dana. Si vous continuez de tourner en rond, vous allez vous fatiguer pour rien.

La sergente avait raison, comme d'habitude. Il laissa échapper un long soupir et se rassit au milieu de sa vingtaine de subordonnés. Tous des soldats de confiance, qui s'étaient engagés à garder le secret et avaient accepté de l'accompagner en dépit des risques. Leur présence familière le réconfortait, même si cette attente le rongeait.

— La situation finira par se calmer, insista Dana. La dame vous tiendra informé à ce moment-là.

— Oui, sûrement.

Il avait espéré obtenir des nouvelles d'Élyne à travers Sara, mais la jeune femme n'était demeurée seule que quelques instants. Pas assez pour se servir du code de communication qu'il avait joint au courrier d'Aklune.

Le serpent s'était réfugié sous un meuble, d'où il transmettait à Darel sa vue très parcellaire de la chambre. Élyne se disputait avec son interlocuteur, à en juger par les vibrations qui emplissaient l'air. Impossible toutefois de saisir le contenu de leur conversation.

Que ferait-il en l'absence de réponse ? Élyne lui avait annoncé ne pas vouloir s'enfuir sans preuve, mais elle ignorait alors l'existence du contrat. Le document suffirait certainement à démontrer la duplicité du Sanctuaire…

Maya s'ébroua sur son perchoir, l'arrachant à ses pensées. À l'arrivée de la troupe à Sarano, Dana avait fait passer la chouette d'Aklune pour son propre familier. Jusqu'ici, personne ne s'était douté de la supercherie. L'agitation de l'animal trahissait cependant la nervosité de l'héritière. En cas d'exfiltration de l'oracle, toute implication directe de la couronne danavienne serait perçue comme une déclaration de guerre contre le Sanctuaire – et l'empire araléen par ricochet.

Tous les sens de Darel se mirent en alerte quand deux nouvelles présences envahirent la chambre d'Élyne. La jeune femme se dirigea vers son armoire et tapa discrètement du pied contre le sol.

Retourne sous la robe, souffla-t-il à Sara, qui s'empressa d'obtempérer.

Attrapé ! se rengorgea-t-elle quelques secondes plus tard, solidement enroulée autour de la jambe.

Parfait. Je reste avec toi le temps de comprendre où ils vont.

Élyne se mit en route, déambulant de couloir en escalier jusqu'à ce qu'un courant d'air frais indique à Darel qu'elle venait de rejoindre l'extérieur. La première bonne nouvelle de la soirée ! Avec l'obscurité ambiante, il pourrait facilement s'introduire dans les jardins et juger de la situation par lui-même. Ce serait de loin préférable à cette attente épuisante.

— Je vais partir en reconnaissance, annonça-t-il. J'emmène Maya, je vous la renverrai en cas de problème. Tenez-vous prêts à quitter Sarano en urgence si nécessaire.

Dana acquiesça, plus blême que jamais. Le reste de la troupe se regroupa derrière elle, dans une fébrilité inhabituelle. Darel leur faisait néanmoins confiance pour ne pas reculer, quoi qu'il arrive. Et si tout se déroulait comme il l'espérait, personne n'aurait à combattre.

Quelques minutes plus tard, il arpentait les rues désertes de la ville, faiblement éclairées par quelques braseros. À cette heure, la plupart des habitants de Sarano étaient rentrés chez eux. Seules quelques tavernes accueillaient encore une poignée de clients.

Darel atteignit sans difficulté le mur qui bordait les jardins du Sanctuaire. Un jeu d'enfant à escalader, les protecteurs devaient tabler sur la dissuasion.

Au-dessus de lui, le ciel était clair et les étoiles brillaient de mille feux. Élyne avait joué de malchance, une météo moins favorable leur aurait octroyé quelques jours supplémentaires pour se coordonner.

Il tressaillit en voyant Maya se poser devant lui, dans un silence parfait. L'oiseau le dévisagea en inclinant la tête et se lissa tranquillement les plumes. Sa façon d'indiquer que les environs ne présentaient aucun danger. Darel se lança dans l'ascension, laissant la magie glisser dans ses muscles pour décupler ses forces. Il se réceptionna sans un bruit de l'autre côté. Les choses sérieuses commençaient.

L'obscurité le dissimulait efficacement, elle l'empêchait cependant de distinguer la configuration des lieux. Les minces quartiers de Lovan et Lydan ne l'éclaireraient pas assez, mais trois points lumineux se détachaient au loin. Des torches. Il ne pouvait toutefois pas partir du principe que tous les protecteurs s'aveuglaient de manière aussi stupide.

Maya le regardait étudier la situation, perchée dans les branches basses de l'arbre le plus proche.

— Est-ce que tu pourrais poursuivre ton repérage ? lui demanda-t-il à mi-voix. J'aurais besoin de savoir si tous les gardes portent des torches.

La chouette claqua du bec et reprit son envol.

Lâcher ? s'enquit alors Sara.

Darel s'empressa de se glisser dans son esprit pour comprendre ce qu'elle voulait dire par là. Le serpent s'accrochait toujours à la jambe d'Élyne, mais cette dernière tentait maladroitement de le déloger du bout du pied.

Lâche-la, oui, et essaie de trouver un endroit où te cacher.

Sara desserra ses anneaux et se coula le long de la cheville jusqu'au sol, où elle se réfugia sous une espèce de banc. À l'abri des regards indiscrets, mais capable d'intervenir si nécessaire.

Tiens-moi au courant si les choses évoluent, commenta Darel, *je vais continuer d'explorer la zone.*

Il délaissa sa surveillance mentale pour s'avancer vers la lumière la plus proche, en prenant soin de rester silencieux. L'herbe humide lui facilita la tâche, il se glissa comme une ombre derrière deux protecteurs en uniforme sombre. Absorbés par leur conversation, ils ne se préoccupaient pas le moins du monde de leur environnement. Darel n'aurait pas pu rêver mieux.

— Tinavia était furieuse, racontait la femme de droite. Je ne sais pas à quoi joue la gamine, mais on dirait qu'elle prend un malin plaisir à la défier. Où a-t-elle encore disparu cette après-midi, pendant que tout le monde la cherchait ? Ça va lui retomber dessus et si tu veux mon avis, ce serait bien mérité.

Darel se figea et tendit l'oreille.

— Je suis bien d'accord, renchérit son collègue, mais les choses devraient bientôt s'arranger.

— Tu crois que Tinavia va enfin se résoudre à l'enfermer dans un endroit plus sécurisé ?

— Elle y travaille en tout cas. Le groupe qui mène les entretiens préliminaires fonctionnerait très bien sans la gamine, pour peu qu'un des membres prenne ensuite le temps de lui rapporter leurs conclusions. Et de ce que j'ai entendu dire, le mage réfléchit à un produit qui la forcera à partir en transe, qu'elle le veuille ou non. Elle ne pourra bientôt plus imposer quoi que ce soit. Ça nous permettra de souffler sans craindre qu'elle disparaisse à la première inattention.

Ces dernières phrases glacèrent le cœur de Darel. Élyne maîtrisait la situation bien moins qu'elle le prétendait, il devait la sortir de là avant que le Sanctuaire l'emprisonne dans un endroit inaccessible. Aklune l'avait de toute façon encouragé à exfiltrer sa sœur au moindre signe de danger, elle s'arrangerait pour leur trouver une cachette si nécessaire.

Darel prit une lente inspiration et progressa dans le dos des deux protecteurs. Il puisa dans ses réserves, concentra au bout de ses doigts assez d'énergie pour assommer ses cibles plusieurs heures et effleura simultanément leurs nuques. Les gardes s'effondrèrent de concert, dans un bruit sourd. Darel s'empressa de coincer leur torche entre les branches de l'arbre le plus proche, pour dissimuler son forfait.

Il se dirigea ensuite vers la deuxième lueur, contournant en un cercle la position d'Élyne et de Sara. Le nouveau duo de protecteurs ne se montra pas plus vigilant que le premier. Un instant plus tard, Darel en avait terminé. Restait-il d'autres sentinelles ?

Des éclats de voix déchirèrent le silence un peu plus loin, entrecoupés par le vent. Élyne n'était pas seule du côté de son banc, Darel allait devoir jouer stratégique pour éliminer tous ses adversaires sans les laisser sonner l'alarme. Il y réfléchissait encore quand la chouette d'Aklune se posa à ses pieds, manquant de le faire sursauter.

— Tu tombes bien, l'accueillit-il à mi-voix. J'ai surpris une conversation inquiétante entre des protecteurs, il faut que je sorte Élyne de là. J'ai neutralisé les quatre gardes munis de torches, tu en as repéré d'autres ?

L'oiseau se contenta d'incliner la tête sur le côté. Négatif, donc. Excellente nouvelle.

— J'aurai aussi besoin d'un coup de main pour le dernier groupe, si ça ne te dérange pas.

Nouveau claquement de bec. La chouette s'envola aussitôt et disparut dans l'obscurité de la nuit. Darel poursuivit sa progression de son côté, en multipliant les précautions.

Il venait à peine de se glisser dans un bosquet qui donnait sur la clairière quand un lourd craquement résonna depuis la direction opposée.

— Qu'est-ce que c'était, encore ? vociféra la supérieure.

— Probablement une branche tombée d'un arbre, répondit une voix d'homme. Voulez-vous que je vérifie ?

— Allez-y, mais ne vous éloignez pas trop. Et efforcez-vous d'être plus efficace, ou on va y passer la nuit ! renchérit-elle à l'intention de son oracle.

— Je fais ce que je peux, protesta Élyne.

— N'oubliez pas que notre accord repose sur votre coopération. Pas de prophéties, pas de privilèges.

— Je n'ai rien oublié, mais il me serait plus facile de m'immerger dans l'état d'esprit adéquat si vous ne m'interrompiez pas toutes les cinq minutes !

Une femme était postée à l'autre extrémité de la clairière, mais Sara pourrait probablement se charger d'elle. Si Maya s'occupait de l'homme parti se renseigner, il ne lui resterait plus que deux personnes à neutraliser, en comptant la supérieure. Tinavia se tenait cependant à découvert, à plus de deux mètres de Darel.

Je vais avoir besoin de ton aide, annonça-t-il à Sara. *Tu peux te rapprocher discrètement de la protectrice du fond ?*

Attaque ? s'enthousiasma-t-elle.

C'est l'idée, mais attends mon signal.

Embuscade, acquiesça-t-elle en se mettant en mouvement. *Furtive.*

Il prépara sa magie pour une succession d'offensives rapides tandis que Sara rampait silencieusement vers sa cible.

Maintenant ! ordonna-t-il quand il l'estima raisonnable.

La femme glapit quand le serpent s'enroula autour de sa cheville et tous les regards se tournèrent dans sa direction. Darel lui envoya un flot d'énergie à travers Sara, tout en profitant de la diversion pour se ruer vers la supérieure et son voisin. Tinavia n'eut pas le temps de l'entendre arriver qu'il l'avait déjà neutralisée par-derrière. Son compagnon subit le même sort dans la foulée.

Victoire ! claironna Sara dans le fond de la tête de Darel.

Tu as été parfaite, la remercia-t-il en s'assurant qu'il n'avait oublié personne.

Il ne restait plus qu'à vérifier l'état du dernier protecteur.

De son côté, Élyne s'était redressée sur son banc. Elle le dévisageait avec des yeux ronds.

— Je reviens tout de suite, lâcha-t-il avant de s'engager entre les arbres.

Maya le rejoignit cependant très vite, Aklune s'était donc occupée elle-même de l'homme. Tranquillisé, il retourna sur ses pas, pour découvrir Élyne penchée au-dessus du corps de Tinavia.

— Je ne l'ai pas tuée, la rassura-t-il. Elle se réveillera d'ici une heure ou deux.

— Pourquoi avoir fait ça ? demanda-t-elle d'une voix stupéfaite. Je sais que je n'ai rien pu dire à ton familier, mais j'aurais bien trouvé un moyen de te glisser un message avant ton départ.

— Je comptais espionner sans intervenir, mais j'ai surpris une conversation qui m'a fait changer d'avis. Tes protecteurs parlaient de t'enfermer pour ne plus avoir à te surveiller, de te droguer pour obtenir des prédictions…

— Ils ont trop besoin de ma collaboration pour cela, le corrigea-t-elle. Ta présence a énervé Tinavia, c'est tout. Elle s'est persuadée que tu m'as demandé de truquer la prophétie en ta faveur. Ça l'a mise de mauvaise humeur, mais elle n'aurait rien tenté contre toi si tu t'étais contenté de faire profil bas.

— C'est pour toi que je m'inquiétais, insista-t-il. Et j'ai fait profil bas, je n'ai tué personne et tu es la seule à m'avoir vu.

Sa fuite le trahirait, mais il n'y pouvait pas grand-chose.

Élyne jeta un nouveau coup d'œil soucieux en direction de la supérieure.

— J'espère que tu as raison, souffla-t-elle. Si les protecteurs ne sont qu'endormis, je parviendrai peut-être à faire accuser quelqu'un d'autre. Après tout, n'importe quel initié jaloux aurait pu verser des somnifères dans la nourriture pour me nuire. Trouve-toi quand même un alibi pour la nuit, par précaution. Et ne t'attarde pas en ville quand tu auras obtenu ta prophétie.

— Tu ne peux pas rester ici, s'obstina-t-il.

Il lui arriverait malheur et il ne se le pardonnerait jamais. Son histoire de somnifères ne tenait de toute façon pas la route, qu'essayait-elle de faire ? Le protéger ?

— Bien sûr que si, rétorqua-t-elle. Je n'ai toujours aucune preuve des manigances de Tinavia, même si j'ai bien avancé dans ma compréhension des choses. Je ne peux pas m'enfuir sans élément concret.

— Le message d'Aklune…

— Aklune est la princesse héritière de Danavie, pas sa reine, l'interrompit-elle. Je suis touchée de son soutien, mais elle ne pourra pas me protéger à elle seule ! Son père ne se résoudra jamais à défier le Sanctuaire, quoi qu'elle dise.

C'était leur père à toutes les deux, mais le moment était mal choisi pour le lui rappeler.

— On a beaucoup réfléchi à la question, insista-t-il, Aklune est persuadée qu'elle pourra utiliser le contrat dont nous t'avons fourni la copie pour faire céder le couple royal.

Élyne secoua la tête.

— Ça ne suffira pas, à moins de déclencher une guerre entre la Danavie et l'empire araléen. Je suis désolée, j'aurais aimé accepter votre offre, mais c'est impossible. J'ai déjà réussi à voler un livre de comptes, je ne peux pas renoncer si près du but ! La vie au Sanctuaire m'est insupportable, mais tant qu'ils auront besoin de moi, je ne risque rien.

Le cœur de Darel se serra. Elle ne croyait pas elle-même à ce qu'elle était en train de dire, la façon dont elle avait détourné le regard vers le sol la trahissait. Il s'avança et lui caressa la joue du bout des doigts.

— Je suis désolé, s'excusa-t-il, mais je ne me pardonnerais jamais de te sacrifier de la sorte.

Elle fronça les sourcils et releva les yeux, mais il l'effleura de sa magie sans lui laisser le temps de comprendre. Tout doucement, pour éviter de la rendre malade. La petite étincelle se réverbéra dans son corps avec une facilité déconcertante. Élyne s'effondra dans ses bras en silence.

Darel hésita un instant, rattrapé par la gravité de sa décision. Aklune et lui s'étaient préparés à l'hypothèse d'une exfiltration musclée, mais planifier et agir étaient deux choses très différentes. Après avoir défié le Sanctuaire de manière ouverte, il ne pourrait plus revenir en arrière. Il ne regrettait rien, cependant.

Il s'efforça de ramener sa magie à l'intérieur de lui-même pour préserver Élyne et la hissa sur son épaule aussi délicatement que possible avant de ramasser Sara. Tout n'était pas terminé, il devait maintenant fuir la ville avant le lancement de l'alerte. Et espérer que les poursuites ne débuteraient pas trop rapidement.

Furtifs, commenta Sara avec conviction.

Darel ne partageait pas son assurance, mais ils feraient de leur mieux.

— Va prévenir la sergente, souffla-t-il à Maya, qui l'observait toujours avec attention.

La chouette déploya ses larges ailes, prit son envol et disparut entre les troncs. Il ne restait plus qu'à quitter les lieux. Escalader le mur serait bien plus difficile en portant Élyne, Darel se contenta donc de le longer jusqu'à tomber sur une porte verrouillée. Probablement l'accès des jardiniers. Il posa l'oracle au sol, le temps de renforcer par magie les muscles de son bras. Une fois la serrure enfoncée, le battant n'offrit plus la moindre résistance.

Darel atteignit l'auberge alors que ses subordonnés finissaient d'en sortir leurs montures, dans un silence remarquable. Ils avaient enveloppé les sabots des chevaux pour étouffer les bruits et une bonne moitié d'entre eux se trouvait déjà prête à partir.

— Quelque chose a mal tourné ? s'inquiéta Dana en découvrant Élyne inconsciente.

— C'est compliqué, je vous expliquerai plus tard.

La sergente hocha la tête sans insister.

— On doit pouvoir la maintenir en selle devant quelqu'un, suggéra-t-elle.

Darel hésita un instant. Il répugnait à confier Élyne à quelqu'un d'autre maintenant qu'il l'avait retrouvée. En tant que responsable de la troupe, il devait néanmoins se tenir prêt à utiliser sa magie pour les défendre.

— Jamma peut s'en occuper, proposa Dana. C'est notre meilleure cavalière.

Un choix logique. Le petit gabarit de la soldate permettrait de plus de ne pas accabler sa monture.

— Très bien. Donnez son paquetage à quelqu'un pour répartir les poids et on y va.

La sergente fit signe à sa subordonnée de prendre en charge Élyne. Jamma cala l'oracle en selle, la tête contre son épaule pour lui éviter de ballotter. La position semblait suffisamment stable pour galoper sur un terrain peu accidenté, ça conviendrait pour le moment. Il ne restait plus qu'à sortir de la ville.

Chapitre 22
Fuite

Une brusque secousse tira Élyne de son sommeil profond. Elle ouvrit péniblement les yeux et se raidit devant le spectacle qui s'offrait à elle. Elle se trouvait à cheval, blottie contre quelqu'un, au sein d'une troupe de soldats danaviens. Les événements de la nuit remontèrent aussitôt à sa mémoire. Darel l'avait enlevée, en dépit de ses protestations. Comment avait-il osé ?

Était-ce lui qui se tenait derrière elle ? Elle tenta de se redresser pour le vérifier – et lui expliquer sa façon de penser –, mais le bras qui lui entourait la taille se resserra autour d'elle.

— Vous êtes réveillée ? lui glissa une voix féminine. Essayez de rester immobile, ce sera plus facile pour vous maintenir en selle.

Ils galopaient à bride abattue, bien plus rapidement que lors de ses chevauchées précédentes. Le vent sifflait à ses oreilles et le paysage défilait à toute vitesse autour d'eux, dans la faible lueur du petit matin. De larges montagnes se détachaient au loin, ils fonçaient donc droit vers la Danavie. Le Sanctuaire les avait peut-être déjà pris en chasse…

La colère d'Élyne se teinta de panique. Darel aurait dû l'écouter quand elle lui avait demandé de partir sans elle. Quelle tête de mule !

Une secousse plus importante la fit tressauter, elle se crispa de nouveau.

La soldate qui la maintenait dut sentir sa nervosité car elle ralentit l'allure après quelques centaines de mètres. Plusieurs regards étonnés se tournèrent dans leur direction alors que les autres cavaliers suivaient le mouvement.

— Elle s'est réveillée, expliqua la femme à ses voisins. C'est l'occasion de faire une pause.

Elle fit bifurquer son cheval sur la gauche pour l'arrêter quelques mètres plus loin. Élyne en profita pour se redresser et réexaminer la situation. Elle portait toujours sa robe de la veille, même si le tissu avait été fendu dans le sens de la longueur pour lui permettre de monter à cheval. On l'avait enveloppée à la va-vite dans sa cape, mais elle avait perdu l'un de ses escarpins – ça devenait une habitude – et le vent avait engourdi ses pieds.

Élyne se désintéressa cependant de ses vêtements en voyant approcher Darel. Elle lui décocha un regard meurtrier. Il baissa aussitôt les yeux, affichant un air contrit qu'elle ne lui connaissait pas. Il pouvait bien être désolé, cela ne changeait rien à la situation !

— Il me faudrait des hommes pour surveiller nos arrières, annonça-t-il à Dana Riadan en descendant de cheval.

La sergente hocha la tête et désigna cinq soldats, qui firent volter leurs bêtes en s'éloignant sans un mot. Leurs camarades mirent pied à terre.

— Est-ce que vous aurez besoin d'aide pour descendre, ma Dame ?

Fuite

Saina Vanroc se tenait juste en bas de son cheval. Élyne réprima une grimace en la reconnaissant. L'infirmière n'avait jamais usé d'autant de cérémonial avec elle, même en la sachant initiée du Sanctuaire. Que lui avait dit Darel, exactement ?

— Je devrais me débrouiller, merci, répondit-elle un peu plus sèchement qu'elle l'aurait voulu.

Elle leur montrerait à tous qu'elle n'était pas la petite chose fragile qu'ils semblaient croire. Elle s'appuya sur sa selle pour passer sa jambe gauche du côté droit et se laissa glisser à terre. Ses pieds ankylosés lui firent cependant défaut à la réception, elle perdit l'équilibre avant de basculer dans les bras de Saina, qui s'était précipitée pour la rattraper. Élyne retint avec difficulté le juron qui lui brûlait les lèvres.

Elle se dégagea aussi dignement qu'elle le put et chercha Darel.

— Vous me devez quelques explications ! exigea-t-elle.

Il tressaillit, mais ne détourna pas les yeux cette fois-ci. Plusieurs de ses soldats lui jetèrent des regards intrigués.

— Bien sûr, admit-il. J'ai constaté depuis les jardins du Sanctuaire que les choses étaient sur le point de dégénérer, j'ai donc pris la décision de vous exfiltrer.

— Qu'est-ce qui vous donnait le droit de prendre cette décision à ma place ?

Le silence s'épaississait tout autour d'eux, les cavaliers observaient leur joute verbale sans oser intervenir.

— Rien, reconnut-il, mais le temps me manquait pour vous détailler mon point de vue. Je suis désolé si vous en avez été blessée.

Elle croisa les bras, sourcils froncés. Il n'espérait quand même pas s'en sortir si facilement ?

— Vous êtes désolé de m'avoir blessée, releva-t-elle, pas d'avoir agi.

Il acquiesça, un peu à contrecœur.

— Si c'était à refaire, je le referais, ajouta-t-il. Ces protecteurs tenaient un discours on ne peut plus sérieux, vous n'étiez pas en sécurité au Sanctuaire.

— Osez prétendre que je le suis maintenant ! L'unique différence, c'est que je ne suis plus la seule personne impliquée. Que vous soyez prêt à risquer votre vie, c'est une chose, mais que faites-vous de celle de vos soldats ?

Le courrier de la princesse Aklune avait mentionné la possibilité de lui trouver un refuge, mais la supérieure ne renoncerait pas. Élyne ne serait jamais en sécurité, nulle part.

Un silence pesant suivit sa question.

— Ma Dame, s'avança bravement la femme qui l'avait prise en selle – une dénommée Jamma, de mémoire –, nous nous sommes tous portés volontaires pour cette mission en connaissance de cause. Nous savions à quoi nous attendre, le lieutenant nous l'a expliqué en détail avant notre départ de Danavie. Vous n'avez pas à vous préoccuper de notre sort.

Élyne en resta un instant bouche bée.

— Que vous a-t-il dit, exactement ?

— Que vous étiez une oracle du Sanctuaire de Sarano, retenue là-bas contre son gré. Que vous vous étiez échappée il y a quelques mois, avant d'y être renvoyée de force par le roi. Et la princesse Aklune nous a parlé de, euh, de vos relations familiales.

— Et qu'est-ce qui vous a poussés à vous porter volontaire ?

— Nous vous devons tous une vie, ma Dame, nous n'ignorons rien de votre prophétie de l'automne dernier.

Élyne secoua la tête. Ce n'était pas un mensonge à proprement parler, mais Darel avait déformé la réalité.

Fuite

Rien n'assurait que l'avalanche se serait déclenchée, ni que sa troupe se serait retrouvée en dessous.

Un bruit de cavalcade interrompit ses réflexions. L'un des éclaireurs revenait.

— Lieutenant ! Un groupe de cavaliers approche depuis le sud. Ils ont l'air nombreux.

Darel pâlit.

— Tout le monde à son poste !

Les Danaviens se ruèrent vers leurs chevaux et se mirent en formation. Certains posèrent la main sur le pommeau de leurs épées, d'autres sortirent de petits arcs.

Cette fois-ci, Élyne accepta l'aide de la sergente pour remonter en selle. Ce qu'elle découvrit une fois installée la glaça d'effroi. Les Danaviens avaient formé deux cercles autour d'elle, un petit de quatre personnes et un autre plus large d'une vingtaine de soldats, mais ils se trouvaient en infériorité numérique. Un flot de cavaliers en uniforme marron et or, couleurs de l'empire araléen, se déployait devant eux.

— Ne vous inquiétez pas, la rassura Dana Riadan. Nous allons vous évacuer vers l'ouest pendant que nos camarades retiendront les assaillants.

— Je ne peux pas laisser des gens mourir pour me protéger ! protesta Élyne.

La sergente lui jeta un regard surpris.

— Vous rendre ne sauverait personne. Que le lieutenant ait eu raison ou tort dans ses choix, il est trop tard pour revenir en arrière.

Ses mots sonnaient malheureusement trop vrai. Élyne ne s'était jamais sentie aussi impuissante de sa vie, des larmes de désespoir lui montèrent aux yeux.

Autour d'elle, la situation se stabilisait. Danaviens comme Araléens se tenaient maintenant immobiles, dans un face-à-face angoissant. Un homme se détacha du groupe qui les avait encerclés.

— Lieutenant Voklan de Danavie ? demanda-t-il d'une voix forte. Je suis le capitaine Nicoral. On m'a ordonné de vous ramener à Sarano, vous et votre troupe.

— J'ai peur d'avoir d'autres engagements, répondit Darel d'un ton neutre.

Plusieurs arcs se levèrent dans sa direction, il ne bougea néanmoins pas d'un pouce.

— Montrez-vous raisonnable, lieutenant. Vous êtes en infériorité numérique, alors même que nous attendons des renforts. Rendez-vous et personne ne sera blessé.

— Je doute que vos mages soient assez puissants pour m'éliminer. À moins que l'impératrice vous ait envoyé des membres de son unité d'élite ?

La question flotta un instant dans l'air, sans recevoir de réponse.

— C'est bien ce qu'il me semblait. Je vous retourne votre offre : écartez-vous de notre chemin.

Le capitaine secoua la tête avant de lever la main. Une volée de flèches s'abattirent dans la direction de Darel. Élyne poussa un cri strident, mais la trajectoire des projectiles s'incurva brusquement en direction du sol. Ils s'y écrasèrent sans toucher personne.

— Je ne referais pas cela si j'étais vous, commenta Darel. La supérieure Tinavia ne vous pardonnerait pas que sa meilleure oracle prenne une flèche perdue.

Sa nonchalance déstabilisa son adversaire, mais Élyne ne put s'empêcher de remarquer la nervosité de Dana.

Fuite

Combien de temps Darel pourrait-il dévier les projectiles ?

Il effectua un grand geste du bras. Sa magie repoussa la première ligne des attaquants, brisant le bel équilibre de leur formation. Les chevaux hennirent, deux soldats tombèrent à bas de leur monture et une flèche perdue s'écrasa au loin, avant que l'officier réagisse en aboyant une série d'instructions. Les gardes reconstituèrent les rangs, mais plusieurs d'entre eux échangèrent des regards nerveux.

— C'était mon dernier avertissement, annonça Darel. Reculez, ou subissez-en les conséquences.

Sa voix s'était teintée de menace. Le capitaine Nicoral hésita un instant.

— Libérez l'oracle et nous vous laisserons repartir.

Darel tira l'épée pour seule réponse. Les soldats des deux armées l'imitèrent dans la foulée, tout en campant sur leurs positions. Élyne se décomposa, plus désespérée que jamais.

Les secondes s'égrenèrent, dans un silence de mort.

— Vous sentez-vous prête pour une nouvelle chevauchée ? lui demanda Dana. Le lieutenant s'apprête à nous ménager une ouverture.

Le cœur d'Élyne se serra. Son départ sonnerait le début du combat…

Le claquement sec d'un battement d'ailes la dispensa de répondre. Tous les regards convergèrent vers le ciel, où deux énormes dragons s'embrasèrent. Un hoquet de stupeur collectif se mêla aux hennissements affolés.

L'étonnement vira à la panique générale quand les reptiles se lancèrent dans une série de piqués, visant indifféremment des soldats des deux camps. Les Araléens rompirent aussitôt leur encerclement, leurs montures terrifiées s'éparpillèrent dans toutes les directions.

Autour d'Élyne, les Danaviens s'efforçaient néanmoins de tenir leurs positions, contrôlant de leur mieux les écarts désespérés des chevaux.

Darel finit par ordonner la retraite d'un geste du bras. La troupe se précipita vers l'ouest, mais les reptiles s'engouffrèrent dans leur sillage, sans cesser leurs attaques. Élyne devait absolument s'éloigner du groupe, le temps de trouver comment apaiser ses amis ailés.

Un dragon immaculé aux écailles bordées de flammes fonça en piqué sur sa gauche. Flocon ! Il reprit de la hauteur un instant plus tard, après avoir roussi l'uniforme de Jamma. Elle devait lui expliquer que la soldate était une alliée.

— Faites-moi descendre, demanda-t-elle en espérant que la jeune femme l'entendrait.

Jamma ne réagit pas, trop concentrée sur sa trajectoire pour écouter ses paroles. Élyne tenta de se contorsionner pour attirer son attention, mais son mouvement coïncida avec un écart du cheval. L'élan l'emporta sur la droite et elle vida les étriers, entraînant la soldate dans sa chute.

Elles heurtèrent le sol avant même d'avoir le temps de crier. Ce dernier se révéla bien plus mou que prévu, il absorba leurs deux corps et les propulsa quelques mètres plus loin, à l'écart des sabots de la troupe. En sécurité. Une sourde douleur vrilla cependant les tempes d'Élyne quand elle tenta de se redresser. De la magie… Darel !

Elle tourna la tête pour le découvrir quelques pas derrière elle, blanc comme un linge. Quand était-il descendu de cheval, exactement ? Il venait en tout cas de lui sauver la vie, une fois de plus.

Flocon ne l'entendait néanmoins pas de cette oreille, il fondit sur le lieutenant de manière répétée, s'interrompant chaque fois à quelques centimètres de sa cible. Darel le repoussait par magie, ce que le dragon percevait comme une attaque…

Élyne rassembla ses esprits pour les rejoindre, d'un pas peu assuré. Elle s'interposa alors que Flocon lançait un nouvel assaut, ferma les yeux en voyant la boule blanche incandescente lui foncer dessus. Son ami éteignit heureusement ses flammes juste avant de la percuter. Elle bascula en arrière et serait tombée de nouveau si Darel ne l'avait pas retenue. Elle avait cependant établi le contact, c'était le principal.

L'esprit de Flocon était noyé sous un maelstrom d'émotions, plus confuses les unes que les autres. Peur, douleur, colère et défi se mêlaient dans une danse désordonnée. Il avait clairement perçu les sentiments d'Élyne, à distance, et s'était mis en tête de venir la secourir. C'était aussi adorable que terrifiant.

— Personne ne m'a fait de mal, tenta-t-elle de le rassurer en mettant sa panique de côté. J'ai eu très peur, c'est vrai, mais je vais bien. Vous avez dispersé les soldats araléens, les autres sont des amis. Ne les attaquez pas, s'il vous plaît…

Elle caressa doucement ses écailles pour appuyer ses propos. Leur chaleur intense la fit frissonner. Elle avait joué avec le feu, dans tous les sens du terme.

La colère de Flocon se mua en perplexité. Il sentait encore des traces de magie en elle et persistait à vouloir les interpréter comme une agression. Élyne se força à faire le vide dans son esprit puis invoqua les images les plus positives qui lui vinrent en mémoire. La douceur avec laquelle Saina l'avait soignée des mois plus tôt, la gentillesse de Dana, les discussions avec Darel et le courage avec lequel ils s'étaient tous mis en danger pour la protéger. Elle insista sur sa gratitude, enfouissant sa peur, sa colère et sa douleur au plus profond d'elle-même.

L'agitation de son ami se calma enfin. Il se lova dans ses bras, rasséréné. Dans le ciel, les dragons troquèrent leurs piqués enflammés pour des vols plus paresseux.

— Vous êtes absolument adorables, les remercia-t-elle au travers de Flocon. Je vais devoir partir, mais je n'oublierai pas tout ce que vous avez fait pour moi.

Elle ponctua sa déclaration de pensées reconnaissantes et affectueuses. La vague d'amour qui lui revint en écho lui tira des larmes, elle en perdit un instant le fil du temps.

Flocon finit cependant par quitter le cocon de ses bras pour reprendre son vol. Il virevolta un moment autour d'elle avant de disparaître au loin, rapidement imité par ses camarades.

Élyne se tourna de nouveau vers Darel et sa troupe. Leurs regards admiratifs mêlés de crainte la mirent mal à l'aise.

— Est-ce que tout le monde va bien ? demanda-t-elle pour briser le silence.

Jamma s'était relevée un peu plus loin et semblait ne s'être rien cassé, c'était déjà ça.

— Quelques brûlures mineures chez certains, mais rien de grave, répondit Darel. Et de votre côté ?

Il buta légèrement sur le vouvoiement qu'elle lui avait imposé lors de leur conversation précédente, ce qui lui serra le cœur.

— J'ai écopé des maux de tête habituels, admit-elle enfin, mais je peux difficilement vous le reprocher.

— Avez-vous vraiment lâché ces dragons sur les troupes araléennes ? demanda-t-il après quelques secondes de silence. J'ai peut-être sous-estimé votre capacité à vous défendre.

— Je n'ai rien fait, l'arrêta-t-elle aussitôt. Enfin, pas délibérément. Ma panique a attiré les dragons, mais j'ignore ce qu'ils en ont compris. Et je préférerais ne pas retenter l'expérience. Si je n'avais pas réussi à les apaiser…

Elle en frissonna de nouveau. Ils avaient frôlé la catastrophe.

— Vous les avez calmés, c'est le principal. Maintenant, si vous n'y voyez pas d'objection, nous devrions partir avant d'attirer d'autres garnisons.

Elle acquiesça. Tout, plutôt que de revivre un pareil cauchemar.

Chapitre 23
Alternatives

Darel réprima un bâillement, puisant une fois de plus dans ses réserves magiques pour chasser la fatigue. Il avait encouragé Élyne à prendre du repos dès leur arrivée dans ce fortin danavien proche de la frontière, mais il ne pouvait pas s'offrir le même luxe : quelqu'un devait bien se charger de la défense des lieux.

Il avait trop sollicité ses pouvoirs ces dernières heures, entre son attaque des protecteurs, sa résistance face aux gardes araléens et l'assaut des dragons. Sa magie s'épuisait de manière inexorable. Darel aurait tôt ou tard besoin de sommeil pour régénérer son énergie, il espérait juste ne pas s'écrouler avant d'avoir paré au plus pressé.

Il finalisait l'itinéraire de la prochaine patrouille avec ses éclaireurs dans l'une des salles de garde quand on frappa à la porte. Encore un nouveau rapport… Darel releva la tête et se figea en voyant entrer Élyne. Les traits tirés, elle ne semblait guère plus reposée qu'à leur arrivée. Elle jeta un rapide coup d'œil aux trois soldats attablés autour de la carte des environs avant de fixer son regard sur lui.

— Il faudrait qu'on discute, annonça-t-elle.

— Bien sûr.

Il congédia ses éclaireurs d'un geste. Ces derniers s'éclipsèrent en silence, les laissant seuls dans le bureau.

— Tu as une tête à faire peur, fit remarquer Élyne. As-tu pris un peu de repos depuis notre arrivée ici ?

Il tressaillit en réalisant qu'elle était repassée au « tu ».

— Non, avoua-t-il. Mais tu ne me sembles pas avoir beaucoup dormi non plus.

— Trop de cauchemars. Si c'est pour voir des dragons s'embraser ou entendre Aklune et son père se disputer dans ma tête, je préfère encore être réveillée. J'en ai profité pour discuter avec Dana Riadan.

Darel avait chargé la sergente d'établir une liste de cachettes et d'alliés potentiels pour Élyne, espérant ainsi limiter le nombre de mages impliqués. Il avait été jusqu'à s'exclure lui-même des préparatifs, mais ne doutait pas de la qualité du travail effectué. Sa subordonnée savait se montrer efficace.

— Si tu souhaites te rendre dans un des lieux qu'elle t'a proposés, tu n'as pas besoin de m'en informer, l'avertit-il.

— Elle me l'a expliqué, mais ce n'est pas de cela que je voulais parler. Du moins, pas tout de suite. J'aimerais que tu me détailles les conséquences de ton coup d'éclat. Pour la Danavie, pour tes hommes, mais aussi pour toi.

— Ne t'en fais pas pour ça, la rassura-t-il, on devrait réussir à garder la situation sous contrôle.

Elle croisa les bras sur son torse et son visage se durcit dans l'une des expressions déterminées qu'il admirait tant.

— N'essaie pas de me cacher la vérité, tu veux ? J'ai le droit de connaître les conséquences des choix que tu as faits en mon nom. Et puis, ce serait injuste de ta part de prétendre me protéger de moi-même tout en m'empêchant de te rendre la pareille.

Darel grimaça. Elle le tenait, il lui devait une réponse honnête.

— En ce qui me concerne, je vais être radié de l'armée pour insubordination. J'ai désobéi à plusieurs ordres directs de ma hiérarchie, même si j'ai agi selon des instructions officieuses d'Aklune.

Cette décision avait été la plus dure de toutes. En renonçant à l'armée, il renonçait à sa carrière comme à son entourage le plus proche.

Il tenta de ne pas flancher devant la moue réprobatrice de la jeune femme et poursuivit :

— Si tu choisis de te cacher, je m'assurerai de disparaître moi aussi, dans un autre endroit que le tien pour ne pas te mettre en danger. Le roi Keral pourra alors m'accuser de trahison et préserver la paix en Danavie. Si tu choisis de te battre, les choses seront plus compliquées. Tout dépendra de l'issue du conflit.

— Et tes hommes ? Ta sergente affirme que tu as l'intention de prendre le blâme de l'opération à leur place.

Il n'avait jamais mentionné cette possibilité, mais Dana le connaissait un peu trop bien.

— En effet. Prétendre ignorer ma trahison devrait les protéger sans aggraver ma situation, au point où j'en suis. Mes soldats seront réaffectés à différentes unités, mais ils ne devraient pas subir de conséquences trop lourdes.

Il avait tout fait pour s'en assurer et Aklune avait promis d'y veiller.

— Tu n'as pas besoin de te décider sur-le-champ, renchérit-il. Prends le temps d'étudier la liste de Dana, nous ne sommes pas à un ou deux jours près. Les troupes araléennes y réfléchiront à deux fois avant de venir nous chercher de ce côté-ci de la frontière, d'autant plus qu'ils doivent savoir que nous nous sommes retranchés.

Plusieurs oiseaux avaient survolé le fortin lors des dernières heures, mais aucun n'avait osé s'approcher. Darel devrait remercier Aklune de leur avoir déniché une place forte digne de ce nom – et d'avoir éloigné sa garnison habituelle.

Élyne secoua la tête.

— Ta sergente a effectué un travail remarquable, mais je n'ai pas l'intention de me cacher. Je serais incapable de vivre dans l'angoisse permanente d'être découverte. Et puis, quelque part, ce serait un aveu d'échec.

Darel frémit. Il avait à la fois espéré et craint cette décision. Espéré, parce que si la jeune femme avait choisi de se cacher, elle aurait disparu de sa vie à jamais. Craint, parce qu'affronter le Sanctuaire à visage découvert se révélerait sûrement bien plus dangereux que de fuir. Il s'efforça de dissimuler son trouble.

— Dans ce cas, nous devrions faire route vers Dangor dès que possible.

La capitale leur assurerait une meilleure protection qu'un simple fortin de frontière. Aklune s'était probablement déjà chargée de prévenir ses parents. Elle veillerait au bon accueil de sa sœur, même si la confrontation avec le roi avait dû s'avérer houleuse. Les cauchemars d'Élyne avaient peut-être des accents de prophétie après tout.

La jeune femme pinça les lèvres.

— Je ne veux pas aller à Dangor.

Il en resta stupéfait.

— Tu y serais pourtant plus en sécurité. Il faudrait une armée pour déloger quelqu'un de la capitale.

Elle laissa échapper un sourire triste.

— Le Sanctuaire recrutera celle de l'impératrice, si personne ne l'en empêche. Si je dois déclencher une guerre, je tiens à en minimiser les effets.

Il fronça les sourcils, perplexe.

— Comment comptes-tu t'y prendre ?

— Je dois agir de manière imprévisible pour surprendre Tinavia et garder un coup d'avance. J'aimerais me rendre à Voran, pour chercher des soutiens valeansiens.

— La reine Almia accueille très fraîchement tout ce qui vient de Danavie, tenta-t-il de la prévenir. Si tu lui révèles être la fille cachée du roi…

— J'ai besoin de l'appui du royaume de Valeans, le coupa Élyne, que je le veuille ou non. Et puis, je n'ai pas de querelle personnelle avec la reine Almia. Si elle n'aime pas Keral de Danavie, ça tombe bien : moi non plus.

Darel réprima une grimace. Élyne se faciliterait la tâche en acceptant de se réconcilier avec son père, mais il était bien mal placé pour le lui suggérer. Ses parents à lui le déshériteraient dès qu'ils apprendraient son coup d'éclat.

— Tu penses qu'elle t'aidera ? demanda-t-il à la place.

Elle haussa les épaules.

— Je l'ignore. Je me suis documentée ces derniers mois, le Sanctuaire a beaucoup interféré dans votre conflit. La reine pourra peut-être me fournir une partie des réponses qui me manquent, à défaut de son soutien. Si elle est aussi intelligente qu'on le dit, elle prendra au moins le temps de m'écouter. Et peut-être qu'elle acceptera d'intercéder auprès de l'impératrice. Promets-moi que tu ne m'empêcheras pas d'y aller !

Sa dernière remarque s'était teintée de colère. Darel encaissa la réprimande sans protester.

— Je te laisserai faire tes propres choix sans interférer, jura-t-il.

Elle lui lança un regard sceptique, dans lequel il crut quand même déceler une lueur de soulagement.

— Quand penses-tu que je devrais partir ? demanda-t-elle enfin.

— Tout dépendra du chemin que tu préfères emprunter. Si tu coupes au plus court vers le nord, tu rejoindras la frontière en une journée, mais le trajet jusqu'à Voran restera long ensuite. Tu peux aussi choisir de passer par les montagnes pour limiter les risques d'être interceptée, mais ça nécessitera des préparatifs plus poussés.

De nombreux cols étaient toujours enneigés, au moins partiellement. Leur traversée serait tout sauf facile, mais Élyne y gagnerait en discrétion.

— Je vais y réfléchir, décida la jeune femme. Je te dirai ça demain, n'en parle à personne d'ici là.

— Bien sûr.

— En attendant, pourrais-tu me raconter ce que tu sais de la situation à Dangor ?

— Tu as des questions particulières en tête ?

— J'aimerais comprendre la façon dont les mages danaviens vont réagir aux derniers événements.

— Ne t'embête pas avec la noblesse pour le moment, lui conseilla-t-il. Aklune se chargera de leur expliquer les choses.

Elle leva les yeux au ciel.

— Comment veux-tu que j'énonce des prophéties satisfaisantes sans comprendre un minimum le contexte ? J'aurai besoin de connaître les mages décisionnaires des deux camps pour focaliser mes visions. Je me débrouillerai avec mes souvenirs pour ce qui concerne l'empire, mais tu peux m'aider pour la Danavie.

Il fronça les sourcils, perplexe. De quelles prophéties parlait-elle ?

— Tu m'as sous la main et tu n'as pas prévu d'utiliser mes dons ? insista-t-elle. Tinavia n'hésitera pas à lancer ses quatre oracles restants sur les traces de mon entourage.

— J'imagine, mais comment veux-tu prédire les mouvements de la supérieure ? En te basant sur l'unique mage du Sanctuaire ?

Elle lui répondit par un sourire.

— Le Sanctuaire n'agira pas seul. Tinavia demandera l'aide de l'impératrice.

Il en resta un instant stupéfait avant de sentir un frisson d'excitation le parcourir. Ils n'étaient pas aussi désarmés qu'il l'avait cru.

Les jours suivants filèrent dans un tourbillon de préparatifs. Élyne parvint à émettre deux prophéties successives, que Darel prit en note avec application. Il espérait cependant ne pas réitérer l'expérience : le visage inexpressif de la jeune femme pendant ses transes le mettait mal à l'aise, tout comme la voix blanche avec laquelle elle énonçait ses prédictions. Élyne donnait l'impression de n'être plus qu'une coquille vide habitée par des forces qui la dépassaient.

Ces séances leur apprirent au moins que le Sanctuaire comptait rassembler des troupes à la frontière danavienne. L'armée du roi Keral fortifierait ses positions en représailles, tout en réclamant l'ouverture de négociations. Élyne décida donc de rejoindre Voran par les montagnes, au nord-ouest.

Un choix logique, mais porteur de nouvelles questions : par quel col traverser ? Fallait-il intégrer des mages à l'escorte ? Darel finit par lui suggérer un groupe de six personnes, dont il serait le seul mage, et la jeune femme l'accepta sans discuter.

Ils quittèrent le fortin en pleine nuit, pour gagner en discrétion. Dana avait promis de dissimuler leur absence aussi longtemps que possible – y compris au reste de la troupe –, pour faire durer le secret.

Ils venaient de s'engager dans la vallée de la Malva quand un faucon les survola, de manière un peu trop évidente. Un familier, c'était certain. Le rapace plana dans leur direction et Darel ne le quitta pas des yeux, jusqu'à reconnaître Sario, le faucon d'Aklune.

— On va faire une pause, annonça-t-il au reste du groupe.

Il immobilisa sa monture et sauta à terre pour libérer de la place sur sa selle. L'oiseau s'y percha aussitôt et laissa Darel vider sa petite sacoche.

— De quoi s'agit-il ? demanda Élyne.

Elle s'était approchée dans son dos pendant que leurs camarades s'installaient plus loin.

— D'un message d'Aklune. Il t'est adressé, d'ailleurs.

Il lui tendit la lourde enveloppe, dont elle rompit le sceau d'une main peu assurée. Plusieurs feuillets s'en échappèrent, ainsi qu'une chevalière.

Élyne rattrapa le bijou juste avant qu'il tombe à terre. Darel retint son souffle en le reconnaissant. Cette bague avait été offerte à la princesse par son père quand il l'avait nommée héritière du royaume. Aklune la portait à l'annulaire droit et ne s'en était jamais séparée à sa connaissance. Comme signe de soutien, elle pouvait difficilement trouver plus explicite.

Il réprima son envie de lire le message accompagnateur par-dessus l'épaule d'Élyne et patienta jusqu'à ce qu'elle relève les yeux.

— Des nouvelles de la capitale ?

— Aklune a confronté son père, annonça Élyne. Il est furieux de la situation, mais coopérera parce qu'elle l'a menacé de révéler au Sanctuaire qu'elle a commandité ton coup d'éclat. Est-ce qu'ils connaissent notre destination ?

— Oui et non. Aklune savait pouvoir nous joindre dans les montagnes, mais je ne lui ai rien dit de tes projets. Et si tu souhaites que ça continue, mieux vaudrait éviter d'en parler devant son familier.

Sario se lissait les plumes sur sa selle, en attente d'une éventuelle réponse. Élyne acquiesça et se tourna vers le faucon.

— Désolée, mais je préfère limiter le nombre de mages au courant de mes plans. Merci quand même pour ton aide. J'espère que ça ne te retombera pas dessus si les choses dégénèrent…

L'oiseau claqua du bec, comme pour l'interrompre.

— Aklune a fait ses choix en connaissance de cause, la rassura Darel, elle en assumera les conséquences si nécessaire. As-tu d'autres informations à lui communiquer, tant qu'on l'a sous la main ?

Élyne secoua la tête.

— J'essaierai de la tenir au courant de la suite, mais je ne peux rien promettre.

— Tu ferais mieux de repartir, alors, suggéra Darel à Sario. Ça nous évitera de devoir surveiller nos paroles.

Le faucon sautilla sur place avant de s'envoler dans un impressionnant battement d'ailes. Quelques secondes plus tard, il n'était déjà plus qu'un point indistinct dans l'étendue bleutée du ciel.

— La princesse, reprit Élyne, elle m'a envoyé… je ne sais pas exactement ce que c'est. Une délégation de son autorité ?

Elle lui tendit l'un des feuillets et Darel y jeta un coup d'œil. Le papier avait l'allure d'un document officiel, Aklune s'y engageait dans une écriture claire et déliée à tenir toutes les promesses faites en son nom par le porteur de sa chevalière.

— Ça y ressemble, en effet. Elle ne donne pas davantage de détails ?

— Pas à ce sujet.

Elle frissonna et Darel soupçonna que ce n'était pas de froid. Disposer de tant de pouvoir devait avoir un côté intimidant.

— Ce n'est qu'une possibilité, la rassura-t-il. Tu es libre de l'utiliser ou non, comme tu le souhaiteras.

Elle se replongea dans le courrier.

— Aklune pense également que je lui ai envoyé des images de dragons, le jour où on s'est échappés. Qu'est-ce que tu lui as raconté de notre trajet ?

— Je n'ai pas parlé des dragons, si c'est ta question. J'avais l'impression que tu préférais garder le secret.

Le rapport des gardes araléens devait les mentionner, mais la supérieure s'imaginerait sûrement que les démonstrations magiques de Darel avaient irrité des reptiles de passage, sans chercher plus loin.

— Tu penses qu'elle peut les avoir vus dans ma tête ?

Sa voix tremblait légèrement. Logique, Darel aurait lui aussi détesté apprendre qu'il avait projeté des images en direction d'une quasi-inconnue. Aklune ne trahirait heureusement aucun des secrets d'Élyne.

Il haussa les épaules pour dédramatiser la situation.

— C'est possible, si vous avez créé un lien magique.

Restait à comprendre comment. Un lien avec un familier se construisait sur le long terme par offrandes successives de magie - l'animal pouvant choisir de rejeter l'énergie donnée par le mage ou au contraire de se l'approprier –, mais cette technique n'avait jamais fonctionné entre deux humains. La façon dont le mage du Sanctuaire avait privé Élyne de son potentiel était cependant inédite et pouvait avoir des répercussions inattendues.

— Aklune parie sur un lien, confirma Élyne.

— Cela expliquerait que son énergie réagisse bizarrement en ta présence, c'est sûr. Est-ce que tu as ressenti quoi que ce soit, de ton côté ?

Élyne éclata d'un rire nerveux.

— Pendant l'attaque des dragons ? J'étais trop terrifiée pour prêter attention à autre chose.

— Un sentiment partagé, s'esclaffa-t-il. Mais je voulais surtout demander si tu avais perçu des images envoyées par Aklune, à d'autres moments.

Elle secoua la tête, avant de se figer, très pâle.

— La dispute avec le roi, balbutia-t-elle finalement. Mais c'était un rêve…

Bien vu. Pourquoi Darel n'y avait-il pas pensé lui-même ?

— Un rêve si vivace que tu m'en as parlé au réveil, commenta-t-il. Il faudrait vérifier auprès d'Aklune que la scène s'est déroulée comme tu l'as imaginée, mais ça pourrait confirmer l'hypothèse d'un lien entre vous.

Restait à comprendre la façon dont il fonctionnait. La réponse le frappa un instant plus tard, comme une évidence.

— Vos pensées entrent en résonance quand vous éprouvez des émotions intenses. Ta terreur a activé votre lien lors de l'attaque des dragons, la colère d'Aklune s'en est chargée pendant la dispute.

Élyne fronça le nez dans une mimique songeuse.

— Ça pourrait se tenir, concéda-t-elle, tout en expliquant qu'on ne s'en soit pas rendu compte plus tôt. Je n'aime quand même pas l'idée de partager des choses inconsciemment.

— Vous trouverez des moyens de contrôler ces échanges, j'en suis sûr. Aklune est douée pour improviser des techniques magiques, tu pourras en parler avec elle.

— Peut-être… il va falloir que j'y réfléchisse. Merci d'avoir pris le temps d'en discuter, en tout cas.

— Il n'y a pas de quoi. Aklune doit être tout aussi perplexe si elle s'est donné la peine de t'écrire plusieurs pages sur le sujet.

Élyne secoua la tête.

— Elle ne fait que le mentionner, le reste de sa lettre détaille l'évolution de la situation à Dangor. La dernière partie te concerne, d'ailleurs. Tu devrais peut-être la lire toi-même.

Son expression sombre trahissait la présence de mauvaises nouvelles.

— Laisse-moi deviner, reprit-il d'un ton faussement jovial. Mes parents m'ont déshérité ?

Elle détourna les yeux.

— En effet. Je suis désolée.

Il s'attendait à cette nouvelle, elle ne s'en révéla pas moins douloureuse. Darel savait qu'il ne correspondait pas à leur vision du fils parfait, mais il avait espéré se voir un jour accepté pour ce qu'il était. En vain.

— Ne le sois pas, tenta-t-il cependant de la rassurer, rien n'est de ta faute. Ce titre de duc est un carcan, de toute façon. Mes parents viennent de m'offrir plus de libertés que je n'en ai jamais eues.

— Tu as aussi été inculpé de trahison et dégradé en attente d'un procès, poursuivit Élyne, de plus en plus gênée.

— Logique, se résigna-t-il. Les souverains ont agi comme ils le devaient pour protéger le royaume.

— Aklune précise quand même que ces accusations sont provisoires et ont été lancées pour brouiller les pistes. Elle promet de faire sauter l'inculpation de trahison quand tu rentreras.

Elle essaierait, Darel n'en doutait pas un seul instant. Restait à savoir si elle réussirait. Cela dépendrait de l'entrevue d'Élyne avec la reine de Valeans ainsi que de la puissance des armées levées par le Sanctuaire.

— Je m'en préoccuperai plus tard. Beaucoup de choses peuvent changer d'ici là et nous avons d'autres soucis pour le moment.

L'expression triste d'Élyne se mua en une moue dubitative, mais elle n'insista pas. Tant mieux, il ne pourrait plus maintenir sa façade impassible très longtemps et il ne voulait pas s'effondrer devant elle.

— Tu devrais enfiler ça avant de la perdre, reprit-il en lui indiquant la chevalière.

Elle secoua la tête.

— Je ne peux pas, j'aurais l'impression d'usurper la place d'Aklune.

— À toi de voir, mais nous serons sûrement fouillés à la frontière. Si tu la gardes dans tes poches, les soldats valeansiens la découvriront et risquent de se poser des questions.

Élyne hésita, les yeux rivés sur la bague dorée.

— Porte-la en pendentif, suggéra-t-il. On doit avoir des lacets de rechange dans nos bagages. Tu pourras la glisser sous ta chemise et personne ne la remarquera.

— Bonne idée.

Elle suivit son conseil, dissimula la délégation d'Aklune dans la doublure de sa veste et brûla le reste du courrier. Le petit groupe reprit la route.

Ils atteignirent le fond de la vallée à la tombée de la nuit. Le feu d'un campement valeansien étincelait, plusieurs mètres en contrebas.

— Nous y voilà, annonça Darel. Aucun regret ? Une fois qu'on se sera livrés, il nous sera impossible de revenir en arrière.

— Il faut que je le fasse, confirma Élyne. Mais je peux m'y rendre seule, si tu préfères.

— Ce n'est pas ce que j'ai dit, la corrigea-t-il aussitôt. Si tu y vas, j'irai aussi. Et je suis à peu près certain que les autres penseront la même chose.

Elle resta silencieuse un long moment.

— Ces soldats auront sûrement déjà entendu parler de moi, insista-t-il. Je peux me débrouiller pour obtenir une audience avec la reine sans leur révéler ton identité. Et une fois sur place, je te laisserai gérer la situation.

— Je suppose que tu as raison. On y va ce soir ?

— Comme tu préfères. Les étoiles ne risquent pas de te poser problème ?

Le ciel s'annonçait plus dégagé que les nuits précédentes, les premières constellations pointaient même dans la semi-obscurité.

Élyne secoua la tête.

— Je me débrouillerai, je contrôle mieux mes pouvoirs. Et si je recule aujourd'hui, j'ai peur de ne plus oser demain.

Un sentiment que Darel ne comprenait que trop bien.

— C'est parti pour ce soir, alors.

Il rassembla d'un geste la troupe autour d'eux.

— Dernier rappel des consignes avant l'opération. Règle numéro un : coopérez. Notre présence risque de rendre les Valeansiens nerveux, je préférerais éviter les incidents. Livrez-leur toutes vos armes, y compris celles que vous auriez dissimulées. Et quand ils vous fouilleront, laissez-vous faire. Règle numéro deux : gardez le silence en toutes circonstances. Je m'occuperai des négociations, mais ils tenteront d'en apprendre davantage en espionnant vos conversations. S'ils vous posent des questions, annoncez-leur que vous n'y répondrez pas sans mon autorisation. C'est compris ?

Il faisait confiance à ses soldats pour agir de manière professionnelle, mais ce type de consigne n'était jamais trop répété. Ils se jetaient dans les bras de l'ennemi, après tout. Une vigilance de tous les instants s'imposait.

Le sérieux se lisait sur tous les visages, en dépit de la tension palpable. Ils le suivraient jusqu'au bout. Darel sentit une vague de fierté lui gonfler le cœur. Ces hommes et ces femmes constituaient sa vraie famille, celle qui ne l'avait pas abandonné. Il espérait seulement ne pas les conduire au désastre.

Élyne se glissa parmi eux avant d'ajuster une dernière fois son uniforme danavien. Ils se remirent en route, menant leurs chevaux au pas.

— Qui va là ? les arrêta un guetteur, quelques minutes plus tard.

— Lieutenant Darel Voklan, de Danavie, répondit-il dans un valeansien approximatif. Je souhaiterais parler à votre supérieur.

Il songea avec un pincement au cœur qu'il se présentait peut-être ainsi pour la dernière fois. La nouvelle de sa dégradation se répandrait de ce côté de la frontière également.

La sentinelle appela des renforts, une vingtaine de soldats se pressèrent bientôt autour d'eux. Darel et sa troupe furent priés de descendre de cheval, puis de déposer leurs armes. Ils obtempérèrent et se soumirent à la fouille valeansienne. Jusqu'ici, tout se déroulait comme prévu, même si cette reddition avait un arrière-goût désagréable.

— Votre familier ? demanda un sergent à Darel.

Il extirpa Sara de son col avec douceur et la laissa s'enrouler autour de son bras, par-dessus l'uniforme.

Froid, protesta-t-elle.

Tu veux un peu de magie pour te réchauffer ? J'ai peur que les négociations prennent du temps et ils insisteront pour te garder à l'œil.

Elle acquiesça et il lui glissa de l'énergie par leur lien avant de reporter son attention vers le Valeansien. L'homme jeta un regard suspicieux au serpent.

— Conservez-le bien en vue et suivez-moi. Vos camarades restent ici.

Darel lui emboîta le pas jusqu'à une tente où se trouvaient cinq officiers. Certains d'entre eux avaient la main sur le pommeau de leur épée. Sa présence les rendait nerveux et il les comprenait : lui aussi aurait détesté être tiré du lit pour interroger un mage ennemi.

Agressifs, commenta Sara, que la magie avait très visiblement revigorée.

Il faut reconnaître que j'ai déjà connu des assemblées plus accueillantes.

Comte, renchérit-elle. *Mesquin.*

Darel n'était pas près de l'oublier, celui-là. Le comte Palova lui en avait tellement voulu d'avoir été nommé lieutenant avant son neveu qu'il avait passé un repas entier à le tourner en ridicule, avec la complicité de ses amis.

Sara s'était sentie obligée de le venger à l'époque. Le souvenir de l'expression du comte quand il avait découvert un rat mort dans sa poche aurait arraché un éclat de rire à Darel s'il ne s'était pas trouvé dans une tente ennemie.

L'avancée d'un capitaine brun et athlétique d'une trentaine d'années le ramena au présent. L'homme lui lança quelques mots dont Darel ne saisit que des bribes.

— Je suis désolé, s'excusa-t-il, mon valeansien n'est pas très bon.

Son interlocuteur soupira, mais reformula sa question.

— Lieutenant Voklan, c'est bien ça ?

Darel acquiesça.

— Je suis le capitaine Agari Vitalis.

Ce nom lui rappela de lointains souvenirs, ce devait être l'un des nombreux petits-fils de la reine Almia. Sa présence dans le camp était de bon augure : si Darel parvenait à le convaincre de leur arranger une audience avec sa grand-mère, il n'aurait pas à gérer d'autres intermédiaires. L'homme le dévisagea d'un regard suspicieux.

— Que faites-vous ici ?

— J'ai des informations importantes pour la reine Almia.

— Je vous écoute.

Darel secoua la tête.

— Je veux parler à la reine.

— Pourquoi ? Pour lui demander l'asile ?

Il se raidit. Agari Vitalis avait donc reçu des nouvelles du Sanctuaire, lui aussi. La marge de manœuvre de Darel s'en trouvait réduite.

— Je ne cherche pas à fuir.

— Où est l'initiée que vous avez enlevée ?

— C'est une oracle et je ne l'ai pas enlevée. Je l'ai aidée.

Il n'était pas certain de sa structure de phrase, mais il espérait que son interlocuteur en comprendrait le sens général. Quel dommage qu'Élyne ne puisse pas mener la conversation à sa place !

— Elle est en sécurité, reprit-il. Loin.

Ces officiers devaient continuer d'ignorer la présence d'Élyne dans leur camp. La tentation de la ramener à Sarano pour empocher la récompense serait trop grande.

Le Valeansien le scruta avec curiosité.

— Pourquoi avoir fait ça ?

— Je le dirai à votre reine.

Le capitaine plongea ses yeux dans les siens et Darel soutint son regard.

— Et vos camarades ?

— Ce sont des témoins.

L'attention d'Agari Vitalis se focalisa sur Sara, toujours enroulée autour de son bras.

— D'autres mages entraînés ?

— Non.

Il marqua un nouveau moment de silence.

— Ne bougez pas d'ici.

Le capitaine tourna les talons et abandonna son prisonnier avec les officiers. Ces derniers se raidirent, l'un d'entre eux tira même sa lame. Darel s'efforça de rester immobile pour ne pas les alarmer.

Alternatives

Deux longues heures s'égrenèrent, pendant lesquelles Sara lista méthodiquement à Darel les façons dont il pourrait s'échapper. Il n'avait pas la moindre intention de les tester, mais l'exercice intellectuel l'amusa assez pour qu'il se prenne au jeu et cherche les failles de ses raisonnements.

Ils débattaient mentalement de la cinquième stratégie – projeter le familier sur le visage du garde le moins attentif et profiter de l'effet de surprise pour lui arracher son arme – quand Agari Vitalis réapparut enfin.

— Je vais vous emmener à Voran, annonça-t-il à Darel d'un ton las.

Il l'escorta jusqu'à la cour, où un chariot les attendait. Six formes sombres étaient déjà installées à l'intérieur, serrées sur un banc. Élyne et les autres. Leurs mains avaient été entravées, mais ils semblaient bien se porter. Ils le saluèrent de la tête et Darel leur sourit en retour pour les rassurer.

On le guida vers le coin opposé du chariot, jusqu'au siège muni de sangles qui faisait l'angle. Il se crispa, même s'il l'avait vu venir. Le seul moyen de neutraliser un mage ennemi était de l'endormir, les Valeansiens auraient été stupides de procéder autrement.

On le laissa au moins libre d'ajuster lui-même les attaches qui le maintiendraient. Il s'acquitta de la tâche avec un soin tout particulier : trop serrées et elles lui couperaient la circulation, trop lâches et il se cognerait à la première embardée. Lorsqu'il s'estima enfin satisfait, Darel releva les yeux en direction du capitaine.

— Désirez-vous autre chose ? lui demanda ce dernier. Une couverture ?

Darel secoua la tête. Toute la troupe s'était vêtue chaudement en prévision de la soirée.

— Très bien. Votre main, s'il vous plaît.

— Combien de temps ? s'enquit Darel.

— Six à sept heures.

De quoi couvrir leur trajet, ça restait raisonnable.

Ils vont m'endormir, prévint-il Sara. *Tu te tiendras sage jusqu'à mon réveil ?*

Protéger ? suggéra-t-elle.

C'est gentil, mais je n'aurai pas besoin de protection, ça ne durera que le temps du voyage.

Surveiller, décida-t-elle en revenant se lover dans son col.

Si tu veux. Tu pourras tout me raconter à l'arrivée, sois sage d'ici là.

Il la gratifia d'une dernière caresse et tendit sa main nue au capitaine. Puis serra les dents en anticipation de la décharge magique.

Chapitre 24
Négociations

Leur trajet vers le nord s'éternisait. Élyne avait tenté d'en profiter pour se reposer, sans succès : l'inquiétude et les secousses la maintenaient éveillée, sans parler des cordes qui irritaient ses poignets. La présence toute proche des soldats danaviens ne lui apportait malheureusement aucun réconfort, ils restaient aussi muets et impassibles que Darel le leur avait ordonné. Elle s'efforçait de les imiter, les yeux fixés sur ses genoux pour éviter de s'abandonner à la contemplation du ciel étoilé, mais son esprit dérivait sans cesse.

Cette portion de voyage lui pesait plus qu'elle l'aurait cru. Élyne avait hâte d'en terminer, mais cette idée la terrifiait également. Une fois au palais, elle se chargerait de la suite. Elle jouerait sa vie, mais aussi celles de Darel et de ses volontaires. S'était-elle montrée trop présomptueuse en voulant convaincre la reine Almia ? Il fallait espérer qu'elle avait correctement évalué le tempérament de la souveraine.

Elle ressassait encore ces sombres pensées quand leur chariot marqua une halte brutale. L'élan l'entraîna vers l'arrière et elle se cogna la tête, réprimant *in extremis* un juron. Lorsqu'elle retrouva son équilibre – tout était plus difficile sans les mains –, les cavaliers de leur escorte déployaient une large bâche au-dessus d'eux. Cette frénésie de préparatifs trahissait une arrivée proche.

Élyne jeta un nouveau coup d'œil en direction de Darel. Toujours inconscient, il paraissait plus vulnérable que jamais. Il l'avait avertie de l'irrévocabilité de leur décision, mais elle ne l'avait réellement comprise qu'au moment où il s'était effondré.

Les premiers bruits de la ville lui parvinrent, même si l'atmosphère restait loin du brouhaha matinal des rues de Sarano. L'activité s'intensifierait peut-être plus tard dans la journée. Leur chariot marqua plusieurs courts arrêts avant de s'immobiliser. De l'autre côté de la bâche, un homme vociférait des ordres en valeansien. Élyne s'efforça de ne pas l'écouter de manière trop ostensible, mais elle saisit qu'ils avaient atteint la cour intérieure du palais. Leur comité d'accueil – ou plutôt celui de Darel – se mettait en place, avec la réquisition de quatre mages. Les Valeansiens ne transigeaient pas avec la sécurité de leur reine.

Lorsqu'on retira enfin la bâche, un petit groupe de soldats leur fit signe de descendre. La résidence d'Almia se révélait sobre pour un palais royal, en dépit de son côté massif et imposant. D'énormes murs de pierre grise se dressaient devant eux, percés de rares fenêtres. Élyne se releva avec un dernier regard pour Darel et se conforma sans broncher aux instructions, assénées dans un danavien approximatif.

On les dirigea vers une entrée de service, puis dans un long corridor. De nombreuses portes fermées donnaient de part et d'autre, le lieu ressemblait à l'idée qu'Élyne se faisait d'une prison. Un soldat en faction se saisit d'un lourd trousseau de clés et déverrouilla l'une des pièces du fond.

— Les femmes par ici, ordonna-t-il.

Élyne se glissa dans la salle avec ses trois compagnes pendant que les deux hommes étaient entraînés plus loin. L'endroit s'avéra confortable, quatre couchettes généreusement garnies en couvertures s'entassaient dans un coin et une cruche trônait sur une petite table. Aucune fenêtre, mais le gain en température en valait le coup et la torche fixée au mur diffusait une lueur suffisante pour s'y repérer.

On leur détacha les mains avant de les abandonner à leur sort. Élyne s'affala sur le lit le plus proche et massa ses poignets endoloris. Il ne restait plus qu'à attendre.

— Prenez un peu de repos, suggéra Saina, je vous réveillerai en cas de nécessité.

L'infirmière avait raison, elle aurait besoin de toute son énergie pour affronter la reine. Élyne s'enroula dans une couverture rêche, elle se blottit contre le mur avant de sombrer dans un sommeil agité.

Elle s'éveilla d'un sursaut quand la main de Saina secoua son épaule. La Danavienne n'était pas seule, trois soldats valeansiens se tenaient juste derrière elle.

— Vous êtes Élyne ? lui demanda l'homme le plus proche en valeansien.

— C'est bien moi, confirma-t-elle dans la même langue.

Inutile de prétendre l'ignorer plus longtemps. S'ils connaissaient son nom, ils savaient la vérité. Darel avait dû réussir à lui obtenir une audience.

— Suivez-nous, lui ordonna le garde.

Elle jeta un rapide coup d'œil aux trois Danaviennes qui s'étaient rassemblées autour d'elle.

— Elles restent ici, annonça son interlocuteur d'un ton sans concessions.

— Je vais voir ce que je peux faire pour vous sortir de là, promit Élyne en danavien.

Saina secoua la tête.

— Vous avez vos propres priorités et nous sommes bien installées, ne vous préoccupez pas de nous. Bon courage.

— Merci pour tout.

Les Valeansiens l'entraînèrent à l'autre bout du couloir, leurs pas prirent très vite la direction des quartiers résidentiels du palais. De larges tapisseries ornaient les murs, on était cependant bien loin du luxe ostentatoire du Sanctuaire. Les passants les dévisagèrent avec surprise, sans doute à cause de son uniforme danavien.

Ils arrivèrent quelques minutes plus tard à la salle d'audience, dont les lourdes portes se rabattirent derrière eux. La pièce s'étalait en longueur, mais seule une poignée de personnes s'entassait près du trône de bois ciré. Perchée sur son siège, la reine Almia attirait tous les regards. Ses rides et ses cheveux d'un blanc éclatant témoignaient de son âge, mais aussi de son expérience.

Darel se trouvait un peu plus loin sur la droite d'Élyne, encadré par le capitaine qui les avait escortés et trois autres mages. Ses traits tirés trahissaient sa nervosité, mais il lui adressa un sourire encourageant. Elle y puisa toute la force qu'elle put.

— Voici la jeune femme, Votre Majesté, annonça le garde en s'écartant pour les laisser face à face.

Négociations

Élyne se fendit d'une révérence appuyée, le Sanctuaire lui avait au moins inculqué les protocoles des cours royales. Elle releva la tête après une poignée de secondes et se figea en découvrant le loup blanc qui s'avançait dans sa direction. Savoir qu'il s'agissait du familier de la reine ne l'en rendait pas moins impressionnant. La bête à la fourrure immaculée s'arrêta à quelques centimètres d'elle et la flaira un instant avant de retourner s'asseoir au pied du trône.

Élyne mit un long moment à calmer les battements de son cœur, mais cette tentative d'intimidation avait un côté rassurant. Almia de Valeans se comportait exactement comme elle s'y était attendue. La souveraine aimait tester les réactions de ses visiteurs dans des situations imprévues : tant qu'Élyne dissimulerait ses peurs et ses hésitations, tout se passerait bien. Elle prit une grande inspiration et se lança :

— Mes hommages, Votre Majesté. Puis-je requérir une audience privée ?

Son interlocutrice leva les yeux au plafond.

— Pourquoi devrais-je vous l'accorder ? Estimez-vous déjà heureuse que je vous reçoive dans un délai aussi court et après tous ces imbroglios.

Elle jeta un regard noir dans la direction de Darel.

— Mes secrets en valent la peine, insista Élyne. Vous êtes réputée pour votre sens de la justice, laissez-moi vous exposer toutes les facettes de la situation avant de prendre votre décision.

Almia pinça les lèvres.

— Si vous connaissez ma réputation, vous devriez savoir que j'accorde une grande valeur aux avis de mes conseillers.

— Vos conseillers sont des mages, Votre Majesté, et c'est sur la magie que le Sanctuaire se base pour établir ses prophéties.

Le simple fait de me tenir devant cette assemblée pourrait déjà trahir ma présence à la supérieure. Si ces gens restent, le contenu de notre discussion ne demeurera pas confidentiel.

Un long silence suivit sa réponse et la reine lui lança un regard perçant.

— Vous êtes pourtant venue accompagnée d'un mage.

— J'ai pris un risque, tout comme j'en prendrai un en me confiant à vous. Une prédiction se concentre rarement sur les pensées d'une unique personne. Vous noterez quand même que le lieutenant Voklan était le seul mage de notre groupe.

Almia marqua un instant d'hésitation. Elle la jaugeait, une fois de plus.

— Si je vous accorde une entrevue privée, elle le sera vraiment. Vous, moi et personne d'autre.

— C'était ainsi que je l'entendais.

Élyne était désolée d'exclure Darel des négociations et le savoir à ses côtés l'aurait rassurée, mais sa maîtrise approximative du valeansien ne lui aurait de toute façon pas permis de suivre.

— Très bien. Laissez-nous, ordonna la reine à ses gens.

— Que devons-nous faire du prisonnier ? s'enquit le capitaine.

— Tenez-le à l'abri des regards indiscrets. Je vous donnerai de nouvelles instructions quand nous en aurons terminé.

Élyne retint la protestation qui lui brûlait les lèvres. Ils allaient rendormir Darel, mais elle ne pouvait rien y changer. Elle s'efforça donc de rester impassible et patienta jusqu'à ce que les portes se referment.

— Satisfaite ? lui demanda sèchement la souveraine. Je vous écoute. Vous avez intérêt à ce que vos soi-disant révélations en vaillent la peine.

Négociations

— Quel prix accordez-vous à la vie de vos sujets ? Je suis venue vous parler de la façon dont le Sanctuaire manipule le conflit danavio-valeansien.

Almia haussa un sourcil.

— Les premières interférences dont j'ai trouvé trace remontent à dix-neuf ans, reprit Élyne. Ce printemps-là, la supérieure vous a offert une magnifique réduction, deux prophéties pour le tarif d'une. Les conséquences de ce geste commercial n'ont pas tardé à se faire sentir et vous avez remporté plusieurs victoires significatives dans les montagnes. Seule l'arrivée de l'hiver a sauvé les troupes danaviennes, qui se sont repliées en catastrophe dans leurs forteresses. Voulez-vous davantage de précisions sur le détail de ces victoires ?

— Pas pour le moment, continuez.

La souveraine s'était renfoncée dans son trône. Elle gardait une expression impassible, mais les battements de queue de son familier trahissaient son intérêt.

— Cet hiver-là, la reine de Danavie a accouché. D'une petite fille, qui a développé des pouvoirs magiques bien supérieurs à la normale. Et si je vous disais que le Sanctuaire était responsable de cet état de fait ?

— Il est impossible d'influer sur le potentiel magique d'un enfant à naître.

— En effet. Mais il est possible de transférer le potentiel d'un bébé à son jumeau. Ou sa jumelle, dans le cas qui nous intéresse.

Almia fronça les sourcils.

— Comment ?

— J'ignore malheureusement les détails techniques. Tout ce que je peux vous dire, c'est que le mage du Sanctuaire s'est chargé de l'opération. La supérieure Tinavia a utilisé votre succession de victoires pour convaincre Keral et sa femme de la nécessité d'un héritier puissant. Ils ont signé l'accord qu'elle leur proposait sans se poser de questions, d'autant plus qu'ils y gagnaient quarante ans de réductions sur leurs prophéties.

— C'est ridicule. Pourquoi le Sanctuaire aurait-il si outrageusement favorisé la Danavie ? Quelles preuves avez-vous de vos affirmations ?

— La supérieure obtenait l'autre bébé, celui que cette manipulation et une enfance à l'écart de tout mage transformeraient en oracle. Les pouvoirs prophétiques sont rares, cet accord a permis au Sanctuaire d'augmenter de manière conséquente le volume de ses ventes sur le long terme. Et pour répondre à votre deuxième question, j'ai eu entre les mains une copie du contrat. L'original se trouve à Dangor.

— Vous ne pouvez donc rien prouver.

Élyne haussa les épaules.

— Pas encore. Me laisserez-vous quand même terminer mon récit ?

La reine tapota du bout des doigts sur l'accoudoir de son trône tandis que la cadence des mouvements de son familier s'accentuait.

— Poursuivez, lâcha-t-elle, nous verrons bien.

— Dans les années qui ont suivi, le Sanctuaire a contrebalancé cet avantage à la Danavie en lui fournissant des prophéties incomplètes.

— Il va falloir vous montrer plus explicite.

— La première prophétie dont j'ai la certitude qu'elle a été tronquée concerne l'offensive contre le col de l'Aigle de l'hiver dernier. La transcription proposée au roi Keral omettait une phrase. Celle qui évoquait des soldats emportés par une avalanche.

— Si la prédiction avait été favorable, Keral aurait lancé l'attaque, objecta son interlocutrice.

Cette admission tacite qu'il y avait eu un piège rassura Élyne.

— Il en avait l'intention, contra-t-elle. Il l'aurait fait si je n'étais pas intervenue pour révéler que ses informations étaient incomplètes. Cela a chamboulé ses plans et il s'est au final contenté de me renvoyer au Sanctuaire.

Le regard de la reine s'étrécit.

— Vous allez prétendre être la fille cachée de Keral de Danavie, c'est ça ? La sœur jumelle dont vous parliez tout à l'heure.

Élyne acquiesça, la bouche soudain très sèche.

— J'aurais préféré ne pas l'être. Il m'a vendue au Sanctuaire, à deux reprises.

Un long silence s'installa et les prunelles inquisitrices d'Almia la scrutèrent une nouvelle fois.

— Vous lui ressemblez un peu, concéda-t-elle. Admettons cette filiation pour le moment, elle n'explique cependant pas ce que vous faisiez au col de l'Aigle.

— Je cherchais un refuge après m'être échappée du Sanctuaire, mais ça n'a plus qu'un lointain rapport avec votre conflit. Pour en revenir aux prophéties tronquées, vous êtes également concernée. L'un des fils cadets de l'empereur toséen s'est mis en quête d'une épouse le mois dernier et vos descendantes ont été rayées de la liste des candidates potentielles. Le Sanctuaire agit en sous-main pour vous empêcher de contracter de nouvelles alliances.

— Pourquoi ferait-il cela ?

— Parce que votre guerre l'enrichit, tout en lui permettant de contrôler la situation politique sur l'ouest du continent.

Combien de prophéties militaires avez-vous commandées depuis le début des offensives ? Plus d'une cinquantaine, non ?

La reine se renfrogna et le poil de son loup se hérissa. Élyne pensait avoir gonflé les chiffres, mais elle n'était peut-être pas tombée si loin de la vérité.

— Jouons franc-jeu avant d'aller plus loin, intervint Almia. Quels sont vos intérêts dans cette affaire et dans quelle mesure sont-ils liés à ceux de la Danavie ?

C'était le moment de se montrer honnête, ou son interlocutrice ne croirait jamais le reste de ses déclarations.

— Mon unique objectif est de me libérer de l'emprise du Sanctuaire, mais après les échecs retentissants de ma première fuite, j'ai compris que je n'y parviendrais jamais sans aide. J'ai besoin d'un soutien danavien tout comme j'ai besoin du vôtre.

En espérant que ses révélations représentaient une monnaie d'échange suffisante. Si seulement elle avait pu passer quelques mois supplémentaires à Sarano...

La reine se leva pour venir à sa rencontre, son familier sur les talons. Elle ne s'interrompit qu'à une distance d'une longueur de bras et fixa son regard dans le sien. Élyne réprima son mouvement de recul instinctif : elle ne donnerait pas à cette femme la moindre raison de douter d'elle.

— Et bénéficiez-vous de ce soutien danavien, ou le lieutenant Voklan n'est-il qu'un cas isolé ? s'enquit Almia.

— La princesse Aklune m'a également promis son aide. C'est elle qui a exhumé les textes de l'accord dont je vous parlais.

— Êtes-vous venue ici pour négocier en son nom ?

Le ton de la reine s'était fait mordant. Les exploits militaires de la princesse devaient être tristement célèbres en Valeans.

— Non. Je suis venue en mon nom propre, pour défendre mes intérêts personnels. Ma sœur s'est seulement engagée à me soutenir.

Almia secoua la tête.

— Je me méfierais des promesses en l'air de la couronne danavienne si j'étais vous.

— Elle m'a donné ceci en gage de bonne foi.

Élyne entrouvrit son col pour en tirer la chevalière d'Aklune. Le masque d'impassibilité de la reine se fissura quand elle reconnut l'objet.

— Je ne l'aurais pas imaginée vous déléguer son autorité, admit-elle.

Almia garda le silence un très long moment, les yeux rivés sur la bague, avant de se décider à reprendre la parole.

— Qu'espérez-vous obtenir de moi, exactement ? Et qu'êtes-vous prête à m'offrir en échange ?

— J'aimerais bénéficier de votre soutien, comme je vous l'ai dit. Et il me semble vous avoir déjà révélé plusieurs secrets.

— Quelle sorte de soutien ?

L'instant de vérité approchait.

— Un soutien politique. Je veux convaincre Theresa d'Aral de retirer sa protection au Sanctuaire.

— Vous surestimez mon influence. Sans élément concret, l'impératrice ne m'écoutera pas plus que vous.

On en revenait toujours au même problème : cette fichue absence de preuves.

— Le contrat exhumé par ma sœur…

— Ne suffira pas, son authenticité sera contestée. Si vous voulez convaincre Theresa, vous devrez trouver des documents qui la concernent directement ou elle refusera d'y croire. Le Sanctuaire rapporte une fortune en commerce à l'empire.

Élyne se rembrunit. Son interlocutrice se montrait sûrement plus lucide qu'elle-même.

— J'ai des raisons de penser que certains nobles araléens ont passé des accords secrets du même type, insista-t-elle en songeant à la duchesse entraperçue dans les prophéties.

Mauriel Dunnan cherchait à se construire d'autres oracles, elle en aurait mis sa main à couper.

La reine haussa un sourcil intéressé.

— Cette affirmation s'appuie-t-elle sur des éléments concrets ?

Élyne hésita un instant avant de secouer la tête. La duchesse inconnue n'était apparue qu'une poignée de secondes dans les images retransmises par Flocon, était-elle vraiment impliquée dans les manigances de Mauriel ? La piste de la fillette entraperçue dans la salle de Marbre semblait plus prometteuse, mais identifier ses parents serait difficile. Et rien ne garantissait qu'ils seraient proches de l'impératrice.

— Il ne s'agit que de suppositions, admit-elle. Si vous voulez des preuves, il faudra aller les chercher à Sarano.

Plus précisément, dans le bureau de la supérieure.

— Vous vous portez volontaire ? ironisa la reine.

— Vous auriez autant que moi à y gagner. Le Sanctuaire ne laissera pas la paix s'installer durablement, il a trop à y perdre.

Almia secoua la tête et retourna s'asseoir sur son trône, son familier sur les talons.

— Je n'impliquerai pas mes troupes à Sarano, le risque militaire serait trop important. Ce que je peux vous proposer en revanche, c'est de rester neutre en cas d'attaque de l'empire sur la Danavie et de vous fournir un soutien logistique dans votre recherche de preuves. Moyennant concessions, bien sûr.

Le cœur d'Élyne se serra à cette idée.

Négociations

— Mon visage doit être placardé dans les villes araléennes, protesta-t-elle. Tout l'argent du monde ne suffirait pas à m'infiltrer là-bas.

Almia évacua l'objection d'un geste de la main.

— L'opération présente des risques, mais il n'est pas si difficile de modifier une apparence. Je pourrais de plus m'arranger pour orienter les recherches du Sanctuaire vers les montagnes, en prétendant qu'on vous y a vue. Vous auriez alors le champ libre.

— Le Sanctuaire n'en sera pas moins protégé.

— Si vous acceptez l'aide de mages, je pourrai vous confier quelques agents. De manière officieuse, bien sûr.

— Autant envoyer une copie de mes plans à la supérieure.

Trop de personnes la savaient déjà à Voran, elle jouait avec le feu.

— Ils n'auraient pas besoin de connaître votre identité. Et ils vous permettraient de me recontacter facilement pour organiser la suite.

Un déguisement suffirait-il à la mettre à l'abri ? Ses choix étaient de toute façon limités, l'armée danavienne ne ferait pas le poids face à celle de l'empire.

— Je vais y réfléchir, répondit-elle la mort dans l'âme. Vous parliez de concessions, à quoi pensiez-vous ?

— À une trêve. Je veux la garantie que mon royaume ne subira aucune attaque danavienne pendant les six prochains mois.

Une demande raisonnable. Les dernières campagnes avaient pesé lourdement sur les finances valeansiennes, il leur faudrait du temps pour retrouver une certaine prospérité.

— Cette condition me semble acceptable, reconnut Élyne.

— Une promesse écrite ne me suffira pas, l'avertit la reine, la Danavie a trop renié sa parole par le passé. Je veux faire venir l'héritière à ma cour pendant la durée de la trêve, en guise de garantie.

Élyne se raidit : cette exigence-là était excessive.

— Vous me demandez une otage, protesta-t-elle.

— Une caution, contra Almia. Tout le monde sait que Keral de Danavie tient à sa fille comme à la prunelle de ses yeux.

Élyne accusa le coup, l'expression de la reine se mua aussitôt en une grimace désolée.

— Je suis navrée, s'excusa-t-elle, j'aurais dû formuler cette phrase autrement. Pour en revenir à ce que je disais, il ne sera fait aucun mal à votre sœur entre les murs de ce palais. Mais je n'accepterai aucun accord sans l'assurance qu'il sera respecté.

— Vous vous engagez à la laisser partir après les six mois de trêve ?

— Bien sûr.

L'aide de la reine pour s'infiltrer à Sarano et sa promesse de détourner l'attention du Sanctuaire valaient-elles la liberté d'Aklune sur une période aussi longue ? Difficile de trancher, mais en l'absence d'autre option… Sa sœur pourrait toujours refuser de faire le voyage si le compromis ne lui convenait pas.

— Très bien, décida-t-elle, nous sommes parvenues à un accord.

Chapitre 25
Voyage

Darel ouvrit les yeux. Un plafond inconnu s'étendait devant lui.

Il prit une grande inspiration, le temps de chasser l'engourdissement de son sommeil magique et de retrouver le fil de ses pensées.

On l'avait conduit dans une chambre exiguë juste après son audience avec la reine Almia, il devait toujours s'y trouver. Il inclina la tête sur le côté et découvrit Élyne, accoudée contre la fenêtre, le regard perdu dans le vague. Agari Vitalis était également présent, affalé dans un fauteuil quelques mètres plus loin. Le capitaine sursauta en remarquant le mouvement de Darel, son geste attira l'attention de la jeune femme.

— Tu vas bien ? s'enquit-elle aussitôt en se rapprochant.

— Bien sûr qu'il va bien, s'indigna Agari Vitalis en valeansien.

Il ajouta une flopée d'imprécations trop rapides pour Darel, mais semblait plus offusqué que menaçant. Élyne se contenta d'ailleurs de l'ignorer.

— Ça va, confirma Darel pour la rassurer. Et toi ?

Il se redressa avec précaution, écartant doucement Sara qui s'était assoupie autour de son bras.

Élyne haussa les épaules.

— Il y a du bon et du moins bon. Côté positif, j'ai trouvé un accord impliquant Aklune. La reine ne nous livrera pas et fera même diversion pour occuper le Sanctuaire. Côté négatif, elle ne contactera pas l'impératrice Theresa en l'absence de preuves.

Une amertume manifeste teintait ses paroles. Darel comprenait sa déception : après avoir tant espéré, elle en revenait à son point de départ. Ces mesures ne la protégeraient pas sur le long terme.

— La reine m'a quand même proposé un soutien logistique pour retourner sur place, poursuivit Élyne. Tout changera si j'arrive à montrer que la supérieure trahit l'impératrice et je suis persuadée que c'est le cas. Tinavia ne s'attendra pas à ce que je rentre à Sarano, ce qui me laissera une vraie chance de passer inaperçue.

— C'est hors de question ! s'insurgea Darel. Tu ne peux pas y retourner, c'est beaucoup trop dangereux.

La sécurité avait sans doute été renforcée sur le territoire impérial depuis leur fuite, Élyne serait arrêtée avant même d'avoir atteint Sarano.

— L'opération sera dangereuse, admit-elle, mais aucune des autres options n'est viable. Je n'entraînerai pas la Danavie dans un conflit sans espoir et il est trop tard pour me cacher.

— Si tes parents intervenaient pour expliquer la situation à l'impératrice Theresa…

— Le Sanctuaire les accuserait aussitôt de mensonge.

Il secoua la tête.

— L'impératrice ne déclarerait pas la guerre à la Danavie pour si peu.

— Je n'en suis pas si sûre. Pourquoi mettrait-elle en doute la parole de la supérieure ?

Darel réprima une grimace. Les accusations du Sanctuaire avaient toujours été traitées au sérieux, en témoignait le funeste exemple du prince Tomasso. Il devait cependant exister d'autres solutions. Il le fallait !

— N'essaie pas de me dissuader d'y aller, poursuivit Élyne, j'ai beaucoup réfléchi à la question et j'ai pris ma décision. Je ne te forcerai pas à m'accompagner, par contre. La reine a promis de relâcher près de la frontière danavienne ceux qui le désireraient.

Un frisson courut le long de l'échine de Darel.

— Tu n'as quand même pas l'intention de te rendre là-bas toute seule ?

— Non. Almia m'a proposé l'assistance officieuse de mages susceptibles de m'aider. Rien ne t'oblige à venir, vraiment.

— Si tu y vas, j'y vais aussi.

— Tu as pris bien assez de risques pour moi, je comprendrais que…

— Je connais parfaitement les lieux, la coupa-t-il. Et je préfère assurer tes arrières moi-même plutôt que d'en charger quelqu'un d'autre. Au moins, je saurai que le travail est fait correctement.

Inutile de se fatiguer à argumenter, elle n'en démordrait pas, mais il ne la laisserait pas jouer sa sécurité avec des étrangers. Fussent-ils recommandés par la reine de Valeans.

Et puis, le raisonnement d'Élyne se tenait, même s'il détestait l'admettre. Le précaire équilibre politique de la région basculerait dans une guerre au moindre incident.

Elle se détendit subtilement et retourna s'asseoir sur son fauteuil.

— Je ne sais pas pourquoi, je me doutais que tu dirais ça. Tu peux venir et je serai ravie de t'avoir à mes côtés, mais je ne suis pas sûre qu'emmener les autres soit judicieux.

— Les autres ?

— Les soldats de ton unité. On sera plus discrets à deux qu'en groupe pour le trajet, et la reine m'a promis l'aide d'un de ses agents une fois sur place.

Élyne avait raison, ici encore. Inutile d'exposer ses subordonnés à des risques supplémentaires.

— Je me chargerai de le leur expliquer si tu me proposes un plan qui tient la route.

Un sourire éclaira le visage d'Élyne.

— Tu veux qu'on parle de l'absence de danger dans tes propres plans ?

— Ce ne sera peut-être pas nécessaire, admit-il.

Une lueur amusée brilla un instant dans les yeux de la jeune femme.

— La reine Almia nous offrira une couverture de marchands, poursuivit-elle. On nous fournira un chariot et sa cargaison, ce sera prêt d'ici la réponse d'Aklune. L'armée valeansienne fouillera ensuite les montagnes en prétendant qu'on nous y a vus. Tout devrait bien se passer, le Sanctuaire ne pensera jamais à nous chercher au nord de Sarano.

— Si l'on omet nos descriptions qui doivent être placardées partout.

— Nous nous déguiserons et éviterons les villes autant que possible, quitte à dormir sur la route. Ça ne devrait pas être trop compliqué, si ?

— Je suppose qu'on le découvrira sur place.

Voyage

Les jours qui suivirent s'enchaînèrent à toute vitesse, entre préparatifs et planifications. La reine les maintenait prudemment cloîtrés et s'efforçait de les faire passer pour de simples émissaires danaviens.

On avait fourni à Darel toute une panoplie de postiches. Faux nez et fausse barbe le métamorphosaient, même s'ils le démangeaient horriblement. Élyne n'était pas en reste, il avait failli ne pas la reconnaître en version brun sombre aux cheveux courts. Moins courts que ceux de sa sœur, certes, mais la différence était flagrante. Les mèches noires retombaient sur ses joues, en masquant en partie la forme de son visage.

On leur apporta également des vêtements et un sac de nourriture séchée avant de les exfiltrer de nuit, direction l'entrée de la ville. Leur chariot les y attendait, rempli de poteries en tous genres. Ils débutèrent leur voyage à la lueur des lunes.

— Combien de temps avant d'atteindre la frontière araléenne, à ton avis ? demanda Élyne.

— Une petite semaine, je dirais, et il nous faudra une journée de plus pour atteindre Sarano.

Élyne se tint silencieuse pendant de longues minutes avant de se tourner de nouveau vers lui.

— Dis… à supposer qu'on réussisse et que tes ennuis avec l'armée s'arrangent, comment est-ce que tu verrais ton futur ?

La question le prit au dépourvu.

— Je n'y ai pas réfléchi, admit-il. Il faudra que je me trouve un nouveau travail, mais entre mes capacités de combat et mes dons de mage, ça ne devrait pas être trop compliqué. Un poste de maître d'armes, peut-être ? Ce serait plus confortable que de louer mes services en tant que mercenaire.

Il ignorait s'il supporterait de devenir le domestique de nobles qu'il avait côtoyés comme un égal, mais il le découvrirait bien le moment venu.

— Tu crois que tu pourras rester à Dangor ? reprit Élyne.

Il cligna des yeux, surpris.

— Pourquoi cette question ?

Il n'avait jamais apprécié la vie à la capitale, mais le rejet de ses parents le libérerait déjà d'un bon nombre de contraintes.

Élyne détourna le regard avant de répondre, visiblement gênée :

— J'ai l'impression que je risque de me retrouver coincée là-bas pendant un moment, le temps de régler les détails de ma situation.

Darel sentit les battements de son cœur s'accélérer.

— Je dois pouvoir m'installer à Dangor quelques mois, déclara-t-il quand il devint évident qu'elle n'expliciterait pas.

Un sourire radieux s'épanouit sur le visage d'Élyne.

— Ce serait bien, souffla-t-elle.

Elle hésita un instant, puis glissa ses doigts entre les siens. Il serra doucement sa main, ravi de ce rapprochement. Réprimer sa magie n'était plus si difficile, avec l'habitude.

Contente, décréta Sara en déroulant le fil de la conversation.

Elle descendit de son bras dans un mouvement fluide pour s'inviter sur les genoux d'Élyne. La jeune femme sursauta, mais semblait plus surprise qu'inquiète.

Qu'est-ce que tu essaies de faire, exactement ?

Câlins, expliqua Sara. *Protéger. Pas magie. Promesse.*

Il en resta stupéfait.

— Je crois que Sara a décidé que tu serais une meilleure pourvoyeuse de câlins que moi, annonça-t-il finalement à Élyne. Elle a promis de ne pas utiliser de magie pour ne pas te faire de mal. Mais tu n'es en aucun cas obligée de te plier à ses désirs, je peux la pousser si elle t'embête.

Élyne jeta un regard curieux à Sara, avant de tenter une caresse sur les écailles de la tête avec sa main libre. Le petit serpent se lova contre sa paume dans un geste si affectueux que Darel en aurait presque été jaloux. Le sourire émerveillé de la jeune femme en valait la peine, cependant.

— Te voilà adoptée, plaisanta-t-il.

Dis, commenta-t-il à l'adresse de son familier, *tu ne serais pas encore en train de me pousser dans ses bras, par hasard ? Mieux maîtriser ma magie, ça ne veut pas dire que je la contrôle totalement.*

Câlins, répondit Sara d'un ton faussement innocent.

C'est bien ce qu'il me semblait. Et je note que tu ne te gênes pas pour en profiter au passage, la taquina-t-il.

Agréable, se défendit Sara.

Je n'en doute pas un seul instant.

Elle lui revint néanmoins une quinzaine de minutes plus tard pour se lover dans sa poche – et réclamer un peu de magie.

Leur voyage se poursuivit en silence pendant près d'une heure avant qu'Élyne reprenne la parole :

— Puisque le trajet va durer, on devrait peut-être te faire travailler ton valeansien. Qu'est-ce que tu en penses ?

Darel se rembrunit.

— Je me disais que tu pourrais te charger des conversations.

Ils n'avaient croisé que quelques marchands sur leur chemin et ces derniers s'étaient contentés de les saluer de loin.

Élyne haussa les épaules.

— Tu ne pourras pas toujours te reposer sur moi. Et puis, ça nous aiderait à passer le temps.

Il réprima un soupir, devinant que ce deuxième argument était le principal. Élyne s'inquiétait sûrement plus qu'elle ne le laissait paraître. À juste titre, d'ailleurs. S'ils étaient capturés, Darel aurait au moins la chance de voir son sort réglé rapidement. Jugement, exécution, terminé. Élyne, en revanche… Elle vivrait le restant de ses jours prisonnière du Sanctuaire, à émettre des prophéties pour enrichir ses geôliers. On pouvait difficilement imaginer pire.

— Je vais essayer, tenta-t-il dans un valeansien haché.

— C'est presque ça ! le félicita-t-elle dans la même langue. Tu t'en sortiras très bien.

Il n'en était pas aussi certain, les cours suivis pendant son enfance lui paraissaient plus lointains que jamais. Les leçons d'Élyne le ramenèrent cependant à un niveau satisfaisant, et la voir sourire valait amplement les efforts fournis.

Les journées s'enchaînèrent dans une monotonie rassurante : les effleurements de mains se multiplièrent, Sara poursuivit ses cabotinages et le valeansien de Darel progressait tant bien que mal. Les amoncellements de sombres nuages contrecarrèrent néanmoins leurs projets de nouvelles prophéties.

Ils traversèrent la frontière à l'aube du sixième jour et prirent ensuite le chemin du sud.

Darel n'avait jamais croisé autant de soldats araléens, sur un itinéraire pourtant réputé sûr. Sa nervosité redoubla, même si aucun d'entre eux ne leur prêta la moindre attention. Les contrôles à l'entrée de Sarano s'avérèrent de même bien plus fouillés que lors de ses visites précédentes. Les deux gardes en faction inspectèrent scrupuleusement leur chargement avant de les autoriser à circuler.

Une fois à l'intérieur, ils se mirent en quête de l'agent valeansien. L'homme se faisait lui aussi passer pour un marchand et logeait non loin de la muraille. Il les accueillit avec une grimace renfrognée, mais les invita dans sa petite maison.

— On m'a demandé de vous aider à pénétrer dans les locaux du Sanctuaire, grogna-t-il après avoir refermé la porte. Est-ce que c'est vraiment ce que vous voulez ?

— Oui, confirma Élyne. Le plus tôt serait le mieux.

— Et vous avez un plan ?

— Passer par les jardins et fracturer une fenêtre, de nuit.

Il hésita.

— Pour les jardins, cela devrait être possible, mais leurs bâtiments sont labyrinthiques.

— Je connais les lieux, le rassura Élyne.

— Nous aurons surtout besoin de quelqu'un pour faire le guet et nous aider à fuir en cas de souci, renchérit Darel.

Deux mages ne seraient pas beaucoup plus efficaces qu'un à l'intérieur, mais une solution de repli serait bien pratique en cas de retraite précipitée.

L'homme acquiesça, visiblement satisfait de ne pas devoir s'impliquer davantage.

— La reine a exigé un rapport dès la fin de l'opération, ajouta-t-il.

— Ce sera fait, confirma Élyne. Il nous faudra ensuite une cachette fiable en ville, le temps d'attendre sa réponse.

Leur effraction ne manquerait pas d'être découverte, les soldats seraient alors trop nombreux pour envisager une nouvelle fuite sur les routes. Ils patienteraient donc sur place, jusqu'à ce qu'Almia communique leurs preuves à l'impératrice.

— Je suis équipé pour vous abriter en cas de fouille, les rassura leur interlocuteur. Il va falloir que j'effectue quelques repérages pour préparer le terrain. Ne bougez pas d'ici avant mon retour, les voisins ne doivent pas vous apercevoir.

Il les mena dans une petite chambre aux volets fermés avant de s'éclipser. Darel céda le lit à Élyne pour s'installer sur la chaise. S'ils lançaient l'opération dans la soirée, elle aurait besoin de tout le repos possible en amont.

Une longue attente débuta, il en profita pour retirer ses postiches. Le déguisement s'était révélé efficace, mais il ne voulait pas prendre le risque de le voir entraver sa vision pendant leur effraction. Leur hôte le reconnaîtrait peut-être, mais ils étaient si près du but que ça n'avait plus d'importance. Pendant ce temps, Élyne se tournait et se retournait sur le lit, dans un demi-sommeil tourmenté.

Sara s'agita dans sa poche, excitée par l'idée d'une chasse nocturne. Elle avait bien trop apprécié son passage précédent au Sanctuaire, de l'avis de Darel. En même temps, la pauvre n'avait pas eu beaucoup d'occasions de se dépenser ces derniers jours.

La nuit tomba et les bruits de la rue moururent les uns après les autres. Le retour de l'agent valeansien réveilla Élyne en sursaut.

— Tout est prêt, annonça l'homme. Si vous êtes toujours partants ?

— C'est le cas.

Élyne parlait d'une voix calme, mais ses traits tirés trahissaient sa nervosité. Elle s'emmitoufla dans sa cape pendant que Darel laissait une bouffée de magie le revigorer. Il était temps d'en finir.

Ils se faufilèrent à l'extérieur. Seuls deux ivrognes et un couple gloussant s'attardaient encore dans les rues obscures, faiblement éclairées par des braseros. Darel, Élyne et leur guide se glissèrent sans un bruit à travers les ombres. Quelques dizaines de minutes plus tard, ils avaient rejoint les jardins du Sanctuaire.

— Comment est-ce que tu comptes passer ce mur ? demanda Élyne. Je suis nulle en escalade…

— En nous y mettant à trois, ça ne devrait pas poser de problème, la rassura Darel. Je peux monter en premier et te tirer vers le haut, si tu veux.

Il utiliserait quelques gouttes de magie pour renforcer ses muscles, tout en conservant son énergie dans les limites de son corps. S'il restait précautionneux, Élyne ne sentirait rien.

Elle acquiesça, dubitative.

— Je vous attendrai ici, annonça leur guide. Ça me permettra de surveiller l'activité des patrouilles de gardes.

Il se positionna pour faire la courte échelle à Élyne pendant que Darel grimpait. À eux deux, ils parvinrent à hisser la jeune femme en haut du mur. Darel l'attrapa alors par la taille et sauta de l'autre côté.

Elle étouffa un cri de surprise, mais il se réceptionna parfaitement, laissant la magie se glisser dans ses jambes pour amortir le choc.

— Ne refais plus jamais ça sans me prévenir, protesta-t-elle à mi-voix en se dégageant de ses bras.

— C'était le moyen le plus rapide de redescendre, s'excusa-t-il. Ici, on est à couvert.

L'ombre des arbres les dissimulerait aux éventuelles sentinelles, ils pourraient en profiter pour étudier la situation.

Darel tira Sara de sa poche et la posa au sol.

Tu partirais en éclaireuse ? On aurait besoin de savoir comment éviter les positions des gardes.

Repérage, confirma-t-elle d'un ton excité. *Furtive.*

Il lui transmit un peu de magie et la regarda disparaître dans l'obscurité avant d'observer de nouveau les alentours. Un point lumineux trahissait la présence de protecteurs au loin, mais l'endroit semblait plus tranquille que lors de son passage précédent. En espérant que ça dure…

Chemin ! leur annonça fièrement Sara quelques minutes plus tard.

Bravo, la félicita Darel. *On te suit.*

Elle les guida entre les arbres, de manière à contourner les sentinelles. Quelques brindilles craquèrent sous leurs pas, mais rien de très bruyant.

Ils sursautèrent quand un choc étouffé retentit sur leur gauche. Il ne s'agissait cependant que d'un dragon, dont les yeux brillaient dans l'obscurité. Darel resta sagement en retrait pour qu'il ne se sente pas agressé. Le reptile devait être l'un des amis d'Élyne, elle l'observa un long moment avant de poursuivre son avancée.

Quelques instants plus tard, ils étaient arrivés au pied des bâtiments. De grandes fenêtres se dressaient devant eux, à moitié dissimulées derrière les arbres. L'endroit parfait pour commencer leur effraction.

Chapitre 26
Effraction

Élyne se tint en retrait pendant que Darel s'occupait de la fenêtre. Il prit une grande inspiration, le temps de mobiliser sa magie, et frappa la vitre du poing pour passer le bras à l'intérieur. Des éclats de verre volèrent en tous sens, dans un vacarme fracassant. Impossible de le louper dans le calme de la nuit, heureusement que ce bâtiment-là était désaffecté.

Quelques instants plus tard, Darel avait débloqué le loquet et ouvert le battant. Ils se glissèrent aussitôt dans la petite pièce, une ancienne salle de réunion. L'endroit était aussi désert qu'Élyne l'avait espéré. Elle tendit l'oreille, en quête de bruits de pas, mais seuls les crissements de leurs chaussures sur le tapis constellé de débris rompaient le silence ambiant.

Elle indiqua à Darel la direction à suivre pour rejoindre le bâtiment principal, il envoya aussitôt Sara en éclaireuse. Après avoir traversé une petite cour et grimpé plusieurs volées de marches, ils contournèrent les chambres des initiés. Toujours personne en vue, c'était presque trop beau pour être vrai.

Un claquement sec retentit d'ailleurs un peu plus tard. Darel et Élyne s'abritèrent en catastrophe dans un passage secret, tout en surveillant la situation par l'intermédiaire de Sara. Une patrouille de protecteurs longea leur cachette, mais les gardes ne remarquèrent pas le familier blotti sous un meuble. Ils s'éloignèrent sans un mot.

Élyne attendit que le bruit de leurs pas se soit entièrement estompé avant d'oser ressortir. De couloir en couloir, ils se rapprochèrent du bureau de la supérieure, jusqu'à atteindre l'escalier qui les mènerait droit devant. Un rapide coup d'œil après le dernier virage leur révéla cependant la présence de deux sentinelles en faction.

— Laisse Sara prendre un peu d'avance, suggéra Darel dans un chuchotis. Je m'occuperai de ces hommes à travers elle.

Il se tenait juste derrière Élyne, si près qu'elle pouvait sentir la chaleur de sa respiration sur son épaule.

— Ils sont deux, s'inquiéta-t-elle. Et Sara sera à découvert sur la fin.

— Les gens surveillent rarement le sol. Tant qu'elle évitera les mouvements brusques, ils ne la repéreront pas.

Élyne acquiesça à contrecœur et retint son souffle quand le familier se glissa en bas de l'escalier. Un cri étouffé plus tard, deux bruits de chute retentirent.

— La voie est libre, annonça Darel.

Soulagée, Élyne se rua dans le couloir pour s'en assurer. Les deux protecteurs s'étaient affalés au sol, l'un sur l'autre. Pas très discret, mais efficace.

— On les traînera à l'intérieur, déclara Darel. Si quelqu'un passe, il se dira qu'ils ont été appelés ailleurs pour gérer une urgence.

— Espérons-le.

Elle priait surtout pour que personne ne passe.

La serrure de la porte avait été remplacée par un modèle plus robuste, comme elle s'y était attendue. La supérieure apprenait de ses erreurs. Élyne se décala pour laisser agir Darel. Il enfonça le bloc métallique d'un geste de la main et poussa le battant. La magie avait des côtés bien pratiques.

Elle fonça tout droit vers le bureau, se détournant des étagères et du coffre aux fournitures. Les preuves recherchées se trouvaient sûrement dans la correspondance extérieure de Tinavia.

Les tiroirs débordaient de lettres aux origines diverses, un tri énorme l'attendait. L'araléen balbutiant de Darel ne lui permettrait pas de l'aider, mais elle avait de toute façon besoin de lui pour assurer ses arrières. Après avoir traîné les protecteurs endormis à l'intérieur, il avait repris sa surveillance des environs. Son esprit suivait à présent celui de son familier, comme en témoignait son regard perdu dans le vague.

Élyne se mit au travail, elle écarta par liasses entières les documents les moins pertinents pour sélectionner ceux qui traitaient de l'empire et de sa noblesse. Cela représentait quand même plus d'un tiers des missives.

Elle avait à peine trié la première pile que Darel vacilla devant elle, soudain très pâle. Elle fronça les sourcils.

— Qu'est-ce que…

Mauriel Dunnan surgit du coffre sans lui laisser le temps de terminer sa phrase et se jeta sur Darel, qui s'écroula sous l'attaque. Sa tête frappa le sol avec un bruit sourd.

Élyne se précipita pour l'aider, mais le mage du Sanctuaire s'interposa et la saisit par le bras.

— Lâchez-moi ! protesta-t-elle.

Elle tenta de se dégager, sans succès.

— Tenez-vous donc tranquille, il n'est pas mort. Nous prendrons soin de le garder en vie jusqu'au jour de son exécution.

Bien entendu. Ils voudraient faire de sa punition un exemple.

— Voilà trois nuits qu'on vous attendait, poursuivit Mauriel, la supérieure commençait à craindre d'avoir mal interprété la prophétie d'Anise.

Plusieurs protecteurs surgirent dans la pièce quelques secondes plus tard.

— Nos archers ont eu le serpent, monsieur !

Le cœur d'Élyne manqua un battement. Elle avait entendu de travers, forcément. Ou mal compris. Ces hommes ne pouvaient pas avoir abattu Sara ! Les souvenirs se bousculaient dans sa tête, tous plus adorables les uns que les autres.

Personne n'apporta cependant le moindre démenti. Des larmes montèrent aux yeux d'Élyne. Elle aurait dû vérifier que le bureau était vraiment désert quand ils s'y étaient infiltrés, quelle idiote !

— Très bon travail ! les félicita Mauriel. La supérieure sera fière de vous. Elle ne devrait d'ailleurs plus tarder, le temps d'…

Un bruit sourd l'interrompit en pleine phrase, faisant sursauter Élyne au passage. Flocon percutait la vitre de manière répétée, dans une tentative maladroite pour la rejoindre. Ses écailles nimbées de flammes donnaient un côté surréel à la scène.

Mauriel se ressaisit cependant très vite.

— Je vois qu'il y avait du vrai dans ces rumeurs, après tout, commenta-t-il.

Effraction

Les efforts obstinés de Flocon finirent par fissurer la vitre, le mage lâcha alors Élyne pour esquisser un geste en direction du dragon. Flocon se tordit de douleur et chuta, disparaissant brusquement de leur champ de vision.

Élyne se précipita vers la fenêtre dans un cri horrifié, mais Mauriel Dunnan la bloqua de nouveau. Il la traîna vers le centre de la pièce.

— Comment les faites-vous obéir ?

— Ils ne m'obéissent pas.

Il lui asséna une claque retentissante. Sonnée, Élyne recula de plusieurs pas, jusqu'à tomber dans les bras de deux protecteurs. Ces derniers l'immobilisèrent aussitôt.

— N'essayez pas de me mentir. Comment les faites-vous obéir ?

— Ils ne m'obéissent pas, répéta-t-elle, des larmes plein les yeux.

Mauriel lui jeta un regard dubitatif.

— Et pourtant, ils semblent toujours se trouver au bon endroit pour vous aider. Pourquoi ?

Elle dédaigna la question, ce qui arracha au mage un soupir exaspéré.

— Quel dommage que vos dons prophétiques exceptionnels soient gâchés par une obstination aussi aveugle. Vous auriez pu devenir l'assistante de la supérieure, faire progresser nos recherches sur les oracles, ou même étudier les comportements des dragons si c'est ce qui vous intéresse. J'aurais été ravi de travailler avec vous sur ce type de sujet… Mais non, vous persistez à gaspiller vos pouvoirs en compagnie d'ignorants incapables d'apprécier votre potentiel.

Elle lui lança un regard blasé. Espérait-il vraiment que ce discours improvisé suffirait à la convaincre ?

— Jouons à un petit jeu dans ce cas, poursuivit-il. Pour chaque information utile que vous m'apprendrez, j'offrirai un jour de vie supplémentaire à votre ami. Une exécution, ça se décale.

La suggestion la prit au dépourvu. Ses connaissances sur les dragons intéresseraient sûrement le mage et il ne pourrait rien en faire de dangereux…

— Un jour, c'est trop court, tenta-t-elle de négocier. Je veux un mois et un droit de regard sur ses conditions de détention.

Si elle gagnait assez de temps à Darel, il trouverait peut-être un moyen de s'échapper. C'était un mage, après tout, et il serait moins surveillé qu'elle.

Une lueur avide traversa les prunelles de Mauriel. Il devait vraiment tenir à ces informations…

— D'accord pour un mois, mais seulement si vous me dites ce que vous savez dès maintenant.

Un frisson glacé parcourut le dos d'Élyne. Son interlocuteur acceptait ses conditions trop facilement, ça ne pouvait pas être bon signe. Il n'avait aucune intention de tenir parole.

— Je veux des garanties, réclama-t-elle.

— Vous n'êtes pas en position de les exiger. Dites-moi ce que vous savez maintenant, à prendre ou à laisser.

Un lourd choc retentit sur le toit, leur arrachant un sursaut collectif. Flocon n'avait peut-être pas renoncé à lui venir en aide, était-il revenu avec des renforts ? Il risquait cependant de ne pas faire le poids.

— Faites cesser cela ! ordonna Mauriel Dunnan d'un ton sec. Tout de suite, ou notre accord sera caduc.

— Je vous ai déjà dit qu'ils ne m'obéissaient pas !

Il secoua la tête et tira la courte épée qui pendait à la ceinture de Darel.

— Faites cesser cela, répéta-t-il en posant la pointe de la lame sur la joue de son ami. Je ne le demanderai pas une troisième fois.

Une série de nouveaux chocs retentirent et Élyne se sentit blêmir. Même si elle l'avait voulu, elle ne disposait d'aucun moyen d'arrêter les dragons.

— Je ne peux pas, protesta-t-elle. Ils réagissent à mes émotions, pas à mes ordres.

L'expression de son interlocuteur se durcit et une estafilade sanglante naquit sur la joue de Darel. Mauriel ne la croyait pas… Élyne sentit le désespoir l'envahir, les coups au plafond s'intensifièrent en écho.

— Je ne peux pas, je vous le jure, cria-t-elle en se débattant. Arrêtez ça !

Une lueur de doute traversa le regard du mage.

— Ils réagissent aux émotions, hein ? Je suppose que nous serons vite fixés.

Il lâcha la lame, fouilla les poches de sa veste et en extirpa une fiole remplie d'un liquide bleuté.

— Ouvrez la bouche, ordonna-t-il.

Élyne grimaça, mais obtempéra. Si c'était le prix à payer pour protéger Darel…

Le liquide lui laissa un goût amer sur la langue, mais une agréable chaleur se propagea dans son corps. Ses sens s'émoussèrent, elle relâcha sa concentration et s'abandonna à la torpeur qui la submergeait. Ses craintes glissèrent hors d'atteinte. Loin, très loin…

On discutait tout autour d'elle, mais quelle importance ? Le monde extérieur avait perdu toute réalité. Elle flottait dans un océan de béatitude, doux et confortable…

Élyne, bouge-toi ! Tu ne peux pas rester comme ça.

La voix s'était élevée, discordante parmi les douces harmonies. Elle la chassa d'une pensée.

Ah, non, tu ne me mettras pas dehors comme ça ! Pas avant de t'être secouée.

Qui pouvait bien l'importuner de la sorte, dans sa propre tête ? Pas un dragon, leurs esprits avaient un caractère feutré et irréel. Ces intonations lui rappelaient cependant quelque chose…

Je ne t'importune pas, j'essaie de te sauver la mise ! Je ne sais pas ce qu'ils t'ont donné, mais tu n'es pas dans ton état normal, sinon je n'aurais pas pu établir le contact.

Cette voix… Élyne fouilla désespérément sa mémoire pour l'identifier, remontant le passé. Jusqu'à ses souvenirs du col de l'Aigle. C'était la voix de la princesse Aklune. Pourquoi, comment ?

Je n'en suis pas certaine. Soit j'ai créé un lien involontaire entre nous en t'attaquant ce jour-là, soit c'est ta magie qui me pousse dans ta direction. Ou peut-être un mélange des deux. Comme je te le disais dans mon courrier, j'ai découvert ça quand Darel t'a exfiltrée du Sanctuaire. J'ai ensuite essayé de t'envoyer des messages, mais je pense que tu m'as bloqué l'accès à ton esprit, ça n'a pas fonctionné.

Je n'ai rien bloqué du tout, protesta Élyne. *D'ailleurs, j'ai perçu ta dispute avec ton père, le soir même.*

Elle était certes endormie au moment des faits, mais est-ce que ça changeait quelque chose ?

Ça change quelque chose, oui, il est plus difficile de maintenir des barrières mentales pendant le sommeil. On pourra discuter de tout ça plus tard, si tu veux. Pour l'instant, il faut que tu te sortes de cette espèce de torpeur. Que t'est-il arrivé exactement ? J'ai senti ta peur, mais pas grand-chose d'autre.

On est tombés dans un piège, le mage du Sanctuaire a assommé Darel et je n'ai rien pu faire.

Le souvenir de cette scène lui brisait le cœur. Elle aurait dû se douter que les protecteurs commenceraient par éliminer Sara.

Tu as trouvé les preuves que tu cherchais ? s'enquit Aklune.

Non, mais ça n'a pas d'importance. Sans Darel, je ne fais pas le poids…

Ça, c'est ce que tu crois. Arrête de t'apitoyer sur ton sort et bouge-toi.

Ils m'ont droguée, je ne peux rien faire !

Bien sûr que si. Tu viens de regagner suffisamment de lucidité pour tenir cette conversation, ce qui n'était pas le cas quand je suis arrivée. Maintenant, ouvre les yeux et dis-moi où tu te trouves.

Ils m'ont sûrement enfermée quelque part dans le Sanctuaire. Ils auront posté des gardes, je ne pourrai jamais m'enfuir.

Chaque problème en son temps. Pour le moment, ouvre les yeux !

Élyne poussa un grognement mental.

Si ça peut te faire plaisir.

Elle tenta de percer le brouillard qui entourait ses perceptions, sans succès. Ses paupières restaient désespérément closes. Quand les avait-elle fermées, d'ailleurs ? Impossible de s'en souvenir.

Continue, tu vas y arriver, l'encouragea Aklune.

Élyne poursuivit ses efforts, en vain. Une cloison infranchissable se dressait entre elle et le monde extérieur.

Attends, je vais voir si je peux t'aider.

Une vague d'énergie traversa l'esprit d'Élyne, balayant tout sur son passage. Le mur mental se fissura et s'effondra dans un fracas de sensations. Une odeur de renfermé, des bruits de pas sur sa droite, la lumière d'une torche quelques mètres devant elle, la brûlure lancinante d'une corde autour de ses poignets…

Il lui fallut plusieurs secondes pour trier et interpréter ces informations. Elle se trouvait dans une pièce sombre sans fenêtres, peut-être dans les sous-sols du Sanctuaire. Elle était seule pour le moment, mais ses bras avaient été attachés dans son dos. Et les sons provenant de l'extérieur indiquaient la présence d'un garde devant sa porte.

Qu'est-ce que c'était que ça ? demanda finalement Élyne.

Un peu de magie. Je n'étais pas certaine de pouvoir t'en envoyer par notre lien, mais le résultat a dépassé mes espérances. Ça ne t'a pas fait mal ?

Étonnamment, Élyne ne ressentait rien des vertiges et nausées qui suivaient habituellement un contact magique.

J'y suis allée doucement, précisa Aklune, *en te mettant la magie à portée mais sans te l'imposer, comme je le faisais avec mes familiers à nos débuts. C'est toi qui as fait le choix de la saisir et de te l'approprier, même si c'était probablement inconscient de ta part. Je pense que ça fait une différence.*

Tant que ça marche… Il doit y avoir un côté grisant à utiliser la magie au quotidien, non ?

Un rire cristallin lui répondit.

Tu n'as même pas idée. La bonne nouvelle, c'est que si ma méthode a fonctionné pour te clarifier l'esprit, ça devrait fonctionner pour le reste aussi.

Le reste ?

Effraction

Il faut qu'on te sorte d'ici. Et que tu déniches des preuves contre le Sanctuaire. Ne me dis pas que tu l'avais oublié ?

Ça risque d'être compromis, à moins que tu puisses couper mes liens par magie.

Tu cherches trop compliqué, contente-toi de les arracher.

Ça ne demanderait pas beaucoup plus d'énergie ?

Si, mais j'en ai en réserve.

Ce n'est pas le problème. J'étais déjà incapable de contrôler ce que tu m'as envoyé tout à l'heure.

Tu y parviendras, tu verras. Et puis, tu ne peux pas te terrer ici. Qui ira libérer Darel si tu ne t'en charges pas ?

Cette remarque secoua Élyne. Si elle ne tentait pas le coup pour elle-même, elle devait le faire pour lui. Il avait tout risqué pour l'aider...

Un nouveau rire résonna dans sa tête.

Vous êtes tellement bien assortis tous les deux, il aurait réagi de la même façon à ta place.

Le commentaire éveilla en Élyne des échos des derniers jours. Perdre Darel n'était pas une option.

Tu te sens prête à recevoir un peu plus de puissance ? poursuivit Aklune. *Je vais procéder lentement pour ne pas te surprendre.*

Vas-y, confirma Élyne.

Elle se raidit en anticipation de la vague magique, mais le processus se révéla bien mieux contrôlé que la fois précédente. L'énergie infusa à travers son corps, parcourant chaque muscle dans un agréable frisson. La sensation de pouvoir était enivrante, elle prit quelques instants pour la savourer.

Je pense que ça devrait suffire, annonça Aklune. *Essaie, pour voir ?*

Comment est-ce que je dois faire ?

Tire sur tes liens de plus en plus fort, ton corps ajustera tout seul. Vas-y progressivement, pour ne pas te blesser, et tout devrait bien se passer.

Élyne s'exécuta, se sentant plus ridicule qu'autre chose. Elle tira, tira, sans autre effet que de s'écorcher les poignets. La magie ruisselait pourtant le long de ses bras, jusqu'au bout de ses doigts. Elle devait mal s'y prendre.

Ne laisse pas l'énergie t'échapper, lui souffla sa sœur. *Canalise-la au niveau des muscles que tu mobilises.*

Comme si c'était simple ! Élyne s'efforça quand même de dévier le flot qui s'écoulait en elle. La première tentative mit ses poignets à l'agonie, elle s'interrompit avant de crier de douleur.

Vise les muscles, conseilla Aklune, *pas les articulations.*

Je fais ce que je peux, ronchonna-t-elle. *J'aimerais t'y voir à énoncer des prophéties.*

Elle serra les dents et effectua une seconde tentative. Les flux d'énergie virevoltaient dans son corps, elle s'évertua à les diriger vers le bas de ses bras. C'était un cauchemar de concentration, la magie s'échappant par poignées entières dès qu'elle relâchait ses efforts à un endroit. L'attache de ses poignets céda cependant dans un craquement sec.

Bravo ! s'enthousiasma Aklune. *Tu as compris le principe !*

Élyne resta un long moment à fixer les morceaux de corde qui pendouillaient le long de ses bras. Elle finit par se lever et s'avança vers la porte, mais se figea en entendant un bruit de pas résonner dans le couloir. Que ferait-elle face aux protecteurs ?

Tu dois pouvoir les assommer sans trop de difficultés, suggéra Aklune. *Il suffirait de leur envoyer une décharge d'énergie.*

Je n'y arriverai jamais !

Effraction

Commence par établir un contact physique, peau à peau si possible. Il faudra ensuite pousser la magie depuis ta tête vers l'intérieur de la personne.

Tout cela semblait plus facile à dire qu'à faire, d'autant plus qu'Aklune avait des années d'expérience derrière elle. Comment Élyne ferait-elle si elle échouait à toucher sa cible ou si elle rencontrait de la résistance ? Il suffirait d'un cri pour que l'alerte soit donnée.

Elle ne pouvait cependant pas rester dans sa cellule en attendant un hypothétique départ des gardes. Elle prit une grande inspiration et actionna la poignée, sans succès. On l'avait enfermée.

Qu'à cela ne tienne, commenta Aklune, *casse le verrou ! Ou défonce tout, si tu préfères, ça n'a pas d'importance.*

La simplicité de ces solutions enchanta Élyne. Elle posa ses deux mains sur la porte, l'une à côté de l'autre, canalisa l'énergie dans ses bras et poussa d'un coup. Le battant de bois se fissura, avant de céder dans un fracas retentissant. Autant pour la discrétion.

Elle bénéficiait au moins de l'effet de surprise : la protectrice qui patrouillait dans le couloir la dévisagea avec des yeux ronds, figée sur place. Élyne ne lui laissa pas le temps de se reprendre et lui agrippa le poignet, espérant de toutes ses forces qu'Aklune ne se trompait pas. Elle envoya sa magie droit devant elle, ce qui projeta son ennemie contre le mur le plus proche. La femme s'affala à terre, sans connaissance.

Pas très orthodoxe, s'amusa Aklune, *mais il faut reconnaître que c'est efficace.*

Est-ce qu'elle est morte ? Qu'est-ce que j'ai fait ?

Avec une quantité de magie aussi faible, je pense que tu l'as seulement assommée, ne t'en fais pas. Tu l'as poussée elle, au lieu de pousser l'énergie à l'intérieur d'elle. Ce n'est pas grave, tu feras mieux la prochaine fois.

J'espère qu'il n'y aura pas de prochaine fois.

Dans ce cas, ne reste pas plantée au milieu du couloir.

Une remarque judicieuse. Élyne jeta un rapide coup d'œil autour d'elle, mais l'endroit ne lui rappelait rien. Cela confirmait sa suspicion initiale : il s'agissait des sous-sols, seule zone qu'elle n'avait jamais explorée.

Elle allait devoir inspecter les environs pour trouver Darel. Et la sortie.

Chapitre 27
Exploration

Les portes voisines donnaient sur d'autres cellules, toutes vides. L'endroit était-il conçu pour héberger les oracles ou initiés récalcitrants ? Sans l'intervention d'Aklune, Élyne y aurait peut-être été enfermée jusqu'à la fin de sa vie… Cette pensée lui arracha un frisson d'horreur.

Deux couloirs plus loin, Élyne n'avait toujours croisé personne. Elle finit cependant par dénicher une porte verrouillée, dans une zone où le plafond laissait filtrer un mince rai de lumière. La matinée devait être plus avancée qu'elle l'aurait cru. Combien de temps faudrait-il à la supérieure pour planifier l'exécution de Darel ? Le temps pressait.

Élyne força sur la poignée, tout en essayant de se montrer plus discrète que la fois précédente. Son mouvement enfonça la serrure, qui tomba au sol dans un tintement métallique. Elle poussa alors le battant et se glissa à l'intérieur.

Un large lit aux draps défaits trônait au fond de la pièce, flanqué d'un bureau et d'une armoire. Rien de cela ne l'aiderait à trouver Darel.

Tu devrais peut-être jeter un coup d'œil aux papiers, tant que tu es là, suggéra Aklune.

Elle n'avait pas tort, les liasses de documents amoncelées sur la table recelaient peut-être des informations intéressantes. Élyne s'avança et parcourut les pages les plus proches.

Les feuillets étaient recouverts d'une écriture minuscule et presque illisible, leur contenu semblait cependant prometteur. Le texte listait les résultats d'expériences sur les interactions entre magie et prophéties. Était-ce la chambre de Mauriel Dunnan ? L'endroit paraissait étrange pour choisir d'y habiter.

L'un des dossiers – le plus épais – portait le nom d'Élyne. Elle ne connaissait pas les trois autres prénoms, mais ils devaient correspondre aux enfants qu'elle avait entraperçus lors des visions. Fallait-il en déduire qu'elle était actuellement la seule oracle aux dons éveillés par transfert d'énergie ? La supérieure avait dû vouloir se construire une nouvelle équipe de prophètes, plus performante que les précédentes. Élyne se serait bien passée de l'honneur de l'inaugurer.

Elle feuilleta les divers documents, mais il n'était fait aucune mention des noms des parents ou des contrats qui les liaient au Sanctuaire. Les considérations restaient purement techniques – et d'un niveau bien trop avancé pour Élyne.

Qu'est-ce que tu en penses, toi qui t'y connais en magie ? finit-elle par demander. *Est-ce que ces documents pourraient nous aider à comprendre ce qu'on est en train de faire ?*

J'en pense que tu lis bien mieux l'araléen que moi, s'amusa Aklune. *Tu es passée sur les textes trop vite pour que je puisse déchiffrer quoi que ce soit.*

Ça aurait été trop beau.

Je les embarque et je te les traduirai quand je serai sortie, décida-t-elle.

Exploration

Elle fouilla dans l'armoire en quête d'un contenant. Son regard accrocha une sacoche de cuir, sur l'une des étagères du haut. Exactement ce qu'elle cherchait. Élyne tira sur la lanière, mais la pile de chemises voisine s'effondra au passage. Un juron plus tard – le temps de s'extraire des vêtements –, elle remarqua une liasse de papiers au sol.

Elle fourra les comptes rendus d'expériences dans la sacoche et se baissa pour ramasser sa trouvaille. Des lettres, adressées à Mauriel Dunnan et calligraphiées d'une main élégante. Élyne y jeta un rapide coup d'œil. Puis se figea en pleine lecture.

Qu'est-ce que c'est ? s'enquit Aklune, qui avait dû percevoir son agitation.

Ça ressemble à des courriers compromettants.

Le texte faisait référence à de vieux accords, son auteur réclamait l'aide du Sanctuaire pour remporter un contrat commercial d'armement. Il était malheureusement signé des simples initiales A. N. et ne portait aucun sceau.

Assez compromettant pour servir de preuve ?

Je ne sais pas, je regarde.

Les lettres suivantes continuaient dans la même veine. Une demande de conseils pour gérer le développement de pouvoirs magiques tout en dissimulant leur puissance attira cependant l'attention d'Élyne. L'auteur était-il le père de la fillette découverte dans les visions de Mauriel Dunnan ? Ça expliquerait son rapport privilégié avec le mage du Sanctuaire…

Elle poursuivit son étude des documents, jusqu'à trouver enfin la mention d'un lieu. Rinam, le fief du duc Adric Neto, dont les initiales collaient comme par hasard à celles du mystérieux correspondant. Le noble était connu pour mépriser l'impératrice depuis qu'elle l'avait exclu de sa cour, huit ans plus tôt. Le Sanctuaire aurait pu l'approcher juste après pour lui proposer une vengeance, cela concorderait avec l'âge actuel de la petite fille. La coïncidence était troublante, mais suffirait-elle pour convaincre Theresa d'Aral que Tinavia la manipulait ?

Quelle petite fille ? interrogea Aklune.

Une gamine que j'ai vue dans une prédiction, élevée à l'orphelinat et qui devrait être admise au Sanctuaire sous peu. Je suis presque certaine qu'il lui est arrivé la même chose qu'à moi.

Embarque tous les papiers, on triera ça plus tard.

Élyne acquiesça et ajouta la pile de lettres aux documents déjà fourrés dans la sacoche. Après avoir vérifié qu'il n'en restait plus dans l'armoire, elle se dirigea vers la porte.

Les sous-sols se révélèrent toujours aussi déserts, ce qui commençait à l'angoisser. Le vacarme de son évasion aurait dû alerter tous les protecteurs du coin, où se trouvaient-ils ? Tentaient-ils de l'attirer dans un nouveau piège ?

Ils te pensent inconsciente et enfermée, la rassura sa sœur, *ils ne se préoccupent plus de toi.*

Aklune n'avait peut-être pas tort. En attendant, Élyne devait retrouver Darel. Elle erra dans les couloirs, jusqu'à entendre des bruits de discussion résonner au loin. Enfin, une piste ! Elle suivit la direction des voix, s'approchant autant qu'elle l'osait.

Un groupe s'était installé dans la gigantesque salle qui accueillait le public pendant les sélections. L'endroit était à moitié plongé dans l'obscurité, Élyne en profita pour se glisser derrière une large colonne du fond de la pièce. Elle jeta alors un nouveau coup d'œil.

Exploration

La supérieure Tinavia et Mauriel Dunnan se tenaient quelques mètres plus loin, accompagnés de trois personnes vêtues d'un uniforme noir et marron. Ils encerclaient une table de bois sur laquelle on devinait le corps inanimé de Darel. Tous semblaient très occupés à remplir des documents.

Élyne grimaça. Elle serait à un contre cinq si elle tentait de les affronter pour libérer son ami.

N'essaie pas de les attaquer ! intervint Aklune.

Sa voix contenait une trace de panique toute nouvelle. Élyne se figea.

Pourquoi ?

Je connais cet uniforme, c'est celui de l'unité spéciale de l'impératrice Theresa. Des mages puissants, bien entraînés et habitués à travailler en groupe. Tu n'aurais pas l'ombre d'une chance face à eux.

Qu'est-ce qu'ils font là ?

C'est une bonne question. Je suppose que Theresa les a envoyés prêter main-forte au Sanctuaire de manière temporaire. Il faut que tu quittes les lieux avant qu'ils détectent ta présence.

Pas sans Darel ! protesta Élyne.

Te faire prendre ne l'aidera en rien. Ils ne l'exécuteront pas sans jugement et tu pourras exiger sa libération d'ici quelques jours, avec les preuves que tu as trouvées.

Ça m'étonnerait que la supérieure s'embarrasse d'un jugement !

Si elle a requis l'assistance de l'impératrice, Theresa ne lui laissera pas le choix. Elle a une vision très stricte de la justice, ses mages interdiront toute exécution sommaire.

Élyne hésita.

Et qu'arrivera-t-il à Darel d'ici le procès ?

Les mages de Theresa respectent des protocoles contraignants. Ils joueront sur ses réflexes inconscients pour dissiper ses réserves d'énergie magique avant de le réveiller, c'est une tâche complexe et chronophage.

Et ensuite ?

Aklune marqua un silence éloquent.

Ils vont vouloir l'interroger, je suppose, admit-elle d'un ton gêné.

Ils vont le torturer, oui. Il est hors de question que je l'abandonne.

S'il pouvait te voir, il te dirait de fuir.

Élyne ricana mentalement.

Comme s'il m'avait écoutée quand je lui ai demandé de renoncer à m'exfiltrer. Je ne partirai pas sans lui, c'est tout. J'ai bien compris que je ne devais pas attaquer ces soldats, mais ils finiront par relâcher leur vigilance et le laisser seul…

N'y compte pas trop, l'avertit Aklune. *L'impératrice ne tolère pas la négligence dans ses troupes d'élite.*

Bon, d'accord, peut-être pas seul, mais pourquoi lui affecteraient-ils plus d'un garde quand ils en auront terminé avec leurs papiers ? Je pourrais peut-être combattre un mage, tes pouvoirs ne sont-ils pas exceptionnellement puissants ?

Tu n'as pas mon entraînement, grommela sa sœur. *Tu te débrouilles avec mon énergie, mais gérer l'affrontement de deux magies est beaucoup plus difficile. Si tu n'arrives pas à maintenir un flot continu en attaquant, tu vas d'une part te créer des blocages résiduels, ce qui te rendra malade, et…*

C'est bon, je te fais confiance, céda Élyne pour couper court aux détails techniques. *Je trouverai un autre moyen de les éloigner de Darel.*

Plus facile à dire qu'à faire, cependant. Elle reporta son attention sur le groupe de mages, espérant en apprendre davantage sur leurs projets.

— Nous devrions pouvoir commencer l'interrogatoire d'ici le début de la nuit, expliquait l'homme le plus proche.

— Ce serait parfait, réagit Tinavia. Mettez l'accent sur les noms de ses complices, si vous le pouvez.

— Ses motivations ne vous intéressent pas ? s'étonna la femme qui lui faisait face.

Elle avait posé sa main sur la poitrine de Darel, qu'elle fixait avec un froncement de sourcils concentré. Élyne tressaillit. Drainait-elle déjà sa magie ?

— Je pense les connaître, intervint Tinavia. Mon oracle lui a retourné le cerveau en prétendant être une noble danavienne, que nous aurions arrachée à sa famille pour exploiter ses pouvoirs. J'ignore où elle a été pêcher une telle idée, mais il vous expliquera s'être porté à son secours par sens du devoir.

Élyne serra les dents. Comment osait-elle jouer avec la vérité de la sorte ?

C'est plutôt bien vu de sa part, remarqua Aklune. *Elle décrédibilise sa parole avant même qu'il n'ait eu le temps de donner sa version.*

— Cette personne serait donc tout aussi fautive que lui ? reprit la femme. Où se trouve-t-elle, si vous les avez arrêtés ensemble ?

— Nous l'interrogerons de notre côté. Je préférerais lui éviter tout contact avec des mages, pour préserver ses pouvoirs prophétiques, mais elle sera châtiée, n'en doutez pas.

Le ton de Tinavia s'était fait glacial. Élyne sentit un nœud se former dans ses entrailles. Elle espérait ne jamais apprendre les détails de la punition qu'ils avaient prévue pour elle.

Je maintiens que tu devrais fuir tant que tu le peux, renchérit Aklune.

Je ne t'ai pas demandé ton avis. Si tu n'es pas contente, tu peux toujours t'en aller.

Ne sois pas ridicule, bien sûr que je vais rester. Je m'inquiète pour toi, c'est tout.

— N'hésitez pas à nous transmettre sa version, poursuivit la femme. Nous croiserons les deux.

— Bien sûr. Aurez-vous besoin d'autre chose ?

— Pas pour l'instant, mais il nous faudra un lit de camp pour la nuit.

Ils n'avaient pas l'intention de quitter Darel un seul instant, comprit Élyne. Pas même pour dormir. Sa stratégie d'organiser une diversion ne tenait pas la route…

Elle examina de nouveau les alentours, en quête d'idées. Son regard s'arrêta sur la sacoche qu'elle portait toujours en bandoulière. À situations extrêmes, mesures désespérées ?

Ces mages sont loyaux envers l'impératrice avant tout, on est bien d'accord ? demanda-t-elle à Aklune.

Oui, pourquoi ?

C'était la réponse qu'elle avait escomptée. Élyne prit une grande inspiration, sortit de sa cachette et marcha droit sur le groupe, sous les yeux éberlués de Tinavia et de Mauriel Dunnan.

Mais qu'est-ce que tu fais ? paniqua sa sœur.

Elle l'ignora et s'arrêta à quelques mètres des mages, qui se positionnèrent aussitôt devant la table pour lui en barrer l'accès.

— Vous vous trompez d'ennemi, lâcha-t-elle d'un ton qu'elle espérait désinvolte. Le lieutenant Voklan ne représente aucune menace pour votre impératrice, ce qui n'est pas le cas du Sanctuaire.

L'écho de sa phrase résonna quelques secondes entre les murs de la salle avant que Mauriel réagisse.

— Qui vous a autorisée à sortir ? vitupéra-t-il.

Il marcha droit sur elle et la saisit fermement par le bras. Élyne le laissa faire, attendant de voir la suite.

— C'est l'oracle dont nous parlions tout à l'heure, s'excusa Tinavia. Comme nous vous le disions, elle tient des propos incohérents. Je suis désolée du dérangement, nous allons la ramener à l'étage.

— Vous allez me faire taire parce que vous avez peur de ce que je pourrais leur révéler, la corrigea Élyne.

Mauriel resserra sa prise sur son bras. Elle grogna de douleur en sentant sa magie lui effleurer la peau. S'apprêtait-il à l'assommer ? La puissance d'Aklune s'enflamma dans ses veines, prête à enrayer l'attaque. Élyne s'efforça cependant de réprimer cette riposte instinctive en étouffant la magie à l'intérieur d'elle-même. Utiliser les pouvoirs de sa sœur devant témoins lui attirerait une foule de questions auxquelles elle ne voulait pas répondre.

Non, ne fais pas ça ! protesta Aklune. *Maintiens un flot d'énergie continu, sinon tu vas...*

La fin de sa phrase se perdit dans un juron retentissant. Une douleur cinglante traversa la tête d'Élyne, rompant au passage le lien qui l'unissait à Aklune. Elle se serait effondrée sous le choc si Mauriel ne l'avait pas tenue aussi fermement.

— Je croyais que les règles du Sanctuaire interdisaient tout contact entre les mages et les initiés, releva le garde le plus proche alors qu'elle retrouvait tout juste ses esprits.

Les lèvres de Tinavia s'étirèrent en un sourire crispé.

— Une simple mesure de précaution, précisa-t-elle. Notre mage travaille ici depuis plus de vingt ans, il sait exactement comment contenir son énergie pour préserver les pouvoirs de nos pensionnaires.

— Il ne sait rien contenir du tout, protesta Élyne, il veut juste me réduire au silence.

Sans Aklune, elle ne pouvait plus compter que sur ses accusations. Suffiraient-elles ?

— Je vois, commenta l'homme.

Il ne détacha pas son regard de Mauriel Dunnan, qui hésita un instant avant d'entraîner Élyne en direction de la sortie. Elle lui décocha un coup de pied, sans parvenir à le ralentir. Elle ne pouvait pas échouer si près du but !

— Ce sac contient des preuves de ce que j'avance, s'écria-t-elle dans une ultime défense alors qu'ils atteignaient la porte, le Sanctuaire complote contre l'impératrice !

— Restez, intervint enfin l'autre garde. Puisqu'elle est là, autant en profiter pour écouter ce qu'elle a à dire.

Mauriel jeta un regard en direction de la supérieure, qui secoua la tête.

— Croyez-moi, vous n'avez pas de temps à perdre avec ses bêtises. Son histoire tout entière n'est qu'un tissu de mensonges, soigneusement élaboré pour éveiller la pitié de ses interlocuteurs.

— Doutez-vous de notre aptitude à faire la part du vrai et du faux ?

Son ton délibérément neutre n'en contenait pas moins une trace de menace. Élyne sentit l'espoir renaître. Il allait l'écouter.

— Non, bien sûr, répondit aussitôt Tinavia. Ce n'est pas ce que je voulais dire. Je pensais juste votre temps trop précieux pour ce genre de bêtises.

— Comme nous vous l'expliquions tout à l'heure, il est toujours intéressant de croiser les versions des complices d'un forfait. Lâchez-la, je vous en prie.

Exploration

Mauriel jeta un nouveau coup d'œil en direction de Tinavia, qui acquiesça d'un hochement de tête nerveux. Il desserra son étreinte et Élyne dégagea aussitôt son bras. Elle tituba un instant avant de retrouver son équilibre.

— Soyez brève, lui ordonna l'homme. Comme l'a fait remarquer votre supérieure, notre temps est précieux.

Élyne frissonna quand son regard scrutateur la détailla des pieds à la tête. Le moment était venu de découvrir si ses déductions tenaient la route.

— J'irai droit à l'essentiel, promit-elle. Le Sanctuaire complote avec le duc Adric Neto pour saper le pouvoir de l'impératrice.

Un cri de surprise échappa à Tinavia. Élyne en profita pour enfoncer le clou, voyant dans sa réaction la preuve qu'elle ne s'était pas trompée.

— J'ai dans cette sacoche dix ans de correspondance entre le duc et le mage du Sanctuaire. Ils y évoquent leurs projets.

— Et quels seraient ces projets ?

— Exploiter les capacités magiques du fils cadet du duc. Le Sanctuaire a décuplé son potentiel en espérant déstabiliser le pouvoir impérial.

Ou du moins, c'était ce que la supérieure avait dû promettre à Adric Neto. Elle aurait sûrement fini par le trahir pour rétablir l'équilibre des forces, mais l'impératrice n'avait pas besoin de le savoir.

— C'est ridicule, intervint Tinavia. Quel intérêt aurions-nous eu à…

— Laissez-la terminer, la coupa le garde. Comment le Sanctuaire s'y serait-il pris pour modifier le potentiel de ce fils ?

— En siphonnant les pouvoirs magiques de sa sœur jumelle pour les lui offrir.

— Le duc Neto n'a pas de fille.

— Il n'en a plus, parce qu'il l'a livrée en paiement. Je sais où elle se trouve, je peux vous mener à elle si vous le souhaitez.

Un pari de plus, mais celui-ci semblait peu risqué. Où auraient-ils dissimulé la gamine si ce n'était dans l'orphelinat de Sarano ?

— Admettons pour le moment que vous disiez la vérité, intervint la femme, dont la main reposait toujours sur la poitrine de Darel. Pourquoi n'en avoir pas informé l'impératrice ?

— Parce que je n'avais aucune preuve. C'est la raison pour laquelle je suis revenue : je voulais trouver de quoi étayer mes accusations. Je ne me suis juste pas assez bien préparée.

La lassitude qui transparaissait dans sa phrase fit sourire le garde le plus proche. Le cœur d'Élyne s'emballa de nouveau. Ils la croyaient, du moins assez pour prendre le risque de contrarier Tinavia en examinant ses documents.

Chapitre 28
Réveil

La souffrance resurgit en même temps que la conscience. Une douleur brûlante et dévastatrice, la douleur d'un manque au plus profond de lui-même. Sara… Darel se réfugia dans sa magie par réflexe, mais sa puissance n'était qu'un pâle écho de ce qu'elle aurait dû être. Qui avait drainé son énergie pendant qu'il dormait ? Il tenta de se redresser, une poigne ferme l'en empêcha.

— Calmez-vous, lui ordonna-t-on. Vous êtes en sécurité et nous ne sommes pas vos ennemis.

La pression sur ses épaules ne se relâcha pas pour autant. Darel s'efforça de repousser la douleur pour affronter la réalité. Le plafond dansa quelques secondes devant ses yeux, jusqu'à ce qu'il parvienne à focaliser son attention sur le visage qui le surplombait. Un visage féminin, strict et dur. Et juste en dessous, l'uniforme noir et marron des mages de l'impératrice.

Une colère sourde l'envahit : comment osait-elle le prétendre en sécurité ? Darel ne connaissait que trop bien les protocoles mis en place par l'unité spéciale de Theresa.

Drainage magique, interrogatoire, procès. Suivis dans son cas d'une exécution, très certainement. Il serait naïf de croire à ces paroles rassurantes. Cette femme voulait le pousser à dénoncer des complices, ou à trahir les secrets d'Élyne.

Élyne... Qu'était-elle devenue ? Darel fouilla sa mémoire à la recherche de ses derniers souvenirs. Il se revoyait avec la jeune oracle dans le bureau de la supérieure, puis Sara avait crié de douleur dans son esprit et leur lien avait volé en éclats. La suite se brouillait dans un mélange de souffrance et d'obscurité.

— Vous tiendrez-vous tranquille si je vous lâche ? lui demanda la mage, le ramenant à la situation présente.

Comme s'il avait la moindre chance de lui échapper... Elle le surpasserait en puissance tant qu'il n'aurait pas reconstitué sa magie.

Il acquiesça d'un signe de tête. La pression sur ses épaules se relâcha, mais Darel patienta quelques instants avant de se redresser. Le monde tanguait autour de lui.

Il s'efforça de mettre de côté le vide béant du fond de son esprit. Sara était morte, rien d'autre n'aurait pu briser leur lien de manière si brutale. Il aurait dû se montrer plus attentif, mieux observer les environs, lui fournir davantage de magie pour qu'elle puisse se protéger...

— De quoi vous souvenez-vous, exactement ? reprit son interlocutrice.

L'interrogatoire avait-il déjà commencé ? Possible, leur minuscule pièce sans fenêtre évoquait une cellule de prison. Darel hésita un instant. Il ne devait rien révéler à ses adversaires, mais reconnaître sa culpabilité lui apporterait peut-être quelques réponses.

— Je surveillais les couloirs quand quelqu'un s'est attaqué à mon familier, admit-il d'une voix nouée. Que s'est-il passé ?

Réveil

— Vous êtes tombé dans un piège, lui asséna la femme, une prophétie avait trahi votre arrivée. Votre familier n'a pas survécu, mais vous avez eu de la chance dans votre malheur. Sans l'intervention de votre amie, vous vous seriez réveillé sur un chevalet de torture, pas dans un lit.

Il avait beau s'en douter, la confirmation de la mort de Sara le secoua. L'entendre de la bouche de quelqu'un d'autre donnait un côté définitif à sa disparition.

La fin de l'explication était quant à elle plus surprenante. Élyne était-elle parvenue à convaincre l'impératrice des manigances du Sanctuaire ?

— Où est-elle ? demanda-t-il sans trop savoir à quoi s'attendre. Est-ce qu'elle va bien ?

— Elle se trouve deux étages plus haut, répondit la mage avec un mouvement de tête en direction du plafond. Nous ne lui avons fait aucun mal, mais elle s'est montrée d'humeur maussade ces derniers temps.

Il fronça les sourcils.

— Ces derniers temps ?

— Vous avez dormi pendant trois jours.

Ils l'avaient maintenu inanimé pendant trois jours, corrigea-t-il mentalement, tout en l'empêchant de reconstituer ses réserves magiques. Ça expliquait sa faiblesse, ses vertiges et le fait qu'il ait la bouche aussi sèche.

— Où sommes-nous ? finit-il par demander, espérant que ça l'aiderait à y voir plus clair.

— Dans les sous-sols du Sanctuaire. Je devais vous y interroger, mais nos plans ont changé.

Elle paraissait presque déçue d'avoir renoncé à son interrogatoire. Darel grimaça. Une souffrance aiguë traversa aussitôt sa joue droite. Il porta sa main au visage pour découvrir une substance pâteuse.

— Ne touchez pas à ça, le rabroua la mage. La coupure est superficielle, elle guérira d'elle-même si vous ne mettez pas les doigts dans le baume cicatrisant. Et nous vous avons restitué assez de magie pour gérer la douleur.

Juste assez pour rendre l'absence de Sara clairement perceptible. De nouveaux souvenirs du petit serpent se manifestèrent à la lisière de sa conscience, elle était si enthousiaste à l'idée de cette infiltration, si contente de les aider…

— D'où me vient cette coupure ? demanda-t-il pour détourner le sujet.

Elle haussa les épaules.

— Je l'ignore, votre amie a refusé d'entrer dans les détails. Vous pourrez lui poser la question directement, je vous conduirai à elle dès que vous vous en sentirez capable. Profitez-en pour la convaincre de manger quelque chose.

Darel cligna des yeux, surpris de cette injonction.

— Quel est le problème avec la nourriture ?

Son interlocutrice pinça les lèvres.

— Elle la refuse systématiquement depuis que nous lui avons interdit de quitter les bâtiments. Et vous réclame à chaque repas.

Pas étonnant qu'Élyne « se montre maussade » s'ils l'avaient enfermée au Sanctuaire !

— Je verrai ce que je peux faire, promit-il.

Ça ne l'engageait de toute façon pas à grand-chose.

— Très bien. Vous sentez-vous capable d'aller la retrouver dès maintenant ? Vous trouverez des vêtements propres et de quoi vous rafraîchir dans la pièce d'à côté.

Darel acquiesça et se leva avec précaution, mais le tournis le gagna aussitôt. Lui non plus n'avait rien mangé depuis plusieurs jours. Il se rattrapa au mur et envoya le peu d'énergie magique qui lui restait renforcer ses muscles. Ça lui permettrait de tenir quelques heures, il aviserait du reste après avoir vu Élyne.

Son interlocutrice l'escorta jusque dans la salle voisine, où elle lui accorda quelques instants pour se changer seul. Ils gagnèrent ensuite un grand escalier de pierres, qui les mena dans la partie publique du Sanctuaire.

Ils croisèrent quelques protecteurs désœuvrés, une poignée de gardes araléens et deux initiés aux visages suspicieux avant de rejoindre un mage en uniforme, posté devant une large porte couverte de gravures. La femme posa une question à son collègue qui hocha la tête et s'écarta pour les laisser passer.

La pièce était déserte, à l'exception d'une silhouette roulée en boule sur l'un des fauteuils du fond, face à la fenêtre. Élyne lâcha une phrase irritée en araléen sans même se donner la peine de les regarder. Son ton désabusé bouleversa Darel. Elle était visiblement parvenue à se faire entendre des mages de Theresa, mais à quel prix ?

— Je n'avais pas l'intention de rester, de toute façon, lui répondit la mage en danavien. Je passais simplement vous amener un visiteur.

Élyne se retourna dans un sursaut, ouvrant des yeux ronds en voyant Darel. Elle sauta de son siège, se jeta dans ses bras et le serra plus fort qu'il ne l'aurait cru possible, sans se préoccuper le moins du monde de son statut de mage. Il vacilla sous le choc et se rattrapa à un fauteuil avant de l'enlacer lui aussi.

Étonnamment, son escorte ne protesta pas. La femme se contenta de hausser un sourcil surpris avant de tourner les talons. Ces gens accordaient peut-être peu d'importance aux pouvoirs prophétiques d'Élyne, à moins que le faible niveau magique de Darel les ait rassurés.

— Tu essaies de m'étouffer ? plaisanta-t-il une fois la porte refermée.

Elle desserra légèrement son étreinte, mais ne le lâcha pas pour autant.

— Tu vas bien ? s'inquiéta-t-elle. Ils ne m'ont pas laissée te voir ces derniers jours, j'avais peur qu'il te soit arrivé quelque chose, qu'ils t'aient fait du mal…

— J'ai passé tout ce temps à dormir, je suppose que ça aurait pu être pire. Mais toi, comment est-ce que tu te sens ?

Ses yeux cernés trahissaient sa fatigue, tout comme ses traits tirés. L'inquiétude de ses geôliers se comprenait mieux, surtout si elle refusait de manger.

— Je me débrouille, éluda-t-elle. Je tenais à te dire, je suis désolée pour Sara et pour le reste. Je m'en suis tellement voulu…

La mention de son familier raviva la douleur de la séparation, une boule de chagrin se forma dans sa poitrine. Darel ne profiterait plus jamais de ses commentaires péremptoires ni de ses suggestions enthousiastes, ne sentirait plus jamais la douce chaleur des écailles autour de son cou, ne la verrait plus jamais savourer les plaisirs simples de la vie, courser des rongeurs, s'ébattre dans les vagues…

Il ravala cependant sa peine et s'efforça de présenter un visage impassible pour ne pas alarmer son amie.

— Ne t'en veux pas pour ça. Sara est restée à découvert et je l'ai laissée faire, mais toi tu n'es pour rien dans sa mort.

Il martela les derniers mots avec conviction. Élyne n'avait pas à culpabiliser pour ses propres inattentions. Darel connaissait les comportements téméraires de son familier et avait remarqué son excitation en début de soirée, il aurait dû se charger lui-même de réfréner ses ardeurs. Et il se reprocherait à jamais de ne pas l'avoir fait.

— Si tu le dis, soupira Élyne. Pour ta joue, c'est entièrement de ma faute, par contre.

Il souleva un sourcil dubitatif.

— Je n'ai aucun souvenir de cette blessure, mais ça m'étonnerait que tu te sois amusée à m'attaquer à grands coups de lame.

— C'est tout comme, il ne s'en serait pas pris à toi si je m'étais montrée plus convaincante.

— « Il » ?

— Le mage du Sanctuaire. C'est lui qui t'est tombé dessus après la mort de Sara, il s'était caché dans le bureau.

Ça expliquait sa capture, mais pas la situation présente.

— Et que s'est-il passé ensuite ?

Elle le lâcha enfin et se dégagea doucement pour s'asseoir sur la chaise la plus proche. Il la laissa partir à regret et s'installa sur le siège voisin dans l'attente de sa réponse.

— J'ai réussi à m'enfuir pendant qu'ils te livraient aux mages de l'impératrice, annonça-t-elle après une hésitation. Je suis tombée sur des courriers compromettants dans la chambre de Mauriel Dunnan et j'ai été les leur donner pour qu'ils te libèrent.

Formulée telle quelle, la tâche en paraissait presque facile. Darel se doutait bien que ça n'avait pas été aussi simple. Son amie s'était échappée, rien que ça ? Leurs ennemis ne l'auraient pourtant jamais laissée seule sans surveillance… Mais si Élyne n'avait pas envie d'entrer dans les détails, il n'insisterait pas pour le moment.

— J'en déduis que je te dois des remerciements.

Elle secoua la tête.

— Ne te réjouis pas trop vite non plus.

— Qu'est-ce que ces mages attendent de toi ?

— Je l'ignore et c'est ce qui m'effraie le plus. Ils ont arrêté la supérieure et Mauriel pour trahison et mis tout le bâtiment sous scellés, ou presque. Plus personne ne sort, qu'il s'agisse d'initiés, de protecteurs ou de serviteurs.

— Quelle trahison ?

— Complot contre l'impératrice. Tinavia a soutenu les tentatives de déstabilisation du duc Adric Neto, dans le but de s'assurer une oracle supplémentaire.

Darel commençait à comprendre, même s'il pouvait presque entendre Sara souffler « *compliqué* » dans le fond de sa tête.

— Tu n'es pas la seule sur laquelle ils ont expérimenté, c'est ça ?

Elle acquiesça.

— Ils ont adopté la même stratégie que pour moi. La supérieure a ciblé le duc en apprenant par une prophétie que sa femme attendait des jumeaux, a intrigué pour qu'il soit exclu de la cour et se sente acculé, puis est venue lui proposer son contrat. Adric Neto a sauté sur l'opportunité d'obtenir un héritier puissant pour se venger, je te laisse deviner la suite. J'imagine que Tinavia comptait rééquilibrer la situation en truquant des prophéties en faveur de l'impératrice, mais ça n'apaisera pas Theresa.

— Probablement pas. À trop rechercher le contrôle, le Sanctuaire aura tout perdu.

— Tinavia et Mauriel méritent clairement le procès qui les attend, tout comme le duc. Là où j'ai des scrupules, c'est d'avoir confié sa gamine de sept ans aux mages de l'impératrice.

— Comment ça ?

— La supérieure l'avait logée à l'orphelinat. Pas dans mon ancienne chambre, mais presque. Je l'ai reconnue grâce à de vieilles prophéties, même si j'ignorais son identité à l'époque. Les mages l'ont emmenée en promettant qu'il ne lui serait fait aucun mal, mais je ne suis pas sûre de les croire.

— S'ils comptent écarter son père et son frère, ils auront besoin d'elle pour sécuriser le duché.

— Une oracle en puissance représente un danger trop important pour qu'ils la laissent partir.

Darel haussa les épaules.

— Ils aviseront quand ses pouvoirs se déclareront, le cas échéant. Et en ce qui te concerne, est-ce qu'ils t'ont posé des questions ?

Elle acquiesça.

— Ils savent. Ils ont fouillé le bureau de la supérieure après son arrestation et trouvé sa copie du contrat.

Voilà pourquoi ils la surveillaient et se préoccupaient autant de sa santé. Les Araléens ne pouvaient pas se permettre de laisser dépérir une princesse danavienne sous leur garde, pas s'ils comptaient tenir le roi Keral à l'écart de leurs soucis internes.

— C'est plutôt bon signe, la rassura-t-il. S'ils connaissent ton identité, ils ne te séquestreront pas très longtemps.

Élyne lui lança un regard surpris.

— Qu'est-ce qui te fait penser ça ? Ils ont peur de mes pouvoirs, au point de m'interdire toute promenade dans les jardins ! Tout ce que j'ai le droit de faire, c'est circuler ici et dans les étages.

— Retenir une princesse danavienne en otage reviendrait à une déclaration de guerre. Et de ce que tu m'as dit, l'impératrice a bien assez de soucis avec ses duchés pour ne pas vouloir que ses voisins s'en mêlent.

— Ne m'appelle pas comme ça, protesta-t-elle. Tu sais très bien que le roi Keral ne prendra pas le risque de m'aider.

— Même si c'était vrai, les Araléens n'auraient aucun moyen de le deviner. À titre personnel, je pense que tu te trompes et qu'il viendra te chercher. Depuis la chute de la supérieure, l'empire ne représente plus une menace pour la Danavie. Tu pourrais même devenir un atout potentiel.

Elle secoua la tête.

— Keral ne pourra jamais me reconnaître comme sa fille sans rendre public son accord avec Tinavia.

Darel ricana.

— Il le fera pourtant, ne serait-ce que pour sauver sa relation avec Aklune. S'il tourne bien les choses, il devrait même convaincre sa cour que le Sanctuaire lui avait imposé ce contrat.

Élyne fronça le nez.

— Dans ce cas, pourquoi les mages m'auraient-ils interdit de quitter les lieux ?

Une question intéressante. Darel s'accorda quelques secondes pour y réfléchir.

— S'ils s'inquiètent de tes pouvoirs, ils attendront de voir la façon dont Keral formulera sa requête. À moins qu'ils guettent la réaction de la reine Almia.

Elle secoua la tête.

— Je ne l'ai pas impliquée dans mes déclarations. Ils ont de toute façon cessé de m'interroger sur ma fuite après avoir fouillé le bureau de Tinavia.

— Justement. Ils pourraient craindre qu'Almia perçoive la présence d'une oracle à la cour danavienne comme une menace pour ses frontières.

Réveil

Élyne resta silencieuse un long moment, perdue dans ses pensées, avant de lever les yeux vers lui de nouveau.

— Tu crois vraiment à tout cela ?

Son regard trahissait maintenant une lueur d'espoir et Darel sentit un sourire lui revenir aux lèvres. Sa blessure le tirailla, signe que le peu de magie dont il disposait s'épuisait. Tant pis, il pouvait supporter un peu de douleur.

— Bien sûr.

— Et ce ne sont pas les mages qui t'ont demandé de venir me dire ça ?

Il éclata de rire, alors même qu'il s'était promis de moins solliciter sa joue meurtrie.

— Ils espèrent sûrement que je vais te rassurer, mais ce n'est pas pour eux que je le fais. Et quelque part, je comprends leurs inquiétudes. Ne le prends pas mal, mais tu as une tête à faire peur. Tu devrais te reposer.

Elle se rembrunit.

— Je suppose que tu as raison, mais cet endroit me rend folle. Je ne peux pas m'endormir sans que la supérieure vienne me pourchasser dans mes cauchemars.

— Si je vois que tu t'agites trop, je peux toujours te réveiller. Ou te raconter des histoires pour te changer les idées.

Sara aurait suggéré des câlins, bien sûr.

— Tu resteras avec moi ? s'enquit Élyne.

— Aucun souci. Je serai ravi de te tenir compagnie, même si j'ai assez dormi pour les prochains jours.

Il aurait tôt ou tard besoin de sommeil pour reconstituer ses réserves magiques, mais ça n'avait rien d'urgent. Dans l'immédiat, son temps serait mieux employé à étudier la situation, digérer les derniers événements et prendre soin d'Élyne.

— On devrait remonter dans ma chambre, alors, souffla-t-elle.

Son manque d'enthousiasme crevait les yeux.

— On peut rester ici, si tu préfères.

Elle secoua la tête.

— On sera plus confortablement installés là-haut. Et ta présence devrait m'aider à mettre les mauvais souvenirs de côté.

Pas étonnant qu'elle rechigne à y retourner si l'endroit lui rappelait ses longs mois de captivité.

— Comme tu voudras.

Elle s'extirpa de son fauteuil puis se dirigea vers la porte. L'un des mages araléens se tenait encore en faction devant leur salle. Il les laissa sortir sans protester avant de leur emboîter le pas.

— Celui-là ne parle pas danavien, commenta Élyne. Je suppose que c'est un gage de bonne volonté de leur part, pour montrer qu'ils ne cherchent pas à nous espionner.

— Je croyais que les murs avaient des oreilles.

— En effet, c'est l'autre raison pour laquelle on sera mieux installés dans ma chambre. À ma connaissance, elle est dans une zone dépourvue de passages secrets.

Elle le mena en silence jusqu'au bâtiment voisin. En partie désaffecté, l'endroit avait le mérite de la tranquillité. Le refuge d'Élyne s'inscrivait dans le même style simple et dépouillé. Un lit, une armoire, un bureau submergé de livres et une petite table garnie d'un plateau-repas. Son amie jeta un regard désabusé à l'assiette remplie de tourtes.

— Ils ont de la suite dans les idées, je ne compte plus le nombre de plateaux froids qu'ils ont remportés.

— Je peux comprendre leur inquiétude. Ne rien manger n'est pas une stratégie viable à très long terme.

Elle grimaça.

— Maintenant qu'ils t'ont libéré, je suppose que je devrais faire un effort, mais je n'ai pas faim. Tout à l'heure, peut-être.

Était-ce un contrecoup de sa fatigue ou une autre manifestation de sa nervosité ? Darel préféra ne pas insister pour le moment. Il se préoccuperait de ce problème quand elle se serait reposée, elle semblait plus exténuée que jamais.

— Est-ce que ça te dérange si je me sers en attendant ?

— Prends ce que tu veux, ils en apporteront d'autres de toute façon.

Il s'appropria une tourte à la viande pendant qu'elle se glissait sous ses couvertures.

— Tu étais sérieux quand tu proposais de raconter des histoires ? demanda-t-elle après une hésitation.

— Bien sûr. Qu'est-ce que tu préfères : les contes qu'on me lisait enfant, les derniers potins de la cour, l'épopée de ta famille sur six générations ?

— Est-ce que tu pourrais me parler de la façon dont tu t'es lié à Sara ? suggéra-t-elle.

Une requête inattendue. Darel accusa le coup, sans trop savoir comment réagir.

— Je suis désolée, s'empressa d'ajouter Élyne, je n'aurais pas dû te demander ça, c'était égoïste de ma part.

Son air catastrophé le secoua.

— Ce n'est pas grave, la rassura-t-il aussitôt, tu m'as juste pris au dépourvu. Je peux te parler de Sara, si c'est ce que tu veux.

Se remémorer des instants heureux atténuerait peut-être la douleur de l'avoir perdue, à défaut de remplir le vide qu'elle laissait. Et Élyne faisait partie des rares personnes avec qui il ne craindrait pas de trop se livrer.

— Tu en es sûr ?

— Oui, j'en suis sûr. C'était un petit serpent adorable, mais vaniteux. Elle aurait été ravie que tu t'intéresses à elle.

Sa vanité avait d'ailleurs causé sa ruine. Darel imaginait bien le torrent de protestations qu'il aurait essuyées s'il avait suggéré davantage de prudence.

Il l'imaginait un peu trop bien, au demeurant, puisque des larmes lui montaient aux yeux. Il les chassa du revers de la main.

— Comment est-ce que tu l'as rencontrée ? demanda Élyne.

— Je n'étais pas bien haut à l'époque. Je venais d'avoir huit ans, c'est l'âge où les mages ont le droit de se lier à leur premier familier.

Sa voix tremblait légèrement, il s'efforça de la raffermir. Il ne voulait pas qu'Élyne se sente obligée de le réconforter, elle avait besoin de repos avant tout.

— Tu savais déjà que tu choisirais un serpent ?

— Pas du tout. J'étais un petit garçon très solitaire, Aklune était encore trop jeune pour passer beaucoup de temps avec moi. Plus qu'un familier, je recherchais de la compagnie. Et lorsqu'on m'a emmené dans la ménagerie du palais pour rencontrer les animaux, je me suis reconnu en Sara. Elle était aussi méfiante et farouche que moi, elle a rejeté mon offrande de magie en quelques secondes quand je l'ai effleurée. J'ai été vexé sur le moment, mais la curiosité a pris le dessus et j'y suis retourné. Tous les jours pendant une semaine, jusqu'à ce qu'elle accepte ma présence et se love contre ma main. C'est à ce moment-là que je l'ai choisie pour de bon.

Il avait juré au serpent que rien ni personne ne viendrait jamais les séparer. L'idée de la mort ne l'avait pas effleuré, à cet âge-là.

— Il a fallu une semaine pour forger votre lien, alors ? s'étonna Élyne. J'imaginais ça plus rapide…

— Tu n'y es pas du tout, la corrigea-t-il. Il a fallu une semaine pour qu'on s'apprivoise, mais le lien en lui-même ne s'est consolidé que bien plus tard, après une bonne centaine d'offrandes de magie.

Elle fronça les sourcils, perplexe.

— Le processus est volontairement lent, détailla-t-il, pour laisser au mage le temps de s'accoutumer à son familier et réciproquement. Les échanges télépathiques arrivent sur le tard, par exemple, ça permet de se raviser en cas de problème.

Peu de mages acceptaient cependant l'idée de s'être trompés. Non pas que Darel ait été concerné : Sara et lui faisaient partie des duos les mieux assortis qu'il connaisse.

— Oh, il est possible de renoncer en cours de route ?

— Toujours, mais c'est d'autant plus simple qu'on se décide tôt. Une fois habitué à l'esprit de l'autre, il est douloureux de s'en séparer.

Un bel euphémisme, mais il n'avait pas envie de s'attarder sur cette explication-là.

La remarque laissa Élyne songeuse.

— Comment vous y prenez-vous pour rompre ce type de lien, d'ailleurs ? Il suffit d'arrêter les dons de magie ?

C'était une question trop spécifique pour être anodine. Darel fronça les sourcils. Où voulait-elle en venir ?

— Ces questions ne sont pas tout à fait rhétoriques, n'est-ce pas ?

Elle rougit aussitôt.

— Pas tout à fait, admit-elle.

— Tu essaies de contrôler ton lien avec les dragons ? tenta-t-il de deviner.

Un éclair de tristesse traversa son regard.

— Non, ce n'est pas ça. De toute façon, je crois qu'ils ont décidé de m'éviter.

— Les dragons ? Que s'est-il passé ?

— Je me sens ridicule, répondit-elle en baissant les yeux. Tu as perdu Sara dans des circonstances horribles et je me plains pour des futilités.

Darel secoua la tête et se leva pour s'asseoir sur le bord du lit.

— Il n'y a rien de ridicule à être triste, la réconforta-t-il. Tu ne dois pas culpabiliser à cause de moi, ta douleur est aussi légitime que la mienne.

Elle lui lança un regard désabusé.

— Tu viens de perdre le familier avec lequel tu étais lié depuis plus de dix ans.

— Et que représentaient ces dragons pour toi ?

Elle resta silencieuse un long moment. Il se risqua à insister :

— Est-ce que tu sais pourquoi ils t'évitent ? Je croyais que les images de tes prédictions les attiraient.

— C'était en effet le cas. Entre-temps, je me suis trop exposée à la magie.

— Tu n'arrives plus à émettre de prophétie ? tenta-t-il de reformuler.

— Non, avoua-t-elle en baissant les yeux de nouveau. J'ai essayé depuis la fenêtre de ma chambre, mais je ne parviens plus à regagner le bon état d'esprit pour les transes.

Il hésita un instant, incertain du problème. Difficile de l'aider quand il ne comprenait pas grand-chose aux mécanismes en jeu. Élyne s'était-elle exposée à des énergies parasites ? En était-il responsable ? Un blocage résiduel de magie expliquerait en tout cas sa fatigue et son peu d'appétit. Darel s'était rarement senti aussi nauséeux que la fois où Aklune et lui avaient improvisé un duel magique dans le dos de leurs précepteurs…

— Est-ce que tu veux bien me laisser tester une hypothèse ? demanda-t-il.

Elle hésita, mais acquiesça. Darel posa sa main sur la sienne, ferma les yeux et lui envoya une minuscule gouttelette d'énergie. Une quantité assez faible pour ne pas l'assommer ou la rendre malade, mais suffisante pour étudier les réactions de son corps.

L'énergie lui revint aussitôt en réverbération, alors qu'elle aurait dû se propager de manière fluide jusqu'à dissipation totale. Ce comportement confirmait la nature magique du problème. Darel réessaya plusieurs fois de suite, en augmentant tout doucement la force de son flux. À sa quatrième tentative, l'énergie s'attarda quelques secondes de plus dans le corps d'Élyne avant de lui revenir. Sa magie avait délogé un premier point de blocage, restait à s'attaquer aux suivants.

Il reprit patiemment ses efforts et les temps de retour s'allongèrent progressivement. La tâche s'avéra plus chronophage qu'il l'aurait cru.

— Est-ce que ça va mieux maintenant ? s'enquit-il après avoir enfin balayé le dernier blocage.

Élyne acquiesça, une expression perplexe sur le visage.

— Qu'est-ce que tu as fait ?

— J'ai délogé des reliquats de magie.

Elle pâlit.

— Je suis un monstre, lâcha-t-elle dans un souffle.

— Et sur quoi est-ce que tu te bases pour affirmer ce genre de bêtises, exactement ?

— À ton avis, comment réagiraient les mages de l'impératrice s'ils apprenaient que ma sœur peut me prêter son énergie comme elle le ferait avec ses familiers ?

Darel réprima un frisson. L'étrange lien entre les deux sœurs ne se cantonnait donc pas au partage d'émotions. C'était logique, quand on y réfléchissait. Une intervention à distance d'Aklune expliquait à la fois l'évasion d'Élyne, l'origine de ses blocages magiques et son subit intérêt pour Sara.

— Tu n'es pas plus un familier qu'un monstre, martela-t-il. Tu es une personne. Et je te déconseillerais de révéler ce genre de choses à ces mages, mais pas pour les raisons que tu supposes.

Elle fronça les sourcils.

— Pourquoi alors ?

— Parce que si l'idée de relâcher une oracle dans la nature les effraie, imagine ce que ce serait s'ils te pensaient capable de devenir à volonté aussi puissante que ta sœur.

Elle se figea.

— Je ne crois pas que ce soit possible.

— Ils fonderaient leur décision sur leurs hypothèses, pas sur tes aptitudes réelles. Ça ne posera de toute façon aucun problème si tu ne leur en parles pas. En tout cas, ils seraient sûrement plus inquiets qu'horrifiés.

— Et toi, qu'est-ce que tu en penses ?

Elle le fixait avec intensité, comme si sa vie en dépendait.

— J'en pense quelque chose de très égoïste, admit-il.

Le regard perplexe d'Élyne le fit sourire.

— Est-ce que je me trompe en disant que si tes pouvoirs

ont disparu, c'est que ta sensibilité à la magie s'est émoussée ? poursuivit-il.

— C'est aussi comme ça que je l'interprète, acquiesça-t-elle.

— Des quantités modérées de magie ne risquent donc plus de te rendre malade ?

Elle secoua la tête, toujours sans comprendre là où il cherchait à en venir.

— C'est bien ce que j'espérais.

Darel écarta délicatement une mèche de cheveux de son visage et posa ses lèvres sur les siennes. Elle en écarquilla les yeux de surprise. Il s'apprêtait à reculer – l'avait-il brusquée ? – quand Élyne enroula les bras autour de son cou pour prolonger l'étreinte. Ils s'abandonnèrent tous les deux au baiser.

Chapitre 29
Départ

L'impatience d'Élyne grandissait de jour en jour. Plus d'une semaine après l'arrestation de Tinavia, on lui refusait toujours la moindre nouvelle du monde extérieur. « La situation est trop complexe pour que nous vous informions de chaque rebondissement de votre affaire », avaient prétendu les mages de l'impératrice. Ils avaient promis de la tenir au courant « prochainement », sans lui donner davantage de précisions.

Elle avait essayé d'interroger ses camarades initiés, mais tous l'évitaient. Même Sevan s'était détourné – après l'avoir gratifiée d'un regard noir – quand elle l'avait croisé dans un couloir. Lui reprochaient-ils d'avoir entraîné la chute de la supérieure ou obéissaient-ils aux ordres des mages araléens ? Élyne n'avait aucun moyen de le savoir.

Darel l'avait par ailleurs encouragée à recontacter sa sœur, mais ses tentatives échouaient les unes après les autres. Le lien qui la reliait à Aklune s'était comme évaporé. Elle avait peut-être trop tiré dessus lors de son coup d'éclat avec les mages de l'impératrice, à moins qu'elle l'ait bloqué inconsciemment. Une chose était certaine en tout cas, Élyne appréhendait cette connexion tout autant qu'elle l'espérait. La princesse lui tiendrait peut-être rigueur de leur séparation brutale…

Darel effleura sa main et Élyne s'extirpa de ses ruminations pour lui adresser un sourire. Ils s'étaient mis d'accord pour dissimuler leur relation amoureuse, de peur que les mages araléens ne trouvent un moyen d'en tirer profit. Ses discrets témoignages d'affection lui réchauffaient néanmoins le cœur. Darel était même parvenu à lui changer les idées en la traînant à la bibliothèque, sous le prétexte de reprendre leurs leçons de valeansien.

— Quelqu'un arrive, souffla-t-il.

Élyne tourna la tête vers la porte pour voir approcher l'un des gardes de l'impératrice. Les battements de son cœur s'accélérèrent. Des nouvelles, enfin !

— Bonjour princesse, la salua l'homme en araléen. M'accompagnerez-vous jusqu'à nos quartiers ?

Elle se crispa. En une semaine, les mages ne l'avaient encore jamais gratifiée de ce titre. Leurs négociations avec le roi Keral avaient dû aboutir.

— Très bien, nous vous suivons, acquiesça-t-elle en se levant.

— Le lieutenant Voklan n'est pas convié, la corrigea-t-il.

Elle pinça les lèvres.

— Je n'irai nulle part sans lui.

— Il n'est pas convié, répéta le garde.

— Que se passe-t-il ? s'enquit Darel à mi-voix.

— Il veut que je l'accompagne, traduisit-elle. Sans toi.

— C'est plutôt une bonne nouvelle, non ? Depuis le temps, ils doivent avoir reçu un courrier de Dangor.

— Si c'était le cas, pourquoi chercheraient-ils à t'écarter ?

— Parce que c'est toi la princesse. Moi, je ne suis qu'un déserteur en fuite, tu te souviens ?

Elle le foudroya du regard.

— Tu n'es pas un déserteur, tu avais l'approbation d'Aklune !

Il haussa les épaules.

— Je n'en ai pas moins abandonné mon poste et désobéi à mon supérieur hiérarchique direct. Vas-y, tu me raconteras en revenant.

Élyne hésita un instant, mais céda devant son sourire encourageant.

— C'est d'accord, je vous suis, maugréa-t-elle à l'intention du garde.

Il acquiesça et la guida jusque dans la chambre de Mauriel Dunnan, convertie en bureau pour l'occasion. L'endroit emplit Élyne d'une sensation de malaise. Elle n'avait pas recroisé le mage du Sanctuaire depuis son arrestation, mais gardait l'impression qu'il allait jaillir de nulle part pour lui nuire.

— Bonjour princesse, la salua la responsable araléenne en la voyant arriver. Nous avons reçu un courrier qui vous est en partie destiné.

Elle se leva et lui tendit un papier frappé du sceau du roi Keral. Élyne l'attrapa d'une main fébrile.

Le souverain remerciait l'impératrice de s'être préoccupée de la sécurité de sa fille et la priait de l'héberger quelques jours supplémentaires. Une escorte ne tarderait pas à venir la chercher pour la ramener à Dangor. La lecture laissa à Élyne un goût amer. Après oracle du Sanctuaire, on la propulsait princesse de Danavie, mais elle n'en serait pas plus libre de ses mouvements. Elle s'efforça cependant de sourire en relevant les yeux. Elle ne dévoilerait pas ses doutes et ses faiblesses aux sbires de l'impératrice.

— Je suppose que je n'ai plus qu'à attendre l'arrivée de cette escorte, commenta-t-elle.

— Elle devrait se présenter d'ici quelques jours. Pouvons-nous faire quoi que ce soit pour vous être agréables d'ici là ? Vous aider à empaqueter vos affaires, peut-être ?

Élyne secoua la tête.

— Je ne désire rien emporter de ce qui se trouve dans ma chambre.

Elle aurait besoin de rechanges pour le trajet, mais comptait bien abandonner son ancienne vie derrière elle. Faire table rase pour repartir de zéro.

— Comme vous le souhaiterez. Rien d'autre ?

Elle hésita un instant. Les mages n'avaient jamais voulu répondre à ses questions jusqu'ici, mais peut-être que maintenant…

— Qu'avez-vous fait de la petite fille ?

Son interlocutrice cligna des yeux, surprise.

— De toutes les questions que vous auriez pu me poser, c'est celle-là que vous avez choisie ?

— Oui. Je me fiche du sort de la supérieure ou de son mage, mais cette gamine était innocente.

Une expression étrange traversa le visage de la femme.

— Il ne lui sera fait aucun mal, si c'est ce qui vous inquiète. Elle a été escortée jusqu'à la capitale pour prendre la place qui est sienne auprès de l'impératrice. Puisque ses pouvoirs d'oracle ne se sont pas encore manifestés, l'exposition à la magie ambiante de la cour devrait les bloquer sans douleur.

— Et son frère ?

— Il est décédé pendant l'assaut qui nous a permis de capturer son père. Un sacré gâchis, si vous voulez mon avis.

Ces mots glacèrent Élyne. Cette mort n'avait rien d'accidentel, Theresa d'Aral avait dû donner des ordres visant à éliminer toute menace future.

— Merci pour ces informations, répondit-elle en s'efforçant de masquer son dégoût. Je vais remonter, sauf si vous avez encore besoin de moi ?

— Il reste quelques détails à régler, au sujet de votre don d'oracle.

Élyne se figea.

— Contrairement à cette fillette, votre don s'est déjà développé, en bonne partie grâce aux soins du Sanctuaire. Nous avons interrogé Mauriel Dunnan à votre sujet, il pense que vos prophéties pourraient persister plusieurs années, même si elles perdront en efficacité au fil de vos expositions magiques.

— Je n'y peux pas grand-chose !

— Nous le savons. Nous vous demandons juste de ne plus énoncer de prédictions dans des contextes où le Sanctuaire vous percevrait comme une concurrence déloyale. Vous ne seriez jamais devenue aussi performante s'ils ne vous avaient pas préservée de la magie tout en vous fournissant l'éducation nécessaire à la bonne compréhension des images prophétiques.

Élyne se renfrogna. Le fonctionnement du Sanctuaire perdurerait après son départ, l'impératrice avait trop à perdre en le fermant. Theresa se contenterait de remplacer la supérieure et d'arrêter les expérimentations de Mauriel Dunnan, sans réformer quoi que ce soit d'autre. Les initiés seraient toujours recrutés pour leur absence de potentiel magique, une poignée d'entre eux développeraient dans cet environnement favorable des dons d'oracle qu'on leur dissimulerait ensuite pour mieux les exploiter. Élyne ne pouvait malheureusement rien y changer, *a fortiori* si ses anciens camarades refusaient de lui parler.

— Je respecterai vos conditions, promit-elle dans un soupir désabusé.

L'état de transe prophétique continuait de toute façon à lui échapper, même après l'intervention de Darel.

— Ce sera tout, en ce qui nous concerne, reprit son interlocutrice. Nous espérons que vous ne garderez pas un trop mauvais souvenir de votre séjour ici, nous avons essayé de le rendre aussi agréable que les circonstances le permettaient.

Ils avaient surtout tenté d'utiliser son statut à leur avantage, mais elle n'était pas assez stupide pour le leur faire remarquer. Et puis, ils s'étaient quand même montrés accommodants au sujet de Darel. D'ailleurs…

— Cette lettre ne mentionne pas le lieutenant Voklan, souligna-t-elle.

— Nous avons annulé les avis de recherche du Sanctuaire, mais ceux de l'armée danavienne semblent toujours d'actualité. Nous le remettrons à votre escorte si elle accepte de le prendre en charge.

— Très bien, merci.

Elle tourna les talons et coupa au plus court pour regagner la bibliothèque. Darel l'y attendait, plongé dans son dictionnaire de valeansien. Il releva les yeux en l'entendant approcher, une expression interrogative sur le visage. Elle s'affala sur le siège voisin.

— Tu avais raison, admit-elle à voix basse. Une escorte danavienne doit venir me chercher.

— Rien d'autre ?

— Ils m'ont interdit de faire de la concurrence au Sanctuaire avec mes pouvoirs d'oracle.

Il hocha la tête, rassuré.

— Ça, au moins, ce ne sera pas trop compliqué. Quand arrivera cette escorte ?

— Le courrier restait vague, mais je pense qu'il leur faudra encore quelques jours.

— Ça te laisse juste le temps de te préparer à affronter la cour, plaisanta-t-il. Les nobles n'ont plus qu'à bien se tenir.

La cour, c'était une chose, mais ses parents en étaient une autre. Comment gérerait-elle leur rencontre ? Entre l'insupportable arrogance du roi et la reine qui semblait plus effacée qu'autre chose…

— Ne fais pas cette tête, la rassura Darel. De nombreuses personnes voudront s'immiscer dans tes bonnes grâces pour se rapprocher de la couronne, mais tu pourras toujours les repousser. Ta sœur te montrera, elle a beaucoup d'expérience en la matière.

— Et pas toi ? le taquina-t-elle.

— J'en ai aussi, admit-il avec un petit rire, mais ma stratégie principale était la fuite. Je me faisais affecter hors de la capitale pour esquiver les invitations.

— Tant que j'y pense, les mages m'ont dit qu'ils avaient annulé leurs avis de recherche à ton nom, mais il reste ceux de l'armée danavienne.

Il haussa les épaules.

— Ne t'en fais pas pour ça. Si ton père envoie une escorte te récupérer, il en profitera pour me mettre aux arrêts et me ramener à Dangor. Aklune aura veillé à ce qu'il ne m'oublie pas derrière.

— Je ne les laisserai pas te mettre aux arrêts ! s'offusqua-t-elle. Si je deviens leur princesse, ils seront bien obligés de m'obéir sur ce point.

Darel reprit d'un coup une expression beaucoup plus sérieuse.

— Avec la protection d'Aklune et vu la façon dont les choses ont tourné, je n'encours rien de plus que la radiation de l'armée. Mais la suite sera beaucoup plus simple pour moi si tu n'interfères pas avec la procédure.

Elle fronça les sourcils.

— Comment ça ?

— Ton ingérence risquerait de braquer les généraux, et mon père en particulier. Aklune a l'habitude de les manœuvrer, laisse-la s'occuper de ma défense. Et je te promets que je viendrai toquer à ta porte dès ma libération. Si tu veux toujours de moi.

Élyne lui sourit en retour, il n'avait aucun souci à se faire de ce côté-là. Elle attrapa la main de Darel par-dessous la table et savoura le contact.

— Ça te dirait qu'on aille faire un tour pour te changer les idées ? proposa-t-il. Les Araléens accepteront peut-être de te donner l'accès aux jardins, maintenant qu'ils savent que tu partiras bientôt.

Après consultation de leurs supérieurs, les gardes en faction devant les jardins laissèrent effectivement passer Darel et Élyne. L'air frais du printemps avait un goût d'évasion après autant de jours vécus en intérieur. Les fragrances de fleurs tout juste écloses se mêlaient aux odeurs d'herbe coupée pour les envelopper dans un cocon de douceur.

Élyne déambula au gré des allées, savourant la promenade et la proximité de Darel. Elle contourna les bâtiments pour éviter une zone chargée en souvenirs douloureux lorsqu'un éclat coloré accrocha son regard. Sur les toits, un dragon aux écailles sombres déployait ses larges ailes. Était-ce lui qui l'avait portée lors de sa première fuite ? À cette distance, ce serait difficile d'en être certaine.

— Tu devrais profiter de l'occasion pour les recontacter, suggéra Darel. Je dois être le seul mage dans le coin, ils t'approcheront peut-être si je m'éloigne ?

— Je ne sais pas si c'est une bonne idée. Si ça fonctionne, ça ne sera pas très discret. Sinon…

Oserait-elle s'accrocher à l'espoir de retrouver Flocon, en prenant le risque d'être déçue ?

— Si tu n'essaies pas aujourd'hui, tu le regretteras plus tard, poursuivit Darel d'un ton très doux.

Elle fronça le nez, dubitative.

— Si les dragons avaient voulu me recontacter, ils l'auraient fait avant ton réveil. J'ai passé beaucoup de temps seule dans ma chambre, loin des mages.

— À ce moment-là, il restait de la magie bloquée en toi. Ce n'est plus le cas maintenant, ils pourraient se sentir davantage en confiance.

— Magie ou pas magie, je ne leur offrirai plus jamais de transe prophétique. Ils l'ont peut-être perçu.

Darel secoua la tête.

— Partir du principe qu'ils ne t'appréciaient que pour tes transes me semble réducteur. Tu devrais essayer de les contacter. Ne serait-ce que pour être fixée.

Le dragon du toit prit son envol, Élyne le regarda disparaître avec un pincement au cœur. Darel avait raison : si elle ne tentait rien, elle le regretterait.

— Très bien, tu as gagné. Je vais te recruter pour faire le guet.

Les gardes araléens les avaient laissés s'enfoncer dans les jardins sans les faire suivre, mais ils finiraient peut-être par se raviser.

Elle entraîna Darel vers les zones les plus denses en arbres, puis s'engagea sans lui entre les troncs. Quelques mètres plus loin, seuls les pépiements des oiseaux rompaient le silence ambiant. Pas de dragon en vue pour le moment, mais ça n'avait rien d'étonnant. Comment attirer leur attention sans transe prophétique ? Réagiraient-ils toujours à ses émotions ?

Faute de meilleure stratégie, Élyne ferma les yeux et se focalisa sur ce qu'elle éprouvait. Sa peur d'avoir blessé ses amis à écailles sans le vouloir. Son désarroi à l'idée de les avoir perdus à jamais. Sa gratitude pour tout le soutien apporté durant ces longs mois au Sanctuaire. La joie qu'elle avait ressentie en leur présence.

Les minutes s'écoulèrent, dans une lenteur insupportable. Tout se mélangeait dans sa tête : espoirs, craintes, hésitations… Elle s'apprêtait à renoncer quand un craquement retentit sur sa droite.

Élyne rouvrit les yeux dans un sursaut, pour découvrir Flocon sur une branche de l'arbre voisin. Il était venu… Le cœur tambourinant, elle s'avança jusqu'à lui. Le petit dragon se raidit quand elle posa la main sur ses écailles, mais ne s'écarta pas. Le flot de ses pensées se déversa aussitôt en elle. Il était ravi de la retrouver, d'autant plus qu'il s'était inquiété après l'attaque de Mauriel Dunnan. Un inconfort marqué teintait cependant son enthousiasme.

— C'est ma magie qui te gêne ? demanda-t-elle à mi-voix.

L'énergie d'Aklune avait potentiellement laissé des traces dans son corps.

L'embarras de son ami redoubla, ce qui valait toutes les réponses du monde. Une boule de chagrin se forma dans la gorge d'Élyne. Le plaisir de retrouver Flocon ne justifiait pas de lui imposer un contact douloureux.

— Je suis désolée, s'excusa-t-elle, je ne voulais pas te faire de mal. Tu vas beaucoup me manquer, mais je suis contente d'avoir pu te dire au revoir.

Elle condensa en une dernière pensée tout le bonheur qu'il lui avait apporté, la fierté qu'elle ressentait d'avoir été son amie. Puis rompit leur lien mental, des larmes plein les yeux. La posture tendue de Flocon se relâcha alors. Il sauta de sa branche, reprit son envol et disparut entre les arbres.

Les jours suivants défilèrent avec une lenteur interminable. Élyne commençait à se dire que son escorte n'arriverait jamais quand les mages de l'impératrice vinrent de nouveau la trouver à la bibliothèque.

— Votre cousin s'est présenté à la porte principale, princesse. Il voudrait savoir si vous vous sentez prête à prendre la route dans l'après-midi ou s'il vous faudra plus de temps.

— Mon cousin ? répéta-t-elle stupidement.

Elle aurait peut-être dû se préoccuper davantage de son arbre généalogique. À quel point était-il fourni ?

— Timonas Palikan, je suppose, commenta Darel en danavien derrière elle. Tu as plusieurs cousins au second degré, mais celui-là est le plus proche.

Les listes de nobles tenues par le Sanctuaire se mélangeaient dans la tête d'Élyne, mais le nom lui rappelait quelque chose. Il devait figurer en bonne place dans la succession au trône.

— Que souhaitez-vous lui répondre ? insista le mage.

— Je me sens prête à partir. Il me faudra juste le temps d'empaqueter quelques vêtements.

Elle ne resterait pas un jour de plus dans ces locaux si elle pouvait l'éviter.

— Très bien, je vais l'en informer et vous envoyer quelqu'un pour descendre vos bagages.

L'homme s'éclipsa et Élyne s'empressa de rejoindre sa chambre. Darel l'aida à entasser une dizaine de tenues dans un petit coffre de bois, que trois serviteurs passèrent récupérer quelques minutes plus tard.

— Si tu veux faire un dernier tour de cet endroit avant de le quitter, c'est le moment, lui souffla Darel quand ils se retrouvèrent de nouveau tous les deux.

Elle secoua la tête.

— Ce ne sera pas la peine. La seule chose qui me manquera dans les prochains jours, c'est toi.

Il se rapprocha pour la serrer dans ses bras et elle se blottit contre son épaule, laissant une main reposer sur son torse.

— Notre séparation ne durera pas, promit-il. Et je suis sûre que tu te débrouilleras très bien pendant ce temps-là.

— Ce ne sera pas pareil.

Il lui caressa la joue et elle s'étira sur la pointe des pieds pour l'embrasser une dernière fois. Les lèvres de Darel avaient un goût d'éternité, Élyne aurait voulu que ce baiser ne se termine jamais.

Les Araléens s'étonneraient néanmoins de les voir trop traîner, ils finiraient par envoyer un mage aux nouvelles. Elle desserra son étreinte à contrecœur et recula d'un pas.

— On y va ? déduisit Darel.

Ils rejoignirent le hall d'entrée, où un adolescent richement vêtu se trouvait en pleine discussion avec deux mages araléens. Tous s'interrompirent en les entendant arriver.

Le noble la dévisagea un instant avant de s'incliner, un sourire enjôleur aux lèvres.

— Vous devez être ma charmante cousine. Laissez-moi me présenter : Timonas Palikan, ravi de vous rencontrer. Votre père m'a fait l'honneur de me confier votre sécurité pour le temps du trajet.

Élyne retint un ricanement : les flatteries en tous genres commençaient.

— Enchantée, cousin. Je vous remercie de vous être déplacé pour moi.

— Mon escorte termine de préparer votre carrosse, nous nous mettrons en chemin dès que vous le souhaiterez.

— Je suis prête, lui annonça-t-elle avec un sourire crispé. Je ne voudrais pas vous retarder plus que nécessaire.

Il hésita un instant, pris au dépourvu.

— Nous pourrons donc partir dès que vos bagages seront descendus, tenta-t-il de rebondir.

— Les bagages de la princesse sont ici, l'informa le mage le plus proche.

Il lui indiqua le coffre de bois déposé près de la porte.

— Il n'y a rien d'autre ?

— Non, ce sera tout, confirma Élyne.

Elle n'osa pas lui avouer que la malle était déjà à moitié vide.

— Très bien. Nous sommes prêts à partir, alors.

— Il reste le cas du lieutenant Voklan, pointa l'une des mages.

— Ah, oui, bien sûr ! s'exclama Timonas Palikan. J'allais oublier.

Élyne pinça les lèvres. Qu'il essaie de l'oublier et elle lui expliquerait sa façon de penser… Le sourire amusé de Darel quand il croisa son regard la dissuada cependant d'intervenir. Il s'était visiblement attendu à ce type de commentaire et ne s'en formalisait pas.

— On m'a chargé de vous ramener à Dangor, annonça l'adolescent en se tournant vers Darel. Avez-vous été informé de votre dégradation ?

— En effet. Je suppose qu'on vous a demandé de me mettre aux arrêts ?

Timonas Palikan acquiesça.

— Je vous escorterai jusqu'à la caserne de Dangor, où vous serez incarcéré dans l'attente de votre procès.

Il offrit ensuite son bras à Élyne et l'entraîna jusqu'à l'extérieur, où une vingtaine de soldats attendait. Elle ne reconnut aucun visage familier, les subordonnés de Darel avaient dû être confinés à la capitale. Ceux-là se contentèrent de la gratifier d'un salut militaire.

Élyne grimpa dans l'énorme carrosse ornementé en tentant d'ignorer les regards qui pesaient dans son dos. Elle faisait une princesse bien dépenaillée ! Son cousin lui emboîta le pas et referma la porte derrière eux.

Chapitre 30
Promesses

Les heures qui suivirent s'écoulèrent comme dans un songe, en dépit des cahots de l'attelage. Timonas Palikan accapara la discussion, parlant de famille, de réceptions données en son honneur et de l'effervescence qui régnait à Dangor.

Le roi Keral avait visiblement déclaré à sa cour que la supérieure lui avait forcé la main pour la signature du contrat. Il avait cédé pour protéger la Danavie, mais n'avait depuis cessé d'œuvrer en coulisses pour extirper sa fille des griffes du Sanctuaire et était ravi que ses efforts aient porté leurs fruits. Ou comment s'attribuer tout le mérite des derniers événements, quel culot !

Rétablir la vérité n'attirerait cependant à Élyne que des ennuis – voire des accusations de mensonges. Elle se contenta donc de hocher la tête et de répondre par monosyllabes, espérant que son cousin n'exigerait pas plus d'attention de sa part. Elle peinait à réaliser qu'elle s'était libérée du Sanctuaire et se sentait plus vide que jamais.

L'arrêt du carrosse en début de soirée arriva comme un soulagement. Élyne dut malheureusement patienter de longues minutes avant de s'en extirper pour prendre l'air, son cousin refusant de sortir tant que le camp n'était pas dressé. La nuit tombait déjà quand ils quittèrent le véhicule. Les soldats avaient allumé un feu et installé une table pliante à proximité, avec deux couverts. Qui se préoccupait sérieusement de vaisselle pendant ce genre de déplacements ?

Darel n'était pas en vue et la semi-pénombre du crépuscule dissimulait la plus grande partie du campement. Élyne s'assit et laissa son regard dériver vers l'horizon. Pas d'étoiles, la soirée s'annonçait nuageuse. Elle ne se serait de toute façon pas risquée à les admirer en présence d'autant de monde, prophétie ou pas prophétie.

Un mouvement attira son attention, au loin. Deux formes ailées se détachaient dans le ciel. Le cœur d'Élyne se serra. Des larmes lui montèrent aux yeux, elle se détourna pour les dissimuler et termina son assiette en silence.

— Est-ce que vous allez bien ? s'enquit finalement son cousin.

— La fatigue me rattrape, s'excusa-t-elle.

— Bien sûr, j'aurais dû y penser. Permettez-moi de vous accompagner jusqu'à votre tente, j'espère qu'elle vous conviendra !

S'il ne la laissait même pas se déplacer seule dans le campement, elle allait le haïr bien avant le terme du voyage. Élyne était cependant trop exténuée pour protester, elle le suivit sans un mot jusqu'au pavillon dressé quelques mètres plus loin.

On y avait installé un lit, son coffre, une petite table pliante et un siège. Le confort était bien supérieur à celui de ses trajets précédents, mais elle l'aurait volontiers troqué pour une nuit parmi les soldats de Darel. Avec eux, elle avait eu le sentiment d'être une personne, pas un bibelot coûteux.

Elle profita de sa solitude enfin retrouvée pour se rouler en boule sur la couchette. La menace du Sanctuaire avait disparu, mais elle ne pouvait plus se voiler la face : elle ne se sentait absolument pas l'âme d'une princesse. La simple perspective de débarquer à la cour la hérissait et elle ne voyait pas comment sa rencontre avec ses parents pourrait bien se passer…

Sa main heurta néanmoins un papier, dissimulé sous l'un des coussins. Une feuille pliée en deux, sur laquelle avaient été griffonnées quelques lignes. Élyne se rapprocha de la bougie et déchiffra le message à la lueur de la flamme vacillante. Le texte ne portait pas de signature, mais était rédigé dans un valeansien hésitant. Il ne pouvait provenir que de Darel.

J'espère que ton cousin ne s'est pas montré trop insupportable. Il peut être désagréable par moments, mais il n'est pas méchant. Et il sait qu'Aklune le découperait en morceaux s'il osait te faire du mal.

Ce voyage passera vite et les choses vont s'arranger, je te le promets. N'hésite pas à demander l'aide de ta sœur en cas de besoin.

Tu me manques déjà.

Élyne reposa le papier sur le lit, un sourire idiot aux lèvres. Quoi qu'il arrive, elle pourrait compter sur l'amour et le soutien de Darel.

Elle glissa la feuille dans son coffre, enfila ses vêtements de nuit et souffla sa bougie. Une fois calée entre les coussins, elle se sentait détendue – ou du moins autant qu'elle pouvait l'être. C'était peut-être l'occasion d'essayer de recontacter sa jumelle. Elle ferma les yeux et tendit son esprit vers l'extérieur.

Darel lui avait conseillé de ne rien forcer, de se relâcher et se laisser guider par son inconscient. Plus facile à dire qu'à faire. Elle s'efforça de contrôler sa respiration, espérant calmer les battements frénétiques de son cœur. Plusieurs minutes s'écoulèrent en silence, sans aucun effet notable. Elle avait peut-être sectionné le lien de manière définitive en expulsant Aklune de sa tête.

En désespoir de cause, elle essaya de se remémorer les sensations positives que la magie avait éveillées en elle ce jour-là. Le côté enivrant de sentir l'énergie la traverser, l'impression de toute-puissance associée. Le sentiment que plus rien ni personne ne se dresserait jamais en travers de sa route. Il lui avait alors suffi d'une pensée pour puiser à la source du pouvoir…

Élyne ?

Elle se figea. Avait-elle rêvé cette voix mentale ?

Élyne, c'est toi ?

Cette fois, le doute n'était plus possible.

Aklune ? tenta-t-elle timidement. *Est-ce que tu vas bien ?*

Une vague d'enthousiasme mêlé de soulagement la submergea en retour. Le contact était plus étouffé que dans son souvenir, mais il fonctionnait.

C'est bien toi ! J'ai eu tellement peur en voyant que tu ne répondais plus. Les mages araléens ne t'ont pas fait de mal ? Que s'est-il passé ? Papa m'a dit que des responsables du Sanctuaire avaient été accusés de trahison et risquaient l'exécution, mais il n'en sait pas beaucoup plus. Tu es toujours là-bas ?

Élyne resta un instant désemparée devant cette avalanche de questions.

Promesses

Je vais bien, répondit-elle finalement, *personne ne m'a fait de mal. Timonas Palikan est passé me chercher cette après-midi et nous sommes en route pour Dangor. Mais toi, ça va ? J'ai eu peur de t'avoir blessée.*

Ce n'était rien qu'un peu de magie, j'ai l'habitude. Toi, par contre, tu ne l'as pas. Tu as réussi à absorber le contrecoup ?

La voix mentale d'Aklune s'était teintée d'une pointe d'appréhension.

Darel m'a aidée.

Il va bien, lui aussi ?

Il a été mis aux arrêts.

Ne t'inquiète pas, c'est normal. Son père s'est montré insupportable, mais on s'occupera de lui une fois que vous serez à Dangor.

Que va-t-il lui arriver ?

Du côté de l'armée, il sera probablement radié, rien de plus. Du côté de sa famille et de son titre, ce sera plus compliqué, mais il ne se formalisera pas de perdre le duché.

La calme assurance d'Aklune avait un côté tranquillisant, mais Élyne s'en voulait d'être à l'origine de tout ça.

Ce ne serait vraiment pas possible de le réintégrer dans l'armée ?

Aucun militaire ne l'accepterait sous son commandement, expliqua Aklune avec gentillesse. *Mais ne t'en fais pas, on lui trouvera autre chose. Je n'ai pas l'intention de le laisser tomber.*

Désolée, s'excusa aussitôt Élyne. *Je ne voulais rien insinuer…*

Ne t'en fais pas pour ça, la coupa Aklune. *C'est juste que je ne sais pas où on en est, toutes les deux. Ne le prends pas mal, mais il faut que je te le demande : ça te dérange que je sois l'héritière ?*

Élyne en resta stupéfaite. Cette question ne l'avait pas effleurée.

Pour être honnête, poursuivit Aklune, *je ne pense pas que ce soit modifiable, j'ai passé toute mon enfance à acquérir les compétences nécessaires pour ce poste. Mais il devrait être possible de te déléguer une partie de mes responsabilités, si tu le souhaites…*

Non, non, surtout pas ! Je te laisse bien volontiers le titre, ce sera déjà assez difficile pour moi de devenir une princesse. Si tu pouvais t'arranger pour que personne ne m'intègre à l'ordre de succession, ce serait même parfait.

J'ignore si c'est possible. Si ça peut te rassurer, il y a quand même des chances que tu ne restes pas trop longtemps numéro deux.

Élyne fronça les sourcils.

De quoi est-ce que tu parles ?

Attends, je vais essayer de te montrer. Ça te dérange si je t'invite dans ma tête ? Je voudrais voir si c'est possible, par curiosité.

Comment ça, dans ta tête ?

Comme la dernière fois, mais dans l'autre sens. Pour le moment, on a juste un lien de communication, j'aimerais savoir jusqu'où on peut le pousser.

Élyne hésita, mais sa sœur semblait tellement enthousiaste qu'elle ne se sentit pas de refuser.

Vas-y, mais doucement. Et pas trop longtemps.

La lumière et les discussions d'une salle à manger l'assaillirent quelques secondes plus tard. Aklune avait le regard fixé sur un bol de soupe vide, devant elle.

Alors, ça a marché ? s'enquit sa sœur. *Qu'est-ce que tu vois ?*

Qu'est-ce que c'est que cet endroit ?

Le château de Voran, quoi d'autre ? Tu as oublié que tu m'y avais fait expédier ?

Son ton était plus taquin qu'accusateur, mais Élyne grimaça. Elle avait effectivement oublié l'accord conclu avec la reine Almia.

Tu ne seras pas à Dangor quand j'y arriverai, réalisa-t-elle.

Si tu es déjà partie, probablement pas, admit Aklune. *Mais j'y repasserai bientôt, il y a un certain nombre de choses dont je dois discuter avec nos parents en face-à-face. La reine Almia a accepté d'ouvrir les négociations en vue d'un traité de paix.*

Un traité de paix ? répéta Élyne stupidement.

Les événements s'enchaînaient trop vite pour elle.

Exactement. Cimenté par une alliance, et tout ce qu'il faut. Regarde, c'est lui que je voulais te présenter.

Elle tourna les yeux vers la gauche, en direction d'un homme brun d'allure élégante.

Qui est-ce ?

L'un des nombreux petits-fils de la reine. Et si tout se déroule comme prévu, mon futur époux.

Élyne manqua de s'étouffer.

Ce n'est que justice que tu aies l'information en exclusivité, poursuivit Aklune avec enthousiasme. *Rien de tout cela n'aurait été possible sans toi.*

Et... qu'est-ce que tu penses de lui ?

Il devrait bien me compléter, il aime le commerce et les livres de comptes. En ce qui me concerne, c'est parfait, ça veut dire que je n'aurai pas à m'en occuper. Son danavien est encore hésitant, mais meilleur que mon valeansien, alors je ne vais pas me moquer. Ça limite nos discussions pour le moment, mais on devrait arriver à bien s'entendre.

Tu n'as jamais rêvé d'une union plus, euh... moins arrangée ?

Le rire mental d'Aklune la prit par surprise.

Ça fait des années que je suis l'héritière, j'ai depuis longtemps intégré le fait que je ne me marierais pas par amour. De toute façon, je n'ai jamais été attirée de cette manière-là par quelqu'un. L'occasion de conclure une alliance s'est présentée, je l'ai saisie.

Une façon intéressante de voir les choses, mais Élyne craignait d'en comprendre les implications.

Ça signifie que si je deviens une princesse…

Non, je m'embrouille. Ce que j'essayais de te dire, c'est que je me charge d'assurer la succession, donc tu pourras faire ce que tu veux. Évite juste de produire des héritiers hors mariage, c'est compliqué à gérer.

Tout cela représentait trop d'informations.

Je crois que je vais revenir dans ma propre tête, si ça ne te dérange pas.

Oui, bien sûr.

La salle à manger s'évanouit brusquement et Élyne accueillit le retour au silence avec un plaisir palpable.

Merci. C'était… bizarre.

Pour moi aussi, si ça peut te rassurer, mais j'étais curieuse de savoir si c'était possible. Ça pourrait s'avérer pratique, à l'occasion. Enfin, je ne veux rien t'imposer non plus, et il ne faudrait pas que ça perturbe tes autres capacités.

Elle semblait à présent gênée. C'était probablement le moment pour Élyne de lui avouer son secret, avant de ne plus oser le faire.

J'ai perdu mes pouvoirs d'oracle.

Un silence choqué suivit cette affirmation.

Est-ce que c'est de ma faute ? C'est la magie que je t'ai prêtée ?

Les prophéties s'accordent mal avec la magie, mais ce n'est pas de ta faute. Sans ton aide, je croupirais encore dans cette cellule et Darel serait mort. Ne sois pas désolée de ce qu'on a fait ce matin-là, ça en valait la peine.

Les dragons lui manqueraient, mais elle ne regrettait rien des choix effectués.

Est-ce que je peux faire quelque chose pour arranger la situation ? finit par demander Aklune.

Pas que je sache, mais je n'ai jamais vraiment aimé ces pouvoirs, de toute façon. Je me suis plus amusée en une séance de magie qu'en cinq ans de prophéties.

Dragons exceptés, mais elle s'y habituerait.

Je pourrai te prêter mon énergie de nouveau, c'est autant la tienne que la mienne après tout. Entre ça et la communication télépathique, on formera un duo redoutable.

Il serait peut-être plus sage que personne ne sache jamais à quel point, l'arrêta Élyne. *Tu tiens vraiment à ce que l'impératrice nous perçoive comme une menace ?*

Elle n'était pas près d'oublier la mort très opportune de l'héritier du duc Neto. Un long silence suivit sa question.

Je n'y avais pas songé, admit Aklune. *Les mages araléens n'ont rien remarqué jusqu'ici ?*

Ils pensent que j'ai reçu l'aide d'une personne extérieure, j'ai eu de la chance que la protectrice assommée ne se souvienne de rien.

Tout va bien, dans ce cas, il faudra juste qu'on s'assure de rester discrètes. Il existe de nombreux usages invisibles de la magie, ce serait dommage que tu n'en profites pas.

C'est gentil, mais ce n'est pas urgent, s'amusa Élyne. *On pourra s'en préoccuper quand j'aurai réglé le reste de mes problèmes.*

Qu'est-ce qui te préoccupe ?

Élyne hésita un instant. Oserait-elle l'avouer à voix haute ?

Aklune s'était montrée compréhensive jusqu'à présent.

J'ai peur d'avoir échangé une prison dorée pour une autre. Je me suis enfuie du Sanctuaire pour recouvrer ma liberté, est-ce que je ne viens pas de la perdre de nouveau en rejoignant la cour danavienne ?

Un long silence suivit sa confession.

Si tu n'avais aucune contrainte, que voudrais-tu faire de ta vie ? demanda finalement sa jumelle.

Je l'ignore, mais la perspective de devenir un personnage public me hérisse. J'ai toujours détesté l'étiquette, les listes de titres de noblesse à apprendre et tout ce qui s'y réfère. Et j'appréhende les relations avec nos parents.

Tu n'as pas la moindre envie de venir habiter à Dangor, récapitula Aklune.

Un nœud coupable se forma dans son ventre.

Ce n'est pas contre toi, désolée...

Tu n'as pas à être désolée. Papa a promis de faire un effort pour arranger les choses, mais je peux comprendre tes craintes. Si tu souhaites t'installer ailleurs, tu devrais en tout cas voir une autre option s'ouvrir à toi.

Une autre option ?

Si j'arrive à faire aboutir ce traité de paix, et j'ai la ferme intention d'y arriver, la reine Almia voudra resserrer les liens entre nos deux pays. De ce qu'elle m'a dit, elle compte te proposer de t'établir à Voran.

Élyne en resta stupéfaite.

Qu'espère-t-elle que j'y ferai ?

Ce que tu souhaiteras, répondit Aklune dans un haussement d'épaules mental. *Héberger une princesse danavienne lui apporterait un certain prestige, et comme elle t'aime bien par ailleurs... Vous aurez l'occasion d'en discuter si ça t'intéresse.*

Je suis sûre que si tu lui demandes, elle trouvera aussi une place pour Darel.

Élyne hésita. Elle avait apprécié ses discussions avec la reine lors de son passage à Voran…

Il faut que j'y réfléchisse. Sinon, tant qu'on en est à parler de Darel et moi… est-ce que ça risque de poser problème ?

Elle n'avait pas l'intention de laisser quiconque les séparer, mais autant anticiper d'éventuelles oppositions.

C'est-à-dire ? s'étonna Aklune.

Si je deviens une princesse alors qu'il vient de se faire déshériter…

Oh, ne t'en fais pas pour ça. Que vous décidiez de vous marier ou non, je veillerai personnellement à ce que vos choix soient respectés. Si qui que ce soit vient vous embêter à Dangor, préviens-moi, et j'irai lui casser la figure dès mon retour.

C'est noté, s'esclaffa Élyne.

La cour danavienne n'avait plus qu'à bien se tenir.

Été

Épilogue

Le ballet des danseurs avait un côté hypnotique. Les couples glissaient d'un bout à l'autre de la pièce, se croisant dans un spectacle harmonieux.

Vu de l'extérieur, cela semblait presque facile. Élyne s'y était d'ailleurs laissée prendre en début de soirée. Les trésors d'habileté déployés par Darel n'avaient pas suffi à compenser sa démarche pataude, elle avait battu en retraite dès la fin de la musique avant de se réfugier du côté du buffet. Décision judicieuse, une multitude de plats plus appétissants les uns que les autres garnissaient quatre larges tables. Les cuisiniers de la reine Almia s'étaient surpassés pour fêter les fiançailles de leur prince.

Plusieurs nobles valeansiens profitèrent de l'occasion pour venir se présenter et discuter. Aklune avait vu juste : Élyne se sentait plus à l'aise en leur compagnie que lors des réceptions organisées en son honneur à Dangor. La présence de Darel y était sûrement pour beaucoup, tout comme l'absence de sa duchesse de mère. Cette dernière avait jugé Élyne responsable de la déchéance de son fils, elle avait donc dressé la moitié de la cour danavienne contre elle avant même son arrivée. Seule l'intervention énergique des souverains – qui avaient menacé de bannissement quiconque lui manquerait de respect – avait rétabli le calme.

Le roi Keral et sa femme avaient également fait le voyage jusqu'à Voran pour les fiançailles, mais ils s'étaient éclipsés après la cérémonie de l'après-midi pour parlementer avec la reine Almia. Élyne ne savait toujours pas à quoi s'en tenir avec eux. Son père lui avait présenté des excuses pour son comportement lors de l'épisode du col de l'Aigle, mais elle ne parvenait pas à le croire sincère. Contrairement à sa mère, qui avait passé des heures à lui aménager des appartements dignes de ce nom, à lui faire visiter Dangor, à lui commander des tenues aussi confortables qu'élégantes et à répondre à toutes ses questions.

Les musiciens s'interrompirent pour prendre une pause et Aklune en profita pour les rejoindre.

— Je peux t'emprunter Darel pour le prochain morceau ? demanda-t-elle à Élyne tout en saisissant le verre proposé par un domestique. Ces fiançailles sont un vrai traquenard. Maintenant que j'ai dansé avec quelques nobles, je suis obligée d'inviter tous les autres pour ne vexer personne.

— Je ne suis plus noble, tu sais ? se moqua Darel.

— Tu te trouves ici à la demande de deux princesses danaviennes et avec la bénédiction de tes souverains, c'est tout comme. Et puis, notre amitié est de notoriété commune. Si je ne t'invitais pas, la moitié de la noblesse s'imaginerait que nous sommes en froid, c'est vraiment ce que tu veux ?

Il leva les yeux au ciel, un sourire amusé aux lèvres.

— Avoue surtout que tu cherches un partenaire qui ne profitera pas de la danse pour te noyer sous les banalités.

Épilogue

— Oui, aussi. Ça ne t'embête pas trop Élyne ? Je t'aurais bien proposé mon fiancé en échange, mais j'ai cru voir que tu ne dansais pas.

— Je m'embrouille trop entre les pas, s'excusa-t-elle d'un air contrit.

— Ah, mais ne te justifie pas, ce n'était en aucun cas une critique. Je ne sais pas ce qui m'a pris quand j'ai accepté de faire plus que la danse inaugurale, j'ai l'impression de m'être fait avoir.

Élyne en resta bouche bée un instant avant de se ressaisir, un sourire aux lèvres. Qu'Aklune le pense, c'était une chose, mais de là à l'annoncer en public... Comme quoi, on pouvait être une princesse et s'affranchir d'un certain nombre de conventions sociales.

— Bon courage à vous deux, s'amusa-t-elle, je vous soutiendrai moralement en retournant chercher une part de dessert.

— C'est le bon état d'esprit, acquiesça Aklune en entraînant Darel dans son sillage.

L'un des frères du fiancé profita de l'occasion pour inviter Élyne, mais elle déclina poliment. Elle attrapa un gâteau avant de s'installer près d'une fenêtre pour bénéficier de la douceur de l'air estival – et d'un peu de tranquillité.

Le crépuscule engouffrait de larges pans du château de Voran, les premières étoiles pointeraient bientôt. La vue était cependant trop resserrée pour discerner les constellations.

— Tout va bien ? s'enquit Darel en revenant quelques minutes plus tard.

— Oui et non, avoua-t-elle à mi-voix. Je suis contente d'être venue et ces gens se montrent plus accueillants que je l'espérais, mais je sature un peu de tout ce monde.

— C'est le moment de nous éclipser, dans ce cas, lui glissa-t-il à l'oreille en l'enlaçant.

Elle fronça le nez.

— Je ne peux pas filer en douce le soir des fiançailles de ma sœur.

— Bien sûr que si. La seule qui ne peut pas partir avant la fin, c'est Aklune. Tu as fait acte de présence pendant la cérémonie cette après-midi et tu as même fait un tour sur la piste de danse, c'est largement suffisant.

— Il y a une règle qui dit que si on s'est ridiculisé, on peut partir ? ironisa-t-elle.

— Tu ne t'es pas ridiculisée, protesta-t-il en la serrant plus fort contre lui, laisse-toi le droit d'être imparfaite. Personne n'a relevé tes hésitations, de toute façon. Aklune et son fiancé accaparaient les regards.

La musique s'interrompit et Darel en profita pour entraîner Élyne vers la porte. Deux autres couples s'éclipsèrent en même temps qu'eux, sans leur prêter la moindre attention.

Ils traversèrent deux couloirs déserts pour retrouver un semblant de silence, loin du tumulte de la fête.

— Tu veux retourner tout de suite aux appartements des invités, ou on en profite pour visiter ?

Élyne fronça les sourcils.

— Je ne suis pas sûre qu'on ait le droit d'explorer le château sans supervision…

Il haussa les épaules.

— Parce que tu avais le droit d'explorer les zones désaffectées du Sanctuaire ? Le pire qu'on risque, c'est d'être poliment éconduits par les gardes chargés de la surveillance. Je te parle d'une promenade, pas d'une fouille du bureau royal…

Un sourire éclaira le visage d'Élyne.

Épilogue

— Je te croyais pourtant expert en fouilles de bureaux, tu as enchaîné celui de mon père et celui de la supérieure en quelques mois.

— Certes, concéda-t-il en riant, mais j'apprécierais une journée plus tranquille que ces deux-là, si tu n'as pas d'objection.

— Dans ce cas, on cherche à découvrir jusqu'où on peut monter ? D'en haut, il y aura sûrement une belle vue.

Darel acquiesça et ils se glissèrent d'escalier en corridor, jusqu'à déboucher dans un large couloir bien éclairé, où trois gardes valeansiens se tenaient en faction.

Ils rebroussèrent chemin avant d'attirer l'attention sur eux, mais croisèrent un magnifique loup blanc quelques mètres plus loin.

L'animal dévia de sa trajectoire pour venir les renifler. Côté discrétion, c'était raté.

La reine émergea quelques instants plus tard du couloir qu'ils avaient tout juste quitté.

— Bonsoir à vous deux, les salua-t-elle avec un regard curieux. Vous cherchez quelque chose ?

— Bonsoir, répondit Élyne avec un sourire crispé, soudain peu sûre de sa légitimité à se trouver là. Désolée de vous avoir dérangée, nous visitions juste les bâtiments.

— En pleine nuit et sans guide, s'amusa Almia, vous avez des loisirs inhabituels.

— J'aime bien les nuits, commenta Élyne, tout y est plus calme et feutré.

La reine éclata de rire.

— Il faut reconnaître que la journée n'a pas été de tout repos. Si cela peut vous rassurer, le château devrait retrouver une ambiance plus tranquille après le départ de vos parents et de la délégation danavienne. Si j'ai bien compris, vous resterez avec nous pour les prochains mois ?

Élyne acquiesça.

— Je ne sais pas encore ce que je veux faire de mon futur, mais je m'installerais bien à Voran jusqu'au départ de ma sœur.

Ce serait l'occasion de tester la vie sur place tout en apprenant à mieux connaître Aklune. Pour le reste, elle aviserait à l'automne.

— Ce sera un plaisir de vous accueillir ici aussi longtemps que vous le souhaiterez, j'ai lu votre courrier de la semaine dernière avec beaucoup d'intérêt. Mais nous aurons d'autres opportunités de reparler de vos projets dans les prochains jours, quand l'effervescence des fiançailles sera retombée. D'ici là, je vous laisse à votre promenade nocturne. Vous êtes vraiment sûrs de ne pas vouloir de guide ?

— Peut-être que si, admit Darel dans un valeansien très correct. Que trouvera-t-on si on monte en haut de la tour principale ?

Almia haussa les épaules.

— Pas grand-chose, les issues sont condamnées pour garder la chaleur dans les bâtiments. Si vous cherchez une vue d'en haut, installez-vous plutôt sur l'une des terrasses de la façade sud. La plus haute est la moins fréquentée.

— Ça pourrait te plaire, non ? demanda-t-il à Élyne.

Elle acquiesça, ravie. Un peu d'air frais leur ferait le plus grand bien, et ils pourraient toujours explorer le reste du château à une autre occasion.

— Je vous envoie un garde pour vous montrer le chemin, décréta Almia. Passez une bonne fin de soirée.

Elle tourna les talons, rapidement remplacée par le guide annoncé. L'homme les mena silencieusement jusqu'à la terrasse promise – aussi déserte qu'espéré –, puis s'éclipsa sans un mot.

L'endroit se résumait à quelques dalles de pierre entourées d'une jolie rambarde, mais ce style sobre et dépouillé n'ôtait rien à son charme. Darel et Élyne y seraient tranquilles, seuls quelques lointains échos de la fête résonnaient au loin.

Face à eux, Lovan s'épanouissait dans sa pleine lune, teintant l'atmosphère de lueurs rouges. Une nuit parfaite pour s'affranchir du passé et prendre un nouveau départ.

Si la reine Almia acceptait de soutenir Élyne dans ses projets, comme la remarque sur son courrier le laissait espérer, elle pourrait se construire une vie sur mesure. Basée à Voran, mais entrecoupée de voyages avec Darel…

Élyne avait discuté de nombreuses heures avec divers représentants de la noblesse danavienne, et en particulier avec les provinciaux en visite – moins guindés que leurs homologues de Dangor. Plusieurs de ses interlocuteurs s'étaient montrés enthousiastes à l'idée qu'elle puisse les aider à établir des contrats commerciaux avec le Valeans, ils lui avaient confié de longues listes de produits disponibles pour l'exportation et les tarifs auxquels ils seraient prêts à les vendre. Les journées passées à éplucher les réglementations et les fourchettes de prix dans la bibliothèque du Sanctuaire trouveraient peut-être enfin une application concrète. Qui plus est, les négociations lui fourniraient de parfaits prétextes pour voyager et découvrir le monde.

— Tu n'as pas trop froid ? s'enquit Darel, l'arrachant à ses pensées.

Elle secoua la tête.

— Ça va, il fait doux. Et si ça se rafraîchit, je pourrai toujours essayer de tricher.

Aklune lui avait expliqué comment se réchauffer grâce à la magie pendant leurs longues heures de discussions mentales. Élyne se limitait cependant à des usages ponctuels et discrets, pour éviter d'attirer l'attention.

Elle s'accouda sur le rebord de la terrasse et jeta un coup d'œil à la ville en contrebas. Quelques braseros éclairaient les rues principales, mais l'obscurité noyait la plupart des bâtiments. On devinait quand même les montagnes toutes proches, la vue devait être magnifique en plein jour.

— Qu'est-ce que tu penses de cet endroit, toi ? demanda-t-elle à Darel en laissant son regard dériver vers le ciel, où la constellation du Voyageur s'étirait en longueur. Tu t'imagines y vivre ?

— Tout dépend de si tu t'y installes ou non, la taquina-t-il en l'enveloppant de ses bras.

— C'était une question sérieuse, protesta-t-elle en se tournant vers lui.

— Ma réponse l'était aussi, je ne peux pas me montrer plus précis après une seule journée. Je n'ai rien vu de rédhibitoire jusque-là et le temps jugera du reste…

Sa calme assurance la tranquillisait toujours autant. Heureuse, elle le serra contre lui et cala sa tête contre son épaule.

Quoi que le futur leur réserve, rien ni personne ne viendrait les séparer.

Remerciements

Écrire un roman est un travail de longue haleine. C'est aussi une activité moins solitaire qu'on pourrait le penser.

Merci à tout mon entourage pour votre soutien sans faille et pour l'intérêt porté à mes textes, ça me touche beaucoup.

Merci aux camarades d'écriture du NaNo, de cocy, de l'atelier et d'ailleurs. Vos encouragements m'ont aidée à croire en ce roman, je n'aurais jamais été jusqu'au bout sans vous. Un merci tout particulier à S'y pour ton enthousiasme pendant la rédaction du premier jet et pour les longs moments passés à m'expliquer ce qu'il est possible de faire à cheval (s'il reste des bêtises, ce sont les miennes).

Merci à Chloé Lume, Sophie Portalière, Suzel et Nothoi pour les heures passées à décortiquer le texte en alpha-bêta lecture. Vos synthèses et commentaires m'ont été d'une aide précieuse pendant les corrections.

Merci enfin à toute l'équipe de Gulf stream éditeur pour votre patience face à mes questions et pour votre accompagnement bienveillant.

Élodie Bouchet

Elle naît à Paris au siècle dernier. Tiraillée pendant toute sa scolarité entre lettres et sciences, elle opte pour des études de mathématiques. Elle délaisse alors son projet de roman, mais ne cesse jamais de lire et de s'inventer des mondes imaginaires.

Un déménagement à Lyon plus tard, le NaNoWriMo et sa communauté enthousiaste la convainquent de redonner une chance à l'écriture. Elle se lance en parallèle de sa thèse dans la rédaction du roman de fantasy qu'elle n'était jamais parvenue à finir adolescente. Une chose en entraînant une autre, elle se retrouve avec plusieurs textes à corriger. Et ce n'est probablement pas terminé…

Table des matières

Reproduit et achevé d'imprimer en novembre 2021
par Abedik, en Pologne,
pour le compte de Gulf stream éditeur,
31, rue Alfred-Riom
44100 Nantes
www.gulfstream.fr
Dépôt légal 1re édition : février 2022